U0902251

Miss
deer
[鹿小姐书系]

本 书 内 容 纯 属 虚 构

天津出版传媒集团
天津人民出版社

图书在版编目（CIP）数据

以身饲龙. 2 / 葛巾著. －天津：天津人民出版社，2019.8
ISBN 978-7-201-15001-7

Ⅰ. ①以… Ⅱ. ①葛… Ⅲ. ①长篇小说－中国－当代 Ⅳ. ①I247.5

中国版本图书馆CIP数据核字（2019）第147432号

以身饲龙. 2
YI SHEN SI LONG 2
葛巾著

出　　版　天津人民出版社
出 版 人　刘　庆
地　　址　天津市和平区西康路35号康岳大厦
邮政编码　300051
邮购电话　（022）23332469
网　　址　http://tjrmcbs.com
电子信箱　reader@tjrmcbs.com

出　　品　大周互娱
总 策 划　周　政
出版监制　曾筱佳
项目总监　猫懒懒
责任编辑　玮丽斯
特约编辑　月饼殿　周可爱
封面设计　小　鱼
版式设计　李映龙
封面绘制　阿　醒

制版印刷　湖南凌宇纸品有限公司
经　　销　新华书店
开　　本　880毫米×1230毫米　1/32
印　　张　9
字　　数　320千字
版次印次　2019年8月第1版　2019年8月第1次印刷
定　　价　38.80元

图书如出现印装质量问题，请致电联系调换（022）23332469

目录

目录

CHAPTER 1

第一章

画像

战事很快如应夫人所料，范阳军那边攻下了青灵城。幽州也出了兵，虽然围而不攻，出工不出力，但对战局仍然有了牵制作用，而朝廷大军也放缓了节奏，开始打起消耗战来。

消耗战一起，就时不时有些小小的遭遇战。应夫人则时常拿着战报和赵朴真说笑指点，仿佛完全不担心应节度使和九个儿子一般。战局一缓和，节度使府就越发悠闲起来。自从知道赵朴真学画，应夫人就饶有兴致地让人备了笔墨纸砚，在书房里画画。把颜料调好，她自己先画了一幅山水画来让赵朴真赏鉴。

行家一出手，便知有没有，赵朴真是真的吃了一惊。这些天相处下来，她听乐能说出个一二三四来，谈论诗书也是头头是道，谈吐清华，才华横溢，但是今日这一幅画，满纸水汽氤氲，青绿山水间鸥鸟悠然，一叶小帆畅然于山水间，这样的画工已非一朝一夕之功。

应夫人含笑道：“我许久不画，有些手拙。我那些儿子个个只喜欢舞刀弄枪，今儿难得有人陪我，你看看这画可还能看？”

岂止能看？赵朴真忽然自惭形秽起来。她忽然明白应钦和那些义子对这位夫人如此爱重的原因了，应夫人的心胸和才华是多么惊人啊！

她整理思绪，低声道：“我也不大懂山水画，但是看着觉得比许多大家画得都好，夫人真是才华横溢。”

应夫人笑道："你不喜欢山水画吗？那你学什么？花鸟鱼虫？还是人物肖像？"

在那双明眸的凝视下，不知为何，赵朴真并不想让这位夫人知道自己实在是画技平平。细细想起来，自己在画肖像上下过一点功夫，还算拿得出手，便低声道："我略略学了些人物肖像。"

应夫人笑道："如此甚好。说起来，我还没有见过秦王殿下，几年前在京里远远见过他一次，也不知道长得什么样，不如小娘子画出来给我看看可好？"

赵朴真正担心在应夫人面前露怯，听到说画秦王，心里倒是一松。毕竟在京里她就练过，倒算熟练，便欣然应允，提笔画了半日，果然画了一幅秦王小像出来。应夫人拿起小像看了一下，笑道："看这光影用法和笔触，你这似乎是御画院里写真那一派的画法，不过更细腻，抓人物特征倒细致。"

赵朴真笑道："夫人好眼力，我学画的师父，确是御画院里的罗克章先生。"

应夫人点头笑道："如今世风好写意，大道至简，以神为骨，大多觉得这种画法过于精巧匠气，为何你倒喜欢学这个？"

赵朴真道："何必非要分个高下？我又不是为别人活着的，我喜欢怎么画便怎么画。"

应夫人闻言，看了她一眼，笑道："可不是，我自求我的道，管别人的道如何。赵娘子是一个有大志向的人啊。"

赵朴真有些惘然，觉得应夫人说得十分玄妙、高雅，她实在不好意思说自己当初是觉得能画得惟妙惟肖，将来出府放良，有这么一门手艺也饿不着。老百姓们可不会欣赏那些玄之又玄的画，他们只喜欢过年的时候，有抱着鲤鱼、带着喜气的胖娃娃，从天上来的财神，大慈大悲的观世音菩萨，守着门口不许邪神入侵的门神，也喜欢给慈父慈母画一张像的画像，以便将来怀念祭祀……

应夫人却不知她满脑子的俗气市侩，疼爱地看了她一眼，笑道："小娘子见过无咎，能否也画一张无咎给我看看？"

赵朴真便也画了一张，她学得是速绘的画法，因此画起来十分快。不过几分钟，一个雄姿英发的青年将军跃然纸上，浓眉似剑，目光炯炯有神。应夫人爱不释手，道："果然很像，等我留着给大郎看看，一转眼他都这么大了。当年我遇到他的时候，他还是一个小乞丐，满头癞子和脓包，头发稀稀拉拉的，养了好些年才全长好。"应夫人仿佛回忆一般，说了些应无咎的趣事。

她又看了一眼赵朴真，微微踌躇，欲言又止，终于没有说话。

赵朴真看了她的神色，却忽然明悟："夫人，可要我替您也画一张小像？"

应夫人眼睛一亮，赵朴真知道自己说中了她的心事，忙笑道："若是夫人不嫌弃我的画技浅陋，我给您画一张？"

应夫人的目光极快地黯了下去，她摇了摇头："算了，我如今这样貌，连镜子都不想照，让小娘子仔细看了画画，可不是为难人吗？"

她平日里谈吐自然，举止优雅，让赵朴真觉得她丝毫没有受到脸上的伤的影响。这当然不可能，赵朴真扪心自问，若是自己毁容了，大概做不到和这位夫人一般从容淡定。没想到今日她忽然显露出脆弱之态，赵朴真心中微微一酸，安慰她道："夫人帮我良多，若是不介意，我可试着画一画夫人面容受伤前的样子。"

应夫人却摇了摇头，笑道："算了，不必自欺欺人。"正说着，忽然外边一个近身伺候的丫头进来笑道："夫人，有最新的战报。"

应夫人笑道："你拿战报进来看看。"

范阳军这边，每日都有军报派专人送来，有的是应钦本人写来的："夫人如晤，我今日又打了一场胜仗，勿念。"有的则是应夫人的义子们写的："母亲大人在上，今日与敌军短兵相接，小胜，得了一把匕首，极好，送母亲大人赏玩，祈一切安好。""娘，俺这边没有仗打，想念娘做的糯米排骨和荷叶蒸鸡。""娘，我在这里闲得不行，求您和阿爹说，调我去打仗吧！我保证不再犯错了！我都无聊得给马接生了！"

他们的字写得着实不怎么样，歪歪扭扭，一个字就有碗口大，看起来像是初学者的字。但是难得他们没有让幕僚代写，都是亲手所书，所见所闻都一一备述，事无巨细，有些信像记流水账一般写着今日吃了多少，举石锁几次，带兵训练几圈等等，十分令人发噱。

对此，应夫人倒是进行了解释："他们兄弟都是我收养的孤儿，大多不会写字，为了教会他们写字，我一直要求他们时常给我写信，每封信必须超过百字，不许找人代写，否则大字不识可要吃亏的。后来他们长大了，虽然领军在外，想是怕我在家寂寞、担心，就都给我写些军报见闻。"

许多达官贵人收养义子，不过是吩咐下人安排吃住，吃饱穿暖，养得大了，便是莫大恩惠了。再好一些的，贵人们便送义子去私塾或是请一个先生教。然而应夫人是亲自教养，丝毫不嫌弃这些孤儿，把他们当成亲儿一般看待，也难怪这些义子个个对她死心塌地。

今日的战报有些新意，应夫人招手让赵朴真来看："上官麟带着一队士兵押送粮草，结果遇到大雨迷路了，本以为会贻误军机，没想到却让他们误打误撞遇上一队残兵，俘虏了以后审问，发现其中居然有乌索可汗的三王子，这可是大功一件。无咎说，上官麟可真算得上福将了。”

赵朴真一想到上官麟，不由得抿嘴替他高兴。应夫人看她神色闪动，笑道：“赵女官也认识上官公子吗？”

赵朴真笑道：“认识。”

应夫人道：“你觉得上官公子如何？果然是一个有福之人吗？”

赵朴真抿嘴笑道：“上官公子古道热肠，有侠义之风，是一个好人。好人自然有福报，等立了大功，他将来封侯也不奇怪。”

应夫人也笑了，摩挲了几下信纸，道：“上官家家世清贵，若是当真能出一个以战功封侯的爵位，倒也不错。估计上官大人不大喜欢独子上战场，可不得牵肠挂肚吗。”

赵朴真想起在上官家庄园见过的文质彬彬的上官大人，沉默谦冲，点头笑道：“上官公子应该是喜武不喜文的，和上官大人不大像。”想必上官小姐才继承了上官大人那满腹诗书吧，赵朴真心里想着。

应夫人笑了一下，没有继续说下去。两人这么说说笑笑，却又到了用膳时间，仍然是两人用饭。饭后，仆妇们送走了赵朴真，外边却有人来传：“大公子来了，听说您和赵娘子在聊天，说等她走了再通禀。”

应夫人有些意外：“外边战事那么紧张，他如何有空回来？”转念一想，她想起适才赵朴真在，那孩子怕是要避嫌，又笑道，“这孩子想得真多，让他进来吧。”

不多时，应无咎果然走了进来，仍然一身武装，进来就行礼：“母亲大人。”

应夫人含笑：“你怎的有空回来？正好我刚得了一幅画儿，给你看看。”

应无咎道：“敌军被打退了，乌索可汗还损了一子，如今正龟缩着要重整士气。孩儿押送军备回来，正好探探母亲。母亲得的什么画？孩儿在这上头一点不懂，倒欣赏不了……”正说着，他已看到应夫人展开的画，画中赫然是自己，虽然不过寥寥数笔，但形神兼备，不由得脸上一红，“这是谁画的？难道是母亲画的？”

应夫人喜滋滋道：“可不是我，我不擅画人物肖像。你们父子常年在外，留张画像在我身边不错，可惜了，留不住这画像的人。”她的心里升起一丝遗憾来。

应无咎看了下旁边案上放着的另外一张画像：“这是秦王？画得

好像。”

应夫人笑道：“可不是，这看着竟像是和秦王朝夕相处的人才能画出来的，可见用情之深，可叹和我儿没缘分了。”

应无咎脸一红：“我听说是秦王身边的赵女官？上次劫私铸铜钱的事，也是她做的说客，怎的如今她又来说母亲吗？这女娃娃好厉害的嘴，居然能说服母亲。”

应夫人一笑：“原来上次也是她？她性情浑然若璞，又聪慧通达，并不是那等有心计的人。是我喜欢她，爱屋及乌，索性帮秦王这一个小忙，反正你爹爹也不忍看咱们百姓受苦，始终都要出兵，便卖秦王这一个小面子也无妨。”

应无咎见母亲对赵朴真的印象颇好，笑道：“我上次就觉得那女娃娃的气度很像母亲，难怪能和母亲说到一块儿去。”

应夫人十分喜悦：“却不知秦王此人如何。皇室中人，大多薄情寡义，寡廉鲜耻，那孩子跟在他身边，这么死心塌地地帮他，也不知将来会不会吃亏。”

应无咎道：“我前次见他，看得出他绝非池中物，如今带了大军，权柄在握，果然一飞冲天。我听说他带兵身先士卒，又有一手好射术，谋略上又十分周密，打起仗来很有一股悍勇，很快收服了不少将士的心，便是那等不好收拾的刺头，也被他整顿、收服得差不多了。他的手腕很是强硬，父亲前些天和他有过会战，和我说他看着虽然年轻，但威仪日重，带起兵来又有一股老辣悍勇，着实不凡。”

应夫人若有所思，想着前些日子命人给无咎做的靴子和衣袍，忙命人取来，又和应无咎说了一会儿战局，才放他走。

应无咎军务繁忙，本就是路过范阳，探了母亲又匆匆离开去办事了。隔了几日，他忽然回来了，照常去探望母亲，却看到应夫人难得高兴，展开了一张画给他看：“无咎，你看！”

画里是一片极深的灌木谷，远处一片雾气，两旁点缀着白花，白里透青，叶子都是深碧色的。画中，一个女子立在花丛旁，高髻广袖，白衫碧裙层层垂下，装束清华高贵似瑶台仙子。女子手里拈着一枝碧色山茶，茶花宛然如真，含苞欲放，青碧色的花瓣饱满舒展，连上头的露珠都能看出。整幅画在深深浅浅的碧色中点缀着幢幢白花，雾气缭绕，仿似诗人笔下的山鬼。然而在这鬼气森森的冷色调里，有一点红色，细看却是画中女子姣好的半边脸上绘了一只振翅欲飞的凤凰为妆靥，凤凰翅上燃烧着火焰，映红了原本清冷的眉目，霍然更多了一分凛然高傲。而整幅画的凄清颓败之气，也被这一点傲然火凤陡然冲破。

应无咎发了一会儿呆，他虽然不大懂画，但也看出这上头画的正是义母，而她脸上的伤疤则巧妙地被凤凰掩饰住了。更妙的是，凤凰的高傲不拘和义母皎然不凡的性情正相投宜，气韵、容貌都如此符合，水乳交融，也难怪义母喜笑颜开，拿着画道："你看这画画得好不好？"

应无咎心里涌起一阵感动，夸道："好看，是那赵娘子画的吗？"

应夫人笑着点了点头，又摸了摸自己脸上凹凸不平的伤疤，低声道："她可不是乱画的，我今儿接了这画，照了照镜子，发现这伤疤仔细看看还真有点像长尾巴鸟儿，亏她想到画一只凤凰，凤集火自焚，重生为凰，这孩子也不怕吓到了做噩梦，竟是真的仔细看了的，我都让她不要画的……她怎么知道我喜欢茶花……"说到这里，应夫人的眼圈居然微微发红，整个人有些激动。

应无咎失笑道："母亲的绣帐、手帕、衣服上常绣的就是茶花，还有谁猜不到呢？这画母亲好好收着，等父亲回来让他看看，他定是高兴的。"

应夫人仿佛被提醒一般，小心翼翼收起画，道："这倒是，等你爹回来，我拿给他看看。"

赵朴真没想到应夫人如此高兴，就连应无咎都专程私下和她致谢。在小院子里服侍的小丫头们都红了脸，忙请了赵朴真出来，慌乱地倒茶。应无咎显然要避嫌，并没有进屋，只是站在院子里。日光盛得很，他长得高大，站在院子里的树下，犹如一座山一般沉默可靠。他大概忙于军务，没时间修面，脸上都是胡楂。赵朴真靠近他的时候，又闻到了那股熟悉的味道，铁锈和血的味道、汗和皮甲的味道。那是战场的味道，这让她想起了秦王。

节度使府里的生活悠闲而宁静，赵朴真每日在花间听一曲琴音，看花瓣逐水流去，请人来唱戏或者看从前听说过却没有看过的极难得的珍本，练几笔字，裁几件花衣裳，画一两幅画。若是来了兴致，应夫人会和她一同下厨，尝试一两道书上记录却没有尝过的菜，或是做一道小点心。夏日，清新的荷叶点心最受欢迎。

深闺中珠围翠绕，叫人几乎忘了外边河山踏破，血染旗帜，民不聊生，家破人亡。有人在抵御豺狼，有人在保卫江山，有人斩开荆棘，踏着尸山血海，冒着刀枪剑雨，去挣一条走向最高处的路。为国，为民，为名，为利，外边红尘搅扰，滚滚如潮，教人无论如何也不能安然守于宅中。

赵朴真沉默着抬眼去看高大的军中男儿，他被她一瞧，耳根微微红了，却仍勉强说话："多谢你给母亲画的画。这些日子，多劳你陪伴在母亲身侧，我和其他兄弟都十分感激你。不过……"像土匪一样的将军眉目深峻，仍然口出威慑之言，“若是秦王想在母亲身上打什么主意，还请收手。若是对我母亲有什么不利，我们应家一定会不死不休！”

赵朴真惘然抬了头，应无咎看到少女清透的两枚漆黑瞳仁，无辜而天真，不由得又为自己的揣测微微觉得愧疚，然而为了母亲，他仍硬下心肠。此时面前的少女却发话了：“你能替我想办法，让我回到秦王身边吗？”

虽然失信于人，羞于启齿，但赵朴真仍开了口。在节度使府不知不觉已待了三个多月，春去秋来，这些日子她觉得应夫人并非十分需要人陪伴。她也曾听说应夫人当年陪同应节度使征战四方，擅谋略，并非守于深闺中的寻常妇人。

然而应无咎瞳孔紧缩，阳光下，赵朴真看得到他面上的每一个细微表情变化。学画一段时间的她对人物的表情十分敏感：他在紧张，紧张什么？

应无咎已脱口而出：“你知道了？”

赵朴真愕然：“知道什么？”

应无咎的目光从她的脸上一扫而过，但他不敢再看她的眼睛：“没什么。”

赵朴真却忽然灵光一闪：“我们王爷出事了？”

应无咎目光在空气中飘浮，就是不看她，她的心沉了下去，她冷静地问：“王爷出了什么事？”

应无咎看她小脸煞白，心里微微一叹，低声道：“前几日得的战报，秦王殿下被困在坛城已七日，那座边城平日里并无多少守军，也没有多少住民，因此粮草匮乏，怕是守不了多久。”

赵朴真的一颗心紧紧缩起来：“四边将领为何不救？坛城，那不是很小的一座城吗？王爷为什么会在那里？”

应无咎苦笑：“人救不了，太远了，地形不利。坛城临江，隔着江救援，渡江不利就会被敌人白白包了饺子。乌索可汗疯了，前阵子出兵范阳，他们连失两城，大家都以为他至少要休养生息一阵子，谁想到他悄悄地集结了十万大军，即使自己的三儿子被俘，也非要生擒我朝的皇子。他足足牺牲了一万多人，弃了凤城，谁都想不到他会以坛城为饵，反过来截断了朝廷大军，围住了秦王。秦王也大意了，忘了自己不是普通的将领，而是一国亲王，国之荣辱在其一身。将领可以亲涉险地，可以身先士卒，凤子龙孙却不行。传说乌索可汗最喜欢这个三皇子，怕是这次，坛城要保不住了。”

赵朴真只觉得脸上的表情已经凝住了，应无咎沉声道：“前些日子，我父亲也说秦王是难得的一个枭雄，只是到底太过年轻，性子太急了，其实没必要这么急的。他只想着建功立业。不过如果乌索可汗还想换回三皇子的话，应该不会杀他。只希望他不要气性太大，留得青山在，不怕没柴烧……”

赵朴真忽然道：“他不是贪功冒进之人，这事一定有内情。”

应无咎一怔，随即苦笑道：“也有可能是他被人误导了，或是有内奸之类的。之前他虽然打得急，但也是步步为营的，这一次……我们打仗的人，最怕的是自己人插刀，防不胜防。他这样年轻就立了大功，有人着急了吧……”

赵朴真却已极快做了决定：“应大人，可否带我出府？”

应无咎以一种同情的目光看着她：“你能去哪里？坛城被围，你一个弱女子出去于事无补，在这里不好吗？这里很安全，敌人打不到这里。秦王不会有事的，顶多就是换俘罢了。”

暮色已经沉重地落下。赵朴真茫然四顾，只觉得四处苍茫。不，那个骄傲的少年不会做俘虏，没有人比她更清楚他的骄傲。他犹如蛟龙一朝出水，却被浅水困于沙滩，你让他如何再去屈就井水，只为了活命？

她低声道：“我要想法子去救他。”

这时，有个声音传来：“你带她走，去想法子救秦王。”

赵朴真回过头，看到应夫人静静地站在院门的阴影处。

“坛城形如坛子，因此得名，易守难攻，但粮草不足。附近与它互为呼应的婆惜城被敌军占了，围着的十万大军，却又有一万我朝俘虏，每次攻城，必先刀剑驱之在前。秦王殿下带的兵力大概只有两万，很难突围，只能死守，而坛城临着江岸天险，乌索围上后，附近的城池仅靠驻军极难施救，极有可能救人不成，反失了城池。这段时间，朝廷的兵力在消耗战中极大地分散了，秦王手里的兵力本来就不多，还只带了骑兵亲身前往坛城。”

应夫人打开一张堪舆图，淡淡地说：“你现在过去，便是由应无咎带兵过去，也是送死。”

赵朴真冷静地分析：“他们也没有粮草，围城的消耗只会比守城更多。”

应无咎道：“他们有俘虏，可以杀俘。”

他说得很含蓄，赵朴真却明白了他的意思。以俘虏为盾冲锋在前，以俘虏为苦工挖工事……而被围困的城池，要么尽快投降，要么弹尽粮绝。

赵朴真心里一抽，问道：“难道没有兵能去救他吗？援救不利，将来朝廷不会问罪吗？”

应夫人道：“所谓将在外，君令有所不受。你看着一个皇子十分金贵，但在地方武将看来，牺牲太大去救一个皇子，不值得，更何况这场救援还极有可能救不及时。有能力救秦王的人，都离得太远了，没有能力救秦王的人，救也是白救。敌人心里清楚得很，早就看清楚了时势。这朝廷的官们、武将们办事情，想的不是怎么把事情办好，而是怎么卸责任。失了皇子主帅，那肯定有罪，但皇子主帅这次不会死，大不了换俘，这个皇子也不是太子，并没有那么重要。如今还可以把责任推给皇子自己贪功冒进，他们顶多担一个救援不力的罪名，更不要说这里头还有多少人的主子会保住他们。若是因为救了皇子失了城池，折损了自己的兵丁，那损失可就大了。”

赵朴真看向应无咎：“应将军如今手里可以动用的兵将有多少？”

少女一双眼睛又大又圆，犹如幼兽一般带着哀求之意，应无咎轻轻移开了目光，摇了摇头：“我只有五百骑兵，解不了围城。”五百骑兵，对应无咎这样年轻的将领来说，已经很不错了。要知道朝廷所谓的十万大军，那水分是很大的，当中至少要一万民夫负责后勤、工事、粮草押运等事，其中必然还有分量不小的新兵和一部分老弱兵，且大部分是步兵，五百骑兵基本是一个先锋营了，又是应无咎亲自带的，想必已是范阳军的精锐。但即使是这样，也解不了围城。

赵朴真盯着堪舆图上小小的坛城两字，问：“坛城周围就没有能救秦王的兵了吗？朝廷大军不是有十万之众吗？”

应夫人道：“都分兵出去了，如今群龙无首，各自为政，又分散在不同的地方，一盘散沙似的，哪里统得起来？除非……”

赵朴真看向应夫人，应夫人用纤细的手指点了点地图的西南方：“冀州府兵，如果能说动冀州刺史彭定枫出兵援助，那大概能多一点兵力，冀州这边按说应该有两万府兵驻扎。”

应无咎摇头：“府兵吃空饷的情况太常见了，说有两万，其实能有一万兵力都不错了，而且这一万兵力，大多是未经训练的农民，长途奔袭，能真正上战场的太少了。把这群兵带过去，也只是白白给敌人送菜罢了。”

应夫人看了一眼赵朴真抿得紧紧的嘴：“但这是最后的办法了，不是吗？且先发兵过去，再随机应变，我军兵少，则尽量以奇袭之道为佳。只有援军过去，坛城才有机会突围。”应夫人侃侃而谈，果然并非前些日子闲居在家的普通妇人。

出发之前，应夫人给赵朴真找了一身软甲：“这是我从前用过的，贴身穿就好，轻便。战场上刀枪无眼，你穿着它，有备无患。”另外，还给她的手腕上戴了一个铜制的手镯，并且示范给她看，“这儿有颗珠子，连着机簧，这边的凤眼对着人，拨动珠子，便有吹箭射出，一次一根，总共能用十次，配的是苗疆的麻药，一次能麻倒一个成年男子。你可以以袖子遮掩，近身施为，最远不能超过一米，自己注意距离，越近越好，只是趁人不备。这麻药对人没什么坏处，因此不必太过忌讳，觉得对方有威胁就大胆使用。”

赵朴真受此厚礼，有些惶然，推拒又觉得不恭，应夫人却只是抚了抚她的头发，轻声道：“不管你信不信，我是真的把你……当成亲生女儿看待。一路小心，将来有机会……再来看我。”

赵朴真抬起头，对应夫人眼里莫名的哀伤觉得十分茫然，但如今迫在眉睫的是秦王之困，她已没有太多时间想其他的。

当夜，赵朴真和应无咎连夜出了城，跟着五百骑兵，先折去了冀州刺史府。

彭定枫倒是十分爽快地借了兵：“府兵能动的就一万四的兵力，已竭尽所能，且不曾十分操练，还要劳烦应将军统帅了。”成，则有借兵之功；不成，自有范阳这边借兵的责任。上次查办东阳公主私铸钱场一事，他已得罪了东阳公主，横竖别无选择，他倒也机灵得很。

赵朴真一行在冀州府并没有歇息，点了兵，带着一群连军衣都是匆忙带上、衣衫褴褛的府兵。赵朴真骑在马上，一直跟着应无咎急行军，考虑到她的水平，整个大军的行军速度已经大大降低，但她依然磨破了娇嫩的肌肤。然而她咬着牙没有说，而是跟着救援部队靠近了坛城。

身体上的疲倦和精神上的紧张，并不能减轻她心里那种怪异的感觉，越靠近目的地，她心中那种不对劲的感觉越来越强烈。

在许多不了解李知珉的人眼里，年轻的秦王从来没有打过仗，没有经验，年轻，急于建功立业，于是落入乌索可汗的陷阱，他被围城，真是再正常不过的事了。然而全天下知道他真正性格的人大概没有几个，赵朴真偏偏是其中一个。他根本不是那种急功近利的人，那样坚忍、狠厉的性子，怎么可能被大部队围上？

坛城高踞在黄牛坡上，远远地，他们就看到了那一座孤城，下边想必有重兵围着。一路上，有敌人的斥候发现了他们，快速地跑回去，想必对方已收到有援兵来的消息，但一万多人不够看，他们只有一次突袭的机会，然后城里的人借机突围，概率很小，却有可能让秦王突围逃走。

应无咎虽然年轻，但已是老将，和他身边的几员干将讨论出来的都是这个结论，唯有这一个办法。当然，这一万多未经过训练的府兵极大可能只是送死的菜，给王爷逃生的牺牲品，因为凤子龙孙的命自然比他们要珍贵。

这些面目淡漠而麻木的府兵也不知道自己是不是要去参加一场必死的战斗，只是机械地跟着长官的号令行军，衣衫褴褛，拿着简陋的武器，有些依稀看得出是一根长矛，有些稍微好点，套了一段铁矛尖。

看着高高在上的坛城，赵朴真心里的不安和怪异感越来越强，终于，她叫住了应无咎：“应将军，我觉得不对劲，咱们先缓缓再看看吧。”

应无咎顿了顿，又看了一眼蹙着眉的赵朴真，心想她大概累了，于是说道：“这里靠着溪流水源，倒能歇脚，不如大营先扎下，派一小队斥候到前边去探探敌情？”

赵朴真点了点头，看大营扎了下来，又看向那高高的孤城，忽然问应无咎：“应将军，假如是你，有什么理由会让自己身陷重围？”

应无咎想了一下，而后道：“为了救父母亲人吧，或者……”他顿了一下道，“从前配合父亲，我做过诱饵。”他看了一眼赵朴真，微微诧异道，“赵女官还是觉得秦王殿下这次被围不对劲？”

赵朴真没有理他，而是脑子飞快地思索：“诱饵？若是诱饵，当如何破这重围？”

应无咎道：“诱饵破围无非两种，一种是埋伏重兵，里应外合歼敌，若是有间者在其中挑拨，那就更好；第二种则是以奇计破之，比如火攻、水攻，火烧连营、水淹七军都是，不过需要天时地利才好施为，大多数战事最多也就烧烧粮草罢了……”

赵朴真灵光一闪，看了一眼坛城，又看了一眼大营旁边潺潺流动的溪流，之前被李知珉要求看的那些地理风志堪舆忽然闪现在脑海中。她看向坛城后边依着的积雪终年不化的云龙雪山群，整个人豁然开朗！她知道李知珉的用意了！

在遥远的坛城上，负责站在高塔上瞭望的哨兵跑了下来，对着城墙上站着不动的李知珉报道：“王爷，有援军到！”

闻言，在城墙上苦守多日的守军都精神一振，李知珉却紧锁眉头不说话，只是看着城墙外远远驻扎着的旗号深思。他旁边一名参将道：“好消息！多少人？你可看得出是哪家的军队？”

那报子十分踌躇道：“我看旗帜是范阳军，但后边插着朝廷守军的红龙旗，看着像府军，却不知是哪府驻军，看人数……”他迟疑了一下，而后低声道，“一万左右。”

守军们高昂的士气顿时萎靡了：一万多人，那不是送菜吗？只怕是附近的守军听说秦王被困，不救怕将来朝廷问罪，才派了一些守军过来敷衍罢了！

李知珉道：“再探！”

这个报子又跑回去了，一名参将站在一旁，对李知珉道：“这倒是王爷突围的好机会！若对方能缠着乌索可汗，还请王爷换身衣服，咱们从四扇城门派出几队人马出去，是一个突围的机会。留得青山在，不怕没柴烧。”

李知珉并不说话，双眉蹙得死紧，旁边的将士们看他总不说话，实在摸不清楚这个年轻王爷的想法。按道理这可是难得的逃生机会，至于这座小城，说白了，城里百姓本就没有多少，实在没有坚守的意义。

报子却又来报：“援军并没有上前开战，驻扎下来了，在对面的草头岗上，与敌军遥遥相对。敌军也没有动，大概是要看对方想怎么样，不过原本散着的后军紧缩了一些，都往山谷里撤了。”

李知珉眉毛一动：“草头岗？”

一个老成些的参将抱着一丝希望道：“这是暂不开战的意思了，难道还有后援？”

却又有人道：“这附近哪里还有援军过来？连府军都出来了，只怕是意思意思，到时候就说已救过了。”

苦熬了十来天，盼来的援军却是这般，沉重的城破阴影继续笼罩在每个人的心头，大家不再说话。

应无咎看着远远的雪山，以及密集地围着坛城、扎在洼地里的敌军营帐，仍然十分不放心：“你确定真的不必上前救援？”

赵朴真道：“现在盛夏方过，本该是汛期，溪水却仍然如此之少，这还不明显吗？我若没有料错，应该就是这几日了，还请应大人部署，做好准备才是。”

应无咎看了一眼赵朴真，想起劫钱那一次，还有之前与李知珉见过的那一面，低声道：“这个方法并不保险，若城池没有守好……再说粮草不足，实在是……若果真如此，秦王真的是……”他想了想，把“太可怕了”几个字吞了下去。这样疯狂地用自己作为诱饵，来布下这样险的局，对自己都这么狠的人……他微微颤抖了一下。

洪水冲下来的时候，正是三更时分，天边刚现一线青光，虽然是三军对峙，但士兵们并不敢沉睡。对敌军来说，正如群狼围着一只弱小的羔羊，骄兵之心必然是有的，自然也比较放松，因此当洪水冲下来时，被裹挟在洪水中的敌兵不少还在睡梦中，而他们大多数人是不会泅水的。

在黑暗的夜里，洪水仿佛凶猛的野兽，猝然汹涌而至，瞬间将驻扎在山谷里的敌军营帐席卷吞没。哀鸿遍野，应无咎和赵朴真被喧嚣声吵醒，起来站着。他们已刻意驻扎在高处，却仍然对洪水的来势估计不够，有些府兵营帐被连累，好在事先将帅有警告，因此他们十分警醒，发觉不对就已弃帐而逃。

雪山上的水是冰冷的，盛夏之时，虽然雪山峰顶的雪仍然冰封着，但依然有不少半山腰的雪化了，汇成河流流下山谷，然后转向东流向大海。平日，坛城的农民就靠这雪水灌溉农田，为此还在坛城外边开垦了不少良田，有一部分犹如梯田一般。赵朴真当初看风物志的时候，还对如何在山上挖出梯田十分感兴趣。

如今虽已过了盛夏，但暑热未散，这溪水潺潺，大违常理，若不是大军围城，平日里耕作的农夫们必然能发觉不妥，但大战一起，农夫们早就逃之夭夭了。敌兵们远道而来，哪里会发现不妥。围着坛城的洼地，本是由化冻后的河水冲刷而成，如今却被敌兵们当成驻扎的营地。而上游，已经被一支秦王派遣的部队悄悄筑土为堤，将雪水拦住，也不知攒了多少日的水，一朝决堤而下，带走多少性命！

应无咎带的骑兵先锋营训练有素，当洪水初起时就已起身上马集结，然而即使是这样，也无法在肆虐汹涌的洪水势头下做些什么。马儿都在咴咴地叫着，雍军们只能谨慎地站在洪流边上，看着洪水将整片敌军营吞没。他们不禁胆寒，倘若不是大帅让他们远点扎营，是不是救援不成，反倒会被这洪水冲走？

天渐渐亮了起来，洪峰已过，河水虽然已经变得平缓，但仍然浩浩荡荡，里头漂着人尸和马尸。水边幸存的敌军已经丧失了斗志，有的抵死顽抗，被应无咎带来的府军收割着性命，有的高举双手跪下投降。但乌索可汗到底是大汗，营帐在高处，又有效死的亲卫拼命护着他，他还是带着一部分没有被洪水冲走的士兵吹起了号角集结。不能给他们机会重整残局，应无咎带着队伍冲杀了过去，坛城已开城门，冲杀出了一队骑兵，和应无咎的军队里外夹击敌兵。

水流汤汤，号声响起，杀声震天，两岸重兴战事，只是这一次形势逆转，之前的群狼变成了落水狗，失去了斗志，而之前的羔羊则借着肆虐的洪水，精神大振，斗志昂扬。其中一贯被人鄙视落魄的府兵们，也嗷嗷叫着要在这个战场上拿到一两个人头，博得世代相传的军功。

CHAPTER 2

第二章

议和

赵朴真踏着血泥走入城中，一小队亲兵护着她。应无咎早就特意安排了一小队人，无论何时都要护着她。这是她第一次来到战场，但是这些天来肉体上的疲倦、痛苦以及心里悬着的牵挂，让她对这本应该觉得震撼和害怕的修罗场并没有十分恐惧。

安排下这样惊天陷阱的秦王还活着吗？坛城前后被围了足有一个月，外人都觉得城里早该弹尽粮绝，然而他们依然在撑着。

李知珉当然还活着，赵朴真走进去的时候，他尚在城墙上，玄甲重盔，上头的鳞片里也积满了乌黑的血污。他按着剑，靠着城墙看刚刚升起来的太阳。城墙上经历了鏖战，这些天不知道打退过多少攀上墙头的敌人，尸体甚至来不及清理，到处是破败的旗帜、闪着光的断矛、横七竖八插着的箭，以及一堆一堆的尸体。现在天气热，才死了人，已有苍蝇逐臭而来，乌鸦也在上头盘旋。为防止瘟疫，战场上的尸体要尽快清理，兵丁们正忙着清理尸体，找出里头还活着的人，要么送去俘虏营，要么送去伤兵营。

忙忙碌碌的兵丁们也在城墙上穿行，收集武器和战利品，掩埋尸体，救助伤兵。只有李知珉站在那里，一动不动地望着下边，整个人泰然如山，沉默而严肃。亲兵们根本不敢上前，只是肃立在后头，高统领站在后头，看到赵朴真来了，扬了扬眉毛，向李知珉的背影努了努嘴。

赵朴真走过去，李知珉转头看到她，眉毛一动不动，仿佛早就知道她要来，开口说的第一句话却是：“你来扶我一下，我没有力气了。”

赵朴真胸中一口热气蒸腾而上，鼻子又酸又软，上前扶着他，喉咙却哽咽着，扶着他走着。他全身的重量几乎压在她身上，一只手搭在她肩膀上都微微发颤。他面容平静，胸口却剧烈起伏着，另外一只手以剑拄地，慢慢地走下城墙。文桐已传了肩舆来，扶着他下去回房，宽衣解甲。大夫飞也似的来了，给他把过脉，没有伤，只是饿和累，也不敢多吃，下人只熬了浓浓的米汤给他喂下去，然后让他躺下歇息。

坛城围困十几日，他和士兵一样每日只食一餐，枕戈待旦，随时抵御无时不在的攻城。他大概早就力竭，却仍然坚守在城头，因为他不能倒，不能逃，所有的将士、所有的百姓都在看着他。

坛城之战让乌索可汗几乎全军覆没，不过即便是这样，当洪水下来时，他仍然带着亲卫挣扎着逃走了。但部族大军损伤如此之大，他虽然败走了土城，却颓势难免，显然已无力回天。朝廷这边，各路人马一收到消息，包括幽州薛闰、范阳应钦，纷纷调兵遣将，发兵围之，虎视眈眈，准备争夺这一块肉。

然而这个时候，敌国派遣使臣向朝廷递去了和谈的国书。

而朝廷居然答应了和谈，并且令征讨大军暂且按兵不动，等朝廷旨意。

前线将士几乎不敢相信朝廷的决议，一个老将十分愤怒地拍案：“妇人误国！如今形势大好，只要我们长驱直入，不日便可破虏斩酋，杀掉乌索可汗。那边群龙无首，也不过是乌合之众，又遭了这次大败，回去必生内乱，我朝至少能保十年平安，不生刀兵！”

一个老成些的将士捅了捅老将，示意旁边还站着东阳公主的亲儿子。老将看了一眼在帐子阴暗处沉默站着的王慕岩，不由得微微懊悔。倒不是他十分怕东阳公主，而是这些天接触下来，王慕岩并不仗着自己是东阳公主的亲子干涉指挥，凌压同僚，领兵打仗也是什么苦活累活都不嫌弃。这次坛城之战，王慕岩带着一队士兵，奉秦王之命秘密执行筑堤蓄洪、决堤放水的关键任务，也算得上是立了大功，将来论功行赏起来，以东阳公主之滔天权势，将功劳全归于自己的亲生儿子也是完全可能的。虽然是秦王以身为饵设下的陷阱，定的计谋，但拗不过人家有个权势滔天，可以指鹿为马的亲娘啊！他本就是永平郡王嫡子，凭着这次战功，爵禄上很难再往上封了，但军权上必能掌握更多，东阳公主绝对不会错过这大好机会的。

虽然众人有些不解秦王为何要将这么重要的任务交给王慕岩，既将自己的安危交到了王慕岩手上，也几乎将这绝大的一项功劳拱手相让。有些自以为通透的人想到如今皇帝尴尬、低微的处境，觉得这也是没法子的事。总之，此次大军好不容易打到这样的战绩，眼看这可以彪炳史书的千秋战功唾手可得，竟然生生要错过这好不容易争取到的战机！

将士们冒着生命危险战斗，那自然是为了拼个封妻荫子的，岂有不遗憾的。一时间，众人的眼睛悄悄看向仍然沉默着的王慕岩。王慕岩这时终于开口："将在外。"他惜字如金，这几个字的意思却十分明显。众人精神一振，没错啊！将在外，君令有所不受！立刻有人附和道："不错，朝廷那边不清楚我们这边的状况，以为咱们没把握尽歼乌索可汗。咱们若立刻发兵，势如破竹，一举成擒，真将乌索可汗擒下，那么朝廷的文臣自然没有话说了！"

几个年轻些、沉不住气的将领纷纷道："不错，咱们合该趁势进军才对。""再说咱们不动，节度使那边一贯是不把朝廷的旨意当一回事的，没准咱们白白干了许久，倒让他们白捡了便宜。""别的不说，薛闰定是会动的。""应钦那只老狐狸也不会放过嘴边的肉。""王爷该当机立断才是。"一时间，众人纷纷充满希望地看向李知珉。

这时，高灵钧笑道："朝廷既然有旨意，咱们自然只能遵旨。我听说朝中已有人参了我们王爷一本，说王爷这次明明可以全歼乌索可汗一部，却故意纵其逃走，放虎归山留后患，分明是要养寇自重，借机掌握军权，图谋不轨。虽说御史台闻风而奏，众人也只当是捕风捉影，但咱们王爷赤胆忠心，岂敢自作主张。"

这话一说出来，已有沉不住气的将士愤怒道："开什么玩笑！那天晚上已是全看天命了，咱们怎么可能纵其逃走？"

然而有些机警的老将默然不语。这次和秦王出征的，大部分是经验丰富的宿将，对朝廷里的那些道道都是门儿清。当今圣上就是东阳公主扶上去的泥塑木偶，一个微不足道的庶皇子罢了，迟早是要被拽下来给太子让路的，她怎么可能坐视今上的亲生皇子当真立得不世功绩，并且掌握军权？

血一样的历史在书上都写着呢！圣后杀了多少宗室子弟，连高祖一脉的公主、驸马都杀了好几个，血脉稍正的宗室，早就被血洗得凋零可怜，要不是今上当时着实出身卑微，性格懦弱不起眼，年龄又小，估计也早就被杀掉了。这东阳公主可是圣后的亲生女，别的没学到，飞扬跋扈、心狠手辣那可是学了十成。到时候她把一个谋反的罪名栽下来，那可是要抄家灭族的！他们这些将士，好不容易打了场胜仗，可不想家小都赔在里头！

这么一看，王慕岩刚才赞同秦王殿下不遵旨意，岂不是在给秦王挖坑？这下，刚才附和的人都出了一身冷汗，有的默默地离王慕岩远了点，有的则描补道："乌索可汗一贯老奸巨猾，定然料到我们还会乘胜追击，怕是会留下陷阱。到时候咱们冒了违旨的风险，又不能抓到他，倒是连累了王爷被弹劾。如今老成持重些，咱们先暂缓攻击，然后寻人细细地写了折子进京。这一战事关千秋大业，想必咱们折子写透了、写齐了，朝廷定能命咱们继续追击，停止和谈。”

这时，上官麟忽然嘲讽道：“这折子一来一回，黄花菜都凉了。如今敌军主力部队几乎全军覆没，乌索可汗逃出，分散在各地的敌军一时半会儿还集结不来。战机稍纵即逝，我们还有时间来来回回地请旨上奏？”

之前那人则恼羞成怒道：“依你所言，难道让秦王违旨？到时候上边问罪下来，你上官家担得起吗？你有几个头担得起？再说了，朝廷本来粮草就供应不上，再打下去，咱们拿什么打？”

上官麟冷笑一声：“无非又是一番利益交换罢了。但换得西北一线从此再无战火，国泰民安，于天下岂不大善？”

众人心下忖度他不过是仗着上官家势大罢了，有的讥讽，有的和稀泥道：“我们本来就是因为粮草不足才出此险计，如今能歇息一番，以逸待劳，也不错。”

李知珉终于开口：“且先按兵不动，大家这些日子也辛苦了，先整理自己的队伍，救治伤员，补充军需吧。”

秦王果然不能不屈服，众人一叹，却也知道这功劳换来的爵禄，也得有命、有子孙享受，如今这才是最稳妥的办法，于是再如何不甘，也只能散去。唯有上官麟留下，对秦王道：“家国大义，社稷江山，岂容那些蝇营狗苟之人耽误了？我愿独自带兵前去征讨乌索可汗，王爷只当不知道，成败我尽担之，若朝廷议罪下来，我一肩挑之！”

赵朴真和文桐一直立在帐内服侍，将此前众将的争议、忌惮都看在眼里，如今大气都不敢出。帐外，关外深秋的风呼啸而过，吹得帐篷猎猎作响，外边时不时传来巡岗军士的盔甲声和马蹄声，帐内却安静得仿佛空气有质感一般，沉沉地压着。上官麟站在李知珉跟前，腰杆挺立，犹如一杆笔直的长枪。

李知珉凝视着上官麟，这一贯吊儿郎当的纨绔，与上官家格格不入的年轻儿郎，如今眉宇间却含着凛然正气。李知珉伸手拍了拍上官麟的肩膀，过了一会儿道：“我知道上官兄是怪我顾虑太多，只是你有所不知，昨日我同样收到来信，敌人的使臣抵达京里，第一件事不是请见皇帝，而是去见了东阳公主，且备了厚礼。之后父皇召见，他态度轻慢，颇为敷衍，并且在宴会后借酒意言：‘常听说你们中原人说什么虎父犬子，今日才知道原来也能颠倒过来。’”

上官麟一怔，心念数转，竟然惊得后背起了一层鸡皮疙瘩：“这是挑拨！皇上必不会信的。他如今除了依靠信重你，还能靠谁？”这可是他唯一的嫡长子。说白了，上官麟敢说带兵征讨，也是赌皇帝如今只能把赌注压在自己的嫡长子身上，无论如何都会保住亲儿子的命和军权，议和毫无疑问是东阳公主的意思。但皇帝如今已有了些羽翼，隐隐要与东阳公主相抗，秦王出征正是他占上风的表现，自己身后又有上官家，还有太子也未必不能争取。

但是，若是连皇帝也要猜忌自己这个嫡长子……

李知珉面上森冷漠然：“今日他只能靠我做这柄刀，自然无妨，却不知来日这是否就成为我心怀不轨的证据。子正，我如履寒冰之上，不得不如此。你是上官家唯一嫡子，一举一动同样牵动家族，如今敌人不过是凭着这点阴谋诡计取巧，且看看议和条件如何，再做打算吧！”

上官麟默然许久，才肃然给李知珉行了一个军礼，随后退了下去。

上官麟走后，李知珉默默盯着舆盘里那些起伏山峦上插着的小旗子，在烛火明灭中，象征大雍的玄龙旗已经插满了许多城池山峦，仿佛胜利在望。养寇自重，他如果要养寇自重，就不会用这么笨、这么绝的法子！他忽然以袖拂过，小小的龙旗横七竖八，犹如天降横祸，一派潦倒，而年轻的皇子面如寒霜，目有杀气，一贯内敛的他，竟第一次如此情绪外露。

文桐与赵朴真立在帐内战战兢兢，许久以后，看王爷始终站在那里不动，文桐给赵朴真使了个眼色，意思是让她好好劝劝他。文桐小心翼翼地退出了帐篷外，在外边小声叫人去烧点热羊羹汤来。

赵朴真悄悄走上前，低声问：“王爷，应无咎来援尚未走，是否请他给应节度使传话？”

李知珉转头看了她一眼，眼光轻飘飘的，似乎在想很久之前的事，这时才开口，却并非回答：“很久以前我想要走这条路，一开始只是因为不服气。凭什么人一出生，就决定了有没有那个资格？”

赵朴真屏住了呼吸，第一时间却想捂住耳朵，拒绝听这外人绝对不可能知道的秘事，然而她本能地回忆起了那一夜，她躲在供台下看到的宫闱秘事。

她想：你不服气，是为母亲抱不平，还是觉得太子不如自己？

“后来……是希望保护自己想保护的人，不想连性命都操于人手，为鱼俎，为羔羊，无能为力，被人掣肘。”李知珉盯着舆盘，仍然在慢慢说着。这话似乎憋在他心中许久，无人可倾诉，弦断无人听，这么多年，他一个人默默地走着，殚精竭虑，找不到一个同伴，也不知道自己所做的对不对。

“再后来，见得越来越多，我希望能保护的人越来越多。”他近乎辩白，仿佛面前的人是自己的君父一般，“哀民生之多艰，铁蹄过处，民不聊生，河山破碎，疮痍满目，赤地千里……朝廷却偏偏糜烂如是，公主府上胭脂费，一年巨万之数，世家们明哲保身，圈地自肥，究竟有多少人关心这国这民？这一路上，流民扶老携幼，易子而食，流民百万，盗贼蜂起，待天一寒，不知还要冻死多少！这仗根本拖不起，再拖下去，北边将彻底荒掉，多少年都恢复不过来。出征之时，我是真心希望能尽快驱除敌人。平定地方，朝廷军需粮草供应不上，户部无钱，地方节度使一样只顾自己，我只有快些打，快些结束战局才有胜算。如今……”

如今，他仍然被扣上了养寇自重的帽子。作为知道全部战程有多急，亲眼见过那一夜惨烈战况的人，她再清楚不过那一夜多少凭的是巧计，多少凭的是运气。要在被围城数日后，在漆黑的夜里，在冰冷的洪水中，准确擒获或者杀死乌索可汗，那真的只能看天命了。然而朝廷中那些坐而论道的文臣，张嘴便污蔑了在边疆流血流汗的将士和苦苦支撑的王爷，只为了那点龌龊肮脏的利益，忙不迭地倾轧攻讦，那可真算得上卑劣了。更何况这其中还夹杂了来自君父的猜忌。虽然知道这一天迟早会到来，可真到来的时候，他仍然被伤到了。

李知珉终于没有要求应无咎对应钦说什么，只是出面接见了一下应无咎，说了些感谢来援，必要向朝廷请功之类的场面话，赏了些战利品。前一日那不为人知的伤感、愤怒已经重新掩藏起来，众将们只看到一个虚怀若谷、礼贤下士的王爷，谈吐谦冲，举止稳重，风韵气度，无一不佳。

在应无咎带着部队回去之前，赵朴真又去见了他一面，托他感谢应夫人的热心相伴。

应无咎看着换下了那些母亲给她制作的绫罗绸缎，穿着鸦青小内侍服的赵朴真，肩膀纤秀，神光内莹，分外显得小，有些怜惜：“想来战事也明朗了，朝廷无论是议和还是继续打仗，大概也能稳定下来。但是这边要什么没什么，日子过得实在清苦，不若你先和我回节度使府，等回京了，我们再遣马车送你回去就好。”

赵朴真抬眼看他，一双眼睛黑白分明，他被她看得微微失神，又描补了一番：“母亲视你如亲女，我们也拿你当妹妹，不会对你有什么不轨之心的。”

赵朴真却在想别的事情，听到这里只是诧异了一下，没有回应，只摇了摇头，笑道：“我并不是为了这个，只是王爷身边本就没带几个伺候的人。

你替我谢谢令堂这些日子的招待。”接着问了一句，“令尊一贯不大理会朝廷命令的，这次可以继续进军，将乌索可汗及其残余势力歼灭吗？”王爷被猜忌，应家却军权在手，无人敢惹，若他们去杀了乌索可汗，这场仗就算结束了，大家也能休养生息。

应无咎摇头笑道：“停战议和都明发谕旨了，各路节度使虽说平日里不大遵朝廷号令，但如今继续去攻打乌索可汗不值得，除了功劳，什么实在的战利品都没有。节度使们看重的是利益，实惠早就被王爷占了，战争财拿了不少，这次你倒是能和王爷多讨些赏。那几座城也不是什么好地方，收回来还得还给朝廷。这擒获乌索可汗的功劳，没准儿还因为是抗旨，变成问罪的把柄。要知道逆贼人人能讨，到时候被周围其他节度使借机讨伐吞并或是被朝廷拿着这罪名问下来，不值得。如今能动的也就我们和幽州节度使薛闰，那也是一个鬼精的，不会轻进的，毕竟他们和东阳公主正闹得僵，岂会授人于柄。”

赵朴真之前听一些将士说其他节度使定然会捡这个便宜，没想到真正操作起来却是这样，难怪王爷根本不理会她的提议。果然他对人心算无遗策吗，所以才咬牙吞下血，不得不接受议和的决议？

应无咎看她几乎立刻暗淡下去的眼眸，忽然十分不想她失望，却灵机一动：“其实，虽然说不能明着来，但是那乌索可汗要议和，总不会一辈子都缩在城里，若出城遇到匪盗什么的，或是碰到一两个刺客，那也是可以的。”

赵朴真果然眼睛一亮：“刺客？”

应无咎含笑道：“自然，那些游侠儿都是为国为民、轻生重义的好男儿，有那么一两个去刺杀可汗的，也是极有可能的。”

赵朴真心神领会，知道这是要效法上次劫车的法子，命人去刺杀可汗了。她嘴角含笑，盈盈一拜：“应将军为国为民，真勇义也。”

应无咎一笑：“赵娘子才是心怀家国天下之人。放心吧，你只管静待佳音好了。”

两人正说笑着，远处的上官麟却忽然走来了，问赵朴真道：“小真儿，你不伺候王爷，在这里做什么？”他一贯嬉笑无常，没个正形，如今对应无咎却视若无物，十分轻慢。

应无咎表情微微尴尬，拱手道：“上官兄。”

上官麟冷笑一声：“应将军不是到我家去提亲了吗？虽说我们未应，但将军在外，可要守些礼才是。”

这话听在应无咎耳里，却是另外一层意思，他登时颇为窘迫，拱了拱手，说了几句场面话，看上官麟只是不大搭理，和上次进京提亲时的意气相投，打猎喝酒，却是迥然不同。他看着场面尴尬，便匆匆告辞，带兵去了。

看着应无咎走了，上官麟才恼怒地对赵朴真道："我前些日子军务在外，回来才知道王爷竟然使你跟着宋先生去说服应钦了！岂有此理！那可是一个匪盗窝！你可小心点，远着些他们！"

赵朴真微笑道："上官大人不必担心，应大公子为人虽然勇武，但十分守礼，况且我在节度使府，也只是在应夫人身边服侍罢了。"

上官麟一怔："应夫人？"他迟疑了一下，问，"那应夫人如何？"

赵朴真笑道："她是一个巾帼英雄，凡妇不可比之。"

上官麟点了点头："她上次带着应无咎进京提亲，一个人说服我爹。我当时就很好奇这是一个什么样的妇人，要知道我爹那性子，可不是一般人能说动的。我妹妹养在家里这么多年，看得那么紧，让他松口，可真不容易。"

赵朴真想到应夫人毁掉的容颜，十分好奇，问道："上官公子见过应夫人吗？"

上官麟道："父亲那日专门让我去拜见应夫人，好好地让我拜见一个女眷，倒是颇为蹊跷。不过她戴着幂篱，在屋里也不曾摘，我并未见到她的真容。她只是问了我几句读书和宫里当差的闲话，并没有什么特别之处，不过我感觉很是可亲斯文。应钦那可是匪盗头子，倒有这么一个谈吐斯文的夫人，可真不简单，传闻他还畏妻如虎。"

赵朴真听他说得好笑，也只是抿嘴而笑，打趣道："说到底，上官大人还是担心自己的妹子，才迁怒于应家大公子吧？"

上官麟微微尴尬道："我母亲丧于山匪之手，我妹妹对这门亲事很是抗拒。"赵朴真一怔，心中飞快掠过一丝不对劲，待要细问，却闻嗒嗒蹄声，城门口几匹骏马疾驰而入，马上之人手持一面明黄龙旗。上官麟脸色微变："议和的使臣来了。"

赵朴真十分诧异："他们来得这样快？"

上官麟面色凝重："不知道派的是什么人，会不会是东阳公主那一派的人？"

前锋过后，果然看见一队羽林营护送着一辆马车缓缓进城，赵朴真却"咦"了一声，在人群中发现了一个认识的人，他腰杆笔挺地骑在马上，一身玄衣，面色冷漠。

上官麟也立刻发现了："公孙刃，他怎么也来了？他不是一向都紧跟着他的兄长吗？"

只看到宋霖从里头迎了出来，显然是代表王爷迎接朝廷使者。马车也停住了，公孙刃翻身下马，走到马车前掀了帘，果然从里头推出了一架轮椅，豁然是穿着白衣的公孙锷，他笑容和气，让人如沐春风。

很快，他们便知道了公孙锷的职司——行军司马。这两兄弟之前还是草民，究竟有何等际遇变成行军司马，还代表朝廷前来议和?

行军司马，听起来品级不高，职司也不过是协理统调军事，然而雍朝几个赫赫有名的国师担任的职务都是行军司马，如今他身上又奉着皇命，代表雍朝议和，那就非同一般了。

“公孙兄弟已被带走，鱼上钩了。”赵朴真已经想到了那一个夜里，那无声无息出现的玄衣人，敏感的弦再次被拨动了：这……也在王爷的安排计算中吗?

上官麟低声道：“好蹊跷，我去打听打听。”护送使臣前来的羽林军，自然有他认识的人，他走了过去，很快便与人攀谈起来。

不多时，他回来了，说道：“说是前些日子太子举荐他为官的，颇有才华。太子都只唤他先生，东阳公主似乎也挺赏识他的，据说医术通神，替公主治好了头疼的毛病，学识也颇为渊博。这次议和，朝中那些文臣没几个愿意来干这一不小心就在青史留下骂名的苦差事，但又不敢让东阳公主的人来签下什么丧权辱国的条约，太子便保举了他，皇上便也许了。”

赵朴真看了一眼陪同在公孙锷身边形影不离的公孙刃，这个年轻人依然和过去一样，犹如一把沉默而锋利的剑。太子和朝廷中的那些大臣，知道这个人曾经是赫赫有名的“鬼杀”吗?

公孙兄弟，之前一副隐居市井的姿态，却在上官家、王爷、太子身边出现，如今干脆出仕为官……他们到底是不是王爷的人?当时上钩的鱼又是谁?难道竟是太子?还是东阳?皇帝又为什么会允许太子和东阳身边的人来议和?难道东阳公主这次丢了这么大的脸，皇帝还没有占上风?

一团一团的迷雾在心头萦绕，明明她已经知道秦王许多不可告人的事，但依然看不清楚这个人的安排和谋划。

议和，前方的将士们自然不会有什么好脸色。李知珉出面宴请议和的人。宴席上，大家殊无欢颜。不过是说说场面话，秦王和新上任的行军司马也十分客气，看起来并不像熟识。散宴之后，两人全无私下来往，仿佛都是公事公办。

和谈选在了昌隆镇，为确保和平，两边的军队都已提前进驻，将昌隆镇一分为二，严阵以待。

李知珉作为主帅，在后方镇守，并未参加，然而和谈的情况依然有人每日送来。

公孙锷似乎并不着急，那边虽然急于求和，但也提出了许多匪夷所思的条件，甚至明明战胜的是大雍，他们依然恬不知耻地以奉雍朝为“天可汗”的前提下，要求大雍赐下更多的牛羊、丝绸、金银、土地。

而公孙锷则不慌不忙，提出了纳贡、割地、可汗儿子进京为质、赔银等等条件，两边各自漫天要价，一条一条条款地抠，两边议和的使臣书办小吏则互相争执谩骂，两国议和，活生生弄得犹如一场闹剧。

“公孙先生究竟是何用意？”宋霑看着议和每日的节略，有些不解，“敌人狡诈多端，如今求和不过是为了喘息，怕是未必真心要降。公孙锷，到底是不是真的为了公主来办事？”

往日这个时候，李知珉都会和宋霑聊一聊，然而这一日他有些神不守舍，拿着一本书在翻着，淡淡道：“管他们呢。”

秋风已起，眼看就要天寒，宋霑分析道：“他们应该比我们更着急，这一仗死了那么多青壮年，冬天不好过，再拖下去，难道还真能得逞？”

书房里全无响应，仿佛只有宋霑一个人关心这场和谈。他看了一眼慢悠悠翻书的李知珉，李知珉穿着一身便袍，无比闲适，他又看了一眼在一旁煮茶，却明显已经神游天外的赵朴真，显得有些无奈，轻咳了一声，引起这对心不在焉的主仆的注意：“丫头在想什么呢？和谈结束后，我们就可以回京了。”

赵朴真回过神来，看了一眼李知珉，他仍然在垂眸看书，显然对他们聊什么一点也不在意，便大胆问宋霑道：“我在想，前些天听到上官公子说，他母亲是因为遇山匪死的。”

宋霑一怔，回忆了一下，而后道：“不错，是有这事。上官夫人当年可是世族高姓卢氏嫡女，才名远扬，后来下嫁上官家，到了京城才知道她的容貌也如天人一般，不同凡响。当年，她似乎是带着襁褓中的女儿回河西娘家休养，没想到遇上八王之乱。路上流匪众多，她虽带着家丁、护卫，仍被一股山匪打劫了。紧急之时，她为保护女儿，令乳母将自己的女儿带走。她引开匪徒，为避免受辱，纵身跃下山崖，尸骨无存。消息传回，上官家和卢家都十分悲痛，于是联合上表，为她请贞节旌表。也是适逢其会，那时候圣后一朝才过，女子抛头露面读书、干政之风日盛，朝廷大概是担心再出来一个乱政的女子，便大力倡导女德，拿了她作为贤妻良母的义烈典型，大肆旌表，赐了贞节牌坊，赏下封田，还给上官家和卢家封赏，每边都多给了几个荫封的名额，还赐了上官夫人亲生的一子一女爵位，小小年纪就已有朝廷俸禄了。朝廷那会儿借机把贤惠贞烈的女德大肆宣扬了一番，后来我记得又一口气封了好些个贞洁妇人，还出了一本《贞女传》，上官夫人卢氏就是打头的一个，这会儿应该还能找到。”

赵朴真呆呆道：“尸骨无存？那就是，其实并没有确认她滚下山崖是真的死了？那她如果没死怎么办？”

宋霑笑道：“那种时局，你是不知道啊，到处乱得很，她一个柔弱妇人滚下山崖，就算不死也会受重伤，或者落入山匪手里，又或者流落在山野荒郊，哪有生机？”

赵朴真道：“那假设……假设有人偏偏将她救了回来，还好好地护送她回了京呢？朝廷的旌表能撤回吗？”

宋霑一笑：“史书咱们也读过，朝廷重臣重病，天子一般不探病，若是亲探，那就是问身后事了，不死也得死了，更何况是一个妇人？旌表已下，还是上官家和卢家联合上报请的旌表，现在说人没死，没确认人死，为什么请封？这岂不是欺君之罪？卢家和上官家都不是小家了，自然知趣。就算上官夫人还活着，也多半改名换姓，远远地被送去庄子里养着了。不过这也是随口一说，那会儿战乱，一个世家养尊处优的妇人，还生得美貌，可以说是必无生机了。”

赵朴真的脑海犹如闪电劈过，无比通明。原来如此，那天赵朴真想不通的地方这样就说得通了。为什么卢家和上官家都不肯接纳自己大难不死的亲人，因为他们怕担上欺君之罪！他们已经享受了她死去的莫大好处，必然舍不得吐出来。应夫人含恨离开子女，孤身远走，嫁给了应钦，却对自己年幼的儿女内疚难安，默默关怀。难怪上官家襄助太子，应钦也投靠太子，而一旦上官小姐没有被封上太子妃，应夫人立刻带了应无咎上京提亲，她一定是想要将女儿纳回自己的羽翼下。试问这天下还会有哪个婆婆能比自己的亲生母亲更包容、更好相处？若是不问别的，上官小姐嫁给应无咎定会圆满平顺过完一生。难怪应夫人那么关注上官公子的战事，甚至愿意出手助秦王，只是象征性地提了一个可有可无的条件，她明明就是为了保护自己的亲生儿子啊！无论当时他们出使不出使，想必应节度使都会出兵襄助秦王！

赵朴真的脑子里乱糟糟的，一会儿对应夫人充满同情，一会儿又隐隐有些羡慕上官筠。

上官筠知道她的生母仍然在默默地关怀她，一心替她打算吗？天之娇女，如此幸运！上官麟知道应夫人是他的生母吗？应该不知道。但是上官谦应该是知道的。上官麟说上官谦让他专门去拜见过应夫人。上官谦到底是怎么想的呢，当年自己的前妻离开，又嫁给了枭雄，如今荣耀归来……上官谦这些年根本没有再娶妻，依稀听说纳了卢家的庶妹为姨娘，方便照顾儿女，果然是对前妻念念不忘吗？所以上官谦才对应无咎求娶女儿的事没有一口否决？她会嫁给应无咎吗？

她要告诉上官麟吗？知道自己生母在世，他会怎么做？他那样真性情的人，大概会认回自己的母亲吧？他一贯待她不错，若知道他生母仍活着却不告诉他，她良心上着实有些过意不去。

那日眼泪莹莹的应夫人又在她面前晃过，经历过那样日子的应夫人，亲生儿女在跟前却不能认，心里是多么悲痛啊！

她脑海里东一下西一下地想着，也不知道宋霑和李知珉聊了啥。等晚间有了闲暇，她便出去让人打听上官麟如今的行程，才得知他已去了议和的地方驻扎。

赵朴真突然觉得自己倒也不必纠结要不要立刻告诉他了，想起那几个月的陪伴，应夫人眼里的泪光，心里微微觉得歉然。这一日她心不在焉，连文桐都感觉到了，悄悄对她道："姑娘身上不舒服吧？看如今这势头，我们也快回京了，你且歇歇，今晚我来值夜吧。"

赵朴真笑道："哥哥一直很照顾我，只是前些日子我都不在王爷身边，全靠您伺候着，我如何敢再躲懒。我并没有什么不舒服的地方，您且安心。"

文桐悄悄一笑，知道这个姑娘明明分外受王爷器重，却丝毫不自矜，和宫里那几个女官可大不一样。他心里一笑，也不拦着，王爷如今心情不好，只有这个姑娘陪着时才好些。

赵朴真端了被褥进来，看到李知珉正端坐在几前耐心摆弄几枝枫叶。那枫叶红得似火，插在粗窑黑坛里，犹如跳动的小小火苗。她觉得十分奇怪，"呀"了一声："这附近有枫林吗？也不知文桐是从哪里弄来的。"

李知珉淡淡道："刚才我出去骑马散心，看到了枫叶，觉得颜色好，就折了点回来看看。"说完，他将坛子摆好，显然是插好了树枝，他往后端详了一下枫叶，而后低声道，"红叶黄花秋又老。"声音里有着浓浓的萧瑟感。

赵朴真忙上前替他收拾剪下来的枝叶，他低头看她，问道："今日你好好的，怎么忽然问起上官夫人的事？"

赵朴真抬头看了一眼李知珉，这几日开始和谈，他陡然闲了下来，整个人有些消沉，但是仍然那么敏锐。如果上官家和应家是那样的关系，那么如果上官家真的和太子决裂，应家显然同样不会再支持太子，这对他倒是一个利好消息。自己完成三件事，就要离开他了。这事儿和他说说，也对得起他这些日子为国为民奔忙了。而对应夫人来说，兴许这本来就是她的目的？

否则她好端端为什么要留下自己，又无端要对素昧平生的王爷的侍女说起往事？自己不过是一个奴婢，这应该是应家想要给王爷透露和传递的消息吧？太子以及太子身后的崔家，已经得罪了上官家，而应家大概要找寻下一个效忠之人了，王爷这些时日在军方的声望日隆，这大概是一颗问路的石子？

她低声道："陪应夫人的时候，我听应夫人说了些以前的故事。这么巧，应夫人当年也是因为山匪劫路落难的。"

李知珉一怔，随即神情专注道："说下去。"

赵朴真将应夫人所说的都说了出来，李知珉的手指轻轻触碰了一下枫叶："应夫人就是上官麟和上官筠早该死去的生母？"

他微微侧过头："怪不得。"正要说下去，忽然外边传来亲兵匆忙的脚步声，那人在门外停住了，大声禀报："报王爷！王将军擅自出战了！"

CHAPTER 3

第三章

投石

王慕岩擅自出战！

他仅仅带了一万的精兵，轻车简从，长驱直入，一日便抵达了敌军大营所驻扎的铁山。

乌索可汗专门派了使臣进京买通了东阳公主，与大雍使臣正在议和中，大营本就空虚，守备松弛，王慕岩乘虚而入，乌索可汗被亲兵死士们抵死守护，边战边退，再次狼狈逃离，一直退守到了原本敌军界内的东兰境内，借着熟悉地形，又有白河挡着，才苟活了下来，估计身边的部族亲卫剩下不过百人。

正在议和的使臣是一个曾和雍人学过几日“四书五经”，精通雍语的官员，猝不及防收到此消息，只能气急败坏地怒斥朝廷议和的使臣背信弃义，却也拿摆出一脸无辜表情的公孙锷毫无办法。使臣气一上来，下意识挥舞着刀剑，便想要恐吓跟前这个坐在轮椅上、手无缚鸡之力的文人。这时，公孙锷身后一直沉默的公孙刃不过是往前站了一步，目光灼灼，凛然逼视，那身上陡然散发出带着血腥味的森然之气，让气血上头的使臣不由得一怯。而背后护送公孙锷的玄甲兵士也都按剑引弓，数人齐喝，舌绽春雷，彪悍凶猛之气悍然而发，目光炯炯有神，身子前倾，竟然一副恨不得对方先动他们，他们好借机大动干戈的渴战心态。

士兵一贯视大雍犹如兔子、羔羊一般软弱无能，这次大意战败，觉得是敌人诡计多端，并未真正把大雍人放在眼里。而可汗派个使臣进京略一挑拨，果然昏庸软弱的皇帝以及贪婪肤浅的公主就都上了钩，不约而同地害怕秦王坐大，颁下圣旨停战议和。众将额手相庆，觉得雍人一贯喜好内斗，没有血性，这次他们失败不过是暂时的，且待雍人自己消耗士气后，他们重整部族，便可从头再来。

万万没想到，他们以为议和计划进行顺利，雍人也已停战，但一贯自诩“仁义德信”的雍人竟敢背信弃义，悍然突袭，行“小人”之事！

眼前这文质彬彬、儒雅斯文的议和大臣，看起来简直是一头在迷惑他们的披着羊皮的狼，而他们发现自己没办法发怒，因为他们背后仿佛无坚不摧的狼骑已经一溃千里、四分五裂，可汗逃亡不知去向，而这些他们如今看不起的雍人，如今竟像焕发了令人畏惧的血性。

正如许多遇强则弱的人一般，他们也怯了，讪讪地放下了刀剑，色厉内荏道：“我方可汗是一心与大雍化干戈为玉帛，共襄盛世的，如今这般，有损雍国大国形象啊！”这会儿使臣又无耻地提起仁义礼智信来了。公孙锷倒也笑吟吟的，仿佛对这意料之外的突袭了如指掌，回话的时候却绵里藏针：“要结盟讲和，总得你们先把占了咱们雍国的地还回来，这才好坐下来谈议和的条件。贵方仍占着我们大雍的城池，就要和我们说议和，也太没有诚意了。”

使臣语塞，公孙锷淡淡道：“我看如今使者您也有些拿不定主意，不若您再回去问问你们可汗，看看还能拿出什么议和的条件来，也好让我上覆君主，传达贵国的诚意。”

议和不欢而散，公孙锷当日就回了秦王所驻扎的城。王慕岩也遣了使者回来，将缴获的战利品一一上报，并同时附上了请罪的折子，只言以戴罪之身守在刚收回的城里，向主帅请罪。

然而即使是朝廷使臣，也无人对违旨擅自出战、大胜而归的王慕岩提出任何惩治的意见，而秦王也不过是匆匆拟了一份折子，将最新战况命人飞送回朝廷。

朝廷大军一片平静，底下却是暗流汹涌，人人都被这神来一笔惊到了。王慕岩啊，平时要多沉默有多沉默，要多听话有多听话，是众人眼里的老实头子，让他往西绝对不往东，大家都忘了这里还有一个跋扈的东阳公主的亲子，没想到啊！谁能想到？

这才是东阳公主的亲生子呢！这明显就是东阳公主为了让亲生儿子博个万世功绩啊！至于抗旨，那是什么？谁不知道当今皇帝就是东阳扶起来的傀偏？她故意先让秦王罢战，然后让自己亲生儿子抢功，这太符合她一贯贪婪无耻的作风了。

眼看这不世功绩妥妥地要归于东阳公主的亲生子，这些跟着秦王卖命的将士们再不平，也只能捏着鼻子认了。

等待朝廷回奏的日子很是无聊，无所事事的军汉们一闲下来，手里又刚拿了战利品的封赏，到手的功劳眼看要飞了，也只能捞点实惠的，享受点实在的，这军纪就开始有些守不住了。不过数日，便抓了几出聚众赌博、偷着喝酒、偷偷进城逛妓院、扰民、寻衅滋事打架的事件。

秦王治军一贯严整，少不得抓了人，该打军棍便打军棍，该绑旗杆示众就绑旗杆示众。其中极醒目的是王慕岩的异母兄弟王慕松，他因打架被杖打了四十军棍。这军棍可是实打实的，他又是军官，罪加一等，打得更是严重，立时就躺着了。

上官麟平日里和王慕松还算交好，给他送去了一些上好的伤药，回来便和赵朴真说笑："你知道他为什么打架吗？居然是为了仇人的儿子打的。如今王慕岩忽然来这么一下，争了大家的功劳，少不得有人编派起来说闲话，喝了几口酒，就开始口里嚼蛆，说王慕岩蔫儿坏，会咬人的狗不叫，早就打算好争功劳什么的。结果他听到了，就扑上去和人打起来了，把人家脸都打肿了，人都被他打蒙了。不是说他们有仇，平日里连话都不说一句，见了面都要躲开的吗？如今他怎么为这个仇人的儿子出起头来了？"

赵朴真听到也觉得新鲜，追问道："后来呢？"

上官麟道："后来，参与打架的人都吃了点军棍。同病相怜，那之前说醉话的人登门去道歉，他才说对方是外人，咱们是自己人，不管怎么说，人家那是实实在在带了一万人去攻打铁山，踏踏实实地打了胜仗，是破了如今这议和的将军，救国救民了。就为这一点，大家就不该在背后说人是非，咱们怎么说也是同袍。"

赵朴真赞道："他果然是一个光明正大的汉子！"

上官麟呵呵一笑，道："这一仗是给咱们出了一口窝囊气！你是没看到那使臣的脸，真是痛快！"他又微微不忿道，"若我只是孤身一人，也愿为此一大快！"

赵朴真是见过他请战被李知珉劝下来的，只好安慰他道："都是为国为民，个人得失也是其次了。"

上官麟不过郁闷了一瞬，便立刻恢复了平日大大咧咧的模样："没关系啦！其实这次最吃亏的还是你们家王爷。他有什么想法吗？只怕没多久，朝廷那边的封赏就要下来了，他这次真的要白忙活了！"

赵朴真摇了摇头，自从知道王慕岩忽然出战取得大胜后，李知珉显然心情好了许多，虽然表面上还和之前一样沉默寡言，但显然这次吃了这么大的亏，他是十分乐见其成的。

从这一点上来说，秦王和王慕松，倒都不愧是男儿心胸。赵朴真是看着王爷如何辛辛苦苦、一步一步带着弱旅穷兵，一点点地争取着有力的局面，苦苦谋算，以身为饵走到今日的，如今胜利果实被政敌伸手摘取，那可真是不能说不憋屈。

赵朴真问上官麟："这一仗以后会如何？"

上官麟想了一下，而后道："无外乎是咱们这一次的功绩全算在王慕岩的身上，军权这边从前是东阳公主的弱项，这一次亲子掌权，自是不必说了。然后王爷加点封邑，继续闲着。他这次锋芒毕露，肯定会被东阳打压的，闲王还是好的，就怕被捏造点由头打压。你这些日子也小心点，别让人栽了什么书信进来，搞个通敌什么的可就不得了了！咱们这些人吧，多少有点汤喝，该拉拢的拉拢，该打压的打压吧。如今，只有一点我没想清楚，公孙兄弟到底是来干吗的，真的是来迷惑敌人的吗？我这次奉命保护他议和，消息传来的时候，他和公孙刃互相看的表情，都颇为震惊，看起来不像是事先知晓。"

赵朴真却知道这公孙兄弟和自己王爷间似乎有些不为人知的瓜葛，心下暗自揣测着，注意力全集中在了这上头。而府里到处是人，她倒不好开口和上官麟说应夫人的事，只略谈了一些，便送走了上官麟。

赵朴真回客院的时候，却是巧，木门咯吱一声打开了，豁然是公孙锷坐着轮椅推开门往外看。

秦王既是王爷，又是主帅，如今驻扎在城里，自然是住在城守府里。这最大的相邻着的客院，就是让朝廷来使住的，又因为公孙兄弟不喜人近身服侍，院子里一贯不留仆从，公孙锷腿脚不便，一直是公孙刃形影不离地服侍着。如今这一开门，赵朴真却只看到公孙锷一人坐在轮椅上，身后并没有一贯紧紧跟着的公孙刃，心下略感奇怪，鞠躬施礼道："公孙先生，您可有什么需求？"

公孙锷微微含笑，显然仍然记得她："赵尚宫有礼了。我这是看天好像要下雨了，检查一下门户是否关严了。如今时势不稳，门户严谨些好。"

除了精通医术，公孙先生居然还能观天象？赵朴真肃然起敬，笑道："先生腿脚不便，可让二先生吩咐仆人。"

公孙锷微笑："些许小事，我自能为之，不必烦劳他人。赵尚宫也当尽速回去才是，我看这天立时要下雨了，当心淋湿了，容易着凉。"

赵朴真笑着致谢，抬头看了看天色，心下半信半疑，却还是加快了脚步回到自己的住处。却也巧，她后脚跟才进门，果然风就紧着雨点落了下来，大雨真的来了。

寒冬将至，这雨下起来，也让温度陡然冷了下来。赵朴真和文桐忙着替李知珉烘暖被子，找出毛料和厚袜子，屋里生了炭盆，才算打理妥当。他们服侍着李知珉歇息，照例文桐守夜，赵朴真才回了自己住的房里，又是一番收拾才歇下。

而窗外雨声沙沙，赵朴真又想起之前和上官麟说的那些事，再想到王爷如今的处境，一会儿想到从前撞见的那些事，一会儿是这几年在王爷身边的点点滴滴，一会儿又想到与王爷的约定。如今战事将定，她能离开王爷吗？还有一桩事，会是什么呢？王爷会不会想出一桩特别难的事来为难她？如今这情形，怕是东阳公主越发势大，王爷如今又展露了惊人的军事才干和野心，不可能不招东阳公主忌惮，东阳公主如何会坐视他慢慢发展，定会用各种阴谋倾轧。史书上那些血淋淋的宫廷斗争又浮现出来，那些招了当权者忌惮的皇子，哪怕是太子，也逃不过被栽上各种谋反罪名，活生生冤死的命运。

王爷会坐以待毙吗？自己在王爷身边能自保吗？千百桩事浮上心头，赵朴真竟翻来覆去睡不着，只听着窗外淅淅沥沥的雨声，也不知道到了几时，才迷迷糊糊做了些梦。梦里，李知珉素衣披发，被一群御前金甲卫士押着，头手都锁在木枷里，她站在一旁眼睁睁地看着他被押去午门。周围全是看热闹的群众，人人都伸着脖子，仿佛热衷看凤子龙孙被问斩。他却转过头看着她，说了一句什么话。他说什么话？周围实在太吵闹了，她听不见。她十分努力去听，但周围真的太吵闹了，她听不见。梦里，她很着急，犹如窒息一般的焦虑和无力感憋在胸口，她难过得几乎要爆炸了。然而周围的人群依然毫不在意地喧闹着，这时，人群里忽然有人喊："有刺客！"

她惊得一下子坐了起来，发现自己好端端躺在床上，屋里昏暗一片，原来是一个梦。然而梦里那令人窒息的无力感仍然如影随形，她按着自己仍然怦怦乱跳的心，也不知是在庆幸果真是一个梦，还是在忧虑这会变成事实。

"有刺客！"

她茫然四顾，难道她还没有醒？然后外边的嘈杂声越发大起来："有刺客！"

她惊跳了起来！真的有刺客！这里是城守府，还有重兵把守，怎么会有刺客混入？是要刺杀谁？是王爷，还是朝廷使者公孙锷？

赵朴真匆匆起身将袍子套好，推门出去，却看到门口已经站了一队持刀的甲衣兵士。他们看到她出来，阻止她道："将军有令，各处奴仆皆待在原地不动，违者视为刺客同党！"

赵朴真忙问："是谁遇刺了？王爷可安好？"

那名兵士只是冷着脸，不许她出去，也不回答问题，只逼着她回房，也不许点灯，什么都不许做，只许乖乖待在房里等着。

她忐忑不安地回了房，又经过几拨搜查的小队兵士，均只是负责搜查，什么都不肯说。黑夜下，城守府里已经四处点起了火把，明晃晃犹如白昼，不安在四处搜查中蔓延着。

直到天将亮，上官麟面色凝重地过来将她带了出来，低声和她说："王爷遇刺！"

赵朴真吓呆了："王爷如何了？"

上官麟大步走在跟前："王爷的肩膀中了一剑，没伤到要害，但剑上有剧毒，因此王爷昏迷不醒，好在公孙先生身上有师门护心清毒的秘药，给他及时服下，否则可能当时就毒发了。如今公孙先生在替他诊治，需要人伺候王爷喂药。"

赵朴真想到昨夜那不祥的梦，整颗心都揪得紧紧的。王爷的房间外边，已经有密密麻麻的兵士守卫着，戒备森严。上官麟将她带到廊下，忽然站住，转头低声对她说："你别担心，如果王爷有个什么不测，你来找我。"

赵朴真心乱如麻，听到他的话却没有想到更多的意思，而是心惊肉跳：已经到这样的地步了吗？不是说还有一件大事吗？为何就到了这样的地步？

她来不及想更多，进了王爷寝室。公孙刃正站在外间，仍然是那样寒如冷刃，看到她进来，只是冷冷扫了她一眼，继续站在窗边。

公孙锷坐在床边，在替床上的人把脉，眉毛紧蹙。文桐端着热水在洗毛巾，屋里全是浓浓的药味和血腥味。赵朴真轻手轻脚地走进去，看到李知珉果然躺在床上，紧闭着双眼，不省人事，脸色青灰，连嘴唇也是青灰色的，被子只盖到腰间，上身被宽松的棉丝中衣罩着，能看到下边肩膀上缠着雪白的纱布。

这样一贯冷静自持、步步算计的人，如今躺在床上不知生死，赵朴真也不知为何，眼圈一热，眼泪就涌出来了。

她不敢哭出来，只是拼命忍着，过去接着热毛巾为公孙锷打下手。公孙锷替王爷把完脉，蹙着眉头，上官麟问道："先生觉得如何？"

公孙锷摇了摇头："我取些血回去试试，怕是外域的奇毒，不好配药。

这边陲城镇，怕是很多药材都不齐备，最好还是赶紧将王爷送回去，至少得要一个大些的城镇才行。”

上官麟叹了几口气，又看了一眼李知珉和一旁脸色苍白的赵朴真，低声道：“我们上官家在附近的凌城有店铺，我立刻让他们紧急调药，先生需要什么药，只管开口，我命人紧急送来。”

秦王遇刺中毒昏迷的消息不胫而走，刺客是死士，被擒后立刻服毒而死，查看身上，似是常年在马上生活的人，秦王中的毒还是外域奇毒。

然而还有一种消息传出：他们都是莽撞性子，哪里会用什么毒？如今大败，各参战部族四分五裂，乌索可汗也不知所终，谁还会有心思来毒害秦王？再说了，毒害秦王对他们有什么好处？若是真有这本事潜入戒备森严的城守府毒杀一国亲王，那早不毒晚不毒，这会儿战局已定，还毒什么？刺客专门带了敌人的弯刀，这不是故意激怒大雍吗？敌人只是不擅计谋，可也不是傻子啊！

这些推理都有理有据，将士们也都起了疑心：对啊，为什么刺客这会儿才来毒杀秦王？

结论就是，这明显是自己人干的。内贼才能进入戒备森严的城守府，熟悉情况，一击必中。为什么要杀秦王？废话，这不是明摆着是因为秦王挡路了吗？等秦王回京，还得费事想办法安罪名处理了。如今秦王正好还在边疆战场，派一个刺客谋杀了，谁也拿不到证据。所以主谋是谁？还有别人吗？最大得利者可不是亲生儿子刚刚抢到了最大战功的东阳公主吗？

这一番推理逻辑严密，渐渐流传开来，听到消息的将士们皆深信不疑，也都同仇敌忾起来：秦王是谁？他虽然是天潢贵胄，但也是跟着大家出征、同甘共苦的。这次大战也是他以身为饵，设下陷阱才扭转了战局。这次出征，大家心知肚明他的功劳最大。如今呢？最大的战果被人伸手攫取，他都忍下来了，有人居然还要他的命！

将士们在前线拿命来拚，冲锋杀敌，以血肉来保家卫国，却有人为着肮脏的政治，来暗算扯后腿，让人万劫不复，天下还有比这更龌龊的事吗？这天下还有公理吗？

前些日子兵士们的憋屈、不甘累积下来，如今发酵，越来越强烈，变成了对秦王的同情，对世道天理的不平。将士们义愤填膺，愤懑不平，这种情绪在普通兵士间悄悄扩散，不断变大，便是其中一些理应弹压此事的将军，也在不满的情绪下坐视流言愈演愈烈。

这日，应无咎忽然来了，押了一车药品过来，道是范阳节度使应钦听说王爷被刺，命义子应无咎送来，同时带来了另外一个令人震惊的消息：乌索可汗遇刺了，身首分离在自己帐内。刺客身手非常矫健，趁夜伏杀，一击得手。乌索可汗身边的亲卫都是武艺高强之人，竟然也折了数个，在那刺客手下毫无抵抗之力。如今随着乌索可汗的身死，部族四分五裂，各自拥戴乌索可汗的长子、三子和幼子，数日之内，已经混战了几次。看来在他们分出胜负之前，是不会有人来和朝廷议和了。

赵朴真还以为是应无咎上次说的找游侠儿去刺杀乌索可汗成功了。

“刺客并不是我派去的。”私下，应无咎却找赵朴真说话，“我派去的人回来和我说，算起来，乌索可汗遇刺与王爷被刺几乎是同一天，而且这手法太专业，并非一般人能做到，干脆利落得就像是专业杀手中的顶级杀手，但是杀手一向不会介入国仇家恨，收费又极贵。”

赵朴真这些日子一直在昏迷不醒的秦王身边服侍，有些疲惫，但头脑一刻不停地在思索下一步的打算。这会儿她忽然灵光一闪，想起了那一夜公孙锷的反常举止，和他形影不离的公孙刃不知所终——难道这才是公孙兄弟出现在这里的真相？

“听说上官家名下的店铺在四处收解毒的药材……”应无咎并不知道她的想法，看了看她，欲言又止，半晌后才继续劝她，“你最好还是不要卷入这些朝廷争斗中。母亲说知道你看重王爷，但是王爷应该足以自保，你还是多看顾着些自己。”

赵朴真知道上官麟最近让人送了颇多解毒的药材来让公孙先生放手治疗，但也只是控制住毒性没有进一步扩散而已。秦王依然昏迷不醒，她忧心忡忡，只当应无咎关心自己，点了点头，又寻思着公孙锷的事情，心里想着王爷究竟知不知道公孙兄弟的计划。如果他知道，这难道是他安排下来的后手？朝廷要求议和，他就安排下杀手，只求让这场战争彻底结束，百姓得以生息……

谁知道这样一个人，仍然被身后射来的冷箭刺中了呢？

送走了应无咎，赵朴真回到了秦王的内室，看到公孙锷正由公孙刃推着进来，解下药囊。她想起应无咎适才说的话，忍不住看了公孙刃一眼。公孙刃立刻敏锐地察觉到她的视线，目光如闪电一般扫了过来，瞳孔漆黑，看到是她，却又垂下了眼帘，遮住了那一刹那泄露出来的杀气。

即便是一眼，赵朴真也感觉到了威胁。这些日子，他推着公孙锷进进出出，平日里又极为沉默、冷漠，让人几乎忘了他“鬼杀”的身份。

公孙锷似乎感觉到了弟弟那一刻的不妥，转头看了一眼公孙刃，又温和地对赵朴真道："麻烦赵尚宫替王爷宽衣。"

赵朴真上前替秦王解开了衣服，露出了男人苍白的胸膛。昏迷数日，他瘦了许多，公孙锷在他的胸口附近扎上细如牛毫的银针，银针随着薄薄的肌肤下的心脏微微跳动，生机如此薄弱，也不知哪一日就会忽然停止。

他筹划了那么久，十来年为了崭露头角的时机蛰伏着，弓马娴熟，兵书了然，苦苦支撑到今日，好不容易取得了大胜，在朝廷、在君父、在子民面前证明了自己的能力，幼龙方起，就很快引起了敌人的注意，敌人狠狠地给他的翅膀斩下了一刀。

如果早知道是这样，他还会这么拼命、这么努力吗？就为一开始的不服气？他应该和宗室里那些闲散纨绔子弟一样，和他之前扮演的那样，做一个庸庸碌碌、自由自在的闲王。还有上官麟、王慕松等人，这些人平日在众人眼里也不过是无所事事的纨绔子弟、混世魔王，但国难当前，他们仍然不甘平凡。

不知为何，赵朴真觉得如果再来这么一次，李知珉也不会甘心庸庸碌碌过一生。他是那么骄傲的一个人啊。

赵朴真盯着他紧闭的双眼、苍白紧抿着的嘴唇，唇上长着浅青色的绒毛，这样的年纪，若是一般人，怕是会被一些倚老卖老的老将军讽刺乳臭未干。可他已统领千军万马，杀敌无数，也只有昏迷了才显得脆弱和年纪小，否则他是那样无坚不摧，万无一失地算计人心。

约半个时辰后，公孙锷才算行针完毕。赵朴真替秦王盖上了锦被，听公孙锷说了些注意事项，然后看着公孙刃推着公孙锷出去。她转过头，发现秦王仍然不见苏醒的迹象，便将一旁炉上煨着的铜壶提了起来，在铜盆里注入热水，将毛巾弄湿后，绞到半干，替秦王轻轻擦洗。

这些日子，他时不时会发热，公孙先生说这是他的身体在和毒素抗争，不必特意降温，只是得时时替他擦汗，保持身子干净清爽。因此她和文桐分成两班，文桐主要是夜班，她则是白班，轮换着在他身边伺候着。生死面前，一切都抛开了，她除去了羞赧，尽心尽力每日替他宽衣、擦拭身子，替他翻身、按摩手足，给伤口换药，用特制的细管长壶给他灌入药汤或米汤。有时候昏迷中的王爷也会呕吐出秽物，她也毫不躲避，上前替他擦净，然后命人速唤公孙先生来。有时候他发热厉害，汗湿重衣，她也不厌其烦，一次一次替他重新换干爽的软棉中衣。

公孙先生和文桐看她辛苦，都提出过让亲兵轮换着来服侍秦王，但她担心亲兵们太粗心，不识字会弄错药，因此宁愿自己来。不过数日，她原本有些圆润的下巴都变得尖细了。

一轮擦洗过后，她替秦王换上了一套干净的中衣。王爷虽然病骨支离，但到底是一个年轻男子，又身无知觉，身子挺重的，一个人要给他翻身还真有些不容易。她这些日子慢慢摸索出了一套方法，慢慢地借着几个迎枕，一半一半地替他换衣，倒也颇为利索。这下她才慢慢替他换上衣服，掩上衣襟，抬头看他，却看到他长长的睫毛忽然动了。

她心中一喜，又变得紧张，轻声唤道："王爷，您醒了吗？"

李知珉睫毛抖动了一会儿，努力了一会儿后睁开了眼睛，眼神有些涣散，倒像是有些找不到人一般，微微侧了侧头。赵朴真连忙又轻声唤："王爷？您醒了吗？"

李知珉的头转过来了一点，眼睛终于直勾勾地盯着她，黑沉沉的："朴真？"他的声音沙哑低沉，却十分确凿地显示出他神志清醒。

她的眼圈微微发热，声音微微颤抖着："是奴婢。王爷，您身上可有哪里不大舒服？我让公孙先生过来给您看看。"

李知珉显然身子不大能动，只是头微微转动了一下，哑声道："现在是晚上吗？什么时辰了？我躺了几日？"

赵朴真转头看了一眼敞亮的里屋，脸色微微发白，颤声道："王爷您先歇歇，我请公孙先生过来。"她疾步走出门，整个人犹如踏在云端，茫然无措地走了几步，才想起来王爷才醒，身边不能无人伺候，便叫了一个在门口守卫的兵士去叫公孙先生来。守卫看了她一眼，仿佛见了鬼一般十分惶然，急急忙忙地跑出去了。她看守卫的神色大变，摸了摸自己的脸，才发现自己不知何时流了一脸的泪水。

过了一会儿，公孙刃推着公孙锷急急忙忙地赶了过来。公孙锷身上的衣服都没穿好，过来替王爷把了脉，又反复查看了一轮李知珉的眼睛，然后点了蜡烛反复照着，又让人抱了李知珉出去直视日光，最后安慰道："王爷既能清醒，性命已是无碍，只是余毒未清，想是影响了眼睛，且让我再仔细看看能否将余毒缓缓逼出。"他也不敢说能让秦王的眼睛复明。赵朴真知道他一贯谨慎，这定是没把握所以才不说，一颗心慢慢沉了下去。

李知珉自赵朴真不答话，匆匆走出去，就已知道情况不对，便是夜晚有人伺候他，也自会点灯，岂有缺蜡烛之理？怕是自己的眼睛出了问题。

因此公孙锷这一轮折腾，他十分配合，神情也沉静，并不似一般人得知自己瞎了便惊慌失措。虽然人仍然疲惫虚弱，但是他一句一句问清楚了如今的情势。在知道乌索可汗已死，大雍这边胜局已定，朝廷那边已经飞奏，就等朝廷下旨，不日应可凯旋后，他点了点头。

秦王倒不曾就战局说什么，只是撑着虚弱的身子，叫了几名大将和帐下文士、宋霑过来，先命人将自己的身体情况拟折子上奏朝廷，又将军中的事交代了几句紧要的，让诸将都安了兵士们的心，又注意统计好功绩，到时候一并上奏朝廷，给大家论功行赏。

如此安排后，他已累得不行，在公孙锷的干涉下，喝了点药，又沉沉睡去了。

秦王醒了，但眼睛暂时看不见的消息传扬开来。大家一方面替王爷庆幸没有让贼人得逞，又暗自怀疑不知何时暗箭再来，人都瞎了，会不会还非要人命不可？

李知珉再次醒来的时候，眼睛已经敷上了药，凉丝丝的，用布包着，有人在细心妥帖地隔着薄软的布巾替他按脚，一个一个脚指头地按揉着。搓热脚心后，这人又细心地向上按揉腿肚子。他因中毒，全身酸痛、疲惫得犹如压着一座山一般沉重，被这双温暖、柔软、细腻的手细细按揉着，果然舒服了许多。他一贯不喜下人直接触摸他，知道隔着布巾推拿，想必是文桐。

他动了动，感觉身子动得还是有些困难，而睡前喝下的药汤甚多，有些内急。他想起之前醒来，文桐用便壶替他在床上方便过，便吩咐道："我要小解。"

汗巾子被拿开了，很快他被人扶着侧身过来，有人妥帖地替他解开了下裳，在拿了便壶过来替他扶着方便后，又替他收拾好衣襟，扶着他坐下来，拿了热茶过来给他喝。这时，外边却有人走了进来，道："王爷醒了？公孙先生说您可以进一些好消化的米汤，我让厨房送来？"却是文桐的声音。

他轻轻点了点头，心下纳闷：文桐才进来，那扶着自己的是谁？亲兵？这人力气不足，并不像能上战场、五大三粗的亲卫们。

这时，文桐继续说话："真姑娘先下去歇一会儿吗？你一整日没歇了，王爷这边我伺候着。"

赵朴真的声音在李知珉的身边响起："是。"

居然是赵朴真，李知珉一时觉得不自在起来。他在王府，近身伺候一贯是内侍负责，从未用宫婢……听见赵朴真起身告退离开，文桐上前接手，接了他手中的茶杯。他轻咳了一声，道："贴身服侍你来就好，不必让宫女服侍了。"

文桐忙告罪道："并不是小的推托怕累，而是这些日子王爷昏迷不醒，时时发热，需要人随时在旁伺候着，有不对就要立时让人和公孙先生说。又因是遇刺，我们并不敢让来历不明的人贴身服侍王爷，咱们这又是出征在外，一时半会儿也没有合适的人，只得我与赵娘子轮流守在王爷身边。赵娘子这些日子十分关心王爷，自在王爷身边守候，服侍王爷喂药等事十分妥帖周到，公孙先生也觉得她服侍得好，王爷的身子日渐好起来……”

李知珉点了点头，也不说话。文桐看他面上并无不喜之色，便小心翼翼地服侍，不提其他的了。

CHAPTER 4

第四章

嫉妒

秦王发现，黑暗让人平静，许多从前没有注意到的声音在自己的生活中响起：窗外，风吹动树枝发出的沙沙的声音，鸽子扑棱拍打翅膀的声音。这好像他很小的时候，不想去书房习字，赖在床上装睡，闭着眼睛听到的声音。

好逸恶劳是人的本性，母后对他寄予厚望，严厉要求，在高压下，年幼的他更是对习字背书感到厌恶，千方百计想装病，逃避去书房。旁人都是严父慈母，而他却有着严母慈父，从小父王并不在意他的功课，偶尔一见，也都是温和微笑。母后因为他背不出书用戒尺打他，他又哭又闹，父皇只是笑道：“孩子还小，将来不过是一个闲散宗室。儿子肖母，愚钝自有愚钝的福气，何必强求，闹得鸡飞狗跳的，家里不得安宁。”

母后知道父皇不喜闹腾，再罚他时，就都避着父皇。又因为那句“儿子肖母”深以为耻，平日里她绝对不肯承认自己学识不行，近身既好用识文断字的奴婢，又不许奴婢学识超过自己，倒闹得身旁尽是见风使舵、察言观色的谄媚小人。

愚钝自有愚钝的福气……父王的确是因为她的愚钝才让她当了皇后，而在父皇眼里，这已是莫大的恩赐与福气了。也不知道自己失明的消息传进京里，父皇母后会如何想。母后本来就没对自己抱什么希望，她还会为自己感觉到悲伤吗？还是为自己再一次烂泥扶不上墙感到愤怒？李知珉在黑暗中讥诮地冷笑了一声，惊觉黑暗让不快的往事尽数浮上心头，这样不对，会让悲观的情绪控制自己。

他蒙住眼睛，是为了看得更清楚，不是让自己变成怨天尤人的废物。

他坐起来，却有人立刻过来扶起他，赵朴真在他身侧轻声道："王爷，鸽舍有信来。"

从前鸽舍的密信都是王爷亲启，赵朴真掌华章楼数年，知道鸽舍里驯养信鸽，知道信鸽每日来回带来各方密信，然而从来没有任何人看过鸽子们带回来的信。而她从前一心想着离开王府，更是一步不多走，一眼不曾多看，就怕知道得太多。

然而现在王爷失明……高灵钧将鸽子上戴着的密封蜡筒送来，就装作有急事跑了。那蜡筒上是暗红色的火漆印，这是特急的意思，怕是京城有消息来，她只有硬着头皮进房，看到王爷躺在床上一动不动，她也不知道王爷到底是睡着了还是已经醒了，只好静静候在一边，直到看到王爷坐了起来，才上前禀报。

李知珉双眼上蒙着雪白的纱布，转过脸来，赵朴真却仿佛看到他昔日犀利而冷静的目光，不由自主地垂下眼皮，躲避那如有实质的压迫感，却听他淡淡道："拆了。"

赵朴真将蜡筒打开，取出里头一卷油纸展开，里头却尽是数字，每三个一组，全看不懂。李知珉却仿佛能看见一般，继续道："你在我箱子里拿那本《六韬三略》出来，按上边的数字对着看，第二个数字是页数，第一个数字是自右而左第几行，第三个数字是自上而下第几字，你一一破译出来，誊抄出来后告诉我。"

赵朴真拿出那本青竹纸封面的《六韬三略》，一一对应破译油纸上的内容。李知珉行军途中经常看这本书，众将见了，多以为王爷勤习兵法，如今看来，这密信所对应的书也是随时变化，便是中途信鸽被别有用心的人捕获，知道上头的含义，也未必知道对应的是哪一本书。这倒是一个万无一失的密信传递法子。

信很快就译出来了，她却被信里的消息震惊了，深深吸了一口气。李知珉敏感问道："如何了？"

最近这些日子，边疆一直飞报消息回京，这密信里就是在说京城的动向。

赵朴真读出了破译出来的文字："冬至日，上官老夫人携上官谦嫡女入宫给后请安，宫里内线传讯：上官欲嫁女于秦王，后大悦，厚赏之，当夜求见今上，回寝宫后喜形于色。"

很显然，李知珉在宫里在窦皇后身边必是有内线的，上官谦没有续弦，后院无人主掌，因此一直深居简出的上官老夫人忽然亲自带着上官筠入宫，那必然是和上官筠的婚事有关了。上官筠曾几乎为太子妃，她的婚事，各方人都关注着，便是战起前，也有范阳节度使夫人亲自进京为义子求娶，虽说看起来十分不般配，但也算得上是一方枭雄给出的结好的信息，总归是引人注目的。而这条信息里，显然上官老夫人进宫给皇后请安，私下对皇后表达了将上官嫡女嫁给皇后嫡子秦王的消息，那显然是确凿的，而皇后大悦，也在情理之中。毕竟窦皇后之前为秦王谋取五姓女，结果被世家们委婉地拒绝了。虽然之后秦王取得了战功，本来可以借着战功再次谋取一番，结果秦王却在这节骨眼上失明了。失明的皇子还有什么前途？在世家女里头再找秦王妃，已绝无可能。这个时候峰回路转，上官家居然愿意将最宝贵的嫡女嫁给秦王，这对窦皇后来说，显然是一个令人喜出望外的消息。

之后窦皇后求见皇上，这消息没有写具体，可知无法探得确切消息，但几乎可以猜到必然是和皇上请求赐婚的旨意，回寝宫后喜形于色，那自然是得偿所愿了——上官筠要成为秦王妃了。

赵朴真极力保持着自己声音的平稳，却依然无法控制地流露出了一丝颤抖。

李知珉显然因这消息吃了一惊，觉得莫名其妙，转过头来，然后才想起自己看不见，伸手按了按眉心，微微诧异："上官家这是做什么？"

他皱起了眉头，微微侧过头，露出了和从前一样深思的神色。他总是这样，很少笑，也很少纵情享乐。他和从前一样，任何事情都要殚精竭虑，反复思虑。一般人知道上官世族要将最宝贵的嫡女嫁给自己，怕是要喜出望外，更何况是那样一个才华横溢、冰雪聪明的美貌少女，他却仿佛不知道有这样一个绝世佳人要嫁给自己，一丝喜意都没有，而是静而深地想着，谁都不知道他究竟在想什么。

冬日，清晨的阳光斜照下来，给他苍白的脸上增添了一丝柔软的暖色，即便纱布蒙着他的眼睛，他的轮廓依然十分动人。因为他失明，赵朴真可以不再像从前一样小心翼翼地伺候他，可以肆无忌惮地直视他。

她忽然明白了刚才看到消息的一刹那，心里突然冒出来令自己都震惊的嫉妒是什么了。

大概是目光放在这个要杀自己的人身上太久了，她竟然，好像，喜欢上了这个人。

赵朴真在深深嫉妒那个叫上官筠的贵女。她知道她要嫁的是怎样一个惊才艳绝，却隐忍冷清的男人吗？又或者是，她有一双与众不同的慧眼，早就看出了他的不同凡响，于是慧眼识珠，依然在所有人都不看好他的时候，在他失明病弱，在他处于人生最低谷的时候，选择了嫁给他。

上官族，数百年的世族，曾出过数个皇后的世族，青钱铺路、冰山避暑，这是多么高的门第。上官筠几乎算得上下嫁了，更何况她是京城明珠，才貌双全。还有一个不为人知的秘密，娶了她，也就赢得了范阳节度使这一支强有力的援助。谁都不知道这点，王爷却知道……

赵朴真几乎自暴自弃地想：你在想什么？便是他失明了，他不得势，也不是你一个宫女可以肖想的，更何况还有那个致命的秘密，他当初就想杀了你灭口，你只要留在京城一天，就一天不安全。更何况……

赵朴真看了一眼抿着唇深思的李知珉，他冰冷淡漠的侧脸，任是无情也动人，然而他的确根本对她没感情。

宠爱？重用？他待她似乎比待其他的侍婢不同？

一切不过是他觉得用着比较趁手，因此稍加青眼罢了，三项大事已经办了两件，她不如离去。

赵朴真百千思绪纷乱至极，不过是一瞬间，便已快刀斩了乱麻。李知珉忽然开口：“你去请宋先生来。”

赵朴真没反应过来：“啊？”

李知珉轻轻敲了一下桌子：“你去请宋先生过来，把你誊好的这密信给他看看。”

赵朴真定了定神，走了出去，果然请了宋霑过来。

宋霑看了密信，将手一拍：“妙哉！此乃天助王爷！”他十分兴奋地站起来，来回走动，“无论上官家意图如何，他们此举必将走到东阳和太子的对面，更不要说无论是家世还是人品、才貌，上官娘子都可以说是极佳的王妃人选了！王爷还有什么疑虑？”

李知珉皱了眉头：“不该啊，上官家不该这么早就加入阵营，难道是这段时间京城形势有变？再说了，对上官谦来说，保持中立，将嫡女嫁到其他世家巩固实力，才是保全一族的最好方案，他们为什么要选这一步？”

宋霑眉头皱起，又笑道：“无妨，现在上官麟正在军中，待我去探探他的口风。”宋霑又想起一事，道，“这么看来，当初他不顾上官谦的反对，非要随王爷出征，也是耐人寻味之举啊，怕不是在演戏？还有，前些日子王爷毒伤昏迷，他也命上官家调动附近店铺，送来了不少珍稀药材，对王爷可算是关心备至了，如今看来，竟像是关心妹夫呢。”

李知珉眉头深蹙，淡淡道：“上官麟没什么心机，此等大事他未必知道，若是知道，不可能出征至今毫无端倪，不过你去探探也好。”

宋霑笑着调侃道："正好我带小真儿去找他喝酒。不过王爷，佳人在望，您为何全无一丝喜色？"他又看了一眼赵朴真，微微踌躇。

李知珉却已不赞同地说道："你喝酒便喝酒，莫要带上朴真，我还有事要用她。"

宋霑仿佛恍然大悟一般，看了一眼一旁站着的眼观鼻、鼻观心的赵朴真。这丫头平日里在王爷面前也没这么拘谨、恭敬，表面上恭敬，其实一肚子不规矩，若是议论朝事，她还敢插嘴说一两句话，王爷也都纵着她，今日她却一反常态，一言不发。

多嘴了……他不由得暗暗懊悔适才自己多嘴。但是男人嘛，有几人是耽于小情小爱的，更何况是皇家子弟。他看了一眼面无表情的李知珉，心想王爷不过是要安抚安抚她罢了。可惜了这丫头，若有上官筠那样的门第，可绝对不会比上官筠差，性格又好，人也聪明……

他心里想着，没再多嘴，笑嘻嘻地告退，找上官麟喝酒、说话去了。

上官麟果然一点也不知："什么？我家人要把妹妹许给秦王？父亲怎么会同意？"他瞪大了眼睛，竟然殊无喜色，"你这消息从哪里来的？可不要胡乱说话！"他竟像是有些愤怒。

宋霑笑着给他倒了一杯酒："事关我们王爷，我自然是有可靠渠道的。"

上官麟微微焦躁，却也知道宋霑说话绝对不是空穴来风，只拿起酒杯一饮而尽："你们王爷同意了？"说完，他知道自己问得冒失了。他们这等人家，婚事尚且无法自主，更何况是皇家。

果然，宋霑笑道："王爷的婚事自然是由陛下、娘娘做主，哪儿有王爷说话的份？只是如今王爷的眼睛这般，怕是委屈令妹了。"宋霑这句话说得却极有技巧，明面上是说王爷失明，实际上却是投石问路。若上官家果真有此意，上官麟这时候就当抛出条件，展现诚意了。

上官麟却不接话，和传说中十分爱惜妹妹的那个混世魔王大大不同，只是一杯接着一杯地饮酒。过了一会儿，他忽然问："小真儿这些日子怎都不见了？"

宋霑笑道："王爷如今眼睛看不见，自然身边缺不得伺候的人。"他仔细看了一眼听他说话后越发焦躁的上官麟，含笑道，"朴真姑娘可是我们王爷身边十分受重用的人。"

上官麟不再说话，这一夜他喝得酩酊大醉，宋霑却只得出了一个结论：他是不希望自己的妹子嫁给秦王的，他不反感和秦王结盟，却不同意妹子嫁给秦王。

这也不奇怪，一贯听说他极疼爱这个同母妹妹，谁愿意自己的妹妹嫁给一个没有前途的失明闲散皇子？这倒是真心疼爱了。不过看起来，他对自己家里的打算也是一无所知。

隔了两日，上官麟果然找到了机会找赵朴真说话，老调重弹："我和你们王爷说个情，让你除了宫籍，放你出来吧。"

这些日子，赵朴真早已感觉到上官麟虽然对自己很是照顾、亲热，但看上去不似有绮念。难道这些世族的人，当初真的不过是借个由头靠近王爷？今日看来，他们的一举一动果然是早有预谋。如今自己的亲妹要嫁给秦王，她这个王爷分外看重的近身奴婢，自然是能调开才最好。

赵朴真微微觉得心凉，只是含笑礼貌道："公子实在厚爱了，朴真自有打算，不劳您挂心了。"

上官麟看她的脸色就知道她又要婉拒，心下烦躁，直通通道："我听说我妹妹要嫁给你们家王爷做王妃了，我和你认识一场，哪儿能看着她使唤你？你这些年服侍王爷，没有功劳也有苦劳，我开口要他放你，他绝对不会不同意的。你只管放心出来，不必担心在外边过不好。我手里有不少铺子、庄子，都在我名下，是我母亲当年的嫁妆，给你分上几个，你想怎么过都使得，总之不必伺候人。你们王爷待你再怎么好，也不过是赏赐一些小玩意儿，你哪儿能真服侍人一辈子？你听哥一声劝，你出来，自由自在，想怎么过都成，不必看人脸色。"

这些日子，赵朴真惊觉自己对秦王动了心思，如今听上官麟这些话，却字字诛心，又似处处维护自己的妹妹，脸色有些不好看，只是微微鞠躬道："多谢上官公子热心打算，令堂留给您的产业，您还是给令妹留着吧，朴真何德何能，完全不敢受的。我手上还有些差事，先回去了。"

上官麟看她转身就走，一个人站在那里，脸上神色变幻，最终看她决意走去，跺了跺脚，终于没有再找她。

过了些时日，果然朝廷那边有谕令下来：秦王抗寇有功，即刻带军回京听封领赏，随从有功之将，一并回京论功行赏。另外，赐上官谦嫡女为秦王妃的旨意也一同到了，这的确十分令人瞩目，一时间，诸将纷纷恭喜。

秦王虽然还在治疗眼睛，但身子已渐渐恢复，在侍从的服侍和幕僚们的辅佐下，倒也能理事了。得到恭喜，他只是和平日一般点头回礼，并无一丝轻狂、喜悦之色，依然稳重、冷静，一如往常，喜怒不形于色，倒让人真心钦佩他的宠辱不惊，感叹他的运气不佳。

秦王接了旨意，自然不能轻忽，立刻便下了拔营回京的军令。全军上下便动了起来，前锋当日便拔了营先行。之前朝廷派来的议和大臣、行军司马公孙锷也随同秦王一同回京。这次议和最后以乌索可汗遇刺，敌人四分五裂、一蹶不振、毫无再战之力为结果，如今尚且没有战出个首领来。朝廷这次其实也元气大伤，因此并没有贪心，继续去征伐那一大片地方，只是在边疆重新安置了哨所，节度使们再次盘踞了回去，进行势力地划分。虽然议和无果，但无人敢轻视这个言笑晏晏、极为年轻的先生。老将们都是久经沙场的人，自然略微猜到了这议和怕是障眼法。只是这到底是皇帝为巩固自己权力的手笔，还是东阳公主为自己儿子争功的手笔，又或是难得几方都取得了一致，这都不知道了。

都要回京了，鸽舍这边却再次送来了紧急的消息。赵朴真这些日子成了唯一拿着密令的人，也不待王爷吩咐了，破译好后便拿着去找王爷。她一进屋里，便看到王爷准备沐浴，文桐正在替他宽衣，身上衣裳已解了大半，露出了修长的上身。

回京又要数日，路途中多有不便，因此在拔营远行之前，李知珉传了热水要彻底沐浴，赵朴真这会儿撞进来，又被文桐叫了声赵娘子，不由得进退两难。李知珉前些日子躺在床上，全靠赵朴真擦洗，按说什么都看过了，并没有什么好回避的，然而自他清醒后，都是文桐近身服侍，赵朴真如今心中又有鬼，一下子看到王爷这身子，不由得面红过耳。

王爷一直勤于练习，身形颀长，这几个月又一直弓马不辍，身上肌肉颇为强健，虽然病了些日子，清减了许多，但在薄薄的日光下，起伏的肌肉块垒分明，显出了之前躺在床上那虚弱身体所完全不同的活力。

他微微侧过头，眼睛上纱布已经除去了，没有焦点的眼眸犹如冰块一般冰冷："有什么事吗？"他冷静、从容得仿佛身上不是一丝不挂，镇定的态度也感染了赵朴真。她垂下眼眸，不敢再看日光中充满生命力的身体，低声道："京里有信来。"

李知珉问："急吗？"

赵朴真低声道："一般。"

李知珉点了点头道："你在外边候着。"

赵朴真松了一口气，退出房间，默默听着里头的水声，却一直觉得耳郭热得很。

李知珉洗完出来已是半个时辰后了，头发披散着，已被拧得半干，身上只松松地披了宽软的丝绵软袍和一件白狐轻裘。文桐引着他半卧在榻上，又替他盖上了一张羊毛盖毯，看着赵朴真倒好了热羹汤递到他手里，知道赵朴真这是要禀密信了，才轻声道："奴才退下了。"

李知珉点点头，赵朴真闻着李知珉身上沐浴完透出的桂子香味，恍然想起了许久之前曾到上官家的庄子上度假。那次去庄子上度假的皇子、公主，都得了不少上官家秘制的桂花油膏，沐浴后擦在肌肤上和头发上，香气特别清幽淡远，一经沾染，便经久不消。这次出征，李知珉想必考虑到路途遥远，沐浴不便，文桐便带上了这香膏。那一次的示好，就已显示出上官家的试探以及结交之意了，一切都是有迹可循的。

她沉浸在过去中，李知珉却已开口："说了什么消息？"

赵朴真忙回答："主要有两件事。一是朝廷一番博弈，王爷回京后，应当能掌禁卫军北衙。"

李知珉道："东阳公主会同意？她一直视父皇为操线木偶，一旦我掌禁卫军北衙，就意味着她再也不能和过去一样控制和威胁禁卫军了。"

赵朴真道："说是王慕岩战功彪炳，将封节度使。"

李知珉摇头："一个节度使还迷不了东阳公主的眼，就能让她放弃北衙十六卫，就算她目光短浅，也还有褚时渊……"他忽然陷入沉思。

赵朴真低声道："信上说褚时渊已在白马寺出家，不肯见东阳公主。"她看到这个消息的时候十分惊诧。褚时渊，东阳公主的谋士，究竟为何忽然与东阳公主决裂？密信有限，并没有详细说。她忽然想起春日赏花宴之时，李知珉漫不经心的那句话："男女之间的那点事，其实最脆弱且不堪一击。"

果然，李知珉点了点头，毫不意外，蹙眉问道："另外一桩事呢？"

赵朴真道："太子知赐婚旨意后，私见上官家小姐，被拒。"

李知珉漠然道："不是什么紧要消息，你烧了吧。"

他对上官筠将要嫁给他这件事似乎完全不关心，赵朴真默默地想着，心里也不知道是什么滋味，仿佛燃起一点期冀的火花，却又震惊于自己的嫉妒地心理和丑陋的面目。

路途似乎很长，又似乎太短，一路上，赵朴真伺候秦王左右，既像是煎熬，又像是偷来的欢愉。

她从来不知道，原来脑子一开窍，喜欢一个人可以喜欢到这样的地步，目光会情不自禁地追随，细心闻车驾内袍服的味道，感受整理冠带袍袜时手指触摸到肌肤的感觉。

"这种事情遮掩不住的。"她想起花菀说罗绮和高灵钧，少年男女，情窦初开，果然恨不得每一日都在一起，恨不得距离再近一些，更近一些。

她只能庆幸李知珉看不见，否则她无论如何都藏不住。

他已经有了门第高贵的未婚妻，她的理智却完全无法压住情感，只能偷偷地藏着，用比平日更小心的动作来尽量降低自己的存在感。

李知珉自然感觉到了这个近身服侍的侍婢有些反常的沉默和安静，不过他得出了另外一种结论：大战结束了，三件大事，她已完成了两件，她是害怕再知道他更多的秘密，他出尔反尔，不让她走，如今他又失明，毫无前途，所以她才这样极力地隐藏自己的存在。

毒药曾经在他的身体里肆虐，至今未清，身体的不舒服也导致心情的抑郁，黑暗又让他多思多想，一贯运气不大好的他，不由自主地将一切事情往更坏的方面想。

他习惯性压抑自己的愤怒，让自己依然处于漠然冷静，觉得没有什么可以打倒自己的状态：一个小宫女而已，自己随时可以捏死她，留着她不过是还有用处。

然而他如今看不见，冰冷、漠然是他自己的想象，其实宽阔的车子矮榻上，正襟危坐、一声不吭的他面容苍白，唇色浅淡，雪白而长的轻裘毛柔软地拥着他轮廓优美的下巴，使他平日的威势都削弱了，整个人显得柔软、隐忍，甚至弱不胜衣。他自以为在高傲、冷酷地对待这个野心大了的小宫女，但在赵朴真看来，他就像一个被一再伤害，因此缩进坚硬、冰冷外壳的孩子，双目失明，强忍着不肯失了仪态和尊严。

一个愤恨怨怒，自以为冷酷不在意；一个小心翼翼，压抑着满满的爱意和怜惜，两人竟然相安无事地走了一路，靠近了京城。

之后便是辉煌而盛大的凯旋郊迎，皇帝带着太子、朝廷三品以上官员、宗室王爵等诸亲王，声势浩大地在京郊迎接，李知珉戴着玉冠，穿着宽大、厚重的礼服，带着三军将士献俘。

在猎猎风声和漫山遍野的旗帜中，在身旁将士的簇拥下，李知珉没有蒙着眼睛，漆黑的双眸仍然透着能看透人心一般的冷冽，一举一动也合乎礼仪，进退自如，令许多听到他双目失明消息的人们微微吃惊，以为他已经恢复。

然而等献俘礼结束，皇帝一反常态，伸出手要牵着自己这个立了大功、受了委屈的嫡长子，要与其共乘銮驾回城。这显然不在礼制内，但这是帝王显示隆宠的重要举动。没有预先做过演习的秦王很显然对皇帝的手“视而不见。”按礼他应该惶恐地辞谢再三，但他看不见父皇伸过来的手，这是大不敬。

内侍们慌忙上前提醒秦王，皇帝却怜惜、温和地挥退了其他人，亲身上前拉着自己受了大委屈的嫡长子的手，将他一路牵引着上了銮驾。皇帝当然不是一个熟练的引导者，而他也被这没有事先知会和演示过的父皇的举止惊得微微失措，行走未免失措。身上那厚重的王服更是沉重的负担，他乱了手脚，几乎要被自己的衣带绊倒，赤裸裸地让他双目的确已经失明的事实暴露在了所有人眼前。跟着皇帝的太子李知璧连忙上前扶住他，皇帝微笑着对太子点了点头，耐心地扶着他，安安稳稳地一路将他牵上了銮驾。人们都看到他红了眼圈，嘴唇微微颤抖着，显然对天恩隆重感动非凡。

之后封赏下来了，秦王统帅有功，增加了一千户的食邑，并监领北衙禁军都督，统领禁宫北衙十六卫，其余有功之臣也各有封赏。令人意外的是，王慕岩却上表辞了节度使的封赏，却反而求了一个侯爵的爵位。节度使可是割据一方实实在在的诸侯，有兵，有地，有钱，有武器，这显然是东阳公主为自己儿子找到的最合适、最能襄助自己的封赏，结果王慕岩当着百官的面拒绝了封赏，而是求了一个侯爵爵位封赏，且为自己长兄王慕松请封为永平郡王世子。

朝廷哗然，但王慕岩长跪不起。王慕松本就是永平郡王嫡长子，只是当年东阳公主下嫁，圣后逼着王家休了原配妻子，强压着王家贬嫡为庶，如今王慕岩宁愿自己挣一个侯爵的爵位，将永平郡王世子还给王慕松，说是棠棣情深，其实生生地打了自己生身母亲以及圣后的脸。

圣后一系的官员自然不干，朝堂上热议了一番，最后皇帝和了稀泥，因王慕松此次也有战功，便封其为北安侯，赐府邸一座，不必居住在公主府，王慕岩仍为永平郡王世子，另外封了一些东西。永平郡王本来也与东阳公主貌合神离多年，虽则没心没肺，但对自己这个嫡长子到底有着愧疚之心，因此在朝廷上并不反对。

旨意定了，散朝以后，不能上朝的东阳公主才知道这个消息，气得满脸发青，叫人封了门，结结实实给自己的亲生子一顿家法，却也拿这个逆子毫无办法。

而秦王虽然领了北衙都督的职，回了王府，但以养伤为名，闭门谢客，深居简出。

京城明眼人都已看出，禁军历来分为南北衙，南衙为兵部所掌，大多为勋贵子弟镀金之用，北衙历来是皇帝亲掌，却早已被东阳公主掌着，如今这一番折腾，实际已落入皇帝的手中。这一场仗，东阳公主苦心孤诣为儿子谋了战功，最后却便宜了王慕松，还丢了北衙的禁军掌管权，这可真是……

“东阳公主这次真是偷鸡不成蚀把米。”王府长史邵康拍着扇子笑道，“也是因为褚时渊不在她身边罢了。”他如今志满意得，红光满面，仿佛一点也没有因为主人失明，前途叵测觉得沮丧。

赵朴真在一旁伺候着，心里微微觉得不齿，果然是皇帝的人，李知珉是否有前程，并不影响他。真正为李知珉着想的人，比如宋霑，都长吁短叹了许久，却并不因此改节。

李知珉淡淡道："他不是对东阳公主忠心耿耿吗？"窗外春风涤荡，竟然又将是一年春来，他眉目低垂，看不见的双眸仍然清透冷静，宛然和从前那个闲适听曲的富贵闲王一个样，仿佛没有经过铁血生死的修罗战场，实权在握，却没有前程。

"大概在一个月前，东阳公主不知道从哪里听说褚时渊在外边偷偷养了一个外室，便带了人打上门去，将那女子擒来要教训她，没想到那女子极为性烈，竟趁人不备跳入河中，那河水甚急，竟然瞬间就不见踪影了。褚时渊回来后听说此事，登时就和公主翻了脸，听说先找人打捞了一次未打捞上来，当晚便去了白马寺剃度出家。"

"东阳公主后来很是后悔，多次去白马寺想要见他，他都避而不见。"

这下连赵朴真都听得入迷了，悄悄看了一眼李知珉，想起了那次看见的密信，却看到李知珉面无表情，只有宋霑大笑道："看来这男子好新鲜是本色，东阳公主如此悍妒，想来连褚时渊都受不了她了。"

邵康摇了摇头道："你有所不知，那女子并非褚时渊所养的外室，而是之前被问罪的豫州刺史孙绍璋的私生女，因生母位卑，又多病，一直养在乡下不被人知，这次进京投奔褚时渊，听说其实是过不下去了，曾得过父亲嘱咐，带了信物悄悄进京投靠褚时渊。她毕竟是钦犯之女，褚时渊收留她，自然不敢大张旗鼓，没想到却被东阳公主搅了，害死了故人之女，他一气之下，竟看破红尘出家了，东阳公主就此失了一个臂助，真是自作孽不可活！"

邵康摇着头，几乎满面春风。赵朴真却已完全明白了，这实实在在就是一个离间褚时渊和东阳公主的局，至于那下落不明的女子是否真的是前些日子因为替东阳公主顶罪而死去的孙绍璋之女，不重要，重要的是，设下这个局的人，对人心的把握，对男女之间脆弱感情的判断，是如此的准确和通透，一击即中，稳、狠、准。褚时渊与孙绍璋本是好友，对孙绍璋之死早已满怀愧疚，这一次是再不可能和东阳公主和好了。

赵朴真盯着眉目毫无波动的李知珉，感觉到了窒息一样的恐惧，却依然飞蛾扑火一样被他吸引着。

这时，外边的文桐却隔帘禀报："王爷，宫里传话来，娘娘请您进宫。"

邵康精神一振，笑道："必是娘娘请王爷进宫谈婚事了，在下还未恭喜王爷喜得佳人！”

李知珉微微一笑：“还未和先生说过，本王打算退了这门亲事，等和母后说过后，还请先生出马，去和上官家转圜一二。”

邵康脸上的笑容立刻冻结了：“退亲？为什么？这样一门好亲……”

李知珉却没有回答，只是站了起来，转身要进去换进宫的衣服，赵朴真连忙跟在他身后，也被他这神来一笔惊得思绪纷乱。

邵康仍然十分不甘心和震惊，跟在李知珉身后：“王爷，请三思啊！上官家这一力助不可轻视啊，再说赐婚的旨意已下……”

李知珉已入了室内，邵康十分不甘地对宋霑道：“王爷怎么想的，宋先生可知道？这是多么难得的机遇啊，王爷为何好好的要推开？这可真是天予不取……”

宋霑道：“我也是才知道的。”他却满脸欣赏，“天下没有白掉的馅饼，上官家这口饵也不是那么好吃的，王爷的心志果然不同凡人。”

CHAPTER 5

第五章

辞婚

春分刚过，窦皇后刚刚主持了亲蚕礼，命妇们第一次对她这般恭敬，毕竟如今她的嫡长子大胜归来，掌了禁宫军权。最近顺风顺水，第一次享受了皇后威势的窦皇后春风满面，看到自己的儿子也分外慈爱：“我让御厨选了最嫩的春韭做了春卷，你尝尝，还有这春笋鲈鱼汤，给王爷盛一点尝尝。”

窦皇后又吩咐身旁的绿琴：“你去把我前些日子给大郎做的衣服、靴子都拿来，一会儿让大郎试试，看可有哪里还需要改的。”她一边责怪在下边布菜，却总是和李知珉的手撞到的蓝筝，“大郎如今眼睛不方便，你也机灵些，怎的笨笨的？”

蓝筝满脸尴尬。自从王爷出征回来，贴身伺候都变成文桐和赵朴真。她大多和从前一样指挥着小丫鬟服侍王爷，很少亲自做布菜等活，自然有些不熟练。但王爷入宫，点了她和赵朴真一同进宫服侍，赵朴真一贯进宫特别低调，在窦皇后面前她又是得脸的，自然是她上前贴身服侍，没想到一服侍就露了拙。

窦皇后却像想起了什么，问道：“我前些日子和阮姑姑说了，你婚事在即，需给你安排侍寝的司寝，这也是宫里一向的规矩，等王妃嫁到王府后，再给这侍寝过的通房点名分就好了，结果阮姑姑昨儿和我回报，说你要把罗绮放出去？”

蓝筝和赵朴真都一怔，显然都不知道此事。李知珉不慌不忙地将手里的汤勺放下，咽下食物，才淡淡道："是，我身边的亲卫队长高灵钧这次随我出征，出生入死，立下不少功劳，他向我求娶罗绮，我应了他，因着是母后赏下来的，正想和母后讨个恩典，也赏她点嫁妆，给点体面。"

窦皇后听着有些意外，但想了想，罗绮是一个长得分外妖娆的人，当初选她本就是要送到太子身边，结果阴差阳错到了自己儿子身边。当时自己提醒过阮姑姑要注意这些个侍婢不规矩，如今看来，果然不是个好的，这不就勾搭上了儿子身边的侍卫长。窦皇后心里一阵反感，却到底怜惜儿子，不想让儿子没脸，转念一想，反正这样的人留在儿子身边也是一个祸害，如今都要大婚了，倒是打发出去的好，还能笼络下边人，便和颜悦色道："既是有功之臣，自然当赏，只是下次还需注意些内外之别，省得身边的丫头都效法，生了异心，倒是该死。"说完，窦皇后又看了两眼蓝筝和赵朴真，见两人都低头敛眉，一副十分规矩的样子，才冷哼了一声，"既然把罗绮放出去了，那你该另外安排侍寝的宫女才是，阮姑姑却说你不肯。"

李知珉道："不只罗绮，这些年母后赐下来这几个女官，也算服侍我一场，我打算就着这次，若有意要回去的、嫁人的，都遂了她们的愿放出去，请母后一同给了这个恩典吧。"

窦皇后作色道："你如今眼睛不方便，正需要知根知底、熟悉的人贴身伺候，岂有全打发掉的理！可是这几个贱婢心大了，撺掇主子？"说完，她一双利目看向赵朴真和蓝筝，赵朴真和蓝筝都深深地低下了头。

李知珉道："我如今身子余毒未清，眼睛也不知还能不能好，这几个女官服侍我多年，年纪也渐渐大了，何必耽误了人？另有一事，关于与上官家结亲一事，儿子正要恳请母后，与上官家辞婚，我一失明之人，何必白误了人家？请母后与上官老夫人缓缓回绝了此次婚事，请上官小姐另择佳婿。"

窦皇后这下惊得没空管那几个侍婢的事了，失声道："我儿可是犯糊涂了？上官筠才色俱佳，哪一点不好了？"

李知珉道："儿子如今失明，想必也不一定能好了，将来便是废人一个，何必耽搁上官家的嫡长女。如今他们抱着期望，若将来失望，成了怨偶，做亲不成反成仇人，何必呢？"

窦皇后看自己这个长子多日不见，之前满腔的慈爱之情，如今却被这拗性子气到了："婚姻大事本就是父母做主，这是你父皇下的赐婚旨意，辞婚便是抗旨！你快快收了这糊涂念头。我见过上官筠，她十分温婉、聪慧，并无一点怨怼之色，你可要好好待她才是！"

李知珉道："赐婚之事好说，只说如今毒伤难愈，不想误了上官家嫡女的终身，只由母后出面，收上官筠为义女，给一个乡君的封诰，来日她嫁出去的时候，赐一份厚厚的嫁妆便是了。”

窦皇后愕然道：“你这说的都是什么糊涂话！你父皇定不会允的，你莫要再说了！”

李知珉道：“前些日子郊迎，我已和父皇面禀过此事了，父皇说难得我一片仁厚之心，一切都由我自己做主。我意已决，如今只是和母后说一声，母后若是出面最好，若是不出面，等明日我派长史到上官家说，到时候母后措手不及，倒是不美。”

窦皇后听到皇上居然答应了，脸上一片雪白：“我不信！皇上如何会答应你这糊涂念头！我要亲自去问皇上！难道这上官家的襄助，他不要了？”

李知珉不说话，低头拿了帕子轻轻擦了擦嘴，隔了一会儿才轻轻道：“母后多虑了，父皇烛照千里，岂会看重这一时的胜败？儿子如今乃失明之人，暂时无意于婚姻之事，还请母后不要再乱点鸳鸯。”

窦皇后气得脸色青白交加，手拍到茶几上：“我这是为你好，你还真是不知好歹！”

一旁老成些的女官已纷纷上前道：“殿下身子不适，娘娘包容些。”又笑着劝解李知珉，“娘娘也是一片爱子之心，王爷缓缓说，娘娘岂有不心疼、不依着王爷的？”

李知珉并不说话，和从前一样沉默着，但脊背挺直，并没有任何屈服和道歉的倾向。

窦皇后一贯对这个嫡长子不是叱责就是冷漠以对，如今忽然发现这个长子气势凛然，令人无法违抗。这是一种统领过千军万马，从枪林刀丛中杀出来的威势，她却没有想到，只是本能地感觉到一种隐隐的畏惧和畏缩，仿佛在皇帝面前一般。

她有些气怯，却也不肯对儿子低头，只是强撑着道：“你如今病体未愈，虑事不周，待我和你父皇禀告后再做打算，你莫要轻举妄动！”

李知珉仍然不说话，窦皇后气急，却终于软了下来，只得将上官老夫人和上官筠进宫的情形又说了一通，而后道：“那上官家是诚心结亲，上官筠嫁不成太子，我儿乃当世英雄，她十分仰慕，婚后必是夫唱妇随、鸾凤和鸣的。”

李知珉低声道：“母后，儿子如今并无婚姻之意，何必误人终身？女子一生，嫁人本就等同于再生，她只为一时的仰慕盲目嫁了，将来一辈子下来，发现并不相宜，到时候悔又悔不得，必成怨偶。再说儿子如今失明，已无什么前程可言，将来不过是一富贵闲王，娶一高姓贵女，反招忌讳，母后何必再拘泥于什么上官家的臂助之说？”

窦皇后看儿子软硬不吃，早已气急，终于吐露真意："你就算没有大志，也该为你弟弟着想，帮扶你弟弟才是！"

李知珉霍然抬头，整个人仿佛怔住了一般，一双看不见的眼眸漆黑，仿佛盯着窦皇后，无辜而清澈。窦皇后自知失言，讪讪地："你弟弟前些日子很得师父表扬，功课上很有进益，有了上官族的人做他嫂嫂，将来给他议亲也会容易许多……"

李知珉深深吸了一口气，垂下了睫毛，一旁服侍着的赵朴真却看到他宽大的袖子微微抖着，显然极为激动。过了一会儿，他才低声道："母后，听儿臣一句劝，您还是别掺和这些事，一切听父皇的便是，千万不要让弟弟再掺和这些事，免得将来和儿子一样，招致杀身之祸。"

窦皇后却在儿子有些怨怼的话里听出了嫌弃，多年来自卑的心敏感又刻薄，大怒道："你是在嫌母后拖累了你吗？还是在嫌弃自己出身不好？"

案桌早已撤下，李知珉深深拜伏在地，额头触地，声音微微颤抖："儿子对母后、对弟弟的心，天地可表。请母后屏退左右，听儿一言。"

窦皇后盯着儿子，看他一反常态的姿态，犹豫了一会儿，果然挥了挥手，所有人十分机灵、轻巧地退出了屋子，并将屋子门关上。

赵朴真自然和蓝筝退出了屋子，远远地站着。在宫里伺候的都是人精，这时候自觉离屋子几丈远，站在人人都看得见的地方，自证清白，否则知道的秘密越多，死得越快！

这时，屋里忽然传来什么东西打碎的声音，过了一会儿，又是一声尖锐的瓷器撞地的声音，这次听着却像是摔的，过了许久，窦皇后才传了人进去，只见屋里满地碎瓷片，原本放在窦皇后手边的一整套瓷壶和杯子都已不见，想来是她摔的。

李知珉跪在地上，眼圈发红，上边的窦皇后却神色愤怒而茫然，连这些瓷片可能会伤到看不见的儿子都没想到，也没让下人扶起王爷，只是嘴唇微微发抖，叫人收拾。只有赵朴真慌忙在几边拿了垫着的毛毡给李知珉铺上，然后牵引着他退出了房间。当夜他就回了王府，并没有留宿在宫内。

第二日，窦皇后传了上官老夫人进宫赏花。

王爷到底和皇后说了什么？赵朴真从他们举止上知道，他们说的一定是能要人命的东西，她不知道最好，不过仍然控制不住去猜想。

但李知珉一切举止如常，回府后，叫了她们几个女官来，说了放她们出府的事："罗绮是高灵钧来求娶的，我也已和母后说了，赏你一份嫁妆，让你风风光光地嫁出去。其他人，你们伺候我一场，我也不会亏待你们，要归乡的尽可归乡，本王可派王府护卫护送归乡，另外有赏赐。若是要嫁人的，只管来提亲，从王府出嫁，你们将来在夫家也立得住。总之一切听凭你们自己的主意。”

花菀、云舟、丁香都是刚刚知道这事的，十分吃惊地看向罗绮，罗绮一张玉白的脸羞得通红，只是低声道：“奴婢谢皇后娘娘和王爷天恩，永世不敢忘。”

李知珉没继续废话，挥退了她们。

几个人下去以后，少不得都拉着罗绮恭喜打趣，花菀眼里闪动着兴奋，问：“高大人是直接和王爷求娶的你吗？王爷真的一点儿都不在意？”

赵朴真听她问得这般细，就知道她也动了心，必是起了和她那乐工师父成婚的心。

罗绮笑道：“我也不知，只是那日王爷叫了我去，说高大人求娶我，问我愿不愿意，我也吓了一跳。我想着如今在王府也就这样，索性还是出去看看。”罗绮声如蚊蚋，大家其实都知道他们这是早已有情了，不过是面上遮掩罢了。

云舟实心实意地恭喜罗绮道：“高大人本来就是有品级的，虽说家里清寒，但这次和王爷出征，身上实实在在有了军功，有了品级，你嫁出去，将来就是正儿八经的将军夫人了。”

丁香也笑道：“离出嫁还有些时间，我最近不大忙，给你做一两件衣裳，也是咱们这些年的情分。”

罗绮脸红，一双媚眼上的睫毛扇动，满脸喜悦。众人不管心中如何想，面上都是十分喜悦的，贺喜了她一番。

当日，花菀就告了假悄悄地出去，赵朴真知道她必是去找那乐工师父了。赵朴真心里想了一下，待要劝劝她，却看到前边蓝筝过来道：“王爷到华章楼去了，让你过去伺候，查点资料。”蓝筝表情怏怏的，没像之前一样看到赵朴真能亲近王爷便七情上脸，显然这些日子各种消息一个接一个地砸过来，原来人生可以有别的选择，她也十分挣扎和迷茫。从前赵朴真置身其外，只觉得蓝筝自作多情得可笑，如今轮到自己，才发现暗恋让人变得如此卑微、幼稚、可悲。

她快步走了过去，看到文桐站在外边，对方看到她过来，挤了挤眼。她悄悄走进去，看到屋内灯光昏暗，李知珉坐在窗边，一只手轻轻抚着跟前的琴。她轻轻施礼道：“王爷，您要查什么文书？”

李知珉轻轻挑了一下琴弦，发出了悠扬的声音：“这次我身边的人都放出去，你也可以走了，是要回去，还是有别的什么打算，一起告诉阮妈妈就行了。”

赵朴真霍然抬头："不是三件事吗？"

李知珉居然笑了一下："没什么三件大事，我随口说的，就算当初有，现在也没了。"

赵朴真怔怔地看着李知珉，他看不见，依然目光沉郁，嘴角却在笑："走吧，你去找你的生身父母，不要再回来了。盘缠和放出宫的文书，还有赏赐，你都去找阮妈妈要，她会准备好。你一个人回去，路上不方便，王府可以派一小队护卫沿路护送你，还可以给你本王手书盖印的凭单，你可一路照会官府，有什么困难都可以让他们协助。"

他一口气说完，没有等到赵朴真的感谢，想了一下，补充了一句："放心，我给你的赏赐，比其他几个都厚，保你下半辈子衣食无忧。"他面色苍白、冷峻，却竭力和从前一样泰然自若，仿佛对一切都不在意。

赵朴真盯着他沉郁的侧脸和纤长睫毛下暗淡的眼睛，失明后，他似乎很努力训练过自己的眼睛，好让自己看上去和正常人一样。但是失去了从前冷峻的眼神，他整个人看上去瘦了太多，烛光并未给他的苍白肌肤增添一点暖色，整个人显得晦暗、抑郁。

他看不见，所以他不知道他硬撑着坐在那边，袍子上佩着的玉带锦囊上还是水仙图案，这是从前的侍女们绝对不会犯的错。春天马上就来了，他却再也看不到这一季芬芳、绚烂的花开了。他为国为民，他的视觉却留在了那个凛冽的冬日。赵朴真眼睛酸涩，嘴里发苦。主子失明，跟着的女官们也懈怠了，冠带衣袍一贯是丁香和云舟管的，丁香老实，云舟勤勉，从前断然不会犯这样的错，或者是负责首饰的蓝筝还是谁今日当值伺候的？她久不在府中，也分不清楚职责，只是一个罗绮出嫁，活了多少人的心，包括一心一意、一直想要离开王府的自己。这才刚开始，将来换了伺候的人，又有多少人会怠慢他，他不知道要吃多少小人的亏。

这个骄傲的皇子，他还要退婚，将身边惯用的女官都发送出去……巨大的负疚感涌上了她的心头。

她嗓子微微哽着，不知道说什么，一句话几乎要冲出喉咙，却仍然被理智控制住了。她在脑海里嘲笑自己：你在想什么，就算是失明的皇子，也不是你可以肖想的。

她的舌头终于能动起来，她低声道："王爷不是想要去庄子上休养吗，我先陪王爷一段时间，给王爷训练几个得用的奴婢吧。"

李知珉有些意外，他还以为这个女官将会是最先离开且义无反顾走得越远越好的，毕竟她可是一只心里埋着秘密的惊弓之鸟，显然她对自己的处境一直非常清楚，所以千方百计地和他保持距离，尽量不参与他的秘事，她居然不急着走？

不过这些都不重要，李知珉如今心中厌烦，挥了挥手，并不在意她到底什么时候离去："你自己定好日子就和阮妈妈说便是了，我想静一会儿，你下去吧。"

晚上，赵朴真翻来覆去睡不着，听见王府外院就要关门的声音，发现花菀才偷偷摸摸回了房。赵朴真索性坐起来问她："你怎的才回来？小心被阮妈妈知道又念叨你。"

花菀低声道："没事儿，我打点好了门上的老赵。"

赵朴真听她声音有些沙哑，不大放心，点了灯起来，看她眼睛微微肿了，倒像是哭过，问道："怎么，你又去看你师父了？你想趁这次机会出去？"

花菀低声道："我和师父说了，师父说现在不是最好的时机。就算王爷恩典，除了我的乐籍，但他的乐籍还在，我嫁给他，生的孩子代代还是乐籍。"

赵朴真一怔，花菀眼睛通红："我说我可以去求王爷也除了他的乐籍，他说我在王爷身边寸功未立，他全家都是乐籍，王爷就算开了口，礼部官员也定会以不合礼制驳回，到时候王爷未必还肯这样费心，反倒弄巧成拙。他还劝我，如今几位姐姐都出去了，王爷身边没有熟悉的婢女，我正好出了头，再安心伺候王爷几年，将来才好讨恩典。"

赵朴真低声道："我们在王爷身边，还能立什么功？"

花菀咬紧了薄薄的下唇，作为一个侍婢，怎么才能立功？自然是伺候王爷有功，又或者生育皇嗣有功。若如此，她这一场努力又叫作什么？

花菀低声道："他也是没办法，他放不下他的家人。姐姐，你不知道我们贱籍的人的苦，官府有差使，教坊必须应差。云韶司虽然好些，主要应宫里的差使，但那也是在贵人面前有些脸面的人。比如楼月娘这种在皇上跟前挂上号的，才能拣拣赏得丰厚的差使，其他大部分人，还不是但凡来一个官儿发个令过来，咱们就得去应差。苦乐自知也就罢了，夫妻也难说什么忠贞二字，不过是搭伙过日子罢了。便是男的，生得清俊些的，也难保被贵人看上要侍奉的，有些不堪的，连妻女童儿都一齐侍奉贵人。真儿姐姐，你不知道我们也是怕了那些日子，师父……也是为了我好。"

赵朴真低声道："菀儿，你没觉得你师父……他大概并不喜欢你吗？如果真心喜欢一个人，怎么舍得让她去别的男子身边？"嫉妒会让人发狂。

花菀的眼泪忽然就落了下来："是我一直想要赖在他身边，是我非要喜欢他。他觉得我在王爷身边才有出息，才能有脱籍的希望。可是他不知道，我只希望和他朝朝暮暮。乐籍又有什么关系，和他一辈子就好了。”少女纤细的手背揉着通红的眼睛，终于控制不住地哭泣起来。

赵朴真拿了手帕给她，低声说了一句“痴儿”，却没有再劝她停止这样痛苦的折磨。之前，赵朴真一直觉得她和她师父之间状态不对，如今才知道是一厢情愿的痴爱。贱籍，乃入罪之民，代代为贱。在泥沼中挣扎的贱籍师父，忽然有朝一日收获了豆蔻年华的小徒弟宝贵而稚嫩的爱慕，不敢粗暴拒绝，却也不敢接受，因为这会毁了她。他只能小心翼翼地呵护，因此才想方设法用各种借口哄着她，将她送往自己觉得最光明的路上。不是伺候王爷，她也会沦落到教坊，还要伺候更多不堪之人，倒不如踏踏实实到了王府，以她的才色，尚有光明前程，为此，他苦心编出了几乎不可能完成的任务，好让这青春、固执的少女死心。

若是从前，赵朴真会觉得花菀幼稚可笑，而今她却有感同身受的悲伤：你很喜欢的那个人，想用尽一切去喜欢他，他却不接受。哪怕全世界都知道你们不可能在一起，你还是喜欢他啊。

花菀还没有定下来，一贯老实敦厚的云舟却有了好消息。阮姑姑笑眯眯地给她放了假，让她回家议亲，众人才知道消息。

她只是脸红着说：“是远房表哥，小时候我们一同玩过，如今他知道王府有恩典，慌忙遣了姨母来说项，说如今做了点小生意，祖上也有些田地和铺子，父母亲也就应了。”

原来是青梅竹马，众人只管恭喜打趣，又各自有礼相送，毕竟姐妹一场，热闹了几日。宫里还没有确定的消息传来，李知珉却决定要去庄子上养病。罗绮要嫁，尚有许多事要安排，云舟回家待嫁，本来蓝筝倒是一贯掐尖要陪着王爷的，这会儿却和阮姑姑说皇后娘娘之前交代下来的一项差事还没做完，恐去了庄子上不好随时进宫，丁香这些日子针线做多了，有些害眼病，告了假，于是，最后陪着王爷到庄子上的就剩下赵朴真和花菀了。

刚刚受过打击的花菀蔫头耷耳的，却也忍不住嘛了嘴和赵朴真咬耳朵议论蓝筝：“蓝筝定是看着罗绮和云舟能公道正派嫁出去眼热，却又舍不得这头的富贵，心大心小罢了。要我说，她其实也就把王爷看成一个能给她荣华富贵的物件儿罢了，等将来咱们都出去了，树倒猢狲散，若将来王爷不遂她的意，还不知道她怎么对王爷呢。”因着李知珉交代过阮姑姑，众人都知道赵朴真能回家去找自己的生身父母了，花菀既替赵朴真高兴，又十分羡慕。赵朴真还有家可回，自己却是全家抄斩的罪民之后，无家可归，只有师父一个了，而如今连师父也不肯要她。

赵朴真只是低着头给李知珉收拾东西，花菀这些日子心里有事，也没注意她心事重重的样子。李知珉却是说走就走，当日立刻去了庄子。

这庄子名为绿猗庄，内外植了千竿青竹，却是当年窦皇后的嫁妆。她出身寒门，虽说嫁入宗室，但娘家也竭尽所能掏钱，在京郊置了一所小庄子给女儿作为嫁妆，待到她封后，手里银钱松动了，又加了些钱将左右的一些地买了下来，稍微扩建改修了一下，但她极少来。如今王爷要来，庄子上的人都忙乱了一番，好在文桐和赵朴真等人也算训练有素，脚不点地地里里外外安置了一番，总算安排妥帖了。

空山寂静，竹叶萧萧，庄子上十分萧索，本来伺候的下人就少，一到夜深人静的时候，就显得分外冷清。花菀叫人端了热水来，看到赵朴真还在灯下拈着针对着一个袜子，忍不住打趣道："姐姐，你啥时候也拿起针线来了？从前不都是求着云舟姐姐替你缝的吗？"

赵朴真道："并没有，就是王爷喜欢自己穿袜子等贴身物件儿，如今他看不见，我想着给这外边弄一条棱边儿，同色的，外边看着不显，王爷一摸就知道哪边是正面了。"

花菀闻言，凝目看了她两眼，看她还真是一心一意、有些笨拙地在绣纱袜的棱边，长长的睫毛微微颤动着。在这随军出征的一年多里，她又长开了许多，本来微圆的下巴已经变得微微尖翘了。

花菀心里一动，低声问赵朴真："朴真姐姐，你不会喜欢王爷吧？"

赵朴真手一颤，针差点扎到自己的手，她微微慌乱地看了一眼花菀，少女情怀到底无法遮掩。花菀想了下道："王爷待你是真正好，也难怪你喜欢王爷，王爷是一个好人。"

赵朴真抿着嘴不说话，花菀却犹豫着问："那你不回家了吗？"

赵朴真摇了摇头："我还是想见我爹娘。"

花菀低声道："这么多年杳无音信，你不担心吗？还有，其实王爷那么宠你，等王爷大婚封妃以后，定会给你个位分的，到时候让王爷派人去给你找家人，不比你一个人山长水远回连山强？"

赵朴真沉默了许久，而后低声道："我觉得嫉妒会让我变成另外一个人，不如早早地走远些，兴许……兴许时间长了，我就会忘了他吧。"

花菀也沉默了，过了一会儿眼圈红红，勉强微笑道："也是，咱们还年轻呢，哪儿能就往一条路上走呢？府外边世界大着呢，咱们也别死盯着一个人。"

过了一会儿，花菀又落泪了："只是一想起将来不和这个人一起过，看着他娶别人，这心里真不好受啊。"

赵朴真不说话，这一刻她也是这么想的。

庄子上的生活宁静自在，无人打扰，李知珉的起居也十分简单，每日仍然卯时即起，略用过一点养生的燕窝汤羹，便让人牵引着在庄园里走上一大圈，直到背上微微透汗才回屋里。擦汗换过衣裳，他便让人给他读上几段书，又听一会儿曲子，然后便午休小歇，起来再略略读些书，走一走，下几局棋，时间就这么过去了。

只是有一日，李知珉不知为何命人立了靶子，拿了惯用的弓来要射箭。他眼睛看不见，只是蒙了眼睛，站在那儿盲射，自然是射不中的，全部脱了靶，根本无人敢上前和他报靶。他射了几下，便在那边呆呆立着，也不知在想什么。

赵朴真看他站在靶子前怔怔地，不由得心中一痛。当年她和他去幽州微服私访，他在应无咎兄弟几个面前露了一手，那时候锋芒毕露，可以说如同宝剑初发于硎，无坚不摧，也不知从前悄悄练了多久，如今却荒废了。

李知珉仍是那副淡漠的神色，也算不上特别伤心，放了弓，坐卧如常，绝对不肯露出一丝孱弱神色来。只是，服侍他的身边人都红了眼圈。

庄子上用得简素，王爷中毒后，用餐都颇为清淡，每日不过是些笋啊、豆芽啊、白菜之类的。他如今动得少，进食也少，然而这一日有些不一样。仆妇送餐来，他一个人在里头挑弄一把筌篌，却忽然闻到一阵浓香，他微微抬头，一旁布餐的文桐已知其意，笑道："今儿是用整只肥润的鸡在大铁锅内炖得稀烂、浓香做的主菜。"

李知珉微微意外，怎么会上这个，全鸡一般是宴会才上的。平日里贵族高门虽然每日也杀不少鸡，但大多制汤削肉作为点缀，极少会上整只鸡。

文桐却已笑道："听说是赵娘子在书上看的餐方，很是好奇，今儿无聊便下厨做了给王爷尝尝，奴才想着难得干净，尝了下味道也不错，便大胆地上了这道菜。"

李知珉挑了挑眉毛：是她，那就不奇怪了，跟在自己身边这些年，大概也能猜出自己的口味了。不过这丫头不是一心要离开吗，怎的忽然殷勤起来？难道另有所求？

文桐看他脸上并无怪罪之色，便连忙洗了手，亲手给他布菜，服侍他用餐。食不语，李知珉在这点上从小就被窦皇后调教，但仍忍不住问了一句："是什么酱油？"

文桐回答："爷是吃出鲜味来了吧？听说是赵娘子专门配的，陈年鱼露酱。"

李知珉点头不语，文桐却看得出他挺满意的，比前些日子多进了一碗饭。文桐心中暗喜，想着果然还是赵娘子这招好，虽说是病人，但也不能这么日日清汤寡水，一点儿油星不见啊，他这日子过得比他们下人还不如呢。

用餐过后，赵朴真来伺候李知珉读书，待念过一段《太上感应篇》后，他却忽然问她："最近你在看制肴的书？"

赵朴真道："是，前些日子我看到书坊有一本流传出来的河东王家的秘制食谱，里头光鸡的做法就有一百多种，我看了十分有兴致，便想着做给王爷试试。不过有些只是名字好听，吃起来可不怎么样，放的什么花啊水啊，其实味道很一般。"

李知珉嘴角勾起淡淡的笑容："世家名下有许多土地、铺子，有着几辈子都花不光的财富，因此挖空心思在吃喝玩乐上找花样，每个世家里都有这样的子弟，以此为风雅。"

他忽然话锋一转："你知道我为什么爱吃鸡吗？"

赵朴真一怔，她只是陪同李知珉出征的时候，感觉有鸡的餐食他会多进一些，但贵人不喜被人知道自己喜好什么，因此她虽有所觉察，但从来不曾表露。他显然不是要听她答案的，而是自顾自说话："我父皇是一个地位极为卑下的宫女引诱高宗后生下的，圣后奇妒，又性烈如火，自然我父皇就极不受待见。当然，大部分人觉得，圣后没有杀掉我父皇，已经是最大的仁慈了。"他的嘴角露出了一丝冷笑。

CHAPTER 6

第六章

密会

“从小王府的生活就很是不好过，自我有记忆起，每一个月的禄米都被克扣，父皇也没有差使，因此王府收入微薄。有一年过年，我被母后带进宫参加宫宴，那时候不大懂事，不会遮掩，不知道宫里的宴席并不是真给人吃的，我看着宫人把摆在自己跟前凉了的鸡撤下就哭了，当时还是王妃的母后十分难堪，连连给圣后赔罪，圣后大怒，觉得母后是故意给她难堪，讽刺她苛待庶皇子，罚着母后连抄了许久的佛经，连父皇也得了罪过，连那点禄米都扣了半年。后来，父皇纳了一个商户出身的女儿，也就是现在的董妃为妾，也是因为日子太拮据，贪那点陪嫁品才纳的商人之女为妾。当然，如今没人敢这么说了。”

赵朴真实在不知道说什么，看着李知珉，对当年那个幼小无辜的孩子充满了同情。以她对今上和窦皇后的认识，只怕害得他们丢丑受罚的儿子也会被迁怒吧？他会受到什么惩罚？还不懂事的年纪，为什么会对这件事情知道得这么清楚？是因此受过刻骨铭心的罚，还是懂事后被人用这件事一次次教训了？

“当时，如今的太子生母崔氏还是太子妃，名声很好，平日里对宗室子弟颇为照顾，也很是同情我父王。有次宴会，她专门在我跟前摆了一只鸡，那是我吃过最好吃的鸡，金黄色的鸡皮，脆嫩的鸡肉，鸡肉里有一种异香，连骨头咬碎了，里头的髓汁都有鲜甜的异香。后来我才知道，那是崔家专门养的葵花鸡，那鸡从出生起就只以葵花籽和葵花为食，就连饮用的水，也是用葵花杆压榨出来的汁水，那香味其实就是葵花籽的香味，这样喂养出来的鸡，可以什么佐料都不加，就已非常好吃。那只鸡个头很小，我那天狼吞虎咽将一只鸡全吃了，回家被母妃狠狠打了一顿，说我失了仪态风骨，贪图口舌之欲，将来必成庸人。”

赵朴真头皮发紧，当时的太子妃崔氏就对身为庶皇子的今上同情，这难道是这段孽缘的开始？知道这段奸情真相的李知珉，如今回想起这些又是什么感想？

“后来我大了一些，才知道世家在这方面手艺登峰造极，什么只吃奶长大的小猪，用人乳喂养的小羊等等。那时候我不明白，为什么世家的日子过得比皇家的还好。”

李知珉虽然说了这事，但没有阻止赵朴真在饮食上的大胆创新，若吃到好吃的，也会和赵朴真品评一二：“秃黄油味道不错，就是你用的黄酒味儿不正。我在宫里吃过一次杭州御厨做的拿手的，听说黄酒也是专门制的，而且你可以试试用花胶来配一下，就是泡发用点儿时间。”

“今儿这盐味道不错，是用的松露盐？我尝出来了，昔日有人说什么笨妇盐，用胡椒和白糖、盐相配，据说省心省力，做什么菜都好吃。”

“鸭油烧饼，这个其实要配鸭血汤才好吃。”

“猪肉红烧配鲍鱼，这倒是雅俗共赏了，味道居然还不错，就是腻了点儿。”

“腊肠得看做的酒，差一点儿的酒就不好吃。明儿你试试用云南那边贡上来的干巴菌炒一炒，我记得父皇有赏下来的。”

就这样，一个做吃的，一个因为眼睛看不见，味觉、嗅觉仿佛分外灵敏，他对她的大胆配法也细细品评。春日百花盛开，京城高门又进入喧嚣的赏花季节，不管有多少暗流汹涌，他们都仿佛远离尘嚣，每一日仿佛都在期待成品，品尝，分析，然后筹备第二日的菜单。

就连宋霑深夜赶来庄子，吃过赵朴真匆忙炒的一道萝卜饭，也赞不绝口：“香菇、海蛎、虾干、萝卜，还有什么？这炒起来居然这么好吃，清甜可口。丫头，再给我来一碗！”他又对王爷笑道，“难怪王爷乐不思蜀，原来有这么多好吃的。京里如今可不平静啊，王爷您拒婚上官家，这可不是一着高棋啊。丫头，你再给我煮点儿笋儿鲜鱼汤。”大半夜的发笋丝、破鲜鱼，那是极费工夫的，他这是想要支开她，她心知肚明，亲自下厨，弄了一份鲜鱼汤来。

宋霑在和王爷密谈后，匆匆又回京里去了，走之前还把赵朴真才做好的几块陈皮烤牛肉也带走了。这也让赵朴真感觉到，秦王并不是真正地远离尘嚣，那一切权力的旋涡中心，必定无形中有他的手笔。

他从来不是一个弱者，即便如今眼睛看不见，也从未坐困愁城。赵朴真有些怅然地想。

虽然这些日子以来，她时常觉得能这样一直服侍他到老也挺好的，但她知道，这样平静的生活过不了多久了。

果然没过几日，便有不速之客不请自来。

这日，春风和荡，花香熏人，李知珉中毒后有些畏寒，身上仍然拥着薄裘，斜倚在宽大的藤椅内。明媚春光中，他的肌肤苍白，唇色淡薄，显得优雅而俊秀。赵朴真在一旁沏着新茶，却忍不住用眼角余光去扫视院中那身上披着玄色披风，头上戴着幂篱，从头至踵遮得严严实实的女客。

李知珉开口道："上官娘子忽然亲身密会，想必是有要事。"

女客将遮着脸的幂篱取了下来，露出了清丽的容颜，耳边的红砂痣鲜艳如血。她直视着李知珉黑而淡漠的瞳孔，有些恍惚。她已经记不起上一次见到李知珉是什么时候了。是在庄上吗？还是他指挥救火那次？在她的记忆中，李知珉总是沉默寡言，之后率兵出征，利剑出鞘，才让人知道之前的沉默寡言并非懦弱平庸，而是沉稳养晦。可惜他时运不济，偏偏瞎了……这却是自己的时运。

上官筠轻轻开口道："家里收到了王爷拒婚的委婉传话，也都能体谅王爷的宽宏仁心，希望我能就此作罢，然而我觉得得见过王爷，和王爷谈一谈以后，再请王爷做决定的好。"

李知珉微微抬头，阳光照在他脸上，一双剔透双眸仿佛仍然看得见，直指人心："我以为嫁一个嫡女给我这个落魄皇子，是上官家的打算，而不是娘子的选择。上官小姐素有才气，志气不应在此。"

上官筠微微一笑："嫁给王爷，并非仅仅是上官家下一步的考量，更多的是我个人的选择。"

婚姻大事，父母之命，男女皆如此，虽然圣后一朝后，贵族女子们每每敢发议论，但没有哪一人敢在自己的婚姻大事上发此惊世骇俗之语，上官筠却在这青天白日下侃侃而谈，并不羞愧："其一，从我个人来看，是钦慕王爷高义高才。楚有大鸟三年不鸣，一鸣惊人，王爷韬光养晦，才华内敛，却在国家危难之际毅然站出来抗击外敌，胸怀广阔，又有治军之才，运筹帷幄之中，决胜千里之外，最后忍辱负重，还为国为民，导致失明，正是真正热血男儿，筠儿岂有不仰慕之理。若筠儿得以王爷为夫，那自是以王爷为骄傲的。其二，我也不遮掩，上官一族一开始也觉得王爷失明，又无名分，不宜下注，然而我出面说服了家族长辈。上官一族如今的打算，不瞒王爷，是押在了我们的孩子身上。”

李知珉一怔，十分错愕道：“孩子？”

赵朴真心中微颤，来了，这些聪明人，果然每走一步都有着长远考虑。

上官筠自信一笑，眉目飞扬：“不错，今上羽翼渐丰，又有了您为助力，这次轻松收拢了军中大半兵力，将京城的兵力轻轻松松地交给了您，又以此为由，将王慕岩支了出去。东阳公主如今已露颓势，我有把握，就在最近，图穷匕见之时，东阳公主必败。太子殿下失去东阳公主的扶助，下场可想而知。王爷您虽然眼睛失明，但有军中功绩，平日里又有贤王之称，若我料得不错，今上春秋正盛，虽然有晋王、齐王在，但次子为庶，嫡幼子又太小，应不会越过你这个嫡长子过早册封皇太子。您的失明，反而是一个莫大的优势，若有一个聪明的皇孙，那就最好不过了。”她说得十分含蓄，点到为止。

李知珉眉头一动，熟悉他的赵朴真却看出来他的赞同。上官筠不愧是京城明珠，在政治上的明敏程度果然非同一般。不错，权力的滋味是甘美无比的，皇帝被东阳公主压制了十年，压抑了那么久，一朝独掌大权，岂能忍受权力再次被人觊觎，分走一分一毫？即使是儿子，也不行。因此，选择隔代嫡传的皇太孙，比选择已经长大的齐王、晋王，简直是再明智不过的决定了。对上官一族来说，今上的从龙之功，那是混不上了，但作为未来皇帝的母族，是极有分量的，至少可再保百年的荣华。世族的每一个决策都是经过深思熟虑的，然而在此之前明辨时势，能看出这一点，又说服上官一族，可以想见上官筠在其中出了多少力。

李知珉迟疑了一会儿，而后问道：“皇太子殿下对姑娘情深义重，姑娘竟不在意？”上官筠当日几乎便为太子妃，上官筠与李知璧自幼感情甚笃，然而适才上官筠说起皇太子的口气，仿佛只是一个毫不相干的政敌，她嫁给他，意味着必然会站到皇太子的对面，她居然毫不介意，这未免让他隐隐有些不快。

上官筠微微讶异，看了一眼容色冷淡的李知珉，她冰雪聪明，立刻知道李知珉的不喜之处，有些怅然地道：“想不到王爷倒是一个重情之人。王爷不知吧？皇太子殿下在定下崔氏后，曾私下与我会面，希望我能不计名分，嫁与他为妾。”

李知珉转过脸去，面对上官筠，表情是一贯的淡漠冷静。上官筠眼里微微泛起了泪花：“我与太子殿下，自幼本只是同学之谊，不曾行差踏错一步，也不曾有丝毫逾规之举，他既已择了妇，却还行此无状无礼之事，既玷污了我们数年的同学之谊，也折辱了我，还请王爷莫要再提此事。”

李知珉沉默不言，上官筠看了一眼他的神色，轻声道：“王爷也是男子，自然觉得三妻四妾分数应当，但我奢求一生一世一双人，养一个孩儿，聪明伶俐，将父母二人的本事都学个通通透透，一家人简简单单……王爷是知道的，我父亲念着亡母，数年不续娶，我自幼甚是羡慕亡母能得此深情。不瞒王爷说，我下定决心嫁给王爷，不仅仅是仰慕王爷的才华，更是取中王爷后院清静。我听闻王爷病后，遣散放出身边女官……人品端方，冰清玉润。”她看了一眼旁边正在低眉顺眼烹茶的赵朴真，这话说得更是含蓄。

然而赵朴真知道她的言下之意：秦王瞎了，身边会少许多女子，秦王遣散身边女官的事，让她很高兴。这个女人，居然能将很多女人心中所思所想却不敢宣之于口的事实说出来，男人也当忠贞于妻子！果然是惊世骇俗，与众不同！赵朴真低下头，将茶水倒入茶杯中。青烟袅袅升起，就连赵朴真也被上官筠说动了，对她描述的场景微微向往起来。一生一世，夫妻二人只对彼此忠贞，生下孩子，家里简简单单，后院再没有那些污糟事……王爷呢，从小被那样对待，有那样的遭遇，是不是也渴望这样的婚姻？

李知珉脸上的表情软化了些，上官筠看他的样子，越发肯定了心里的猜测。听说窦皇后偏爱幼子，待李知珉极为严厉、苛刻，今上对后宫也只是淡淡，虽有几个妃子，儿女成群，但没有十分偏爱哪一个，只是按着规矩敬重嫡妻，对皇子们则一视同仁。秦王隐忍那么久，一飞冲天，却在即将成功的时候忽然遇到了失明的挫折。虽说他喜怒不形于色，但心中多年的苦痛、软弱，比一般人更多。他养成这样的性子，怕是因为并无慈父慈母的关心。这样的人，更期盼一个温馨、稳定的家庭，也会越发对自己的妻子好，对孩子好，将孩子视为自己的化身，将自己最好的一切都给孩子，要让自己的家庭稳定、幸福。她的选择没有错，冷清、隐忍的秦王，一旦真的攻破他冷硬的外壳，那他一定是一个最深情、忠贞的丈夫和最好的父亲。

上官筠并没有待很久，李知珉却一个人在棋盘前下盲棋下了许久，赵朴真给他添了几次水，发现他有时候捏着棋子发呆。

暮春的夜里，花香四溢，她一颗心却渐渐沉了下去，知道自己这段安静相守的偷来的日子就要结束了。秦王到底被上官筠说动了：是啊，一个才貌俱佳的佳人，无论是从政治上还是家世上看，两人的结合都堪称珠联璧合，这桩婚事根本没有一点可指摘的地方。佳人还如此开诚布公有诚意，作为男人，他想不出有什么理由拒绝这么一桩如虎添翼的婚事。

第二日清晨，她起身亲手细细剁好的鱼肉还没有来得及揉入面中，王爷便吩咐了回王府。她知道，庄子上，她前些日子才和仆妇们一同摘好槐花酿的槐花酒，大概不会再有机会喝了。李知珉一贯雷厉风行，行动力极佳，一旦做了决定，也没什么转圜余地，退婚一事果然不再提起。宫里给礼部、宗正寺下了具体的章程，择吉日，安排秦王娶妃事宜。

王府自然大动起来，上下仆役忙乱成一片，阮姑姑找了赵朴真说话："按说前些日子王爷已让宫里除了你的籍，出了放良文书和官府照会，一应封赏也都齐全，只等着和长史那边说，派几个侍卫，雇了车就能送你回乡了。只是如今里里外外全是事儿，罗绮、云舟都出去了，蓝筝又被娘娘叫去办别的差使，花菀那孩子有些顾头不顾腚的，还是你稳重，我想着要不你还是先留着帮把手，等王爷大婚的事儿办好了，你再回家如何？"

赵朴真紧紧抿着嘴，感觉心中犹如被针刺了似的，但看着阮姑姑恳求的眼神，她还是轻轻点了头，心里一个声音犹如自虐一般告诉她：就这样看着他成亲，看着他和门当户对、才貌双全的贵女琴瑟和谐，然后你就可以死心了，安心回乡，去做一个平凡的乡间女子，过自己平凡安乐的一生。

即使每时每刻她的心仿若裂开一般痛苦，夜夜睁着眼睛到天亮，知道什么叫嫉妒，什么叫痛苦。

第二日，李知珉却叫了她去："阮妈妈说府里人手短缺，所以征得了你同意，等我大婚后再回乡？"

赵朴真不知多么庆幸他看不见她脸上颤动的肌肉早已泄露她的所思所想，只是低声应是。

李知珉却敲击了一下案桌道："你跟了我这些年，立功很多，这些日子也辛苦你了。这样吧，你临走之前，我可以答应你一个要求，只要我能办到，尽量都给你办了。你也不必现在就提，想好了再说。"

赵朴真看着丰神如玉的李知珉，自他回府以后，仿佛变成了那个高高在上、威严冷淡的高贵王爷，他们之间隔着天和地一样的距离，庄子里的那点温情，不过是她自己一点点自作多情的眷恋。她的眼睛又热又涩，轻轻咳嗽了一声才低声道："奴婢感谢王爷恩典，倒真的是有一桩事求王爷恩典。花菀，她蒙王爷恩典，准许去了乐籍放良，只是她与云韶司的一名乐师两情相悦多年，王爷若能开恩，将那名乐人及其家人都脱了乐籍，放为良人，准其成婚，那真是善莫大焉。"

李知珉一怔，似乎完全没有想到赵朴真忽然会提一个这样的要求："你让她将乐师的全家姓名和服役在哪一司写来便是，先拨到我王府名下，到时候自看他们意愿放良也好，或是在王府里当差也可，如今礼部倒不会在这些小事上为难我。”他不知为何冷笑了一声，“若婚事没定，我这落魄皇子还真不一定能办到，如今有着上官谦那层关系，礼部绝对不会驳。说起来，你们这些在宫里服侍的侍婢、奴才们的眼色，倒是一点儿都不会错的。”

赵朴真低垂了睫毛，酸甜苦辣涌上心头，并不接话，李知珉却没在这上头纠缠，继续道：“这算花菀的事，我准了，许你另外提自己的要求。”

赵朴真贪婪地看着他的眉眼，压抑着心里挣扎地想留下来的渴望。她知道只要自己开口让他给一个名分，他一定会许，然后，她的余生就是看着他和上官筠夫妻恩爱，珠联璧合，自己终身是后院里一个小小的妾，每日等着他的眷顾。

她终于开了口：“奴婢谢王爷恩典，没有别的要求了。”

李知珉有些意外，点了点头道：“等你想好吧，不必急着答复，走之前想好了来和我说就行。”他的声音很温和，有着自己都没有觉察的一点柔软。

外边文桐来报：“王爷，宋先生来了。”

他点了点头，让赵朴真下去，叫宋霑进来。还有太多的事情要安排，接下来还有一场艰难的仗要打，比之前面还要难，只是一个婢女而已……他压下了心中一丝怪异的情绪。

花菀从赵朴真嘴里听到好消息，眉飞色舞，几乎要飞起来，尖叫着扑在她怀里，面目都发光了一般：“太谢谢你了！朴真，我一辈子感谢你！”她喜极而泣，几乎不能自持，然后奔着出去告诉师父。

赵朴真看着她飞扬的喜悦模样，心想挺好的，至少这一对真心对对方的人能美梦成真。

皇子娶妃的程序虽说繁杂，但之前窦皇后心急，不少事儿早已打点好，如今把现成的拿出来便是，因着怕人作梗，两边都极配合。各部门的官员，王府的长史、属官、侍婢们，日日流水似的在王府和上官家来回跑着，纳采、问名、纳吉、纳征、请期等六礼很快便走了五礼，天渐渐热起来时，亲迎的日子也定在了六月十二。

眼看天开始热起来了，蓝筝如今作为李知珉身边唯一留下来的女官，又是皇后亲赐的，将来必然是他后院里的身边人了，自然是多次跟着阮妈妈去上官家来回地跑着传话，探问未来秦王妃的要求、陪嫁奴仆的数量、嫁妆的安置、贴身侍婢的安排等等。

这日，天热得发慌，蓝筝又从上官家回来了。她看到赵朴真和花菀刚整理完主院的书房，正在吃绿豆沙甜碗子，忍不住道：“给我也来一碗。你们倒自在，可把我累死了。”

“您是能者多劳嘛！”花菀如今得遂心愿，嘴角时时含笑，见谁都带了几分善意，想着将来没准儿还有通过她求王爷的一天，连忙替她斟添了一碗甜品来。

蓝筝如今知道赵朴真和花菀都是要出府的人，再不似从前那般只将她们当成竞争对手来看待，长叹了一声道：“你们才是有福之人啊！我这劳碌命……唉。”她又长吁短叹起来，看了一眼书房的摆设，道，“倒累你们白收了这半日，还是撤了吧。今儿我去了上官府，听说范阳节度使那边送了一批金丝楠木的木材，明儿就叫人过来量了尺寸回去现打。”

赵朴真听到范阳节度使已抬起头来，花菀心直口快，问道：“金丝楠木，那可是皇家才能用的吧。”

“可不是嘛，咱们爷是正儿八经的凤子龙孙啊，自然能用。你没看到范阳节度使那边送来的礼物，我今儿可是开了眼了。死沉死沉的木料，大块大块的沉香原料，都是没雕过的，还有整块整块的雪白玉石，一斛一斛的大明珠，一根一根的象牙用红绸捆着，听说范阳节度使从前是土匪出身，送起礼来也是暴发户的做派，俗气得紧。不过上官家居然把这些都收下来了，全给王妃做了陪嫁。”蓝筝擦了擦额头上的汗，微微不屑道。

赵朴真想了一下道：“虽说东西俗气得紧，但是真急起来，那都是实打实立时能换钱的好物件，上官家也是真心为女儿打算的。”

花菀也啧啧道：“可不是，若是拿那些什么金银首饰换钱，基本是白费工钱，亏得很。倒不如这直截了当的好东西，啥时候想用都能拿出来换个现成的。”

蓝筝嗤笑了一声：“你懂什么，世家大族，还有这急用钱的时候？他们可不缺钱！上官家的陪嫁品本来就十分丰厚，上官娘子根本不把这些放在眼里，听说她当时觉得太贵重，要求退掉，反而是上官大人收了下来，都给她做了嫁妆。”她微微惆怅道，“你们是没去她们家看过啊，相比之下，咱们王府真的太寒酸了。咱们王爷，真是配了一门好亲事啊。”

花菀咋舌：“上官家比皇家还铺张，那得有多大排场啊！将来上官小姐嫁进王府做王妃，她又是一个宽厚的人，赏起来肯定也大方。”

蓝筝脸上掠过一丝阴影，微微摇了摇头，看了一眼赵朴真和花菀，想了一下道：“反正你们迟早要出去，咱们也不是外人了，我就和你们说说吧。咱们这位未来的秦王妃，唉，可不是平时说起来的宽仁性子。”

花菀一怔：“我看上官娘子来咱们府上，都是和气文雅的样子啊。”

蓝筝叹了一口气道："我这次去上官府，有几次她在忙，我在外边候着，看到一个年轻妇人在她门口跪着求见，那妇人，朴真也见过的。"蓝筝看了一眼赵朴真道，"妇人就是上次咱们去上官庄子度夏那会儿难产的丫头，叫橙绿，你还记得吗？那丫头自幼伺候上官家的小姐，据说两人感情特别好，情同姐妹，她也很看重这丫头。后来这丫头年纪大了被放出去，嫁了一个庄上的人。这丫头生孩子的时候难产，当时她也在，就想让大夫保大人，不要孩子，结果夫家舍不得孩子，就跪求着不要放弃孩子，听天由命。最后，她让这丫头自己做决定，这丫头居然连命都不要，非要保孩子，最后生下来一个女儿。"

蓝筝绘声绘色地将那次在庄子上发生的事又说了一遍，花菀听得认真，不断叹气："这是很难抉择，那肚子里的是她十月怀胎的孩子啊，父母亲为了儿女，豁出命也是有的。那她为什么又去跪求上官小姐？"

蓝筝摇头道："说起来也是令人唏嘘，她当时豁出命去救自己的女儿，结果女儿生出来身子不大好，听说动不动就喘气，气管子弱得很。请了大夫来开药，开得死贵死贵的，一家子的收入经不起这样耗。听说她的婆婆和丈夫都不给她和女儿好脸色看，最近她听说上官小姐要做王妃了，就想着凭昔日的情分，能带着女儿到上官小姐身边做一个陪嫁管事妈妈，到时候来了王府，又是王妃身边的妈妈，把孩子带在身边也相宜。"

花菀睁大眼睛："这也是好事，既然她从小伺候着上官小姐，又说情同姐妹，上官小姐嫁进王府，多一个熟悉性情的人在身边伺候总不会错。"

蓝筝道："你不知道，那上官小姐硬是没见她，只叫人传话给她：昔日你已选择断了主仆的缘分，只保你的女儿，那就是你我情分已尽，如今也不必再见。你的孩子我当日答应了照拂，那你每月自去账房支取三两银子给你女儿看病，就算完了诺。你看看，上官小姐竟左性至此，那可是自幼服侍自己的丫鬟啊，尚能如此心硬……唉。"蓝筝显然想到了自己的将来，觉得唇亡齿寒。

花菀和赵朴真对视了一眼，也颇觉意外，没想到上官筠看着斯文温和，处置身边人居然如此决绝。这橙绿生产之时宁愿牺牲自己也要保住女儿，虽然有些不爱惜自己，但是命是她自己的，也没什么好说的，但是就为了这个，就此不愿再见这丫头，那就真有些不可思议了。

花菀连忙笑问："这也不算什么大事，大概上官小姐年纪轻，还在气头上呢，兴许过了一段时间就回转了。话说回来，蓝姐姐可见过上官小姐身边的姐姐、妈妈们了？可好说话？"

蓝筝道："我见了一些人。上官家是世族，仆妇们的气度也不同于别家，举止进退十分不同，见了我和阮妈妈也都十分客气。老夫人也见过我们，还赏了我们许多东西，这次陪嫁了二十房家人过来，也都一一见过面了。"她犹豫了一会儿，又笑道，"从前都听说世家兴陪媵的，如今才知道还真的是，上官家那边这次为了上官小姐，居然从别房选了一个远房的庶妹陪媵。"

花菀大吃一惊："真的有这事？那人生得如何？"

蓝筝道："上官小姐已是一等一的相貌了，便是她身边的侍女也都生得不俗，那个陪媵生得倒是一般，不过清秀罢了，就是……"她低声掩口笑道，"就是身材好生养。"

花菀笑道："姐姐倒知道什么是好生养的身材了。"

蓝筝打趣道："我自然知道，我看你就是好生养的，珠圆玉润屁股大，保证等你出嫁了三年抱俩！"

花菀羞红了脸，连忙扑上去撕她道："你又打趣我！"

几人笑闹了一番，才散了去。

眼看秦王婚事将近，赵朴真这边也收拾打点着离去的事。这日，她却借着陪王爷进宫的机会去见了一下顾喜姑。她自幼由顾喜姑抚养长大，顾喜姑也一直指望她养老，结果阴差阳错这些年，她终于得偿所愿能够回连山去找生身父母了。她对顾喜姑存了一分内疚，因此离去之前，她先将一些之前在宫里得赏的首饰满满当当收拾了一包袱，去见了顾喜姑。

顾喜姑见到她十分喜悦，也早知道她要被放出去了，欣慰道："能衣锦还乡，总是好事儿。你只管安心回乡，不必惦记我。"

赵朴真将包袱打开，道："这是我托人买到的川贝、陈皮，比上次给你带的成色要好一些，你还是用这个。还有这一大包纸包着的全是燕窝，说是每天吃一盏，能治久咳不止。这边是几套大毛的衣服，我特意做宽松了些，若是不合身，您让小柳儿稍微改一改就好了。这鞋子可不是我做的，您知道我手拙，这是让人家做好的，您试试看。这边是一些银钱，留您做不时之需的……"

顾喜姑看她方方面面都想得极周到体贴，身边的小柳儿大不如她，想到自己将这个娃娃从小小一点儿带大，一心一意当成自己女儿看待，偏偏后来情势不饶人，不得不眼睁睁看着这个视同女儿一样的孩子被卷进那旋涡中，甚至为了保全自己，对她坐视不理。如今好在这孩子有福气，到底还是挣出一条全身而退的路来，这个时候还惦着自己的情分，心里甚至生出了一分愧怍和不忍来。

顾喜姑眼圈红起来，伸手抚着她笑道：“你这孩子，药和燕窝也罢了，这些银钱你还是带回去。你生身父母那边还不知道如何呢，到外边处处都要用钱，听姑姑的话，手里银钱多一些，不管遇到什么都有底气。”

赵朴真道：“我那边还有呢，这一回大概没什么机会回京城了，宫里用度也大，还是姑姑拿着吧。我年轻，怕什么。再说了，姑姑从前不是说，我当时衣着不错，应该家境挺好吗？”

顾喜姑笑道：“你当时小小的娃儿，身上戴的璎珞金锁都很好，刚来的时候还挑嘴儿，娇滴滴的，一看就知道家境不错。我听说连山那边的土司世袭地职，家境优渥，想必你父亲必是身居高位的，你到时候拿着入宫前登记的籍贯纸回原籍好好找找。”

赵朴真想起已经一丝记忆都没有的父母，不由得升起一丝兴奋和期待来。这期盼之情倒是冲淡了她这些天的离情愁思，她不由得兴致勃勃地拉着顾喜姑的手道：“一般放籍回去的宫女们过得如何？父母亲也会加倍疼爱的吧？”

顾喜姑有些不忍，但想了想，还是含蓄委婉地提醒她道：“大多数宫女回家，没多久就由父母做主，议亲嫁出去了，嫁得一般都不错，毕竟你是有品级的女官，存下来的嫁妆也多，有些小户人家可能会克扣些，但你家境不错，想必不会。你爹娘心疼你，你回去在家里多待些日子吧。”

“议亲？”赵朴真之前只想到能见到没见过的父母，却万万没想到这个。

顾喜姑轻声道：“男大当婚，女大当嫁，你年纪也不小了，外边更兴早嫁之风，若是一般百姓人家，像你这样的年龄都已经做母亲了。你离家早，回去以后，你父母再不舍，也不能耽误了你的终身大事，必会为你议一门好亲的。”

赵朴真紧紧抿上了薄唇，轻声道：“可我想和父母多伴几年。”

顾喜姑道：“哪个女儿不是这般想呢，可惜世事如此，若耽误了花期，倒要害了你。你父母真心疼你，自会给你找一户离家近的人家，时时能回家看着也就好了。”她想了一会儿，而后轻声道，“我生母早逝，父亲娶了继母，因此我当初若回家，怕是会被克扣下嫁妆，然后胡乱嫁了人，所以我是自愿留在了宫里，宁愿终身不嫁的。”

她想了想，还是提醒自己这个女弟子：“你回家以后，也还是留心访察。若你生身父母犹在，那倒不用非常担心，若……你须加倍小心，手里钱财也要留着一些，若有什么不妥，你只管去找当地官府，你是曾有品级在身的放籍女官，官府定会为你做主。”她细细交代了一番，倒把赵朴真说得心下微微迟疑起来：“外边真的这么可怕？难怪王爷说要放我们出去，除了罗绮、花菀这有了人家的，却没有几个肯走，说是待在王府里还好一些。”

CHAPTER 7

第七章

亲迎

顾喜姑苦笑了一声："女儿苦啊，百年苦乐由他人，若是父母真心疼爱还好……本来你应该让人先去连山好好访了你父母家，通过气以后才出去比较好，我不知你如此冒撞。不过这也怪不得你，听说是王爷失明了，忽然说要放出身边女官，如今看来，兴许是为了上官娘子也未可知。"顾喜姑看了一眼赵朴真，见她神色黯然，却又担心她打了退堂鼓，忙道，"也不会那么差的，咱们毕竟有品级在身，地方上的高门大族、官宦人家，最爱的就是放回来的女官了，毕竟教养子嗣、主持后院都是难得的，多的是人捧了厚礼求聘的，到时候你只管好好地擦亮眼睛，细细访察一个好人家，再多在家里留些时间就好。到时候你嫁个好夫婿，举案齐眉，夫唱妇随，再生几个小娃娃，多么圆满！这才是长远打算。"

她迟疑了一会儿后又道："你切莫贪图王府的一时安乐，那里可是虎狼之穴。"她看了一眼赵朴真，隔了一会儿轻声道，"如今你要走了，我才敢说。宫里的那些女官，你别看一个个给窦娘娘出主意，好似对窦娘娘死心塌地，其实她们背后是什么人，可难说呢。这宫里，当年圣后一手遮天，女官们势盛那会儿，朝廷大臣也得卑躬屈膝来求她们。后来东阳公主、崔娘娘都掌过后宫……"

赵朴真听出顾喜姑意有所指，抬眼去看她。顾喜姑轻声道："当初你被挑去习艺馆，未必就是窦娘娘的手笔。"

“据我所知，当初刘蓝芷曾经受过崔娘娘的恩惠，如今却大受窦娘娘信任。虽然崔娘娘如今出宫出家，但她儿子还当着太子呢，哪里肯让人去害她亲儿子？到时候究竟谁算计谁，谁知道？你早早离了那里是好事！你切莫为了贪图一时的虚荣，被富贵安乐蒙了眼睛就留在王府，那可是一个是非窝啊。如今上官筠也嫁进去，将来究竟会怎么样，谁知道呢？”

所以，当初习艺馆那一批人要送给太子，这是崔娘娘的手笔？她为什么要借窦皇后之手，将你们这几个所谓的美人送到自己亲儿子身边？不，当然不是送到自己亲儿子身边，最后不是送到了秦王府吗？东阳公主！如果说一开始这批美人儿就是想要送给秦王的呢？那么这个人早就知道了窦皇后会同意做这件事，也早就算准了东阳公主的脾气，必然会出这一招！

这个消息实在太震撼了，赵朴真出宫的时候，脑子里还乱糟糟的。

抽空看完顾喜姑，赵朴真悄悄回到了长乐宫。李知珉仍在西暖阁里坐着，窦皇后在絮絮叨叨地说话，李若璇、李知璞也都到了。李若璇的笑声一直不停，她自觉与上官筠一向感情不错，这下如愿以偿，分外高兴，一直兴奋地和李知珉说话，李知璞则问边疆打仗事宜，一家人倒是难得其乐融融。到了晚膳时，皇上竟然驾到，窦皇后更是喜出望外。圣驾驾到，伺候的人满满当当的，更没有李知珉身边伺候的人什么事了，只是在西暖阁外边的茶房里一边看茶水，一边备着里头主子叫。

这日，陪同李知珉进宫的还有蓝筝，她看赵朴真心神不宁的样子，悄悄低声笑问：“你不是说和宫里的故旧道别吗，怎的很伤感吗？”

赵朴真回过神来，低声细语：“姑姑从小带着我，情同母女，我自然是有些舍不得，将来大概也没什么机会回京了。”

蓝筝微微感慨道：“是啊，你这一去，确实难回京了，这些日子你多逛逛吧。我听说连山那边可不及京中富贵，怕是你将来不习惯。”她倒是真心实意地佩服赵朴真，在得到秦王的宠爱后，居然还会抽身而去，远离这富贵荣华。赵朴真是太年轻，不知道外边老百姓生活有多辛苦吧。她心里其实暗暗觉得赵朴真幼稚，但又绝对不会劝着赵朴真留下来成为自己的劲敌。这几年，她们多少有点儿情分在，她不由得叹道：“咱们六个人，罗绮、云舟、花菀都嫁了，你也要回乡，就剩下我和丁香了，我和丁香还是年岁最大的。”她表情黯然，明争暗斗了这些日子，最后发现自己的假想敌全部一一离去，原来自己的对手从来不是这些人。

丁香！赵朴真忽然像是想起了什么：秦王身边有品级的五个女官里，丁香一贯默默无闻，论背景肯定不及有窦皇后支持的蓝筝，貌美不如罗绮，年轻不如花菀，才华不及自己，又不似云舟有自幼伺候秦王的情分，显然不太可能成为王爷房里的人，为何她在年龄渐大，花期将过的年岁，没有选择离去？她年龄最长，却从来不揽权，不爱说话，更很少说家里的情形。赵朴真只依稀知道她家里是京郊的农户，过得一般，她针线活做得好，就一直默默地为王爷做了许多贴身衣物。然而从来不出错的她，为什么在王爷失明后，在搭配荷包上出了错？再老实的人，也不会对自己的未来全无打算，同样老实的云舟，遇到这千载难逢的机会，立刻讨了赏，让家人议亲，为自己尽量铺好一个光明的未来。

丁香在习艺房就被一起挑进来，真的是因为她的针黹特别好吗？人人都瞩目有着绝世容颜的罗绮时，是不是都忽视了这个当初在几十个习艺宫女中被挑选出来的人？

如果说宫正刘蓝芷是崔氏的人，罗绮是窦皇后当初选好想要迷惑太子的人，那么不起眼的丁香会是那个早就安排好的棋子吗？崔皇后将这么一颗棋子安排在秦王身边想做什么？只是简单地探听消息，还是有更大的布局？这些年，赵朴真掌着华章楼，才是接触秦王秘密最多的那个女官，丁香也未见得有一句探问和引起人怀疑的举动，是秦王早就已经看透了，还是对方隐而未发，图谋甚大？如今秦王失明，但因此得到了上官家的垂青，将来的王府后院，只怕是各方觊觎、窥探的焦点，丁香服侍秦王多年，又是宫里赐下来的，即使是上官筠，也不会轻易动她、疑她。

赵朴真忍不住悄悄问蓝筝：“丁香姐姐以后有什么打算？”

蓝筝摇了摇头，悄声道：“听说她父亲有病，得长期吃药，家里就靠着她这点月银活着，下边还有一堆弟弟要讨媳妇儿，她哪里敢出府。她家人把她当摇钱树呢，她弟弟每个月初二按时来拿钱的。”

很合理的理由，表面上的确看不出什么疑点，王府里赏赐丰厚，月银也不少，但是年幼就已离家的花期少女，真的会甘心一辈子只作为挣钱工具，为家里牺牲自己的一生吗？父母兄弟的血脉亲情，真的能让人牺牲若此吗？王府不是宫中，她若终身不嫁，王府里也没有合适职司让她掌着……

赵朴真满心纷乱，眼看着皇上用膳后，几个皇子、皇女都知趣地告辞。皇上许久没有留宿长乐宫了，今夜顺理成章地留宿，窦皇后十分喜悦，却依旧忘了挽留一下失明不便的长子留宿宫里，让人伺候着秦王出宫回王府。

赵朴真一路心事重重回到王府，蓝筝只以为她是今日见了故人，因为离别伤感，因此也不疑心。

夏夜明媚，府里到处都在忙碌着，赵朴真却求见了李知珉。李知珉以为她终于想好了想要的东西，自然面见了她，没想到她只是将进宫所探原原本本地说了一遍。

李知珉十分意外："你找我就为这事儿？"上一次她是为了花菀求脱籍赐婚，这一次又为了另外一个可疑的丁香，她难道没有一点自己的事儿要求他吗？

赵朴真这些日子和他疏远了许多，也已经接受了自己要离开京城的事实，对即将见到的生身父母和家庭充满了期待。然而这一刻她再次接近王爷，看见他烛光下的眉眼鼻唇，发现仍然难以抑制自己的心潮，心情仿佛一锅沸水，气泡扑扑地从水底升起。

赵朴真轻声道："我并没有实据，只是提醒王爷今后小心些。丁香姐姐一贯老实，对人也挺好的，我并没有见她有什么不规矩的言行，只听说每个月她弟弟会来门上找她拿钱。我只怕她被人挟制，将来做出不利于王爷的事来，或是将内院的事外泄，不若王爷提防留心些罢了。"赵朴真有些窘迫，脸色渐渐涨红，觉得自己有些卑劣，平日里和丁香以姐妹相称，如今却在没有实据的情况下搬弄是非。如果丁香是清白的，自己可以说是枉作小人。然而自己已经没有时间细细查下去，自己已经不可能再参与王爷的将来。

这一刻，赵朴真清楚明白地看到了自己的心：她还是担心他，不管他如今是将她看成一个搬弄是非的小人，还是忠心耿耿的忠婢，她宁愿提醒一句，也不想他再受到来自不知名地方的暗害。

李知珉面上倒没有轻慢或是讥诮的神色，他蹙眉想了一会儿后道："你们四人，从宫籍上来说都是良家，崔娘娘当初在圣后当政之时，就已协理后宫事务，很得圣后欣赏、看重，如今宫里有她的人，一点都不奇怪。不过丁香此人，才华平平，应该是一着闲棋，是她信手布下，以待后效罢了，我心里有数便是了。"他停顿了一会儿，又温声道，"你只管放心便是。"

赵朴真轻声道："王爷心里有数就好。"

李知珉问："你归乡的事都打理好了吗？前些日子，我让文桐安排人先回你的家乡寻访你父母家，给他们报个信，省得你到时候回去措手不及。过几日就要迎亲了，到时候我事儿多，怕是顾不到你，你有什么需要我安排的，只管提。"

赵朴真喉咙哽咽，轻声道："多谢王爷恩典。王爷关怀备至，奴婢归乡事宜已打点好，今儿也蒙王爷恩赐，进宫和故旧道别，并没有什么要安排的了。只希望王爷今后万福金安，和王妃娘娘琴瑟和谐，永结同心。"她的声音有些颤抖，却狠狠咬住自己的舌头，疼得眼泪几乎要溅出来。

李知珉点了点头，道："你有什么事就和阮妈妈说。"

赵朴真轻轻应了一声："好的。如果王爷没什么事，奴婢先下去了。"

虽然李知珉看不见，但她仍深深行了一个礼，又认真看了李知珉一眼，才轻手轻脚地退下了。

赵朴真回到房里，花菀正在收拾房间里的东西，看到她笑道："今儿庄子上派人送来了几坛子槐花酒，正是当时你吩咐酿的，如今味道正好，所以派人送了来。我看你陪王爷进宫了，如今王爷养身，马上就要亲迎了，阮姑姑说这些日子不许给王爷乱吃东西，也不敢给他吃酒，我便替你做主，将几坛子酒分给蓝筝、丁香、罗绮几个人了，咱们这儿只留了两坛。"

赵朴真看着透明水晶坛里一朵朵槐花在蜜水中沉浮，想到当初在庄子上，她带领着仆妇亲手一朵一朵挑出最好的将开的槐花。那时候，她只是想着怎么让王爷开心，做出最好的东西让他尝尝。春日百花不见，他却能尝到槐花酿，如今春日已过，韶华已逝，物是人非。

花菀还在念叨："按说咱们要各奔东西了，应该坐下来一起痛快喝几杯才是，只是如今咱们总凑不齐，不是这个有事儿就是那个有差使，也不知将来还能不能见着。"她一抬眼，看到赵朴真泪盈于睫，不由得怅然、伤感起来，红着眼圈道，"唉，都是喜事儿，瞧我瞎说，倒招得你哭了。"

时光飞逝，王府接连嫁走了罗绮、花菀、云舟。花菀和赵朴真交好，走之前抱着她哭了许久，说好了以后还要写信。云舟与赵朴真交情寻常，也就罢了，倒是罗绮，走之前私下含笑着轻轻道："我素日觉得你心机深，如今反而是你能走得干净，倒是我错看了你。你不是池中物，来日有缘再见罢。"

忙碌琐碎的事更显得时间过得飞快，亲迎的日子到底来了，王府主院早已铺红挂紫、张灯结彩，新娘子那边的陪嫁品早已送来了一批，满满当当地陈设着，显示着世家的豪阔。

王府上下到处忙忙碌碌的，作为一个快要走的人，赵朴真身上倒没有什么正经差使，只是跟着阮姑姑走，听阮姑姑的使唤随时办些事儿。

过了午时，日头渐渐偏西，眼看亲迎的队伍快回来了，阮姑姑看天气仍然热，便让赵朴真带了几个小丫头，送了一批新鲜瓜果和冰碗子到主院里给王妃随嫁的仆妇们用。上官家随嫁的婢女、仆妇已经提前到了王府的主院里，忙碌地归置东西，为自己家的小姐准备一间最舒适的新房。

赵朴真是王府有品级的女官，上官家的仆妇们对她也极为客气，见到她带人送东西过来，上官筠身边的朱碧已笑着迎上来道："劳烦姐姐亲自给咱们送吃食过来，咱们正渴得厉害，多亏姐姐想得到咱们。"

赵朴真笑着客气了两句："一会儿王爷就回来了，到时候王妃过来，各位姐姐、妈妈大概就不得空儿了，所以我们阮妈妈便想着先使我送点新鲜瓜果和冰碗子过来给各位姐姐、妈妈先用点儿，真正忙的还在后头呢。”

朱碧连忙道谢，让人过来接了东西，又安排人分下去。她让赵朴真坐，赵朴真却不愿意在这铺陈华丽的新房里久待，只客气了两句，命身边的小丫鬟帮忙分吃的，便自己一个人慢慢走了出来。

白花花的日头晒得厉害，蝉拼命叫着，前边锣鼓喧天，声音隐隐传了进来，鞭炮声也忽然爆发出来，想来是王爷已亲迎回来了，想必新娘子下花轿了吧？

赵朴真作为王爷的贴身侍婢，本十分熟悉王府主院的一草一木，然而今日已完全不一样。巨大的冰山摆进主院里，也笼上了红色轻纱，院子里到处挂着精美的丝灯，虽然是一次性用的彩灯，但上边仍然一丝不苟地画上了龙凤呈祥、麒麟送子等图，更有许多纱扎好的栩栩如生的花点缀着院里的花木。这一次婚礼，怕是耗费巨万，礼部那边肯定没这么多钱，少不得从皇上私库里出一些，窦娘娘又贴补一些。她漫无边际地想着，若娶的不是上官家的小姐，皇家会出多少钱？一般贵族人家心疼孩子，都不会选这样热的天气，然而如今一个着急娶，一个着急嫁，政治利益的结合就是如此一拍即合、急不可待。

也不知道王爷洞房的时候会怎么样，总不会那样冰冷、淡漠了吧？

眼前仿佛闪过之前王爷中毒昏迷，她替他擦身换衣时见过的苍白身体，她心头一跳，只觉得自己太不知羞了。她按了按有些发热的耳朵，匆匆走过一个转角，却差点迎面被一个丫头撞上。她吓了一跳，连忙停住，口里轻斥道：“你慢一些，前边亲迎的队伍已回来了，莫要太冒撞，仔细撞到了贵人。”

小丫头匆匆抬起头，五官清秀，面容稚嫩，看着不过十三四岁的样子。赵朴真看见她豆青色衫子下边系着绯红挑金团花纱裙，额上贴着花钿，望仙髻高高扎着粉红金边牡丹纱花，和朱碧的装束一样，看着竟是上官筠陪嫁来的贴身侍女。

赵朴真一怔：“这位妹妹怎么走到这里来了？你们王妃等接了圣旨，拜过天地，就要到主院了，你不去前边迎着？”

小丫头额上微微出着汗，觉得十分抱歉，勉强微笑道：“多谢姐姐指点，只是我有些腹疼，想找恭房。”

赵朴真伸手指点她道：“从这边转去花园那儿，你看到一丛芭蕉，旁边便是咱们下人用的恭房了。”小丫头转头匆匆而走，赵朴真却一眼看到她华美的纱裙下已洇上了一大圈血迹，连忙叫住她道，“这位妹妹！”

小丫头转过头看她，她上前低声说道："妹妹想是葵水忽至，裙子却是脏污了，这一会儿王妃就要到了，你且不要乱走，赶紧换掉裙子才是。"

小丫头先吃了一惊，赵朴真来不及阻拦，她的手就已向后摸了摸裙子，果然纤细手指上已沾染了脏污。她的脸色迅速白了起来，神情几乎可以说得上慌乱、惶恐，嘴唇微微颤抖："葵水……怎么办……怎么会来了……明明不是今日啊，真不该吃那碗冰果子的，怎么办……"说着，她的泪水已扑簌簌地掉下来。

赵朴真微微吃惊，拿了手帕替她擦手，不过是脏了裙子，换下就是了，只是今日是大喜日子，她葵水既至，弄脏了裙子就不好让人看见，招了主子的忌讳就不好了。赵朴真便提醒一句，没想到她的反应如此巨大，想来没怎么经历过大事。

赵朴真笑道："你莫要慌，这样吧，我住的院子就在这下边，你若是不嫌弃，到我屋里去待一会儿，我替你收拾一下。"

这丫头六神无主，甚至身子微微颤抖着，勉强挤出一个笑容："谢谢姐姐，那就劳烦姐姐了。"赵朴真带着她走到自己屋里，先替她洗手，解了脏污的裙子、裤子下来，然后拿了干净的垫巾给她垫好，在衣箱里找了一件相似的赭红色的裙子替她换上了。接着，赵朴真就着洗手盆替她搓洗了裙子，铺在窗子下，用干布替她印着水，道："如今日气还热，一会儿衣服半干你就能穿上了，也不知道是否耽误你的差事。"

小丫头煞白着一张脸，蛾眉紧蹙，眼睛红得厉害，仿佛没听见。赵朴真抬头看她，想着她是不是还在肚子疼，问道："这会耽误你的差事吗？要不要我和朱碧姑娘说一声，安排别人当差？不瞒你说，我在朱碧姑娘面前还能说上点话儿，朱碧姑娘定然不会怪罪你的。"

小丫头慌忙道："不要！千万不要！"她惊慌失措，看了一眼赵朴真，勉强笑道，"我负责值夜的，这会儿没什么差使，多谢姐姐……我们……我们小姐很严厉，请您千万别将我来葵水的事说出去好吗？"

赵朴真笑道："没什么，都是低下的人，我自然替你遮掩。眼看时辰到了，想必你们家小姐在前边拜堂呢，既然是值夜，那你肚子还疼吗？我让人送碗热热的桂圆姜糖荷包蛋汤给你喝了，应该会好一些。"

小丫头的眼泪有些止不住，低声道："真的不必了，谢谢姐姐。"

赵朴真叹了一口气，拿了手帕给她擦眼泪，低声道："你别哭了，小事情而已。今日是大喜的日子，你小心一会儿被贵人看到了，倒要得了不是。"赵朴真还是让人去厨房传话，要了一碗热热的桂圆姜糖荷包蛋汤，让这丫头缓缓喝下去。一碗热汤喝下去，小丫头的脸上稍微有了血色，她看着赵朴真十分感激道：“还未请教姐姐姓名，我叫上官萍，您可以叫我萍儿。”

上官萍？她竟然姓上官？赵朴真立刻想起了蓝筝说的上官家有个庶妹陪嫁为媵妾的事，心里顿时了然，难怪她会为了来葵水的事如此惊惶。她是陪嫁的媵妾，又说了晚上要值夜，想必要在洞房里陪侍一旁。她来了葵水，怕是主子会嫌弃污秽，毕竟是大好的日子。不过洞房新娘子是主角，她一个媵妾，换个别的丫头陪侍也就罢了，想来她是年纪小，怕被责骂。

赵朴真压下心中疑虑，轻声道：“我姓赵，你叫我朴真就好。我原是王爷身边的女官，如今已除了籍要放回乡，只是这几日王府太忙，且先帮忙几日再回乡。原来是我眼拙错认了，娘子……是上官家的小姐吧，身边怎的没有一两个小丫鬟陪着？”她心中酸楚，想着这个懵懂无知的少女将来会是王爷的妾侍，忍不住细细打量了一番。

上官萍怔怔道：“我不过是从乡下接过来的人，虽说有个姓氏在，其实连有些头脸的妈妈、姐姐都不如，那些丫鬟一个个派头比我大多了，哪里听我使唤呢。原来姐姐就是赵朴真，我听说过，是王爷身边得用的姐姐，听说我们大公子也认识你。”说完，她的表情有些不自在，没好继续说下去，想来听到的不是什么好话。

赵朴真微微尴尬，想着大概上官家那边不知如何编派、提防她，也不知是不是妹喜、妲己一流，如今她要被放出去，怕是上官家都松了一口气吧！她轻声道：“我不过是替王爷办差的时候识得你们大公子罢了。今儿你们大公子也会来送嫁吧？”想来上官萍真的地位极其卑微，论辈分，上官麟也是她的远房堂兄，她却只是生疏地叫他大公子。

上官萍被赵朴真的轻声细语安抚住了情绪，稍微放松了一些：“并没有，我依稀听说大公子被老爷打发去老家祭祖了，老家那边远，他赶不回来，大概等三朝回门后才回来吧。”

赵朴真十分诧异，这婚事不是一两天定下来的，上官家怎的倒要把上官麟打发回老家？连老家的媵妾都能选送来，上官麟一向和上官筠兄妹感情很好，这婚嫁大事倒不让有了官身的亲哥哥送嫁，这世家行事还真是让人看不透。

上官萍陡然一人离乡到了京城，身边一个能说话的人都没有，如今又遭逢大变，心里十分忐忑，如今看赵朴真为人和气亲切，不由得卸下心防，和她打听道：“听说王爷身边的姐姐们都是宫里娘娘赏下来的，原来都在宫里当差？”

赵朴真轻声道：“嗯，如今她们大部分都被打发出去了，只剩下蓝筝和丁香两个姐姐了。”

上官萍的睫毛扑簌簌地抖动着，目光闪动，过了许久她才轻声道：“听说宫里规矩特别多，是吗？贵人们动不动就要打死人？我们过来之前，上官家请了一个宫里退下来的女官给我们说了许久的规矩，说王府虽然不是宫里，但规矩是一样的，日日耳提面命，要我们默写宫规。”

赵朴真笑道：“规矩是多，不过遵守起来也不难，你只要别忘了，时刻记在心里，谨慎小心着就好。其实，我听说世家里的规矩比皇家还讲究呢，你出身上官大族，想必教养规矩自是比我们好的。”

上官萍抿了抿嘴，小声道：“我父亲去世得早，我又没有兄弟，族里就把家里的地全收回去了，我母亲靠着族里给的一点月银抚养我。上官族，外边听着风光，其实跟红顶白，人情冷暖是一样的。这次一看我被挑上了，从前欺负我们的人家又笑脸相迎，好似从前那些事儿都不是他们做的。”

赵朴真替她加了点热水，压下心里那一丝悄悄抬头的嫉妒，轻声道：“以后会好的，我看上官小姐待人很是和气。”

上官萍张了张嘴，欲言又止，到底年纪轻，想着赵朴真立刻就要离开王府了，说说无妨，终于忍不住轻声道：“大姐姐年纪虽然小，但十分有威严，我有些怕她。”

赵朴真微笑道：“贵人们都这样，你是才进京不习惯，等往后你在王府有了自己的院子和服侍你的人，慢慢地，你也会矜持起来的。”

上官萍摇了摇头，轻声道：“前几日，我听说大姐姐的一个丫头吊死了，外边报进来，说那丫头从小服侍大姐姐，放出去嫁得也不错，就是为着生了一个女儿，在婆家过得不大好，女儿又有病在身，许是一时想不开，竟然自尽了。她临终时请人将女儿送进内院，希望大姐姐照拂。当时消息传进来的时候，大姐姐正在试嫁衣，听说了这事儿，也只说了一句：‘她倒是有些气性，既这样，便将她女儿带进内院养着，好好调教，以后给我做一个贴身服侍的丫头吧，名字也随她母亲一样便是了。至于那一家子，既逼死了我的人，便远远打发了，我不要再看到他们。’”

赵朴真一听，就知道是前些日子蓝筝所说的橙绿的事。原来她竟走投无路到自尽了？上官筠竟然真忍下心肠坐视不顾？这样也罢了，将她女儿收进来做贴身丫头，还要叫橙绿这个名字，这还真是……

上官萍还在轻声道：“我听说那丫头从小服侍大姐姐，和大姐姐是情同姐妹的，后来不知为何大姐姐就不喜欢她了，但是既然不喜，为何还要让那孩子也叫她的名字？难道以后叫着这孩子的时候，大姐姐不会想起她吗？只这一条，就让人觉得大姐姐……太不一般了，明明伸伸手就能帮一下，偏偏坐视她走上绝路。兴许是我在乡下待久了，心太软，着实有些怕。”

赵朴真回过神来，心里对上官筠的观感有了微妙的改变。上官萍也知道自己不宜说得太多，转移话题道：“姐姐在王爷身边伺候这么多年，王爷性情如何，可好服侍？”

赵朴真道：“咱们王爷好静，不会轻易和底下人过不去的。”

上官萍轻声问：“我听说……听说王爷性子很好，为人和气，待下人特别宽仁，姐姐在王爷身边伺候，是不是特别轻省？”

赵朴真心里微微不满：王爷宽仁，你们就想怎么样吗？人还没嫁过来，就想着图轻省，欺负王爷看不见吗？她想起如今王爷不过是失明，贴身伺候的人就已疏忽怠慢，若上官家连妾侍也要看着王爷好说话就怠慢起来……便轻声缓缓道：“王爷是皇子，自然矜贵些，轻易不动火，但是天潢贵胄，那也不是说着好听的，王爷可是带过大军平定北疆的人，是真正上过战场杀过人的，令行禁止，杀伐果断，要不怎么能带兵打仗？若大家规规矩矩，王爷自然不会和咱们底下人过不去，那太辱没身份了，但若不讲规矩，那杀个人也是不讲情面的。咱们王爷但凡定了什么主意，便是皇后娘娘来了也拧不转的，更何况，娘娘也不会在意咱们这些蝼蚁猫狗一样的人。”

上官萍的脸色微微一白，赵朴真却忽然想起多年前自己战战兢兢地过日子，心想自己也没说错，王爷那可是十岁就能下手杀人灭口的，虽然最后放了自己。贵人何曾把自己这样的人看在眼里？她感慨万千，轻声道：“我记得从前在宫里，有一次，一个小宫女什么都没做，只是东阳公主想杀鸡骇猴，活生生将小宫女掌嘴掌死了。那孩子才十二岁，之前还活生生地和我们玩牌，第二日和姑姑去宴会当差，几下就被抽得脸肿了，回去就呕吐昏迷，很快人就没了。”

上官萍听她说得吓人，整个人都吓呆了。赵朴真回过神来，微微歉疚：“也是看主子，咱们王爷，无故不会草菅人命的。”——但若你不小心看见了什么不该看见的秘密，那他可就不会管你无辜还是有意了。上位人那种视人命如草芥的观念，可仍然牢牢刻在他的骨子里。

上官萍却不知想起了什么，脸上红了又白，似乎有什么难以启齿的事情。忽然，她伸手拉着赵朴真轻声道：“姐姐莫怪我冒撞，我想问问，宫里的妃子若是小日子时侍寝，是否为大罪？”

赵朴真一怔，疑窦顿起，嘴上说着：“那自然是大不敬，欺君之罪……

这些都有内务司尚寝局管着的，妃子们自然知道这事儿要避讳，自会和尚寝局报备。”新婚洞房之夜是新娘新郎的大好时光，难道世家竟然会让媵妾陪侍新郎？不可能，她从来没有听说过这样的规矩。哪家的正妻会愿意让出这最重要的宣示权力的日子？侍妾、通房，那都是要王妃许可后才能服侍王爷的，岂有在大喜之日就让媵妾侍寝的？是不是这丫头年纪尚小，只听教养嬷嬷说了几句侍寝的话，不知就里，吓到了？

她十分委婉地劝说道：“上官娘子，今夜是王妃与王爷的大好日子，你若是葵水来了，想要避讳，只管和王妃娘娘身边的朱碧姐姐和我们阮姑姑说，她们自然不会安排你值夜的。”

上官萍被她看得脸上通红，窘迫万分，眼睛里泪花打着转，却终于什么都没说，只是轻声道：“多谢姐姐指点，我……我先回去了，一会儿她们找我，发现不在……不大好。”

赵朴真听到外边锣鼓声大盛，知道婚礼已开始，也不多逗留，只起来替她将晒得半干的裙子取下来，为她穿戴好，送她出去，提醒她道：“你真的不需要我和朱碧姑娘说说？”

上官萍脸色苍白道：“真不用了……我会和我们管事的王妈妈说的，谢谢姐姐了。”

赵朴真知道王妈妈是在上官老夫人身边服侍的管家妈妈，这次跟着上官筠过来，内院的事自然是她做主，便笑道：“那你有什么需要我帮忙的，只管说。”

上官萍心事重重地出去了，赵朴真压下心中疑窦，到前头去了。果然婚礼已经开始，许多着华丽金边纱青衣绯裙的丫鬟手持层层叠叠的花障，遮着穿着厚重、华美礼服的新娘。王爷金冠吉服，站在那里念却扇诗。在灯火通明中，他面容清俊，鼻梁挺直，无数灯光映在他的幽深双眸里，读诗的声音仍然和从前一样稳定冷静，周围锣鼓喧天，热闹笑语，仿佛丝毫没有暖到他。

花障层层褪掉，美艳不可方物的上官筠站在红毯的尽头，身姿笔挺，鲜红的裙摆倾泻而下，整个人如凤凰一般骄傲。李知珉在喜娘的牵引下，一步步向她走去。在他们周围，花团锦簇的花障、流光溢彩的彩灯、喧闹尖叫喝彩的人群，都不过是衬托他们的绚烂背景。

赵朴真远远站在人群中，看着李知珉一步步走向那光明、热闹的深处，伸手牵着上官筠入内，俪影成双，一双璧人。

司仪一声声地喊着：“一拜天地！”

……

“二拜高堂！”

……

“夫妻对拜！”

……

“礼成！”

CHAPTER 8

第八章

迷夜

四处喜气洋洋，赵朴真并没有观礼到最后，她借口要当差，去书房收拾了半日书。估摸着王爷王妃应该入了主院，她才回房。路过主院的时候，她正看到蓝筝和丁香、文桐等人从里头退了出来。今夜的侍女，王府的都穿着红衣青裙挑金花，上官府陪嫁过来的则是豆青裳绯红挑金团花裙，所以她一眼即能分辨。她不由得有些奇怪，轻声笑道："你们怎的就出来了？王爷不要人伺候？"若是从前王爷没失明的时候，他好安静，身边伺候的人少，然而如今王爷眼睛不方便，身边可是离不了人的。

文桐只是尴尬地微笑，躬身后轻声告退先走了。蓝筝噘着嘴："那边王妈妈说王妃害羞，不习惯外人服侍，阮妈妈也听她们的，便让我们都出来了。王爷喝了不少酒，没个身边人服侍怎么行？她这是给我们下马威，立规矩呢。"

丁香笑了笑，轻声道："王妃年纪轻，面上磨不开，王爷也宽了衣洗过了，哪里还有什么差使，再说王妃身边也有不少侍女，我看她们进退有度，法度森严，看着是有规矩的，自然会照顾好王爷，蓝姐姐也不必太忧心了。"

蓝筝冷哼了一声，有些刻薄道："王爷好性儿，都由着她们摆布罢了，明明前边都喝了那么多酒，还非要让王爷喝什么交杯酒。我出来的时候，看王爷有些喘。我看朱碧那丫头伶牙俐齿得很，怕这不是王妃的意思，倒是她想着上位，排挤咱们这边的人。你看连她们那个媵妾都在那里杵着呢，一看就呆呆的，什么都不会做。我倒不信王妃够大度，洞房之夜也要媵妾陪着。”

丁香微微尴尬，又轻声说了几句话，蓝筝再不满，也只能愤愤地去了。

赵朴真送走她们，心里疑窦越来越浓：上官萍明明葵水来了，为何还在新房内服侍？难道是上官小姐完全不忌讳？为什么要斥退王爷这边所有的侍婢、内侍？王爷不管怎么说也是皇子，眼睛还不方便，王妃才嫁进来，新婚之夜就要把王爷身边的人都隔开，这不合常理。

她咬了咬唇，转过了主院内的角门，角门看守的小内侍自然是认得她的，并不知道里头将王爷身边的人都打发出来了，只是笑道：“姐姐怎么这时候才来，可是有什么着急差使？”说着也不问了，便给她开了角门。她笑着顺手赏了小内侍一个小荷包碎银，熟门熟路地走入了内院。

花木葱茏，赵朴真走的是后花园。她其实也不知道自己想做什么，只是有些担心王爷。她安慰自己只要进去看看王爷没事就好，反正自己要出去了，只说不知道王妃打发人，随便找一个借口，王爷自然会护着自己，王妃也不见得会问罪自己。

才走进后花园一丛花树后面，赵朴真便听到上官筠身边的王妈妈在说话：“你怎么走到这儿来了，还不进去伺候？你怎的这个时候瞎走？我听朱碧说，你下午有一段时间不知去哪里躲懒了，吓得她四处找你。这王府人生地不熟的，你瞎走什么，赶紧回房里去。”

细细的声音响起，赫然是上官萍：“妈妈，我肚子有些不舒服，许是今日吃了些冰，是否……今夜先不侍寝了？”

王妈妈的声音微微提高：“开什么玩笑！这是你任性的时候吗？王爷已在里头宽了衣服，这会儿酒性正发作呢，你立刻进去侍寝！”

上官萍的声音微微颤抖：“可是，妈妈，我怕，怕被王爷发现了，若问罪于我怎么办？听说宫里动不动就要打死人的……”

“你怕什么？天塌下来有上官家担着呢！王爷眼睛看不见，只要你不说话，他怎么会认出来？更何况他喝了酒，身边人也全部打发了，不会发现的。你到底是怎么了？之前都说得好好的，如今变卦是怎么了？”王妈妈的声音严厉起来。

上官萍几乎要哭出来了：“妈妈，我……我也怕痛，我也怕生孩子，能不能让别的姐姐先服侍王爷……”

王妈妈怒喝：“你瞎说什么！别人可不姓上官！”上官萍没说话，过了一会儿，抽泣声响起，她竟哭起来了。王妈妈气得没办法：“来之前我和你说得好好的，不然你一会儿也喝点酒，没事的，一会儿就好！”

上官萍只是哭着不说话，王妈妈似乎压下性子，放软了语气：“这是别人求都求不来的福气，你倒要把这福气往外推。你想想你娘，她辛苦这么多年，才有这么几日好日子过，你若办砸了事儿，你娘那边会怎么样？你好好服侍王爷，将来无论生下男孩还是女孩，都是你的福气，一个侧妃的头衔是少不了的，王妃也拿你当亲妹妹疼，王爷面前又有体面，你怕什么？”

上官萍低声道：“大姐姐为什么不肯服侍王爷呢？”

王妈妈有些不耐烦：“你大姐姐身子有些弱，暂时不想要孩子。你好好地服侍王爷，将来你的福气大着呢！快点，时候不早了，你是自己进去，还是我叫朱碧她们过来拉你进去？到时候可就没什么主子体面了，你可想清楚了！”她的声音已经急促起来。

上官萍迟疑了一会儿，而后道：“我……我也是第一次，妈妈、姐姐们若答应不在旁边看，我便进去。”

王妈妈看她终于松动了，松了一口气道：“没有我们替你在一旁提点，你会服侍王爷吗？王爷虽然迷迷糊糊的，但那事儿做没做男人可是清楚的，你别乱动歪脑筋想着糊弄过去！到时候王爷问罪，就是小姐也保不住你！”

上官萍仿佛被吓住了一般，低声嗫嚅：“我晓得，妈妈之前教过我的，我会的。就是这事儿好生羞人，若是有人在一旁看……我……我做不了。”

王妈妈看了看时辰，推她道：“好吧！我服了你这个小祖宗了，到时候记得把喜帕拿出来给我验，可别再给咱们添麻烦了。你知道把王爷身边的人支走有多麻烦吗？要不是王爷好性儿……”两人轻声嘀咕着走了，站在花木后的赵朴真却仿佛被一盆冰水从头上淋下来，整个人呆住了。

他们竟然……竟然欺王爷至此！

她整个人都气蒙了，等回过神来，才发现自己气得连手都在发抖：上官筠，洞房之夜竟然让媵妾冒充自己陪侍王爷！

她不是欺负王爷失明，她是根本不喜欢王爷！

若两人真心喜爱，如何能忍受其他人近自己爱人的身？

就在一个时辰前，赵朴真站在喜堂外，眼睁睁看着她和王爷拜堂成亲，忍受着万针扎心的嫉妒和刺痛，斩断自己对王爷的所有依恋和孺慕，以为能见到王爷从此以后幸福美满。

然而短短一个时辰后，她见到了如此令人齿冷的一幕！

上官筠如何能这般欺负王爷，就算不爱……就算不爱也不该如此！

赵朴真甚至两眼微微发黑，过了一会儿才定了定神，深吸一口气，想着至少要到王爷跟前去撞破这桩事，让王爷不被上官筠欺辱。

王府她再熟悉不过，洞房的内院是她亲手布置的，更是熟悉万分。她轻悄悄地走上去，这事儿肯定知道的人越少越好，即便是上官筠身边的侍女，果然也都被打发出去了。按她的猜想，上官筠必定在新房旁边的暖阁里歇着，等上官萍侍寝后，才好换人进去瞒天过海。果然，她站在柱子后，看着王妈妈在洞房的门前站着听了一会儿，然后转身往旁边房间走去，想来是去给上官筠报告了。趁着王妈妈离开的工夫，她侧身轻轻推门，闪入门内。

屋里弥漫着一股柔靡而奇特的香味，她一口吸入，就已感觉心跳加快，耳根发热，神志甚至微微恍惚：这是什么古怪香味？原本她想，进门看到上官萍，就在王爷面前喊破此事，然而房内的景象让她一怔，只见上官萍背对门口，衣服半褪，露出了瘦弱的肩膀，王爷却在床上躺着，有喘息声和微微的呻吟声，却不似神志清明的样子。

她们到底把王爷怎么了？这是下药还是迷晕了？一股愤怒冲上了赵朴真的心头，她握紧了衣袖，却触摸到手腕上的手镯，这是当年应夫人赠她防身的手镯。

上官萍已在床前跪下，伸手去揭床上的被子。赵朴真已不能思考太多，几步走上前，伸手一按，已将手镯上的珠子拨动，细如牛毛的吹箭射出，射在毫无防备的上官萍裸露的肩膀上，上官萍毫无所觉地倒下了。赵朴真几步走上前，揭开幔帐去看王爷。

李知珉躺在床上，衣服已经被除得只剩下一层薄薄的丝衣，胸口大敞着，只有一张薄薄的丝被盖着，脸上、脖子上尽是不正常的红，额头上全是汗，头发散开着，已经被汗浸湿，嘴唇鲜红，眼睛睁着，全是血丝。他平日里模样冷静，如今仿佛生病一般神志尽失。

赵朴真泪凝于睫，低低叫了声："王爷。"

他们是在酒里给王爷下了药吗？王爷调养了一些日子，身子才好，这药会伤身吗？

赵朴真的泪水滚落下来，上前要替李知珉穿上衣服，然而李知珉忽然按住她的手，热得惊人的温度透过肌肤传过来。她吃了一惊，李知珉手一拉，已将她拉倒在床上，他居然气力惊人，翻身压在了她的身上。他身上的衣服本就除得没几件，隔着薄薄的轻纱，他们几乎肌肤相贴，她感觉到了他的心跳声，"扑通扑通"非常急促，滚烫的肌肤几乎要烫化她一般，摩擦在她身上，她的呼吸也急促起来。铺天盖地的香味和这莫名其妙的昏暗场景，让她整个人都恍惚了，她轻声唤了一句："王爷，您认得我吗？"

王爷的脸低下来，睫毛几乎要触到她，嘴唇几乎贴着她的唇边，呼吸交错，滚烫的气息都喷到了她的嘴角边。他终于凶狠地吻了下来，她脸上湿漉漉的泪让他顿了顿，然而药性夺去了他的神志，本能占据了一切，在漆黑的夜里，他遵从了男人的本性，凶狠地将怀里这个柔软、清凉的身子拥入怀中。

混乱、恍惚、疼痛并没有持续太久，拥抱和释放让王爷很快安静下来，他昏睡了过去。烛光摇荡，香气浓得叫人窒息，赵朴真感受着他的体温从滚热渐渐降下，剧烈的心跳渐渐恢复正常，喘息平复，只有汗水显示着两人曾经有过多么激烈的举动。如今他眉目安宁，呼吸匀净，睡得如同婴儿一般，想必药性已经过去了：看来，上官筠还知道不能用太过烈性的药。

混乱的思维和突发的事，让本来只是想来提醒王爷的赵朴真措手不及，但门口传来了轻微的叩门声，有低低的声音传来："叫小姐来，里面没声音了，应该是完事了。"她顾不得身下的疼痛，敛起衣物，翻身而起，将瘫软在床前、半解衣裳的上官萍扶起躺在床上，自己匆忙缩入床底下。

险而又险，当房门被打开的时候，她刚躲进床底下。有人举着明亮的灯进来，她屏住呼吸缩在床底，看着一双纤巧细足，套着柔软的明珠丝履缓缓步入，雪白丝裙垂在鞋面上，远远地在床边停住了，并不肯上前。这人旁边的人穿着宝蓝万字头软鞋，向前走了两步，显然在探看床上的动静。一阵窸窣的动静后，来人低声道："有落红，内裙小衣上也有血，想来是成了。上官萍昏迷着，想来是香里面的药性太大，刚才又给上官萍喝了点酒壮胆，药性大了点。朱碧过来扶上官萍出去，睡到明日就好了。"发出声音的人正是王妈妈。

小衣上的血迹？赵朴真心中暗自庆幸，想来那是上官萍的葵水，也幸而如此，否则以王妈妈的仔细，上官萍没侍寝过一眼就能看出来，那自己可就藏不住了。

朱碧上前，和王妈妈一起将上官萍扶下了床，跌跌撞撞地将她背了出去。王妈妈回来道："娘子且在床边跟着王爷歇下吧。"

穿着洁白丝履的人一动不动："这也太脏了吧。"正是上官筠的声音。

王妈妈道："娘子且委屈下罢！这男欢女爱，本就如此，若收拾干净了，明日如何取信王爷？谁叫娘子不想生孩子呢？没有不伤身体的避子药，你不吃药，又怕生孩子，只能如此了。您不早点安置了，到时候王爷醒了，可遮掩不过。过两日，就请娘子安排萍娘子侍寝，不然这次萍娘子得了喜，还真不好遮掩。萍娘子侍寝，又得安排一番，才能让王爷相信她是处子，这首尾还多着呢，这还是第一关。"赵朴真听她的声音里殊无尊重，反倒颇有些怨怼。听说这王妈妈是上官老夫人身边得用的仆妇，想来平日里也有些脸面。

上官筠不言不语，过了一会儿才低声道："王爷又看不见，至少把这血收拾了吧。"

王妈妈微微无奈："娘子，王爷身边那些服侍的女官可不是吃素的，昨晚她们被我哄出去了，明早肯定要来伺候的，必是要验了红去禀报皇后的。"

上官筠这才动了，走到床边脱了鞋子，很是迟疑地上了床。王妈妈站在床前指挥道："娘子靠王爷近一些，头挨过去。你们可是夫妻，莫要如此隔阂。"

上官筠低声说了句什么，似是嫌弃什么，王妈妈又叹了一口气："这时候就莫要讲什么味道了，娘子且委屈委屈忍忍，时候也不早了，闭上眼睛睡一觉就天亮了。您今日累了一天，很快的。"

终于没了声音，但赵朴真一动不动地在床底缩着，心里一遍遍地想着自己这些年究竟如何落到了这样的境地，如此卑微如尘，如此卑劣无耻。她偷走了别人的东西，虽然被人嫌弃，被人看不起，但确确实实是别人的东西。这一切的发生，不过是因为她爱上了他。

她爱他，即使他已娶了别人，她还是为他觉得不值，为他没有获得别人的尊重不值，为别人的轻亵、欺骗而愤怒。

他明明值得这世上最好的一切。

可是他只有阴晴不定的父亲、不知所谓的母亲、懵懂无知的弟妹，如今还添了一个同床异梦的妻子。

说什么想要一生一世一双人，她却早早备下了一个媵妾；说什么慕父亲对亡母的一往情深，她不过是把王爷当成生孩子的工具；说什么只想要一个聪明的孩儿，原来她要孩子是真的，却不是自己生。是的，一切早有征兆，她的丫头因为难产差点死去，她智珠在握，岂肯为了生孩子让自己陷入险境？上官家对这个嫡女也是寄予厚望，竟然支持她铤而走险，简直匪夷所思。无论从哪方面看，让嫡女生下嫡长子，都是对上官家最有利的，上官谦究竟是从什么地方考虑，才会依着自己嫡长女的荒唐举止，用一个庶女来李代桃僵？难道他真的如此宠爱自己这个女儿，才如此百依百顺？这么说来，他还真是令人羡慕的父亲啊。

可是，上官谦如果真爱女儿，怎么会将女儿送来政治联姻？

她想不通，头顶的床板时不时咯吱响着，想来委屈的上官娘子也一直睡不着。

天蒙蒙亮，果然蓝筝和丁香按时来门外伺候，毕竟今日王爷要带着王妃进宫拜见皇上和皇后。

李知珉经过一夜安睡，被人唤醒了，赵朴真听到上官筠轻声对李知珉说话："昨晚王爷喝太多了，身子可还好？"

李知珉久久不言，似乎有些找不到状态。蓝筝轻声道："王爷身子可有不适，可还能进宫？娘娘可盼着王爷王妃呢。"

李知珉终于开口，声音嘶哑："昨夜醉后孟浪，辛苦王妃了。"他语气清淡，却没有应有的抱歉之意，正是和从前一样的清冷性子。

上官筠低声道："咱们夫妻一体，王爷不必为此抱歉。您身子可还好，要不要给您上些解酒的药？"

李知珉轻轻"嗯"了一声："我的头有点疼。"

蓝筝忙道："我吩咐厨房给您熬煮了梨子汁。"

屋内窸窸窣窣，婢女们开始了各种伺候，奉上水盆巾栉，梳洗宽衣，李知珉一直默默无语。不多时，婢女们伺候完王爷和王妃用过早膳、换了吉服，就出了门。等主子出门后，小丫头们会进卧室收拾，其间会有个小小空当，长期在王爷身边服侍的赵朴真还是清楚的。她很顺利地出了房门，回到了自己的院子，路上虽然有遇见小丫鬟们，但她们只以为这个姐姐刚服侍完王爷，并无人疑心。

她甚至看到了在廊下看花、脸色苍白的上官萍，毫无疑问，上官萍对昨夜自己莫名昏迷的事丝毫不敢张扬，反要遮掩。

她回到自己屋里，就着凉水洗净了身子，看到自己身上的指痕和瘀痕，昨夜的种种情形又浮现出来。她深深吸了一口气，强压下心中纷乱的杂念，正视自己如今最大的难题：自己到底要不要和王爷说上官筠瞒天过海的事？

她如果不说，难道眼睁睁看着王爷被上官筠玩弄于股掌中？

她如果说，要怎么说呢？说上官筠本来想让自己的庶妹陪他？说昨晚上陪他的其实是她？

她换了一身衣服，对镜半日，才想起了可以找宋霑探探口风。

她自然不会说出事实，这事肯定不能让任何人知道。她托小厮出去传了句话，又给了厨房一点钱，叫他们做了几道精致的酒菜送来，摆在了华章楼里平日宋霑最喜欢的廊下。没多久，宋霑就兴致勃勃地来了："丫头，找我有什么事儿？你是不是舍不得回乡了？"

赵朴真替他倒酒道："已安排好了行程，我后日便出发。得先生教导多时，朴真不曾回报，十分惭愧，今日薄酒几杯，与宋先生作个别。"

宋霑摇了摇头，还是接过这杯酒一饮而尽，而后摇头道："丫头啊，你这般才智，去那乡野民间白白浪费了啊，倒不如待在王爷身边，辅佐他成就一番大业，那才不会明珠暗投啊。"

赵朴真不言语，宋霑看她脸色黯然，心里暗自猜测是为情所伤，只得劝她道："你到时候回去，若是不喜欢就再回来，王爷必将留你。"

赵朴真并不接这话头，只是含笑着问宋霑："宋先生如今志得意满，是否真觉得情势如今对王爷十分有利？王爷的目疾，怎的宋先生好似一点也不担心？"

宋霑脸色微微一僵，笑道："你这就不知了，正所谓柳暗花明又一村，上官家嫡女嫁为王妃，正是王爷绝处逢生时。如今东阳公主那边最近疯了一样在朝上做手脚，咬这个咬那个，才安静了多少日子，又开始动了卖官的心，四处伸手，疯狂敛财，吃相难看，犯了众怒，已是日薄西山，眼看就不成了。王爷作为今上的嫡长子，皇上春秋正盛，王爷只要生一个好皇孙，又有上官家的扶持，大有可为。"

赵朴真心里微微一沉，过了一会儿轻声道："可是，我觉得上官家似乎在利用王爷，上官小姐对王爷似乎并无真情。"

宋霑一怔，忽然哈哈大笑："利用，这都是相互的啊！你怎么到现在还看不穿吗？上官家利用王爷，王爷又何尝不是在利用上官家？至于真情，难道王爷就对上官家的小娘子有什么真情了？能相敬如宾、相互扶助，便已是难得的恩爱夫妻了。你这傻丫头，果真是孩子话。"

宋霑笑得把酒呛到喉咙里去了，连连咳嗽，看赵朴真的脸色从绯红渐渐变得苍白，心中喟叹：所以女子大多容易耽于小情小爱，格局小了，可惜，可惜……这么说来，其实王爷本来可以略略施展些手段，将这丫头收服了，正是一个极好的臂助，偏偏还是放她走了。

所以，无情未必是真无情啊。宋霑喝了一杯酒，心中暗自感叹。

赵朴真回房的时候，宋霑醉后语重心长的话仿佛还回荡在耳边："多少恩爱夫妻，最后也会变成陌路人。当然，你们年轻人，就是王爷，大概也会有点不切实际的期冀，但是王爷是做大事的人，自会权衡利弊得失，你就不必替王爷担忧这些了。至于上官家想谋算王爷，那王爷也不是省油的灯。说句不好听的，他若连上官家都收服不了，那也就别想别的了。你跟你们王爷这么久，应该相信他的能力。走一步想十步的人，别人谋算他？怕是落入他彀中而不自知呢。"

王府四处仍然喜气洋洋、张灯结彩，奴婢们得了丰厚的赏赐与有荣焉，华章楼这边却静悄悄的，没有几个人，只有夏日里枯叫着的蝉。

赵朴真默默想起那日上官筠前来密会，独自发呆了一夜的王爷。

他是真的为上官筠所描绘的前景打动过吧？

如果是这样，那么她告诉他昨夜侍寝的是媵妾还是自己，有什么区别呢？总之都不是上官筠。

而上官筠总不可能每一次都给王爷下药吧？这同床异梦，王爷迟早会知道的，所以根本不需要自己说什么。

自己究竟在纠结什么呢？自己又在犹豫什么呢？

自己是不是在找借口想要留在王爷身边？

赵朴真默默地将书房里的每一处重新收拾了一遍。华章楼早就交接到文桐手里，书册尽皆细细开了册子，文桐当时笑道：“今后再要找一个像真姑娘一样细心的人可难了，这华章楼可是真姑娘一手收拾出来的。”

王爷失明，华章楼来得也少了。若王爷一直不好，这里大概也是要荒废的吧。又或者，王妃会进来？

赵朴真的心仿佛被尖锐的针刺了一下。

对了，这里不是内院，王妃应该不会来。赵朴真将平日里王爷最喜欢的茶具擦拭了一遍，收入柜子内，环顾了一圈，自己就要走了。当离别真切到了跟前，自己渴盼的自由、想要见到的父母都唾手可得了，她却伤感犹豫起来。

赵朴真才收拾了一会儿，外边小丫鬟们来通报，原来花菀、罗琦、云舟等人都特地回了王府，在外边点了一桌儿席面送进王府，齐齐给她践行。

赵朴真连忙去赴席，席过一半，陪王爷进宫的蓝筝回来了。蓝筝得了信，办完了手上的差事也赶紧过来，众人少不得问她陪王爷、王妃进宫的情况。

蓝筝酸溜溜道：“册封礼上，皇上让人赏下许多东西，到后宫见娘娘的时候，娘娘那个亲热，简直把王妃当成亲生女儿一般拉着说话，‘儿啊肉啊辛苦你了’。娘娘赏了许多东西，又怪王爷不够体贴，又怪跟着的人服侍得不到位，那关心劲儿，连公主都要往后排了。”也不知她到底是替公主酸，还是替自己酸。她在皇后身边伺候多年，这一刻却连上官筠的脚指头都比不上，不是不惆怅的。

罗绮吐了一片瓜子壳，似笑非笑道：“民间里可是宁娶世家妇，不求皇家女的。王妃虽说不是五姓女，但也是实打实的百年世家女，炙手可热着呢。娘娘好不容易才找到这样高门的贵女做媳妇，能不高兴吗？谁叫人家会投胎，不似咱们，一脚在泥坑里，挣个出身都得使尽全身的力气。”

蓝筝噘嘴，轻蔑地道：“世家女好是好，但是照顾王爷可不行。王爷如今眼睛看不见，过门过坎的，她不搭把手就算了，还有奴才们嘛，应该走慢点儿等等王爷呀，但他们经常走在王爷前边儿。就算她没有个夫唱妇随的样子，也应多关照些王爷的身子，这大热天的在屋里点那么重的香，今早我进屋伺候，差点被熏死，熏得我头晕，不是说世家品位高吗？昨晚王爷醉得厉害，早晨一直按着头，想是头疼得厉害，她却视若无睹，也不说给王爷请个太医，我看是怕误了进宫受封的事吧。”

罗绮道：“她是王妃，这伺候人的事儿自然是奴婢来做，毕竟这王妃可不是看伺候人的功夫。”罗绮意有所指，蓝筝反唇相讥：“她伺候别人那是用不着，但是伺候自己的丈夫不是应该的吗？便是贵为皇后，那也是以皇上为天的。”

说完，她看了一眼众人，却是觉得立刻要走。她觉得平日里照顾王爷最细心的赵朴真会理解自己，忙问道：“真儿，你觉得我说得对吗？王爷如今这般，身边没个知冷知热的王妃可怎么成？”

赵朴真含笑不语，罗绮却冷笑了一声：“要找一个真心喜欢王爷的人容易，要找一个和上官筠一般家世才貌双全的妻子却太不容易了。王爷如今这般，才恰恰需要这么一个妻子撑起王府，养儿育女，若是一个弱点的，撑不起门户，呵呵。”

云舟连忙笑道：“这不是才嫁吗？王妃年纪小，这过日子嘛，总是日日相伴，等生了孩子，才慢慢学会照顾人的。”

丁香笑道：“云舟嫁了人，倒是有模有样了，好好的怎么说起孩子来了，可是有喜信儿了？”

她原本只是为了缓解气氛，转移话题，没想到云舟居然脸上一红，没答话。众人讶然笑道：“原来你还真的有了，这才出嫁多久呢？”

云舟忙胡乱摆着手笑道：“不是，只是这个月小日子没有来，还不知是不是。从前我的小日子也时常不准的，大夫也把不准，只是婆婆小心得很，都不让我外出了，今儿要不是我说回王府送人，她还不让出门呢。”

众人只是笑道：“你一贯是一个有福气的，想来定是喜信儿，不多时抱儿子的就是你了。”一时席上热闹起来，问婆婆是否好相处，问如今做什么营生能有些利的，问哪家裁的衣服样子好、打的花儿新鲜，竟和从前在府里不一样，便是最傲的罗绮，也忍不住和云舟咬起耳朵来，想是问什么隐私问题。

各怀心事的女官们言笑晏晏，顾着毕竟还有几人在当值，没敢怎么喝酒，只略略饮了几杯，回忆了一下这几年，又各自揶揄了一把。虽则大部分人面和心不合，但散宴的时候都红了眼圈，也不知是为了曾经一起度过的时光，还是不可知的未来。

王府里有头有脸的内侍、妈妈们接连不断地送来礼物，连王妃身边的王妈妈都亲自送来了一份礼物，里头还有上官筠赐下来的东西，几匹十分精美的贡缎和一对赤金小麒麟。王妃才嫁进来，今日又紧着进宫，想必未必有闲心吩咐这些，但她的身边人会替她打点得周到妥帖。

离别迫在眉睫，来告别的人却都不是赵朴真所留恋的。

太阳将落，空气里盛夏草木的气息充沛，赵朴真站在华章楼的最高处，看到主院门口，王爷正从软轿上下来，想来是刚从宫里回来。他又到前边去和幕僚们说什么事，身上还穿着进宫的吉服，隆重而优雅。在门口迎接他的上官筠已换了家常衣袍，虽是新婚，身上却颇为简素清雅，只在鬓边插了一朵红英，显示着她新嫁娘的身份。风起，有叶子落到王爷的发上，王妃伸手替他摘了下来。离得这么远，明明看不到王爷的表情，赵朴真却能想象出来他略略侧脸低头的神态，秀朗的眉，挺直的鼻，抿得紧紧的薄唇，自己曾经那样熟悉他的一举一动。

昨夜，那濡湿柔软的乌发落在她额上的触感，酡红迷乱的俊脸逼近她，薄唇吻着她的令人窒息的感觉在这一刻突如其来涌上心头，她身上的肌肤再次战栗、发热起来。身体仿佛已经记住了那滚烫有力的双手禁锢着她的情动，她闭上眼睛，害怕这一刻自己的软弱和动摇。

不，归去吧，在自己变得更丑陋、更无法自控之前，再这样下去，所有人都能看出自己对他的爱意。

自己不过是他登往至尊之路上用过的一个还算顺手的工具而已。

是啊，他隐忍多年，谋算多年，用近乎冷酷无情的态度谋划一切。说他做这一切只是为了做一个富贵贤王，娶一个真心爱自己的娘子，没人会相信。

“她还是要走？”

李知珉斜躺在床上，身上盖着被子，额上覆着冰枕，面容憔悴，整个人一副荏弱、疲倦的样子。

从宫里撑着回来，他就发烧了，高热不退甚至呕吐不止。王府一阵忙乱，请了御医来看过，含蓄地提出了王爷毒伤未退，身子虚弱，助兴的药还是少用些，又开了些休养驱毒的药。上官筠羞得满脸通红，窘迫地和他道歉，说身边妈妈们自作主张，说用的是温和的助兴药，没想到王爷身子虚弱，毒伤未愈，竟受不起，说着便要让身边的妈妈来给王爷赔罪。他体贴王妃的心情，让御医不必往宫里报，只说自己身子不胜，太累所致。上官筠感激地在床边伺候他，亲身喂水喂药，他却头晕头疼得厉害，不喜身旁有人，不喜嘈杂，还是让王妃歇息去了。

身旁伺候的人都打发掉了，李知珉却叫了高灵钧来。

高灵钧看着李知珉半闭的眼睛，小心翼翼道："是，昨日她已和属下敲定了行程，马车也定下了，府里阮妈妈派了一个环儿一路伺候她，身契也给了她。"

李知珉长久不言，似乎疲倦得厉害。高灵钧试探着问："王爷可是改变主意了？"

李知珉不答，却问他："她的家人是什么样子的？"——让她能这样一心一意地回去，即使经过了那一晚。

他的头又沉又痛，身上的炙热和额头上冰枕传来的冷意交加，教他背上渗出了密密的汗，衣衫应该都湿透了，黏在身上，却教他想起那一夜的神魂昏乱。凝脂一般柔滑、微凉的肌肤与他相贴，紧致纤细的腰身一掌可握，一节一节的脊背有着柔软的弧度，还有柔软的唇、颤抖的睫毛、抽泣一般的哽咽声。

一向克制、坚忍的他，屈从了那一刻身体的本能。

上官筠的欺骗让他愤怒，却还不足以摧毁他，然而中间替换进来的这一只小小的自作主张的小猫，再次让他陷入纠结，失算和无能的挫败感让他的病来势汹汹。

"赵姑娘父母健在，知道她要回去都十分欢喜，有兄弟，还有姐妹，一家子颇为和善。他父亲是四品的判司，在当地名声不错的，听说他们家还有一个女儿，和土司家的公子定了亲。"高灵钧低声回报。

李知珉缓慢地闭上了眼睛，仿佛在想着什么。过了一会儿，他才睁开眼睛低声道："连山一代土族颇多，十洞八寨，七苗八瑶，都是蛮夷之人，时时作乱，不服朝廷管束，那边山多瘴气重，剿又剿不尽，土地贫瘠，派重兵也不划算，朝中略有些才华的能臣过去，也因不习当地风俗，不好治理，因此才设了土司世代自治，怀柔远人，并且令其子孙入国子监学诗书，女儿入宫当差习礼仪，以教化民风。然而既然她父母健在，如何入宫十年，不曾寄送财物、信件给亲女，不曾有人来探女儿，任由年幼女儿在宫中自生自灭？就这一点，你们不觉得奇怪吗？也就那丫头一心只想着赶紧回家，丝毫不疑。"

高灵钧道："民间大多重子轻女，那边离京城也实在远了点，当初又是因为作乱被朝廷镇压，被逼着送女进宫，多少对朝廷有些不满，多半抱着就当女儿不在的想法，又是自幼送来，情分自然薄了些。如今那边已归顺朝廷多年，受了礼仪教化，看赵娘子有品级在身，又得王爷看重，还赐了那许多财物，必不会轻看的。天下哪儿有不疼自己孩子的父母。"

脑子钝疼，李知珉嘲道："天下不疼自己孩子的父母是少数。"

高灵钧知道李知珉这话含着对今上和皇后的讽意，不敢接话，仓促转了话题："赵娘子为人忠厚，想必不会乱说什么，连山离京城又那么远，兴许她以后一辈子不会回来了，王爷……是不是还是饶了她？"

李知珉十分疲倦，声音喑哑："她一个小姑娘，离了王府的控制，随时会被其他别有用心的人接近。她会出嫁到夫家，会生孩子，会有朋友，到时候你能监控她身边所有人？你能防住其他别有用心的人？她在我身边服侍这么久，明显已接触了秘事，别人岂会放过她？你能担保有朝一日，她不会为了她的丈夫、孩子、父母，选择背叛我们？她知道得太多了，而一旦泄露出去，依附着我的所有势力都将一朝覆灭。我未必顾惜自己，但我得为我父亲和弟妹，为跟随在我身后的人负责。"他从来都不能错，一步都不能，更何况她还见过那一桩天大的秘事。

这结局是他早就为她确定好的，虽然一直节外生枝，一再推迟，如今她一意孤行，要回她那记不住的家乡，去见那记不住的父母家人，那么他就圆了她的愿，然后送她……到命定的结局。

三件大事，她一直以为没有最后一桩，却不知道这最后一件大事，便是永远不再开口，将所有的秘密掩藏到最深处。

为了这一桩大事，他放纵优容她，也让她一再参与和知晓了太多的秘事。他并不是没有动摇过，绿猗庄那一段相守的时光，曾让他错觉他们可以一直这样安宁下去。

高灵钧没有再说话，他也不能担保，虽然他十分喜欢这位赵尚宫。她为什么不留下呢，为什么非要回去呢？他们做这样事的人，怎么可能容得了背叛？

李知珉道："按原定计划吧，放心，她不会有痛苦，只是睡下去，就起不来罢了。"

"让她见到父母家人，多待几日，圆了她的心愿。"

"就算她替本王办的最后一件大事吧。"

说完这几句话，李知珉仿佛已经疲累得再也说不出话来，整个人深深陷入被褥中，脸色青灰。高灵钧垂下睫毛，低声道："王爷放心，属下必会替王爷办好这件事。"

李知珉闭着眼睛，不再说话，薄被下呼吸急促，高灵钧有些疑心他是不是已陷入昏迷，微微上前一步想探看他，却看到他忽然睁开眼睛，侧过身子剧烈咳嗽起来，额上的冰枕也滑落至床下。高灵钧忙上前扶住他，却看到他忽然咳出一口血来，高灵钧吃了一惊："我去叫御医来！"

李知珉看了一眼衣袖上触目惊心的血，呼吸灼热，一股腥甜铁锈味涌了上来，心上确确实实感觉到了一阵刀割一样的痛苦。他面无表情地摇了摇头，制止了高灵钧，躺回枕上，闭着眼睛感受着痛苦，漠然想：到底是养了这些日子，花了心思教了许多，有点舍不得她了。

CHAPTER 9

第九章

错过

夏日的清晨，太阳却已颇为晃眼，京城门口要进城的百姓和商队、车马都排成了长队，延绵约有一里，却久久不见队伍挪动。人们不满地喧哗着，间杂着牛马的嘶鸣声。城门口，飞马奔过，在队伍后头一队精干护卫护着的马车前停住了，一个彪悍骑士从马身上翻身而下，对马车行礼道："母亲，孩儿打听过了，听说是秦王身边的女官放归乡，派了护卫护送，所以城门口堵了一会儿，如今已出城了，很快就能通行了。"

车帘子被掀开，露出了应夫人的面容，半面上鲜红的凤凰醒目之极，她蹙眉道："放归乡里的女官都有这么大的阵势，筠儿不会吃亏吧？"

应无咎道："听说是皇后赐下来的女官，平常在王爷身边有些得脸，也有功，如今放归家乡，赏赐不少，所以才派了护卫护送回乡。之前不是打听过了吗？王爷为了娶上官姑娘，把身边的女官几乎都放出去了，可见他对妹妹还是情深义重的。"

应夫人蹙眉道："那孩子面上聪明，其实痴得很，秦王的心深不可测，奈何她喜欢，连易装跟他出征的事都能做出来。唉，真是一个痴人。罢了，由着她吧。"应夫人苦笑了一声，"反正她也不肯认我。连自己亲生女儿的婚事都不敢参加的人，大概天下就我一个了。上官谦含糊其辞，不让我见她，马上就三朝回门了，我还是放心不下，这几日在京城好好看看她。"

应无咎安慰她道："妹妹年纪轻，脸皮薄，她待你一直很是恭敬，想必还是担心上官家那边罢了。您让我送过去的嫁妆，她不也都收下了吗？有咱们看着，秦王不敢把她怎么样的。”

日光渐盛，赵朴真不知道自己正和错认了她的应夫人擦肩而过。揭开车窗，她远远眺望着京城，此去千山万水，众人不再相见。

应夫人和应无咎抵京没多久，就得到了正大光明见女儿的机会。

秦王府设宴，目前实力雄厚的节度使夫人应夫人和养子应无咎自然也接到了帖子。这是上官筠第一次以秦王妃的姿态亮相京城贵族圈，也是秦王府第一次有了正大光明的女主人。

秦王自从北疆回来，就一直以伤病为由深居简出，如今有了女主人，气象自然一新。王府修葺一新，想是为了大婚，但宴会上的陈设、杯盏、菜式处处显示出世家的豪阔和女主人的品位来。宴上高门鼎贵，文人豪杰集聚，济济一堂，场面颇为热闹。

上官筠一身王妃华服，换了妇人装束，绾着高髻，簪着鲜花，肌肤上仿佛晕着一层光晕，因着新婚，额上贴了红花妆靥，原本清丽的眉目多了几分艳绝。她含笑接待着各处的女眷们，一般女眷自不必她亲自接待。她身后站着王妈妈，偶尔小声地提点她：“门口来报，范阳节度使应夫人来了，正乘了步辇进来。您大婚的时候她赠了不少礼，应钦也是实力雄厚的一方大员，王妃该迎一迎她。”

上官筠微微侧了侧脸，蹙眉讶异道：“她怎么在京里？我不知竟给她下了帖。之前她为养子求娶我，如今我们见面实在有些尴尬。那些礼又太厚了，不知道父亲如何想的，竟接了下来。我原想着他们大概是借着我给王爷送礼呢，如今时日还浅，找时间再和父亲谈谈，如今这尺度却有些不好把握。”

王妈妈道：“该怎么见就还怎么见好了，您是王妃，不失礼就好。”

上官筠道：“好。”

正说着话，上官筠却看到王妈妈忽然表情一怔，转眼看去，看到门口知客的侍女们接引进来一名贵妇人，高髻红装，衣装华贵，步态优雅，更让人注目的是她半边面上绘满了鲜红的凤凰妆靥，在阳光下熠熠生辉。应夫人似乎注意到了她的视线，转目与她视线相接，一双眼睛锐利非常，看人时仿佛带着咄咄逼人的压力，她却不避不闪，只是目光安静，甚至微笑颔首。

应夫人似乎怔了一下，然后眼里渐渐浮起了困惑，又看了一眼上官筠身后的王妈妈，目光里满是惊讶。

上官筠微微一笑：“也不知是哪家夫人，看着也不是年轻妇人了，居然用这样夸张的靓妆，特立独行如此。我看她的装束，不似京中，想必是哪家地方官才调入京城，在地方上称王称霸惯了。”

王妈妈脸上的表情十分迟疑，似乎要说什么，正在此时，忽然有内侍小跑着进来禀报：“王妃娘娘，王爷请您到前头去，太子和太子妃娘娘驾到了，王爷让您和他迎一迎。”

上官筠忙起身，她身边的侍女们也忙着替她整装插戴，簇拥着她走了出去。

在她身后，远远看着上官筠的应夫人，目光凝在她耳边那颗鲜红的朱砂痣上，脸色忽然变得雪白。

应无咎陪着应夫人赴宴，没多久却有小厮来报，说应夫人身子不适，要早些回去。他一贯孝顺，连忙也告辞，匆匆从席上出来，回到了自家马车上。他还未来得及询问母亲哪里不适，却看到应夫人忽然伸手抓住他的手，眼睛亮得惊人，手背上的青筋因为用力而凸起：“你去替我查两件事情，一是秦王爷身边的女官，姓赵的那个，就是曾经在范阳陪过我的那个女官，查她的身世，还有现在的当值都查给我；二是查上官家一个姓柳的妈妈，曾做过如今王妃上官筠的奶娘的，查她在哪里！”

应无咎看着养母激动得微微发抖的手、起伏的胸脯，心中一凛，沉声应道：“好。”过了一会儿，他却又想起一事，有些迟疑道，“只是母亲，我还记得我们进城时，秦王府归乡的那个女官正是姓赵。”

应夫人霍然转过头，脸色青白，半边脸上的凤凰如燃烧的火一般：“去查！”

消息并不需要太久就已查探到，上官筠的乳母柳氏，早在几年前就因犯了错被打发回老家了，听说上官筠还去老爷面前求过情，都没用。而赵朴真在秦王身边颇受重用，许多人都知道她，打探她的消息并不费什么力气。连山土司贵族送进宫里当差的女儿，因差当得好，被窦皇后赏下来到了秦王身边，专掌书楼，很受秦王看重、宠爱，聪敏明慧，过目不忘。王爷请了人教她读书画画，随秦王出征过立了功，府里都以为她将来必是王爷的侧妃。结果王爷大婚前，放了身边好几个女官出来嫁人、归乡，其中就有这个女官。

应夫人看着应无咎送过来的折子，眼睛里仿佛燃烧着火：“上官麟对赵朴真十分喜爱？”

应无咎看了她一眼，小心翼翼道：“在出征的时候，儿子的确见过上官麟找她说话，态度颇为亲热。据可靠消息，上官麟多次和秦王讨要赵朴真，但没有讨到。”

应夫人忽然沉默了，她的脸色变幻许久，忽然将那张纸握紧了，冷声道："备车，我要去上官家见见上官谦。"

京里高门，但凡要拜访，依礼至少要提前几日递上拜帖，但应无咎知道应夫人已经等不得了，只得起身吩咐人备车。

上官府，颇为倨傲的门子接到了应无咎的拜帖，只说着："今儿几位大人来找我们老爷议事，前儿就已投了帖来，如今正在书房议事。大人如今您突然造访，小的不敢不通传，但咱们老爷不一定能见您，还请您多多包涵。"虽则如此说，门子到底不敢懈怠，捧了拜匣进去了，不多时，门子就已小跑着出来赔笑道，"咱们老爷请夫人和应将军书房一叙。"他的脸上有着控制不住的讶异，连中书省的大人，老爷都道歉着送走了，可见老爷对这位应将军有多看重。果然应节度使的实力非凡吗？但是结交武将，老爷一贯颇为忌讳的……

应无咎点了头，转身却去迎接轿子内的人，但轿子内的夫人似等不及了，自己已掀了帘子下了轿，如同一阵风一样大步走入府中。门子看到是女眷，早已低头不敢直视，匆匆一瞥，只看到夫人半边脸上似乎都贴着火红的妆靥。

上官谦在书房里，看着挟怒而来的应夫人，面色淡淡，只是挥退了身边伺候的书童等人。书房门关上，应无咎把守在了外边。应夫人一看上官谦的神色，就已明了："你知道！"

上官谦神情沉郁而悲哀，沉默了一会儿后道："知道什么？知道上官筠其实是奶娘柳氏的女儿吗？还是知道秦王身边的女官赵朴真才是你我的亲生女儿？"

应夫人难以置信道："你知道真相，居然还让人鸠占鹊巢，嫁入皇家！你居然还让我们女儿服侍他人，离乡背井去那根本不属于她的家乡！"

上官谦苦笑一声："兴许她不做咱们这等人家的女儿，还能幸福一些。她得了秦王看重，又能带着赏赐衣锦还乡，料想那边家里的父母不敢怠慢于她。秦王如今是什么情况你也知道了，筠儿嫁过去，你以为又是什么好事？"

应夫人冷笑一声："虚伪吗？上官谦，我太了解你了。上官谦，别说什么咱们这等人家不好，吃好穿好，政治联姻，身不由己，再怎么不得已，也比在宫里做宫女强吧？无非又是那一套，欺君之罪吧！上官筠早就入了皇上的眼，又与太子好，名扬京城，你们想着好歹也要将她卖个好价钱，至于亲生女儿什么的，本来也就是拿来卖的，亲生的不如假的身价高，便索性假惺惺安慰自己，让她过平凡生活总比政治联姻好！我呸！十八年前，我也许还信你一两分你有难处，现在，你就是一个护不住妻子，不敢认女儿，没担当、没廉耻的软蛋！”

上官谦被骂得脸色青白交加，他性格平和，即使被骂成这样，也只是深吸了一口气，压着心头的不快，低声道：“我看你是在土匪窝里活久了，那点世家的风骨修养都快丢尽了！”

应夫人冷笑一声：“世家的风骨修养？对啊，我当年毁容跳崖，挣扎着活下来真是让你们为难了啊，就该立刻悄无声息地自尽，留一个清白节烈的名声，让你们在我的贞节牌坊上，把我儿子养成纨绔，用奶娘的女儿顶替了我的亲生女儿，千娇万宠，名满京城，嫁入皇家，我的亲生女儿却自幼入宫，为奴为婢，被皇子用过后就如同抹布一样甩开，就为了给一个奴婢的女儿腾位子！那本来就是她的位子！只因为她没有门第出身，再才貌过人，也要黯然归乡！上官谦，我从前以为你只是一个软蛋，今日才知道你完全就是一个令人恶心的伪君子！我自认除了没有立刻去死，没什么对不起你上官谦的。你可以为了利益，连自己的亲生骨肉都坐视不管，糟践她，你连禽兽都不如！”

上官谦本十分难堪，但看应夫人盛怒之下，面颊潮红，半面上绣的凤凰犹如火一样燃烧，虽是怒目而视，睫毛下却隐含了水光，显然十分痛苦。她之前毁容，大多数时刻戴着幂篱遮住容颜，如今却绣上了半面的火凤凰，遮住了那一直提醒他无能的丑陋疤痕。只看她现下容色，依稀有当年她初嫁时的模样。他心头一软，当初两人情好之时的情景浮上心头，不觉怒气渐消。

毕竟是十月怀胎生下来的亲生女儿，突然发现被人冒名顶替了，盛怒之下出言不逊，也是可以原谅的。他自以为宽宏大量地原谅了应夫人，解释道：“不是你想的那样，我也是前几年才知晓此事，麟儿遇见了赵朴真，她长得和你太像了，再加上她身上的璎珞，麟儿认出来那是你怀胎之时编的璎珞，他当时替你挑过珠子。他回府禀报了我，我拿了柳氏来拷问，才知道柳氏当年抱着女儿和你分开逃难，结果路上慌乱，不慎将女儿失落，柳氏一家子都是我们上官家的，害怕被问罪，仓促之下便用自己女儿顶了。当年你是在庄子上生产休养的，你身边伺候的奴婢那一次又几乎被匪徒杀死，柳氏竟瞒天过海，无人识破，让自己的亲生女儿白白享受了我上官家的荣华富贵长大。我后来让人查了，连山土司所的官员按制送了女儿进宫当差，那一带正是当年你遇匪之地，想来是那家人拾到了我们女儿，当成自己女儿抚养，后来又送进了宫里。这也是我们的血脉缘分不绝，才有此相遇。”

应夫人冷哼了一声：“你虽然知道了宫里的女官是亲生女儿，但她不过是当时平庸的秦王身边的一名侍婢，便是认回来，最好的结果也不过是秦王将她娶为王妃。她自幼在宫里成长，料想也没什么才华，只怕未必能入窦皇后的眼，又在秦王身边服侍过，也嫁不到更好的世家。而当时上官筠被东阳公主看重，又深受太子喜爱，人人都以为上官筠将会是未来的太子妃。因此你们权衡后，觉得将错就错更符合你们上官家的利益，认回女儿，一不小心被恼羞成怒的东阳公主扣个欺君的罪名，风险更大。为了登上丞相之位，为了你们上官族能继续成为后族，再享荣华富贵，你索性没有认回女儿，是不是？”

上官谦也不是没有羞耻之心，被她说穿了当时的顾忌之心，脸上一红，低声道：“我也不是置之不理，我当时让麟儿去和秦王讨要她，若秦王放了人……”

“你们就把她远远打发到一个庄子上，不缺吃不缺穿地养着，将来找一个过得去的夫家嫁出去是不是？”应夫人冷笑着，“当初情深义重的上官郎君也是这么和我说的，在庄子上好好养着，不缺吃不缺穿，还能时不时见见孩子，这就是你们上官家能给出的最大慈悲了！还真是母女同命，只恨我没早发现，只当是孩子不肯认我这个母亲，相处了几个月，竟不知道自己的女儿居然真的为奴为婢！”

她一行清泪落了下来，仍挖苦上官谦道：“崔皇后岂肯让你们上官族坐享其成，早已将自己族中的女儿塞给太子。未来的后族梦断，你们只好将主意打到了锋芒毕露，在北疆有了亮眼成绩的秦王身上。虽然秦王眼瞎了，但是眼瞎得好啊！这样才好让你们上官族控制！东阳公主如今紧着让太子理政，显然是想逼着今上传位于太子，文臣中包括严荪那老油条却都拖着，显然是不想让东阳公主得逞，这正是你们上官族的好机会。秦王到底是嫡长子，只要上官筠生下嫡皇孙，将来可操作的地方可大了！可惜你们机关算尽，早知道太子妃之位你们轮不上，还不如一开始就认回秦王身边的亲生女儿，可惜事已至此，无可奈何，你们只好硬着头皮将错就错下去！可怜我的女儿，明明深受秦王宠爱，又为秦王立了大功，却不得不为了一个奶娘之女让路！只因为她的伪君子父亲眼里只有自己的荣华富贵，她的生母懦弱愚蠢，十来年不曾看一眼自己的女儿，不知道自己的女儿早就被愚昧小人为了保命遗弃了！”

应夫人此刻的确深深悔恨自己，因为愧疚，多年未曾看看自己的女儿，若多看一眼，岂有不认得的。那柳氏的女儿，耳边有一粒朱砂痣，因着年龄相近，她当初宽仁，也容柳氏抱自己女儿入内一同喂养，连衣物等也多与她女儿一同制作，岂知道养大了奴才的心，安敢欺主若此！

应夫人恨恨道：“当初我令她抱女儿分头逃跑，匪徒只追着我们车队，她既能平安逃出，可知当时并未被匪徒追击。她明明是担心女儿年幼，哭啼起来引来追兵，所以为了保命，狠心抛弃幼女于深山中，之后又为了保命，拿自己女儿顶替，这等狼心狗肺的奴才，你必要交给我处置方能一泄我心头之恨！”

上官谦表情一僵，不曾应答，应夫人仍恶狠狠道：“我知道你们的打算。你们是想捏着这人在手里，将来好控制上官筠，想得美！还有我之前赠予的嫁妆，那都是给我亲生女儿的，不是给仇人之女的，需全数缴还！这两点你需先办好，等我找回亲生女儿，再谈后边的。总之，你们不让我女儿好过，我也不会让你们的如意算盘得逞！咱们走着瞧！三日之内，我要见到柳氏，若不然，呵呵，秦王虽然眼瞎，那也是凤子龙孙，若知道皇家诰封、举办盛大婚礼娶进来的是一个奴婢之女，你们上官族就等着真正的欺君大罪从天而降吧！”

上官谦胸口一窒，看着应夫人充满仇恨的眼睛，知道她性烈如火，如今已是恨极，若不如她的愿，只怕是真的能做出这玉石俱焚之事。他绞尽脑汁，一时想不出应对之法，此时书房门忽然被人推开，一个苍老的声音冷冷道：“然后呢？我上官族族灭，难道上官麟就逃得掉这族诛的祸事？你一心只想着女儿，难道忘了你还有一个长子？”

应夫人猝然转过头，眼里重新燃起了火苗，短促冷笑一声：“原来是老夫人！我说呢，那假冒的奴婢之女身旁站着的妈妈有些眼熟，如今想来，可不正是老夫人身边最得力的王妈妈嘛。老夫人果然眼光独到，唯才是举，为了上官一族的荣华富贵，便是奴婢之女，也舍得下重本扶持上去，好一个漂亮的赌注！”

上官老夫人身旁的王妈妈在她的逼视下低了头，上官老夫人昂头走了进来，淡淡道：“若不是晓芹认出了你，赶紧来告诉我，我还不知道如今名满国中的范阳节度使应钦的妻子，原来竟是我上官族的弃妻。你竟然还敢改换脸面在京里光明正大地出入，竟不怕被人认出。想来也是，那土匪能娶到一个五姓女已是心满意足，即便旁人弃若敝履，他也珍而重之。”

应夫人道：“我怕什么？怕的是当初还未寻到媳妇尸身，就迫不及待地上表求旌表诰命，事后发现媳妇生还，不以为喜，反要下毒谋害媳妇的心虚之人罢了！”

上官谦急道：“当年不过是误会罢了，是你想得太多，还连夜跑了，也不让人解释一二。”

应夫人逼视着上官老夫人，不遮不掩：“是误会还是谋杀，老夫人心里最清楚。当初顾及两个孩子，我软弱无能，隐姓埋名离开了，如今女儿都被你们害成这样了，我怕什么？大不了到时候带着麟儿和真儿远走罢了，至于上官一族，关我何事？”

上官老夫人脸色变了变，冷冷道：“你也不过是仗着应钦手中的兵权罢了。如今不过是东阳公主急着让太子上位，以为应钦支持太子，所以没动你们罢了。眼看今上这一两年就要动手，你若与上官家决裂，到时候秦王上位，你以为你们应家就能讨到好？你又肯定麟儿会跟着你隐姓埋名，从此与功名无缘？你就以为麟儿会甘于平凡一生？你以为他真的是不学无术的纨绔？欺男霸女、横行霸道之事你可看他做过？他就因为出生在上官家，一直被人打压着，他若愿意安享富贵一生，当初就不会自请去边疆参军！你作为他生身母亲，难道要眼睁睁看着他的才华被埋没？他侍父极孝，之前又对上官筠颇为爱护，后来即便知道了那孩子不是自己的亲妹子，也不忍心伤害她，并没有贸然去揭穿此事，可知这孩子也是重情重义、知道顾全大局的。你若非要玉石俱焚，到时候这孩子发现自己原本节烈的母亲竟然还苟全于世，改嫁他人，还要害自己族诛，到时候他难道会舍去亲人，和你远走高飞？”

应夫人哑然，上官麟是她儿子，她岂有不心疼的？自己儿子的才华和倔性子，她更是清楚得很，而瞒着儿女改嫁他人，她虽不悔，但到底觉得有些愧对儿女。即便被上官老夫人捏住了短处，她嘴上也不肯认输：“我的孩儿自然能明辨是非，岂会为你们这套冠冕堂皇的理由欺骗！若不是你们也拿不住他，为何明明一直疼爱自己妹妹的哥哥，居然没有出席婚礼？显然他也不赞成将上官筠嫁给秦王！你们怕他闹事，索性想法将他支开！秦王，一个瞎了眼的皇子，你们所仰仗的不过是上官筠能生下嫡皇孙，东阳公主和太子会倒台。可若我让应钦支持太子呢？你们真的确定你们能斗倒太子？太子毕竟是圣后一脉，他的支持者也不少啊，如今不过是忌惮东阳公主，他才受了连累未能继位，若我让应钦全力支持太子继位，怕是你们最得意的一子，也会成为废子，到时候看你们还如何安享荣华！”

上官老夫人眯起了眼睛，目光阴冷地看向应夫人，应夫人毫不留情地回视：“我的女儿，我势要替她出了这口气！”

上官老夫人深吸了几口气，淡淡道：“你我身为世家女子，应该知道身在世家，荣辱系于家族，无论男女，唯有证明了对家族有用，才能享受家族最好的资源，得到最好的待遇。上官筠虽然为奴婢之女，但聪明伶俐，被太子放弃后，立刻找到家里人，果断地选择了秦王为我们的砝码，甘心嫁过去，为家族铺路，无论是对朝堂大局的敏锐性，还是胆色才识，都十分过人。这秦王妃岂是好做的？秦王失明，又心机深沉，今上也不是简单角色，更不要说还有对面的东阳、太子身后的崔皇后，要周旋于这些人身边，岂是容易的！上官筠自幼受我们精心培养，又有七窍玲珑心，正适合做一枚合格的棋子。而赵朴真既受秦王宠爱，那太好办了，招回来，让筠儿劝服秦王，纳她为侧室，且让她专心服侍秦王，生下孩儿，让上官筠在前头做幌子，遮风挡雨，那些明刀暗枪且都让筠儿接着，来日得成大事之日，要归位于她，那还不是小事一桩吗？你身为她的生身母亲，且知道要如何才是对女儿好才是，似如此这般，好处最后都是她享了，生下的孩子又实打实是我们上官家的血脉，我们岂有不扶持她的，这岂不是双全？”

应夫人眯起双眼，上下打量了一番上官老夫人，不怒反笑：“原来你们打的是这样的好算盘，怪道我说王晓芹明明是老夫人身边得用的，年事也高，不好好荣养，倒被派到孙女旁边，想必按规矩，你们也陪嫁了媵妾吧？到时候生下带着上官家血脉的皇孙，成了大事，又故技重施，一剂药下去，扶了自家的女儿上位，好谋算！如今我倒有些可怜那上官筠了，她只道是自己才华出众，因此得了家族支持，雀上枝头，一展胸中抱负，却不料原来被人当成幌子，将来鸟尽弓藏、兔死狗烹之日，她对这好父亲、好奶奶的真面目会如何想呢？”

上官谦微微尴尬地轻咳了一声，上官老夫人木着一张脸淡淡道：“她享受了上官家的荣华富贵，被尽心栽培，自然该还报上官家，更何况这本就是她的心愿，我们不过是如了她的心愿罢了。你送来的那些嫁妆，我们自然想法子给你相同数目的银两折算了便是，我们上官家还不把这点东西看在眼里。至于柳氏，她如今日子并不好过，在你手上和在我们手上有什么区别？上官家对这种奴大欺主的人，自然不会放过，你只管放心。如今事已至此，那孩子若愿意回王府最好，我们上官家自然想法子庇护；若孩子不愿意回王府，那也保孩子有门好亲事便是了。你若非要不依不饶，将此事闹开，我们上官全族也不会坐以待毙，到时候只怕你白白得一个诽谤之罪，还连累了应钦和你那些养子，更不要说和亲生儿女反目了。你若还为麟儿想想，为那苦命的女儿着想，是将整艘船都凿穿了，大家都不好过，还是将就着补上了，同舟共济，利益共享，且自己想想吧。”

应夫人冷笑了一声：“想让我女儿低声下气，屈居那贱婢之女之下，不可能！她若有一丝贪恋富贵之心，就必会想法子留在秦王身边，她如今却毅然归乡，可知心性似我，宁为玉碎，不为瓦全。秦王凉薄深沉，上官筠不怀好意，螳螂捕蝉，黄雀在后，人人都以为自己是黄雀，谁是蝉？谁是螳螂？你们这一窝子的龌龊事，真真令人想了就恶心，我算是看清楚了，且让你们蛇鼠一窝吧！你们只别算计到我儿女身上，否则，我卢碧蘅必与你们不死不休！”

“我的嫁妆，一文不少，七日为限，必须全数给我退回来！”

应夫人最后甩下了一句话，头也不回地离了上官府。

上官谦转头看向上官老夫人，上官老夫人面色铁青，甩手便给了他一巴掌：“为何你不早说她是应钦的妻子？若早知道此事，尚可早早谋划，别的不说，将那女孩收拢了心，秦王那边早安排好，那不比如今这么被动的好？”

上官谦捂着脸不说话，上官老夫人却冷哼了一声，叫王妈妈过来：“之前议的那事，早些办了，上官筠只有一直无子，才会依靠咱们家。上官萍那边，你也多让她服侍秦王，早些怀上子嗣！”

上官谦抬起头，有些不忍道：“筠儿一贯顺从，生育乃女子一生大事，还是不要如此绝情的好。”

上官老夫人没好气道：“我绝情？要不是有一个拿不起的儿子，我用得着替你做决定吗？再说是她自己不想生，嫁过去费尽心思地想着不侍寝，我这也是帮她一把。产子乃鬼门关，若不小心怀上孩子，她骨架又小，到时候岂不是白白废了这些年的教养！到时候，我们去哪里再找一个合适的女儿？”

上官谦不再说话，上官老夫人恨铁不成钢地看了他一眼，到底当着王妈妈的面，不好再苛责，便问王妈妈：“上官萍那边，注意调养好身子，让大夫给她把脉，若有消息，一定要好好伺候着。”

王妈妈轻声应了，不多时果然回到府中。上官筠正在房里看手下的丫头理账，看到王妈妈回来回话，倒也不大上心，只问了问老夫人和父亲是否安好。王妈妈看她一身装扮颇为简素，想到今日老夫人的交代，心中一动，试探着问道：“王爷如今养病，不必上朝，娘娘怎的不去陪伴王爷？”

上官筠懒懒道：“王爷好静，平日里就不大喜欢人在他身边走动，这几日大概身子不大舒服，早早就歇了，前儿又把这京里名下的铺子、庄子的出息都让王府账房移交到我这里来，让我好好理一理，以后掌着，我少不得花点心思让她们理一理，省得到了年末对不上账。还有中元节就要到了，给各处的礼单都得整出来。旁的不说，太子、晋王、齐王那边的礼都得仔细打点了。晋王妃这是第一年，可不能出错。我让人找了从前的礼单来对，可也真是，这王府大概从前就稀里糊涂地糊弄主子吧，居然连去年的礼单都找不到，依我说，是该好好立立规矩了。我和王爷说了，王爷只说从前没人管起来，如今让我把府里的各处规矩都定个章程，何时熄灯、何时起卧，都得定好了。这俗务真是太多了。”

王妈妈看她虽然言语颇为嫌弃，但面上有些喜色，知道这王府的内务交到她手上，她心里是十分满意的，点头笑道：“可见王爷是真心看重小姐。这王府的出息，听说还有不少今上和娘娘赏的，小姐可得好好理清楚才是。”

上官筠抿嘴一笑：“可算了吧，名头听着大，其实这出息，要不怎么说娘娘出身简薄呢，这嫁妆也实在是……”她微微摇了摇头笑着。王妈妈心领神会道：“啊呀，那哪儿能像世家一样十几代人累积下财富呢？这小门小户的，能有一个拿得出手的庄子、几百亩田地，已是极尽所能了。小姐如今理这些，可以说是大材小用了，我看小姐自己的嫁妆可是强多了。”

上官筠笑了下，倒没说什么。王妈妈却硬着头皮道：“今儿回去，老夫人和老爷却是有交代，说应家如今风头太盛，收了他们家的厚礼，对老爷官声不利，所以再三思索，让老奴回来，将上次应家送来的礼都送回去。”

上官筠一怔，笑道：“阿爹也是糊涂了，之前我就说不该收礼，想来阿爹就想给我做做场面。只是我们上官家哪里需要这些来撑场面？既如此，那你找一个时间交接了便好。之前也没上嫁妆单子，只说是给我自己的压箱银，方便使唤的，现下倒是方便，直接送回去便是了。”

王妈妈点了点头，上官筠笑道：“妈妈来了正好，一会儿最好去和萍妹妹说说规矩。她小门小户的，不知道这高门大户的规矩，今儿得了个没脸，怪臊的。她到底是妹妹，我不好说她，烦劳您辛苦点，稍微提点她，多个心眼便好。”

王妈妈连忙问：“怎的我一日不在，便生了事端？”

CHAPTER 10

第十章

返乡

上官锜道：“我只听说她新做的衣裳不知怎的被一只猫抓破了，她就恼了，非要让人捉了那只猫打杀了。偏巧那只猫是养在王爷书房里的，下人们并不敢进去，她就非要闯进去和王爷撒娇，结果王爷没说什么，只让人给她再做几件新的衣裳，便让人送了她出来，臊得她的脸通红。伺候她的丫鬟来回了我，也把我臊得不行。咱们上官世家，何曾缺这几件衣裳？我也没脸说她，只赏了几匹布让她去做衣裳。有劳妈妈提点提点她了，这主子身边养的猫儿狗儿，那也不是随意能打杀的，更何况咱们这等人家的人，也要讲几分尊贵体面，动不动喊打喊杀，吉日才过了多久啊，她也不怕沾染了血光不吉利。”

王妈妈叹道：“那是，她眼皮子浅，一件衣裳能抵她以前一年的花用呢，大概舍不得也是有的。只是既是王爷书房里的猫，想来也不是野猫，怎的谁的衣裳都不抓，偏偏抓了她的？别是她心眼实，被人算计了吧？”

上官锜摆了摆手：“这事儿我一听也知道不对，养熟了的猫，哪会随便往人身上伸爪子。我找人打听了一下，听说那只猫是从前王爷身边的女官养的，那个女官好穿花衣裳，猫儿和她熟，平日里就是扑着玩的，萍妹却不知道，看到猫儿扑来，吓了一跳，反而被猫抓烂了衣裳。如今想来，针线房那边给萍妹做衣裳的时候，怕是早就有人盯上了，故意选的花色相似的布料送到她跟前去让她挑。但是这花色是她选的，猫儿抓破了，也是她喊打喊杀，冒冒失失撞到王爷书房里去的，虽则别人计算，她也实在有些着急不尊重了。我让她在房里禁足七日，抄抄《女则》，您也看着点，下次可别又让人算计了去。”

王妈妈目光一闪，轻声道：“可是之前王爷最宠的那个赵姓女官？”

上官锜点了点头，笑道：“不必说，这事儿必是王爷身边那两个女官做的，丁香老实，剩下的只有蓝筝了。赵朴真已归乡，她来这么一招，不过是想恶心恶心我。不过一些小女人的嫉妒之心，成不了大事，我们不必理她。”

王妈妈低头道：“是。”

窗外，深碧色的树影透过绯红纱窗映入楼内。窗外大树婆娑，树叶沙沙作响，小猫轻巧地跃入靠在椅子上的青年男子怀中。

李知珉轻轻抚摸小猫的脖子，它发出了呼噜噜的舒服的声音。李知珉捏了捏它的耳朵，低声道：“你认错人了吧？以后不能再认衣服了。”

小猫动了动耳朵，懒洋洋地翻了个身，张着四只乌黑爪子，将雪白肚子翻出来给主人抓，丝毫不知道自己差点被打死了。

帘子动了动，帘钩微响。李知珉微微抬头：“什么事？”

却是宋霑来了，他含笑道：“晋王妃又来邀王妃上香了，王妃已经应允了。”

李知珉的嘴角浮起了一个讥诮的微笑：“不过是两头讨好，左右逢源罢了，王妃实在太热衷于这些场面上的交际了。其实决定一切的，还是实力。王妃毕竟年纪轻，见识浅，看不透这一点，以为别人略微示好，就有机会拉拢。”

宋霑哈哈一笑：“不过其他人看着他们和秦王府来往密切，也会多些忌惮。我猜王妃打的是这个主意，所以频繁和晋王妃来往，最近也参加了不少世家的宴会，拉拢了不少世家，王爷如今的贤名是越发流传了。”

李知珉坐了起来，将不满的喵喵叫的小猫团到了膝盖上，眉目间带着薄凉：“她忘了上头还有父皇呢。我本以为她是一个惊才艳绝的人，和庸女不一样，想着放手任她施为，我也省点心，可惜……”

宋霑笑道：“王爷总得有一个王妃，否则后宅无人应酬也不合适。再说了，皇上如今一心应付东阳公主，自是巴不得你声望愈隆。”

李知珉不说话，宋霑看着他膝盖上的小猫，有些怀念道：“也不知道小真儿到连山没有，这一路可不好走。不过你倒舍得让小高去送她，京城这么多事，他不在还真不大方便。”

李知珉眉心微动："那边一路上不大太平，她一心想见她父母，总要让她见到才是。"

宋霑叹了一口气："你后悔没有？辛辛苦苦教出来的人就要埋没了。"

李知珉垂下睫毛，语气异常平静："不后悔。"

后悔是弱者才有的情绪。他既然做了决定，就该承受后果，没什么可后悔的。

山路崎岖，一进连山，扑面而来的就是与京城完全不同的湿润暖风，以及路边越来越多的翠翠绿绿、层层叠叠的山。果然是连山，连绵不绝，无论望到哪里，都见不到远处，只有一座又一座的山。

赵朴真刚刚到连山土司府所在的灵安城，高灵钧就笑着对她说道："赵尚宫放心，我已让人先通知了您的家人，保管一进城就有人来接您。"

赵朴真感激地笑道："有劳高大哥一路护送了，等回了家，朴真一定有重谢。"

高灵钧笑道："您可别客气，咱们也是奉令行事罢了。再说平日里您对我们多有关照，好不容易到了灵安城，您前几天还有些晕车，如今可好些了？"

赵朴真摇头笑道："我吃了些陈皮丸，好多了，就是有些胸闷罢了。这是老毛病了，当初我陪着王爷出征的时候，那才吐得厉害。"

高灵钧笑道："要不王爷怎么看重您呢，您可是陪着王爷出征，立下汗马功劳的人。如果您留在京城，王爷这么看重您，将来肯定前途无限。要不您看过家人后还是回京吧？这几日，我们还要在这边给王府采办些东西，娘子有什么差遣，只管派人到驿馆来传信。"

赵朴真只是含笑看着马车外来来往往的人。这灵安城颇为繁华，只见来往的人中，颇多穿着黑衣、花衣的土人，口音也与京城大为不同。他们有的挑着担子，里头尽是根茎一类的山货，想来是进城兜售；有的则偕老带幼，想来是全家在采买物品；不少穿着花衣、拿着花帕，看着不似汉人的女子也在街上行走，显然不大忌讳男女之别，民风开放。

街上虽然人流密集，但看赵朴真这一行高车大马，护卫高大，又都佩着刀枪，显然是贵人出行，都自觉地让开了道路，但他们都好奇地打量着马车帘下正在往外看的赵朴真。

赵朴真被他们灼灼的目光看得不好意思，忙放下了帘子。车子一路前行，终于在一处大宅院前停了下来。高灵钧派人正要上前叩门，却见正门忽然被打开了，里头打头走出来一个衣着华贵的少年，头上帽子镶着宝石，腰间也佩着镶着宝石的弯刀，身后数人紧紧跟着相送。

少年看到高灵钧这一行气势不凡，“咦”了一声，站住了，身后相送的老成一些的男子已上前拱手问道：“不知是哪里来的贵客？”

高灵钧站着拱手还礼，笑道：“我等是京城秦王府侍卫，奉命护送王府赵尚宫归乡。鄙人姓高，还请转告主人家。”

中年男子一怔，忙露出了笑脸：“原来是高护卫！昨日已有其他大人上门相告，只是听说还有两日的路程，没想到今日就到了。”

少年笑着插话道：“原来是令爱返乡了，是在京城宫里当差的那位？前些日子，秦王府那边有了照会，说是四品尚宫放出宫返乡，真是天恩浩荡，恭喜大人骨肉团聚了。”

高灵钧看着这位应该是赵娘子父亲的赵正刚，忙笑道：“赵娘子思乡心切，因此咱们特意赶得快了些。”说完，他示意身后的侍卫去和赵朴真通报。

赵正刚笑着和少年道：“世子消息灵通，可不是皇恩浩荡。万万没想到我们父女还有见面的一日，当年将她送入宫的时候，她不过五岁，内子哭了许久，不舍得她进宫。”

正说着话，忽然世子一怔，赵正刚转过头，看到一个小丫头掀了帘子，扶着一个少女下车。少女穿着一身鹅黄色丝裙，一头鸦青的浓密头发，待到下得车来，一抬头，肤光似雪，唇朱颊粉，双眸明亮，连赵大人都不由得为之心神一慑，一时说不出话来。他眼睁睁看着有国色之姿的少女走过来，向他盈盈下拜：“女儿拜见父亲。”

世子终于哈哈大笑道：“恭喜赵大人，骨肉团聚！”他竟像有些回不过神来，浑然忘了自己适才已说过一次。他的心里却想着，果然是京中水土养人，养出这般钟灵毓秀的女子来。

赵正刚终于回过神来，忙上前扶起赵朴真道：“快快起来，咱们进府说话。哦，对了，这位是咱们这里土司大人的世子殿下……莫公子……还有，这是你哥哥……”赵正刚语无伦次，忽然想起忽略了介绍这位世子。他身后一个沉默寡言的年轻男子点了点头，似乎也手足无措。

赵朴真向莫世子施礼，莫世子忙笑着道：“不敢当，赵尚宫曾为四品，虽说放出宫来，那也是尊贵得很。今日你初来乍到，想必途中劳累，我就不打扰你们一家团聚了。改日我和我母亲说，请你到我家府上做客，姑娘可万万莫要推拒才是。我明年也要进国子监读书，正要和姑娘讨教京里习俗。”

赵朴真看他说话虽然文绉绉的，但大为不通，想着地方土司，不习礼仪，诗书上想必也不大精通，只是含笑道："多谢世子大人邀请。"却也不应下来，但她一笑之间，笑靥如花，莫世子口干舌燥，心怦怦直跳，恨不得多和这美人多说几句话。只是人家是离家多年，方才返家，必然是急着和父母团聚的，自己是客人，着实不能多加打扰，只得和赵大人又客气了几句，才依依不舍地上马回府。

赵朴真随着父亲进了府，早有人进去通传，接着便有一位慈眉善目的夫人迎了出来，一路用手绢不断擦拭着眼睛："真儿回来了。"

赵朴真知道这是自己的生母罗氏，眼圈一红："女儿拜见母亲。"赵母已经连忙上前扶着她，眼圈通红："我的儿，可苦了你这么多年，宫里可辛苦？这些年你母亲我牵肠挂肚，不知多么牵挂你，只是每次派人进京想给你捎信，总是被看门的为难，连信都递不进去。我们穷乡僻壤的，又找不到门路进宫，进一次京不容易。女儿，你可怪父母亲心狠，送你入宫？"

赵朴真这些年虽有些怨怪父母亲从来一点信息也无，每次看着别的宫人得到家里的信和托人捎来的财物，她都有些心酸，心下难免对父母有些疑惑，但听赵母这么一哭诉，心想那宫里的侍卫难免有贪财的，他们到了京城，想必被欺生了，那点怨言已飞到九天外，她哽咽道："女儿如何会怪父母，只是日日夜夜想着能回家见到父母。"

罗氏用手帕按着眼睛，也哭了起来，身旁的仆妇们忙上前劝解。一个穿着绯红衫子的少女笑吟吟道："姐姐莫要伤心了，母亲这些天身上不舒服呢，好不容易一家子团聚，还不进屋里坐下叙天伦。"

赵朴真收了泪水看向少女，看这少女年纪似乎和自己差不多，眉目与罗氏有些相似，也有着一张圆脸。罗氏抹着眼泪道："这是你妹妹。灵真，快来见过你姐姐。"赵灵真走上前，果然屈膝行礼，赵朴真忙道："原来是妹妹。"她仓促地将手上的白玉镯摘了下来，给妹妹戴上，道，"我第一次见妹妹，没什么好东西，这是从前宫里赐下的，你且先戴着，我箱子里还有些好点的，妹妹若不嫌弃，一会儿挑些好的去戴。"

赵朴真又和罗氏道："我给父亲母亲和哥哥妹妹们都带了礼物，一会儿安置好了，便让人送给阿爹阿娘。"

罗氏抹着泪道："你能回来已很好，我们不讲究那些俗礼。"

赵朴真道："这是女儿的一份心，不值什么。"

赵灵真接过白玉镯，看色泽仿如羊脂一般，油润洁白，笑道："听说姐姐是在王爷跟前伺候的，深得王爷爱重，果然随手拿出来的都是好东西。不像咱们这穷乡僻壤的，就是最好的店家，能拿出来的也是些次等货色。"

赵朴真摇头道：“妹妹取笑了。”

一家人拥着她进了中堂，父亲母亲坐上堂，她正儿八经地见了礼，又见了大哥赵允锋，二哥赵允锐，妹妹赵灵真。在一一见过礼后，父母慈祥微笑，嘘寒问暖，这下她才真切地感觉到自己是真的回家了。堂上的，都是和她血脉相连的人，她不再是那个孤苦伶仃，在宫里无家可归、无枝可依的宫女，而是实实在在有父有母、有兄有妹的人。

见过礼后，罗氏先让身边的刘妈妈带着她下去安置，果然早就安排好了一个院子。刘妈妈笑道：“这原是灵真小姐住的，听说姐姐回来，她便紧着将自己的院子让出来给您住了。”

赵朴真忙道：“这怎么行，若是妹妹住惯的，还当让妹妹住着，我另外住便是了。”

刘妈妈笑道：“大小姐不必推辞，这也是老爷和夫人的意思。您是长女，又有品级在身，二小姐让您是应该的，再则也都收拾好了，小姐只管看看，有什么地方需要改的，或是需要添置什么，只管吩咐老奴便是。”

赵朴真进了屋里，略略看了一下，收拾得十分用心，虽说陈设和用物比起王府有些粗陋，但就这地方来说，想来已是极尽所能。刘妈妈叫了这房里的丫头来见她：“这是在这房里伺候的丫头，和二小姐一样的安排，两个大丫头，一个叫书儿，一个叫画儿。”

赵朴真从王府出来，阮妈妈看她一路上总要一个丫鬟伺候才好，便做主将平日跟着赵朴真听差的一个叫环儿的身契给了她，她便笑道：“我身边已带了一个丫头来，这两位姐姐且留一位便好，劳烦妈妈了。”

刘妈妈笑道：“既如此，便让锦书在房里伺候，锦画另外安排便是。”

赵朴真却想起一事，道：“别的倒是其次，只是不知道护送我前来的护卫们如今安置可妥当？”

刘妈妈忙笑道：“哪里用小姐提醒，前头已设下了宴席，老爷和两位少爷已出去陪客了。不过我听说，护卫大人们不打扰咱们府上了，已在这边的官栈里住下了，只在前头略用了点酒饭，也不曾收咱们家的谢礼，只说是应当的。”

赵朴真笑了下，也没说什么，略收拾换了家常衣裳，便有人来请她用餐。因是家宴，她又是从京城归来，所以全家团团围坐，也不讲究礼节。大哥沉默寡言，二哥好一些，不过也因不大熟悉，只说了两句话，只有赵灵真年纪小，应该是之前颇受宠爱，十分活泼，兴致勃勃地问她：“姐姐可见过皇上和皇后娘娘，他们长得威严吗？”

赵朴真放下筷子，答：“我见过皇上皇后，但并不敢仔细看，他们自然是龙章凤姿。”

赵灵真笑吟吟地问：“姐姐在王府主要当什么差？听说王爷特别看重你是吗？出府的时候，王爷的赏赐一定特别厚重吧，还特意派了护卫送你归家。”

“我也就负责收拾书楼和王爷身边的书笺等物，这次一起放出来的还有三个女官，都是一样赏赐的，只是我住得远，所以王府管事就派了护卫护送。”

赵灵真追问：“王爷长得怎么样，好看吗，多少岁了？”

赵朴真笑道：“王爷今年二十岁了。”她并不品评王爷的长相。

赵灵真显然并不十分在意，只是追问：“听说京中繁华，不知姐姐可否说些新鲜事儿给我们开开眼？”

这时，赵正刚忽然发了脾气：“食不言，寝不语，你姐姐才回来，且好好吃饭，你都大姑娘了，懂得点规矩吗？”

赵灵真吓了一跳，眼圈一红，竟将手上的筷子一摔，不管不顾，站起来冲出去了。赵正刚脸色铁青，两个哥哥则面面相觑，一时饭桌上气氛有些尴尬。赵朴真有些窘迫，罗氏忙打圆场笑道：“这孩子被我宠坏了，等会儿我教训她，老爷莫要生气。”

赵正刚恼怒道：“我略说说都不成，这还是她姐姐的接风宴，任性娇纵如此，怎么得了！她也不是孩子了，你且管教管教，扣她三个月的月例！”

一顿接风宴吃得十分尴尬，回屋后，赵朴真还觉得十分过意不去，便叫锦书过来，挑了几样花簪子送去给妹妹。

赵灵真正扑在罗氏怀里哭诉：“为着她回来，连我住惯的院子都让与她了，不过多问了几句，父亲就摆脸子。什么食不言寝不语！咱们家里啥时候有过这些规矩？他自己不也常常在饭桌上说话吗？一家人，如今倒不自在了！”

罗氏轻声安慰她：“你姐姐远道而来，年纪也不小了，眼见着就要议亲了，在家里住不了多久。我早和你说过了，你且让让。你阿爹适才也和我说了，你大姐姐在宫里受过调教，规矩大，今儿你一直问问题，她放了筷子就一口没吃过，一直在回答你的问题，腰背挺得笔直。反观你在一旁嘴里含着饭，不断说话，筷子还去夹菜，相比之下，真的仪态、教养差了许多。他当时觉得很是羞耻，一时没忍住说了你一句，你倒好，摔了筷子，越发不懂规矩了。你阿爹如今是真生气了，说你马上就要嫁人了，这般仪态，将来怕是到了婆家也要吃亏，连我都落了不是，说没教好你……”

赵灵真越发气急：“我这不是好奇多问了几句吗，也是怕她受冷落，她装什么相？什么规矩大，那是奴仆的规矩吧！难道倒让我去和贱婢学规矩？为了一个外人，阿爹给亲生女儿难堪，我定不原谅阿爹！”

罗氏叹了一口气，刚要说话，却听到门外有人禀报：“大小姐派了锦书过来。”

罗氏忙道：“进来吧。”

锦书进来施礼，罗氏笑道：“什么事？”

锦书笑道：“小姐说今儿是她出言不当，害得妹妹吃了父亲教训，因此叫奴婢送些花簪过来，叫妹妹担待一二。”说着，她已拿了一个托盘送上来。

罗氏揭开托盘上头的帕子，看到里头几根花簪做得十分鲜艳，有牡丹、茶花、兰花几样，仿佛刚刚摘下来一般鲜嫩娇软，上头还带着露水，细看才发现是用宫纱扎成的，花瓣上的点点露水却是水晶珠制成；另外又有一对八宝手钏，华贵无比。

赵灵真早已忍不住，拿起手钏往自己手臂上套：“正合适。”又看着花簪道，“上次世子的妹妹戴的纱花，比这个差远了，也炫耀说和真的一样。我看她是没见过做得真的花簪，下次宴会我戴上这个，羞羞她。”

罗氏看她破涕为笑，笑道：“你看你姐姐还是心疼你的，看你被罚了月例，便给你补偿。这下好好收了眼泪，明儿去给你爹好好道个歉，和你姐姐多学点规矩。”

赵灵真哼了一声，显然微微不甘：“这些花儿想必宫里多的是，并不值钱。本来也是，她若一开始不和我搭话，我哪里会说那么多？要说就是阿爹不公，要罚也该两人一起罚才对。再说了，明明阿爹也很想知道她在宫里怎么样，秦王到底是不是真的看重她，如今我多问几句，大家才知道不是？听她今日说的，王爷打发的几个宫女显然都是一样的，她也没当什么重要差使，要不还不着急炫耀？先时你还说怕她被王爷收用过，若是收用过，怎么也会安排一个名分，皇家又不缺那点钱多养一个人。”

罗氏笑道：“不管如何，她有这样的背景，也能说一个好人家，将来对我们家也是个臂助。我听你阿爹说，今儿世子在门口遇见她，也十分客气、敬重呢，说改日要让土司夫人下帖邀请她，到时候自然是连咱们家里的女眷一块邀请的。”

赵灵真脸色紧张：“世子也看重她？不是听说秦王并不受宠吗？又不是太子，有什么好交好的？”

罗氏“扑哧”一笑：“人家只是看到王府的侍卫统领，因此客气一下罢了，但这也是件好事。你阿爹在六品的位置都快十年了，也该挪挪位子了。

还有你大哥，做世子伴读那么久，也该当差了，你阿爹正要给他谋一个好差使。我正想着什么时候能在土司老夫人跟前说上话就好了，老夫人的情面大，若能说动她，那就有八九分了。正好你姐姐今儿给我送了一尊玉如意，品相十分好，送去老夫人的寿宴正合适。”

赵灵真抿了抿嘴：“我看她行囊颇多，想必还有比那更好的，玉如意太普通了，明儿我去她那里再看看有什么好一些的礼物。既是为了阿爹和哥哥的差使，她定是愿意的。”

罗氏欣慰道：“这就对了，你和你姐姐好好亲热亲热，她离家多年，定是想家的。你好好焐热她的心，还怕她不为家里着想？你有这么个姐姐，将来不管嫁去哪里，人家都要高看你一眼。还有，我看你姐姐是识字的，想必琴棋书画也都会，正好你也和她学一些，将来在夫君面前也有些才华。”

赵灵真嘴一噘：“舞姬、歌姬才学那些呢，我才不学。”

罗氏叹了一口气，知道女儿娇纵，只能慢慢教，也不强求。因着晚餐没吃，罗氏怕她饿着肚子睡，又命厨房做了些东西送上来给她吃了才回去。

第二日，赵灵真果然兴致勃勃去找赵朴真聊天，又去看赵朴真带回来的东西，之后却大为失望：“姐姐伺候王爷这么多年，怎的就这么点东西？那些书千里迢迢带回来做什么，又沉又不便。”

赵朴真笑道：“宫里的东西大多不好带，出府之前，大件的和有宫里印记的，我都分送给从前对我好的姑姑和姐妹们了。这一路上路不好走，所以我只带了些细软和事先准备好的要送父母和兄弟姐妹们的礼物罢了。倒是这些书可是好书，别的地方都买不到的。”

赵灵真噘着嘴道：“你可真傻啊，定是被别人哄骗了。你都离京了，以后又用不上她们，给她们这个人情以后都还不上了，还不如折成银子呢。”

赵朴真含笑不语，赵灵真却有些怏怏的，本来她还以为赵朴真还藏有不少好东西。赵灵真事先问过，赵朴真送给阿爹的是鸡血石印章和白玉笔架，给母亲的是玉如意，送给两个哥哥的都是一套文房四宝，虽说都是好的，爹娘和哥哥都爱不释手，但是这些居然就是最好的？母亲问过伺候赵朴真的锦书了，那些行囊箱子看着多，却都是些书籍、画轴，也并不是什么名家的，居然还有不少是她自己画的，那值什么钱？银子更是没有多少，只有一小匣子的银子和铜钱，估摸着不会超过五十两，虽然说在他们这个蛮荒之地已是十分富有，但还是距离赵灵真的期望太远了。

说来也是，什么王爷最宠爱的女官，最宠爱的怎么会放出来？不过是说来脸上贴金罢了。做人奴婢，能存下多少钱？父亲母亲想得太好了，若她不尽快嫁出去，只怕还要白白贴进去不少伙食费呢。赵灵真不死心，又看了看赵朴真身上的饰品，头上的簪子只是普通的家常青玉簪，身上也只是家常的旧袍子，只有脖子上的璎珞看着还不错，就是宝石碎玉太小了，那颗珠子看着还值钱点，不过颜色这么黯淡，手上那镯子……赵灵真伸手去摸赵灵真手上的手镯："这个是金的吗？看着分量很足，戴着会重吗？"

赵朴真却吓了一跳，连忙收回手，笑道："这是黄铜的，空心的，不沉的。"

黄铜？赵灵真的热情退去，就是这南蛮地方，也只有穷人才戴黄铜的首饰。

倒是赵朴真摸着这手镯，想起了送自己这礼物的应夫人来，微微出神。应夫人的亲生女儿其实是上官筠呢。也不知她现在怎么样了，能让收养的孩子们对她那么敬爱和孝顺，自然是因为她在照料孩子方面很用心，他们随时随地能感受到她的心意。

赵朴真陪着应夫人的那几个月，应夫人对她无微不至地关心，让她对母亲的想象更为充实和逼真。她用饭时，只要多夹了哪样菜，哪样菜以及类似的菜式就会时常有，口味重还是轻、爱咸还是爱甜、喜欢什么样式的衣服……明明她喜欢清淡素雅的，应夫人却偏偏给她添置了大量颜色鲜明、花样繁多的衣裳。

赵朴真一直想着，若自己见到母亲，一定也是这样子的吧，然而这两日，她依然感觉到了隔阂和生疏。饭菜是很丰盛，却无人问问是否合她的胃口，家人热情却不亲近，她甚至连一个拥抱都没有得到。

说不上是失望还是委屈，她有些失落，却安慰自己才回来罢了。她强打精神，和赵灵真说话。赵灵真又问了些京城里的事，才起身告辞。

赵灵真转身去见了罗氏。一见到母亲，赵灵真气笑了："阿娘！什么最受宠的女官，你们都被骗了！我看她就是一个普通宫婢，平日打打杂、收拾收拾书罢了，什么好东西都没有，虽说有几件好衣服，那都是她穿过的。听说京城的贵人，衣服都是只穿几次就赏给下人的，想必就是这些。她就是面上有光罢了，实际并没什么钱财。就这样，你们还巴巴地把这个女儿认回来当宝贝呢，真是打得好如意算盘，呵呵。"

罗氏正坐在榻上看榻几上的纸张，看到她冒冒失失地撞进来，满头是汗，便拿了手巾一边替她擦汗，一边教训她："你好好待姐姐，莫要露了形迹，否则被和你爹爹不和的人知道了，你爹爹会丢官的！有没有的，你姐姐嫁出去便好了。"

赵灵真噘着嘴道："我知道了。她现在打算嫁给哪家？"

罗氏挥了挥手里的纸道："我找了好几个相熟的媒婆，正在看人家呢，这是才送来的几家，高不成低不就的，可不好找。”

赵灵真十分感兴趣地凑上前，一边看一边问：“是哪户人家？”

罗氏嗔怪道：“你们姑娘家不好关心这些的，被你阿爹知道又要罚你了。”

赵灵真撒娇道：“我知道阿娘最疼我了，说嘛。”

罗氏皱着眉头道：“一个是土司衙门的梁录事，今年二十四了，已是七品官身，年岁相宜，听说人性情也好，能干，写得一手好文章，很得土司大人看重，前途光明，就是家里弟妹多了些，有些穷，怕是拿不出多少聘礼，家里负担很重。若你姐姐嫁过去，恐怕也顾不到咱们家里这头了。还有一个韦司仓，如今是续弦，但是家资富裕，家里铺面多，又有一座茶山，年岁却大了些，已三十二岁了，怕你姐姐要嫌弃。其他几家都不如这两家，先放着了。”

赵灵真道：“找的都是官身啊，阿娘已是很用心了。”

罗氏道：“咱们这边没什么好人家，怕是你姐姐都看不上，若知道你和世子的婚事，怕是心里不平，所以还得再找找。”

赵灵真噘着嘴：“我和世子那是长辈定下来的，有她什么事儿？咱们这边，好婚事自然是不多，她若看不上，就该在京里出嫁啊。既然回来了，可见在京里也是混不下去的，这会儿嫌什么！咱们家不欠她的，要不是爹娘你收留她，她早就在山里被野狼吃了。要不是你给了她身份送她进宫，她有今日的风光吗？现在还让她占了嫡长女的身份出嫁，嫁入官身，说不定她原本就是一个农家女呢，这些际遇，都是咱们家给她的！”

罗氏看了看外边，轻声道：“你不许再说这些了，你姐姐当初身上的襁褓衣服，一看就知道是富贵人家的，也不知如何落的难。当年要不是真的舍不得送你进京，咱们也不会留下她。她替你遭了这些年的罪，你喊她一声姐姐是应当的。这事儿你好好给我瞒严实了！不然你阿爹就是欺君之罪！咱们全家都要问罪！”

“要换媳妇？”土司府老夫人韦氏放下手上的烟斗，挥退了身边伺候着的成群丫鬟，意味深长地看向了自己的儿媳——土司夫人周氏。

周氏在婆婆锐利的目光下微微畏缩了一下，随即鼓起勇气道：“当年阿武的婚事，老爷订得仓促，婚书上只说是赵家的嫡女，现在既然嫡长女回来，阿武又喜欢，和赵家说一说，料他们也不会拒绝，明面上也说得过去……”

韦氏以一种匪夷所思的目光看了一眼周氏：“你也太宠阿武了。他就见过那姑娘一面吧？不过是长得漂亮些，就贸然要换媳妇，你做长辈的不说劝阻他，倒要惯着他？”

周氏嗫嚅道：“灵真那孩子，阿武一直有些看不上，为了婚事没少和我闹，强扭的瓜不甜嘛。如今既然赵家难得有个他看上的，听说学识和容貌都不错，又在京里秦王府伺候过，想必以后也能帮上阿武。”

韦氏冷笑了一声道：“老爷怎么说？”

周氏低声道：“媳妇只是想着先问问娘的意思，若娘也同意，老爷一贯听娘的话，岂有不应的。赵家那边，也不敢违逆老夫人的意思。”

韦氏一贯不习惯这个媳妇畏畏缩缩的样子，她啐了一口道：“婚事是你男人订下来的，他可是堂堂正正的土司！你是他妻子，有什么事自当和他商量，倒想着法子把我推在前头当幌子，得罪赵家，到时候我和儿子生了嫌隙，你倒称心了不是？”

周氏含泪道：“媳妇没这个意思，就是想着阿武难得喜欢，磨了我几日让我来和您说，阿武也是怕您不答应，您一贯疼阿武……”

韦氏最是看不惯媳妇动不动就含泪带怯的模样，冷笑了一声道：“有句话我可说在前头，你当初也是阿武的爷爷在世的时候订下来的，若土司订下来的亲事都能随意改，只管由着孩子喜好，开了这个坏头，将来有什么我可管不了。你好歹是一个土司夫人，做事这么拎不清！”

周氏脸一白，咬紧了嘴唇，却听懂了婆婆的意思。朝廷有制，边疆土司世袭，父死子袭，世代相传，长子、弟、侄甚至婿、妻、母都可袭。当年老土司去世，长子年幼，则由母亲摄土司之职，直到土司成年才还政。这位老夫人性情刚强，几乎可说是说一不二，执掌四方。老夫人一贯对她不喜，也是碍于她的婚事是老土司定下来的，因此让她安安稳稳做着土司夫人，若现在随意改了，开了个坏头，土司妾侍众多，一贯待她也只是面子情，若是将来土司想要换掉她……

她轻声道：“母亲教训得是，我去和阿武说。”

CHAPTER 11

第十一章 土司

韦氏不屑地冷哼了一声，等周氏走了以后，她身边伺候的碧柔姑娘上前笑道：“多半还是世子爷求着夫人，夫人一贯宠着世子爷，少年难得见到一个美人，又是喝京城水米长大的，想必和咱们这边疆日晒雨淋的人儿自是不一样的。”

韦氏淡淡道：“她就是蠢罢了，不过这也是老土司故意的，当年他看我太厉害了，娘家又有十洞八寨人马，他动不了我，觉得憋屈，就想着儿子以后不能娶太厉害的媳妇，就订了这个除了哭什么都不会的媳妇，然后儿子呢，被娘辖制了这么多年，怕我插手世子的婚事，于是也学他老头子，抢着选了背景薄弱的文官，也不想想，当年若不是有这么个厉害的妻子，他儿子的命安在！若不是有这么个厉害的母亲，他儿子又哪能坐在这土司位上牢牢掌着帅印！这莫氏一族，呵呵，如今是边疆节度使割据，朝廷顾不上咱们这种边陲之地，等朝廷稳定了，腾出手来，想收回这些地方，我看莫氏土司就是第一个被收服的。”

碧柔笑道：“土司大人自然是感恩的，平日里哪有一丝一毫的违逆。您看，就是世子也知道从您这边下手最快呢。也不知那美人美成什么样，才见过一次，就让世子动了这心思，听说又是秦王府出来的，夫人也是想着能借力吧。”

韦氏冷哼了一声：“秦王虽然厉害，平定了北疆，但瞎了眼。若只是普通的女官也还罢了，若真是秦王曾看重的，那反而要糟。你是没见过当年圣后说一不二的样子，当年要不是她力挺我，这土司令早就换了人掌。她的亲生女儿据说最像她，岂会放过秦王一系？”正说话时，一个小丫头奔进来道：“蒋通判有急事要找老夫人。”

韦氏淡淡道：“叫他有什么事找土司大人禀报就行了，这会儿急赤白脸地来找我，落到有心人眼里，又要挑拨我们母子关系了。”

小丫头低声道：“蒋大人说，朝廷最新的邸报来了，东阳公主倒了！”

韦氏猛然抬头：“什么？”她将手里的茶杯放在桌子上，沉声道，“快请蒋大人进来！”

东阳公主倒台的消息迅速传遍了四方，就连赵正刚吃晚餐时都忍不住说了此事。邸报上只写了东阳公主的罪名，谋反、淫乱、擅行巫蛊之术窥伺天象……已被赐死，短短几行字，却藏着不知道多少刀光剑影。谋反可是诛九族的罪名，东阳公主到底是圣后亲女，赐死只是体面的写法。

赵正刚叹道：“据说东阳公主逃入山寺，却被围堵，最后被绞杀了。”

逃入山寺？不知为何，赵朴真忽然想到了已在白马寺出家的褚时渊。赵灵真懵然不觉，对这些也毫无兴趣：“公主谋反做什么，她想做圣后？她又不能嫁给皇帝。”

赵正刚摇了摇头，看了一眼长子：“土司大人已经决定明年就让世子进国子监学习了，我已和他说了，你本来也是伴读，你也陪世子去。”

赵允锋一贯沉稳寡言，听到也只是应了一声：“是，孩儿凭阿爹安排。”

罗氏却十分舍不得：“那么远，京里国子监听说都是贵族高门子弟，十分欺压人，到时候他们不敢惹世子，却拿我们子弟做伐怎么好？”

赵正刚道：“袭土司之职的，必然要去京里读国子监，这也是朝廷定规。之前土司大人舍不得孩子年纪太小就离家，因此一直拖着，如今京里怕是局势要变了，派世子进京就读，也是为了摸清局势。咱们这穷乡僻壤的，没什么好让人图谋的，不过是图着不管哪个上位，也不会和咱们为难罢了。锋儿本来就是伴读，陪着世子进京，将来世子只会更倚重他，再说了……”赵正刚看了一眼赵朴真，“朴真从京里回来，可听说国子监有欺负人的事？”

赵朴真笑道：“国子监里都有章程，有长官管着呢，便是皇子，也时常奉皇命去那边听讲经的，我并不曾听说有什么欺压学生的大事发生，只听说管得很严，许多贵族子弟进去后苦不堪言，完成不了课业，最后只好捐了荫。”

罗氏这才略略放了心："那锋儿可要多打点些行李，多留些银钱在身旁才是，京里花费大。"她皱起眉头，十分担忧。

赵朴真道："国子监每月都有发月例，就只怕世子有什么花用，让大哥出。"

罗氏叹气道："可不是嘛，你大哥在世子身边做伴读，也不知填进去多少了……"

赵正刚喝道："你不要再说这些！我已想好了，井底村那边的一百亩地，出产太低，离城里又太远，每年白白浪费许多人力打理，不如这次出掉，换些银钱，再安排几个老成些的家人，进京后想法子找点营生，开个铺子，这样锋儿有什么事，也能找到人使唤。"

罗氏十分不舍道："那地虽说远，但是种的木薯很不错，卖了可惜了。京里的铺子想必也是十分贵，我们在京里没有背景，怕是要被人谋夺了产业。"

赵灵真笑道："姐姐不是从秦王府出来的吗？她和秦王府的人说一声，平日里稍微照拂下大哥，那也不错啊。"

赵正刚看向赵朴真，赵朴真一怔，想了下道："我给秦王府的文桐总管写封信，让他多留心留心大哥，到时候大哥到了京城，将信送过去便好了。"

罗氏眉头松开，笑道："有亲王照拂，那自然是不错的，劳烦朴真了。"

赵允锋也十分诚恳地向赵朴真拱手致谢："有劳大妹妹了。"

赵朴真心头微暖，忽然感觉到了一丝家人互相扶助的意味来，还礼道："都是一家人，应该的，大哥不必多礼。"

正说着话，外边却有丫鬟送来了帖子，赵正刚一看，十分意外："土司夫人开了赏桂的宴会，邀请我们内眷参加。"

赵灵真满脸笑容，看向罗氏，赵正刚却想了下道："灵真不去了吧？带朴真去就好了。"

赵灵真脸色一变："为什么？"

赵正刚摆了摆手，示意她少安毋躁："我猜，在世子上京之前，大人应该会让世子先成婚。这个时候你太招眼，不如在家里好好修身养性，莫要出了什么娄子，让人乘虚而入。"

赵灵真脸上一红，既羞涩又喜悦，但仍然不舍得这个难得的机会，拉着罗氏的手道："那不是还没有提亲吗？若正式提了亲事，那我不出去也没事。"

罗氏看着女儿渴望的模样，终于舍不得，说情道："若土司夫人有意，兴许也就是这次宴会要透个风儿，灵真去一次也无妨的。再说了，朴真才回来，都不认识人，没有灵真带着不大好。"

赵正刚想了下，点了点头："行，只是灵真要谨言慎行，莫要和从前一样任性，更不要和从前一样与土司家的小姐拌嘴。"

赵灵真十分不服气，嘟囔道："哪里是我拌嘴，分明是她们故意来找碴儿。"

罗氏忙推了推她，应诺道："到时候两个女儿紧紧跟着我便是了。"

赵正刚点了点头，赴宴的事也就定了下来。

土司府修建在翠屏山下，占地广阔，十分豪华，雕栏画栋、飞檐朱柱，便是秦王府与之相比也有些逊色。

"那是翠屏山，你看是不是像凤凰展翅？据说土司府修建在这里大有寓意，在这儿建府，翠屏相拥，七星如龙，世代都为官。"赵灵真对着刚下马车的赵朴真介绍，眼里都是艳羡，她又指着远处翠屏山上的一角佛塔道，"那是通天庙，是莫家修的，听说十分灵验，看什么时候让娘带我们去进香。"

罗氏带着两个女儿，很快便有几个黑衣女奴抬了轿子过来请她们上轿，一路送她们到了后苑。果然那边栽种着满山桂树，桂花飘香，芬芳馥郁。铺天盖地的香味让赵朴真一时有些恍然，仿佛回到了那一年陪着秦王到上官家的庄子上度假的时节。

然而，山下烧起的篝火以及欢呼声，一下子打破了她的思绪。火上搭着架子，架着烤全羊和一只已经滴油的香猪，炭里又插着密密麻麻的竹筒，旁边已打开了一部分烤好的熏黑的竹筒，里头盛着晶莹的糯米、香菇、菌子。烧烤的肉香味、竹筒的清香以及漫山的桂花香味混合在一起，令人感觉到一种充实饱满的热闹，比之上官家那种清幽雅致，又别有不同。

赵朴真忍不住微微笑了一下，这种人间香火的热闹也挺好的。她们才落座，立刻就有人送上了三节热腾腾的竹筒饭给她们，席上已上了几碟凉菜和香蕉、黑李、龙眼等好几样难得的鲜果子。凉菜是一碟晶莹剔透的腌肉、一碟油炸花生、一碟凉拌鲜笋阳桃片。赵朴真才来几日，便知道连山这地方的腌肉与别处不同，是酸的。这里叫酸肉的，皮脆肉酸，清香宜人，别有一番风味。她回来这些日子，家里其他菜都有些吃不惯，倒是这个酸肉，无论是切了蒸酒糟，还是煮成酸汤，都十分合她的胃口。

与此相配的是竹筒奶酒，据说是在生长中的竹子中打洞注入牛奶酿酒而成，具体如何操作，却也不知，只知道这样做出来的酒，颇有些竹叶清香，略略带些酸味，应该还加了糖，酸甜的味道倒是适合女眷饮用。

赵灵真对这种宴会习以为常，并不东张西望，只是悄悄问罗氏：“阿娘，您说今日韦老夫人会出来吗？”

罗氏道：“这两年她都不大出来了，不知道今日出不出来。”

赵灵真轻声道：“她一出来，宴会就特别拘束，大家都怕她。”赵灵真看到赵朴真好奇地看向自己，便轻声解释道，“咱们这土司虽说是世代相袭，但是女土司也是常有的，有时候是前代土司无子有女，有时候是妻子、母亲袭了土官。当初咱们土司大人年幼，韦老夫人代子摄土司官职许久，算得上是女土司了，说一不二，谁若惹了她不高兴，她当场就翻脸，就是土司大人，也不敢当面违逆她。”

罗氏轻声解释道：“你小声点，别瞎说。你这孩子不知道，当初若不是老夫人站出来，手里又有兵马，这土司印早就被世子的亲叔叔夺走了。当初他可是带了八寨人马来夺印，还是老夫人刚强，不仅保住了土司印，还带着年幼的土司大人进京觐见圣后，得了朝廷旌表，是三品命妇。”

正说着话，果然看到上头主人进场，一名三十多岁的妇人扶着一位老夫人走了进来，上了主席，后边紧跟着几个少女，穿得花枝招展的。老夫人银白发丝，肤色却有些深，不笑的时候整个人有些严肃，令人觉得不好接近，看着已年近六十，却腰板挺直，精神矍铄，走路也还硬朗得很。看她进来，座上的女眷们全部站了起来，有人说话：“老夫人来了。”赵朴真随着罗氏站了起来，心想着三十多岁的妇人就是土司夫人周氏，而被扶着的老妇人就是声名赫赫的韦老夫人了。

韦老夫人坐下来后，垂着眼皮淡淡往下一扫，目光锐利，场下瞬间安静了下来。只看到丫鬟们接连不断地上菜，烧鹅、烤羊肉、烤香猪、炸鹌鹑、爆炒河虾等，均是些滋味肥美的大菜。土司夫人洗了手，站在老夫人身边替她布菜。老夫人轻轻咳了一声，道：“桂花开得好，今儿我请大家来聚一聚，大家乐一乐，吃好喝好。”她倒是直截了当，言语简洁，和京里那文绉绉的主宾应酬大不同。

果然席下轰然应和道：“谢谢老夫人款待，老夫人身体安泰就是我们的福分了。”每个女眷看起来并不讲究斯文，有的笑起来十分爽朗，和周围人大声说笑，有的大大咧咧上去给老夫人敬酒，也有人专心吃那刚切好的烤羊肉、猪肉，四周十分热闹。

被这样热闹的气氛感染，赵朴真也忍不住含笑，尝了一下那碟看着最清淡的凉菜。阳桃切成薄片，仿佛一个一个浅黄绿色、半透明的星星，与最嫩的鲜笋尖拌在一起，酸爽鲜甜，别有风味。这阳桃乃南国水果，赵朴真在宫里未曾尝过，只见过，所以识得。今日吃起来，她觉得分外爽口。还有那碟酸肉，配着绿色的茴香叶炒的，她略挑了一点吃，便觉得连日来湿热天气引起的胸腑烦闷被这酸香的茴香叶压了下去，人松快许多，暗忖这茴香叶果然有理气的功效。宫里因这味道大，伺候的人是万不敢吃的，这边因着天气炎热、潮湿，菜品大多采用香辛料来祛湿，果然是一方水土养一方人。

这时，只见前边一个小丫鬟过来，对罗氏行了礼道："我们老夫人听说赵夫人的长女从京里回来了，请赵夫人带女儿说几句闲话解解闷儿。"

罗氏受宠若惊："应当的。"她连忙带着赵朴真和赵灵真上前给韦老夫人行礼。

韦老夫人嘴上倒是笑着道："别多礼，这是你才从京里回来的长女吧？我看看，长得可真水灵，两姐妹站一起倒是两枝花呢，快坐下，陪老婆子聊聊。我上次进京还是三十年前的事了，那会儿这边还不太平，也是匆匆进京，见了圣后，我就赶着回来了。"

罗氏忙笑道："这是长女赵朴真。快来见过韦老夫人。"

赵朴真上前行礼，韦老夫人嘴角含笑，拉着她的手微微惆怅："当时咱们这儿刚刚乱平，朝廷派了来使，挑了好些闺女进宫，如今能回来的就你一个，其他的都没信儿了。你可见过其他姑娘？"

赵朴真摇头道："我进宫的时候还小，不大懂事，长大了些也没见过宫里有同乡的，想是分去别的地方当差了。"她略懂事以后，央求过姑姑替她查，和她进宫的连山女孩，夭折的夭折，赏去别的地方的也有，早就四散了，不过这会儿不好说出来煞风景。

韦老夫人叹气道："当时朝廷圣旨到，各寨各洞，都选了女娃娃，还没出连山呢，就已有娃娃害病夭折了，叫了原来的父母领回去，哭得都不成人样，更不要说山长水远地送进宫，一路折腾了。再说进宫里当差，那么小的娃娃，没人照拂，想也知道不会好过。谁想到你还能有这样大的造化，能服侍秦王，又能被放回来呢。要我说，你是一个有福的，你阿爹阿娘也是有福的。"

韦老夫人几句话说得罗氏眼圈一红，拿了手帕去按眼睛，想是想到了当初的伤心，赵朴真轻声道："承老夫人吉言。"

韦老夫人拍了拍她的手，命人在她身旁设了一个座席，又叫人布菜："你快尝尝，这些味道可还合意？你从小进宫，吃得惯吗？咱们这儿的做法，和京里可大不一样吧？"

赵朴真含笑回答："是挺不一样，不过味道也挺好的。"

韦老夫人笑道："旁的不说，单说这鹅肉，鹅肉比鸡肉、鸭肉要粗许多，咱们这里都是铁锅直截了当地炖烂为止，味儿也还成，却不知道京里怎么做？"

得亏赵朴真曾经为了李知珉悉心钻研过菜谱，这会儿笑道："京城里做鹅也没什么特别，宫里主要是蒸，整只鹅杀了往肚子里放上佐料，外边涂上蜜，蒸屉要用棉纸封上，时时淋水，一直蒸到烂熟便好了，味道也是极美的。外边世家讲究些，有做成水晶胭脂鹅的，整只鹅都腌成红色，切片便是一片片半透明、绯红的鹅脯，好看。也有叫杏花鹅的，具体做法我倒是不知。"

韦老夫人点头，长叹一声道："京里贵人、世家们在吃食上的做法可多着呢，我记得当初在京里吃过一道鸡髓笋，就是将鸡腿骨敲开，取的鸡骨髓，配着鲜笋一起做的菜。我开始不知，后来知道那一道菜怕是得杀十几只鸡才行，且这鸡还不能嫩了、小了，得长成了，才有鸡骨髓啊。还有，当时圣后特别宠东阳公主，那会儿东阳公主还小，有一日看了书，说想吃龙肝凤髓，圣后便吩咐御厨制来，后来御厨还真的制出来了，你们猜是怎么做的？"

烹龙肝，炮凤腑，是怎么做的？一时席上都热闹起来，众人纷纷猜测。韦老夫人身边本来也依偎着一个少女，肌肤微黑，面容秀丽，难得一双眼睛十分黑且大。她转了转眼珠子，拍掌道："我知道，祖母，那龙凤定然是和我们这边一样，用的蛇和山鸡来替代的是不是？就和龙虎斗一样，用蛇肉和猫肉炖成一锅鲜肉羹，又好吃又说得过去。"

韦老夫人显然十分疼爱这个孙女，拍了拍她的肩膀，摇头笑道："什么蛇肉猫肉，也就是我们这蛮荒之地不讲究，宫里御厨，哪个敢这样大胆子把这种菜色呈到公主跟前？"韦老夫人看了一眼含笑不语的赵朴真，笑道，"赵家娘子定是知道的，不如给我们说说，开开眼界。"

赵朴真微笑道："我也只是稍微听说过，是将鲤鱼的胰脏和鸡的脑髓制成，加了些豆粉，酒啊酱啊，用猪油烹制的，我也并没有亲见过，不知道味道如何。"

"鲤鱼？"众人面面相觑，一时有些不解，鸡是凤倒不难猜，鲤鱼何解？少女已是一拍双手笑道："我知道了！鲤鱼跳龙门吗？那果然是龙腑没错了！"

众人笑道："还是宝珠小姐灵慧，一猜就中！"

莫宝珠却想了一下道："祖母从前不是说，宫里不吃鲤鱼，因为咱们国姓讳李吗？还说鲤鱼号赤鲤公，卖者还要杖六十呢。"

赵灵真一贯和莫宝珠合不来，又想到前些日子才知道东阳公主谋反自尽了，笑道："圣后也不知杀了多少宗室子弟，还怕吃几条鲤鱼吗？"

她这话却有些莽撞了。虽说东阳公主获罪，大家也都知道当初圣后为了维护自己至高无上的权力，杀了无数李氏子弟，圣后当朝时，宗室子弟直如草芥一般，但圣后毕竟还是今上的嫡母，她的嫡孙就是当朝太子，一介草民在这样的场合指摘圣后，真是有些不知轻重。因此她的话一出口，席上蓦地一静，连韦老夫人都敛了笑容。莫宝珠讥诮地看向她，而她看着众人的面色，知道自己说错话，紧咬下唇，连忙求助一般看向母亲罗氏。

罗氏脸色苍白，暗自后悔没有听丈夫的话将女儿留在家中，如今闯下祸事，却无急智，慌乱之下竟不知如何解决。一旁的赵朴真心里暗叹一声，只得出言描补："律法是律法，其实并不真的十分严格讲究，便是宫里也不大当回事的，京城吃鲤鱼的并不在少数，《洛阳女儿行》里便有句：良人玉勒乘骢马，侍女金盘脍鲤鱼；白乐天也有诗云：船头有行灶，炊稻烹红鲤。大家都四处传唱，也没见哪里的官府动手捉人的。"

一时间，几位夫人都笑着应和道："可不是，虽说咱们这儿不大产鲤鱼，可也听说过红鲤鱼十分吉祥，不少人办婚事还特意要找一对儿来图个吉利呢。"大家纷纷出言，场面恢复了之前轻快热闹的气氛。

罗氏也松了一口气，有别的夫人问她家里酿酒的事，她连忙接上了话题。

只有她们几个少女还坐在韦老夫人席下，莫宝珠一边拿了席上的西瓜吃，一边含笑问赵灵真："姐姐今日戴的花儿倒是好看，我没见过这样的花样。"

赵灵真惊魂未定，早已没了炫耀的心："这花簪是姐姐送我的。"

莫宝珠拍手赞叹："果然是好花色，我本来以为是真的花，还想着不是季节呀，近看才知道是扎的纱花，真是惟妙惟肖。姐姐从京里来，果然见识和咱们大不一样。"

赵朴真含笑道："宝珠小姐过奖了。"

莫宝珠笑着说："我比姐姐小一岁，姐姐叫我妹妹便好。姐姐想来在京里见多识广，还要多教教我才是。"

赵朴真从善如流："宝珠妹妹过谦了，我在京里不过是在宫里伺候，并没什么见识。"

莫宝珠却含笑道："听说姐姐曾在秦王府服侍，那是见过秦王殿下了？"

赵朴真心中微微厌烦，表面仍滴水不漏："是。"

莫宝珠道："听说秦王殿下曾平定北疆，立下汗马功劳，姐姐觉得秦王殿下和太子殿下谁更优秀？听说京里东阳公主因罪被赐了自尽，却不知道圣后的嫡孙太子殿下会不会受连累，被今上废掉呢？"

远处的宾客们没听到这边的讨论，还在热闹地交谈，山下黑衣彩帽的歌姬们仍然尽心尽意地载歌载舞。这边听到莫宝珠说话的女眷们都闭口不言，想着如何避开这个话题。席上气氛十分诡异，韦老夫人眯着眼睛，却好似完全没有注意到孙女妄议朝政，慢悠悠地喝着一杯乳羹，周氏在一旁尽心尽力地伺候着，仿佛隐身一般，对自己女儿的信口开河毫无所觉。

赵灵真煞白了脸，嘴唇微微颤抖道："朝廷大事，哪里是我们这等无知妇孺能妄议的，妹妹快别说了。"

莫宝珠却笑着问赵朴真："咱们这里山高皇帝远的，又只是几个姐妹们私下里说说，有什么打紧的。朴真姐姐从京里才回来，想来定然是知道朝中局势的，你说呢？我听说当今太子是当初东阳公主扶上位的，是先帝的遗腹子，并不是今上的嫡长子，今上的嫡长子其实是秦王，谁不希望自己的亲生儿子继承皇位啊！如今东阳公主倒了，京里正清算公主那边的势力，驸马那边几乎被连根拔起，牵连了好多人，太子殿下怕是很快会被废了吧？"

赵朴真道："立储乃朝廷大事，太子殿下贤德仁善，美名远播，深得朝中许多大臣爱戴。今上一贯十分倚重太子殿下，焉会轻言废立。"

莫宝珠原以为赵朴真会如赵灵真一样推搪几句，早已攒了好些刻薄话激一激她，料不到她居然如此直接。莫宝珠看了一眼一旁仍然脸色雪白的赵灵真，心里暗自嘲讽，真是没担当的奴样，又看着赵朴真笑道："姐姐就这么肯定太子殿下不会被废？"

赵朴真嫣然道："宝珠妹妹不是说着玩的吗？我一贯愚钝，也就是随口一说。"莫宝珠看赵朴真一双清澄双目并不闪避，坦然看向自己，反而心下微微发虚，转移目光，一时竟不知如何追问下去。

赵灵真适才被吓了一跳，早已胆小如鼠，如今只是道："姐姐在宫里伺候过，怎的还如此不知轻重？咱们还是别说这些了。今儿还有什么节目安排吗？"

"那边安排了扁担舞和现烤肉的，你们小姑娘枯坐在这儿是无聊，不如过去玩玩，不用在这里陪着我。"这时，上头仿佛一直闭目养神的韦老夫人忽然睁开了眼睛说话，满脸笑容，"天有些闷热，我进去歇一会儿，喝点茶。朴真刚从京里来，能不能陪我这个老婆子说说话、解解闷？"

赵朴真心下明了，什么龙肝凤腑的话头，不过是一个引子罢了，就算自己这莽撞妹妹不撞上枪口，怕也会有人把话头往朝政这上头引，这位老夫人真正要说的话还在后头呢。她笑着站起来，上前扶着韦老夫人道：“这是我的荣幸。”

韦老夫人扶着她的手起了身，一旁一直装聋作哑的周氏也连忙站了起来，韦老夫人摆手笑道：“你们好好松快松快，我老太婆在，你们都不自在呢，让女娃娃陪我说说话便好了。”

屋内清凉宜人，壁上有芭蕉、孔雀等图案，显示着南国风情的织锦，摆着晶莹剔透的翠玉摆件，韦老夫人看赵朴真看那些织锦，笑道：“都是孩子们孝敬的，你有喜欢的吗？一会儿送你几件回家摆着。”

赵朴真含笑推拒道：“多谢老夫人抬举，无功不受禄，我就是觉得这花样新奇，好奇看看。”

韦老夫人坐了下来，伸手拍了拍她的手，笑道：“老婆子南蛮子，带过兵，骑过马，杀过人，一辈子不会遮遮掩掩，我也就开门见山了。今儿我请你来，是有些事想问问你。”

赵朴真抬眼看着这个叱咤半生，丝毫不逊于男子的老太太，微微点头笑道：“老夫人请说。”

韦老夫人道：“你曾在秦王府服侍，听说很受器重，却没有被荣华富贵迷了眼，饮水思源，回了连山，可知你对家乡和父母还是十分有感情的。你从京里回来，对京里的形势应该比我们更了解，因此今儿我想问问你。”

赵朴真道：“朴真但有所知，绝对不隐瞒。”

韦老夫人含笑：“你阿爹一直忠心耿耿，我和土司大人都很器重他。你大哥一向陪着世子读书，也是一个忠心精干的。如今看来，你也是个好的。宝珠说那话的时候，你说太子殿下暂时不会被废，可是真的？”

赵朴真却没有直接回答，反问道：“老夫人可是站队了太子殿下？”

韦老夫人的眉毛微微一挑，她掌权多年，久居人上，和人说话从来没有被人掌控过节奏，今日第一次被一个小姑娘反客为主，而偏偏这个问题她还不能不回答，如果回答得不够有诚意，她相信这个小姑娘一样能编出一个万无一失的借口来搪塞自己。

“我们是世袭土官，不管哪个皇帝上位，对我们都没什么大影响，站队一说，从何说起？”韦老夫人是绝对不肯让自己在谈判中处于被动局面的。

赵朴真冷静道：“土司自然不会轻易被裁撤，但是谁敢保证下一个继承者一定是自己的子孙呢？更何况，若没有继承者，朝廷甚至可以改土归流，派任流官来治理，税收、土地、农奴，全部归朝廷，这也不是没有先例的。川府彝寨，彤香夫人当年赫赫有名，后代却保不住土司印，只得放弃继承土司之位，改土归流，求朝廷庇护，赚一个子孙后代平安罢了。”

韦老夫人的眼皮微微跳了跳，终于重新上下打量了一下赵朴真，过了一会儿，感叹道：“你这样的容色，又是这样的才华，秦王殿下怎么会舍得放你回乡？”

赵朴真并不理她的话，继续道：“只有存在利益才会有合作的基础，东阳公主幌子太大，而且贪得无厌，和她合作，名声不好，利润又少。太子殿下毕竟有崔氏在帮着，为人仁善正直，又有崔氏的人在替他经营，吃相也不会太难看，而一般的小利，怎么可能入一国太子和崔氏的眼睛？所以必然是大利。南蛮之地，能有什么大利？”

她看了一眼窗外连绵整座山的玉桂：“八角、肉桂、桂丁、花椒等香料，茉莉、毛尖等茶叶……无论是种植、采摘还是晒烤等工序，几乎不需要什么成本，因为农奴皆是蓄养，唯一麻烦的是从这大山中运出去售卖。南蛮是土司的天下，天高皇帝远，但是这些东西也卖不出什么价钱，只有运到中原售出才有利润。然而中原各地都有盘根错节的世族把着，岂容你们进去？太子已经协理六部许久，户部那边在税收上稍微抬抬手，崔氏这边再派出人来负责河运和售卖，这才稳了。这其中的利润，即便是分成，也是非常惊人的。”

一个皇子的用度会多么惊人，赵朴真是十分清楚的。秦王光开一个慈善性收买人心的书楼，几乎光出不进了，更何况还要蓄养门客、训练人手、养鸽驯马。秦王后来打仗，又不知填了多少钱进去。也不知他是如何苦苦经营，在东阳公主的戒备、父母亲的眼皮底下，在世族夹缝中求得利益，才赢得那一场大战的胜利。然而一场卑鄙的暗算让他失明了，数年的苦心孤诣尽付流水，最后只能结亲上官家。

反观太子，一出生就是金尊玉贵的圣后嫡传，有着东阳公主扶助，母族崔氏又是数一数二的大世族，四方利益团体如各地土司、藩镇、节度使，自然而然地聚集到他身边，将利益拱手相送。

世道何其不公？

赵朴真垂下眼睫，将心底那一丝情愫压了下去，去看面色已经变得郑重起来的韦老夫人，知道自己已然全数猜中。

韦老夫人长叹了一口气，轻声道：“赵尚宫果然明慧过人。”她终于放弃了之前那些利诱威逼的打算，坦诚道，“连山的确一直在和太子殿下的手下合作，每年将数额巨大的香料、茶叶、木材通过盘江运出连山，由崔家的掌柜售卖后分成。历年合作还算愉快，不过分成较低，而且，每年在售卖之前的所有本钱，都是我连山垫付，崔氏可以说是一文不出的。因此，每年在货款流回之前，几乎可以说是透支的。”

“今年到现在为止，连山已发了四船的茉莉花茶、毛尖等新茶给崔氏，却还未收到货款。按照例年说好的定规，在冬季结束之前，我们还将发出六船的桂皮、八角、桂圆干、花椒和糯米，然后到明年开春，崔氏才会将整整一年的货款全交给我们，我再根据诸寨交来货物的多少，将利润分给诸寨。”

赵朴真深呼吸了一下：“老夫人果然魄力惊人。”这样的决定，太不容易了，只要太子那边翻脸，连山整整一年的货款可能一分都拿不到。

CHAPTER 12

第十二章

替嫁

韦老夫人苦笑了一下："我也是顶着诸寨长老的压力做出来的，毕竟崔氏乃庞然大物，我们不做，贵州、四川土司，有的是人愿意做。事实也证明，自从和崔氏合作，连山收入一年比一年丰厚，百姓们有工做，有肉吃，才能安居乐业。你没经历过不知道，从前，咱们连山便是中等人家，也只有到过年的时候才能吃上肉。贫苦百姓娶不上媳妇、穿不上鞋的比比皆是。每年跑进山里逃税的、逃荒的不计其数，抓回来也没用，上上下下都是精穷。"

"如今东阳公主倒了，京里情势如此，诸寨又意见不一，有的人认为，太子很可能朝不保夕，应当要求崔氏立刻结清今年的货款，并且剩下的货不再发。"

赵朴真淡淡道："这样你们就得罪死了太子以及太子身后的崔氏。如果太子没有倒，哪怕是一时没有倒，被惹恼的太子，捏死你们就犹如捏死蝼蚁一般。不仅上半年的货款他们不会给你们，而且你们的八角、桂皮等，也将不会有人收，整个连山的货都将烂在连山。"

韦老夫人道："是，也有的长老提出上半年的货款就此作罢，找别的世族吃下下半年的货。"

赵朴真摇头："不可能，别的世族在这个节骨眼不会冒着得罪崔氏和太子的风险来接收这盘生意，不值当，他们会等到局势明朗的时候，才会谋算分润。这局势，可能是崔氏和太子得胜，你们落败，换一个太子那边的土司，生意继续是他们的，又或者是崔氏和太子落败，无暇再顾你们，到时候无论哪方胜者来找你们合作，你们都只能乖乖听从，这样才是最没有风险的。”

“不错。”韦老夫人面露苦涩，“所以我们目前面临的局势，只能一直在太子这条船上，但是……连山输不起啊！十船货物，就是我连山十洞三十寨一年的收成，一旦有损，就是根基动摇，大家都要饿肚子的，一旦收不回钱，所有山寨都会将这损失归咎在土司身上……如今正是骑虎难下之势。”

赵朴真道：“如今迫在眉睫的问题，就是下半年这六船的货要不要发，在明年春天货款结算之前，太子究竟会不会倒。”

韦老夫人头一次觉得和聪明人说话是这么轻松：“是，依赵尚宫之见，一、我连山究竟还发不发这下半年的货；二、如若我们能熬到明春，平安拿到全年的货款，今后太子这条船是否还要继续乘下去？一旦我们提出让太子先出一半的货款，那就已得罪了太子，如果没有稳妥的后路，我们也担不起这个风险。”

赵朴真不假思索：“明春之前，太子不仅不会倒，还会更尊贵，因此老夫人放心发货，我可以作保，你全年的货款一定能收回，而且不仅如此，三年之内，太子殿下都不会有事。”

韦老夫人看她斩钉截铁的样子，讶然道：“你在秦王手下，此次秦王殿下又有亲卫护送你回来，前几日还在市集上大肆收买香料、糯米等物，我以为你应该知道老身的意思，为秦王做说客才是。”

赵朴真嫣然一笑：“我知道韦老夫人的意思，韦老夫人是想通过我，和秦王府搭上线，解了如今的燃眉之急。韦老夫人是不是觉得奇怪，我为什么不立刻替秦王接过你这单利润惊人的生意？”

她看向韦老夫人：“难道我如今说太子明日会倒，韦老夫人就会相信我，并且将这笔利润惊人的生意悉数交给秦王吗？”

韦老夫人沉默着，赵朴真直截了当道：“您不会，这个时候将生意交给秦王，和在太子船上并没有本质区别，因为秦王同样有可能是败落者，到时候怎么办，再次面临抉择吗？还冒着得罪了太子的风险。所以您是不会凭着我这样一个侍婢的三言两语就轻信于我，将事关连山根基的生意轻易交过来的。您今日不过是想从我嘴里多了解一下京里的局势，却绝对不会全信于我。就像当年圣后封了您为顺德夫人，支持莫土司为土官，平定了连山，您却没有贸然将生意交给圣后的亲生女儿东阳公主，而是选择与更稳妥的太子殿下合作。”

韦老夫人瞳孔缩小，直视赵朴真，刀刻一样的皱纹使她那常年掌握生杀大权的威压更为明显，赵朴真想起赵灵真之前说的话：大家都怕她。

她能在这南蛮之地力挽狂澜，借助所有有利力量成为实质上的女土司，当然不会是一个随意轻信于人、随意做决定的人，她敢冒风险，却绝对不莽撞。

赵朴真的目光一点都没有躲闪："所以我选择告诉老夫人，京里最有可能的局势变幻，怎么选择，老夫人自然会做主。"

"我的结论就是：太子殿下三年之内都不会被废，储位反而看上去更为稳固；但太子这条船并不适合老夫人，其实有更好的方法让连山全身而退，继续繁荣昌盛。"

秋日，南方的天又高又远，蓝得透明，满山的玉桂散发着馥郁的芳香，参与宴会的人们在足够的酒进入血液后，进入狂欢状态，山脚下到处是歌声和鼓乐声。

韦老夫人和赵朴真对视了一会儿，终于不得不再次示弱："老身愿听真娘子高见。"

赵朴真道："今上，春秋正盛。"

不过是短短几个字，韦老夫人却已经瞬间明白了她的意思："皇帝不急。"

赵朴真回想起当初上官筠在李知珉跟前的分析，不得不承认，那个少女在政治上的天分是如此卓绝明敏。

"不错，陛下并不着急继承人的确认。东阳公主有今日，是因为骄狂过度，臭名昭著，独揽朝政，祸国殃民，因此她的倒下，是各方势力都觉得她碍事了，陛下借这个机会，顺顺当当地将心腹之患推倒了。"

"然而太子殿下不一样，他是圣后的嫡孙，名正言顺，背后有崔氏支持，有许多拥护皇室正统的大臣支持，也有拥护圣后的人的支持，人还仁德贤良，名声甚好，陛下要废储，绝对不容易。"

"皇上想要在赐死东阳公主之后巩固自己的政权，稳固自己的地位，只有在明面上对太子殿下更好，才能稳住太子这一系的势力，否则帝位不稳，谈何传承？"

韦老夫人已经完全明白，眉间松开："我们地处偏远之地，对京中局势了解不深，娘子如此分析，老婆子总算放心了些。那么三年又是怎么来的？"

赵朴真淡淡道："秦王已迎娶上官家的嫡女为正妃，三年内，应会有皇孙出世。”她垂下睫毛，敛起自己的袖子，掩饰眼里可能出现的失态。

“三年之内，上官嫡女生出嫡子，秦王和上官家的联盟更为牢固，秦王又有军功，朝中局势可能会有变化，因此我猜这段时间两方都会有动作。俗话说，不是东风压倒西风，就是西风压倒东风，太子方和秦王方，都不会坐视对方坐大，因此我说三年。”

韦老夫人喃喃道：“三年……还有三年，也不一定会输，我们还有时间好好打算……”

赵朴真道：“不错，因此即使是现在，老夫人也不会贸然将赌注压到秦王身上。”

韦老夫人看向赵朴真，表情却难以言喻：“老婆子却觉得一个放归家乡的女官都有如此见识，秦王殿下应是一代雄主。”

“成王败寇。”赵朴真道，“老夫人在我跟前，自然要恭维一下我，省得秦王殿下也有什么想法。”

韦老夫人六十多岁的人，却忽然发现跟前的这个少女比自己还要通晓人心，顿时显得微微狼狈：“老婆子的确是这么想的，有什么就说什么。”

赵朴真微微一笑：“其实老夫人，我有一法可让老夫人左右逢源，居中取利，让我连山更为富裕，人民更幸福。”

韦老夫人如今再不会对这个少女有什么轻视之心，不耻下问：“还请赵娘子教老婆子。”

赵朴真道：“朴真想借老夫人纸笔一用。”

韦老夫人指挥碧柔：“你去给赵娘子铺纸磨墨。”

赵朴真拿了笔，不多时便画了一幅大致的地图：“老夫人请看，这里是连山，这边是京城，老夫人您要将货运出连山，只能走盘江北上，一路经过许多州县，才抵京城，虽说这些货由崔氏打点，应该是一路卸货出货，但是老夫人，这些货沿途所交的税可不轻吧？”

韦老夫人看着地图，整个人已经变了脸色：“娘子聪慧，的确如此，沿路不仅要交官税，私底下还要给漕帮费用，私设的关口都要交许多税，这些税都是我们自理，不算入分成。”

赵朴真含笑点头：“连山和崔氏是五五分？”

韦老夫人沉默了。

赵朴真叹气：“四六分？崔氏可真有点过分了。”

韦老夫人却轻轻道：“我们四。”赵朴真倒吸一口冷气，货物、人力、运费、税费这么多的成本压力都在韦老夫人这里，崔氏几乎是空手套白狼，也不舍得多让些利润，真是世族本色，能分四成，大概已是很给面子了，若是一般的合作对象，怕是要敲骨吸髓。

韦老夫人叹气道：“若无太子背后的崔氏疏通，我们连山的货会连连山都出不去。”

赵朴真点头：“不错，出货也不容易，毕竟成本不少。如果我和老夫人说，有一条路获得的利润将比如今这条路更丰厚，而分成也更公平呢？”

韦老夫人一怔：“连山到处是山，我们的东西只要运出去，崔氏一定会发现，如今改换东家，会得罪太子殿下，你说的应该是秦王的路子吧？”

赵朴真微笑：“此事密，不会有人知道你也有货从秦王的路子出，因为你们的货根本不会在中原任何一个州县市场上出现。”

韦老夫人一怔，看赵朴真伸出手指，在那画得十分贴切的地图上，先点了点连山，然后沿着红水河往东南滑去，落在了边缘。

“粤地？秦王殿下有出海的渠道？”

赵朴真淡淡道：“粤地羊城，负山含海，商场辐辏，连山的货从这里出海，往海外诸国，一去一回，获利比如今，百倍不止。”广州刺史陆佑庸是秦王的人，她从邸报和来往书信中，早就窥见了一鳞半爪。

韦老夫人脸色阴晴不定：“从连山往粤地，匪徒众多。”

赵朴真一哂：“什么山匪拦得住老夫人麾下的狼兵？当初朝廷想收服连山，吃了多大的亏啊。”

韦老夫人脸上隐有傲意，笑道：“不错，我们的确有通往粤地的小道，可用矮马运送。”

赵朴真微笑：“老夫人可以徐徐图之，先分一部分的货过去，而崔氏那边，也可慢慢商谈，以天灾或是饥荒为由，要求崔氏提前给付一部分的资金，船小好调头啊，老夫人。”

韦老夫人道：“秦王难道不介意我们首鼠两端？若秦王拿了老婆子这点把柄，相挟站队……”

赵朴真含蓄道：“对双方都有好处的事情，何必非要苛求站队？老夫人给秦王一个机会，也是给自己一个机会。再说了，您今日找我，不也有对秦王示好的意思吗？老夫人麾下十万狼兵，只要您对富饶的连山有着绝对的控制权，就没有谁敢轻易和老夫人翻脸，和连山过不去。您还在担心什么呢？当年您与太子合作，难道就有百分之百的把握吗？风险总是与机会并存的。”

韦老夫人深吸了一口气：“还请赵娘子引荐。”

赵朴真含笑站起来：“这几日，老夫人且修书一封交与我，我会命人送回秦王府，老夫人只管静待佳音。”

韦老夫人神情复杂地看向赵朴真："有劳赵娘子。"

赵朴真起身告辞，碧柔连忙起身送了她出去，回来的时候，看到韦老夫人还怔怔地坐在那里发呆，笑道："自东阳公主倒台后，老夫人就睡不好、吃不安的，如今可算宽宽心了。"

韦老夫人转过脸，仿佛回神一般："嗯，若赵娘子分析得不错，至少可缓三年。这三年所得的利，又可练兵一万，我连山的实力将会大大增强。"

碧柔笑道："赵娘子果然好厉害的嘴，说得头头是道，奴婢都听不大懂，难怪世子一见她，就看中了她。老夫人适才怎么不将亲事也提了？您之前不是和夫人说，同意换成她吗？"

韦老夫人自嘲一笑："阿武哪里配得上她。之前我还打算拿婚事以及她父兄的前途来利诱挟制她，没想到啊，这孩子哪里是池中物啊！阿武配不上她，我说了婚事，反倒羞辱她了。"

碧柔吃惊道："难道连山还有比嫁入土司府更好的婚事？再有才的女人，不也要嫁人吗？"

韦老夫人摇了摇头："她分析局势一语中的不说，你看她一手画地图的功夫，这可不是一般的功夫！什么人能看到地图？这可是军机枢密！她不仅能看，还能凭记忆完全画下来，这不是一般的人才。便是对着地图，怕也是要几日工夫才能临摹下来。你再想，她今日过来并不知道我找她有什么事的，但是她随机应变，立刻就能替秦王应下这至少一年几十万两银子的生意，她怎么有这样的自信秦王会答应她？审时度势，当机立断，又经过悉心调教培养，这样的人才，秦王怎么可能随意放走？她怎么可能看得上连山这区区一个世子夫人？"

"连山留不住此人。"

韦老夫人看了一眼碧柔，淡淡道："把你那点小心思收起来，赵朴真看不上世子，对你是好事。她如果真愿意嫁给世子，那我是不会在世子身边放任何一个侍妾的。"

"这样的人，是不会愿意与人分享丈夫的。"

从土司府回去的时候，赵灵真问赵朴真："老夫人和姐姐说什么了，竟那么久。"

赵朴真正想着如何写信给李知珉，没怎么在意："不过是说一些京里的闲话罢了，并没什么特别的。"

赵灵真的脸色微微难看："只是京里的闲话，老夫人为什么要单独和姐姐聊？我看连周夫人都没进去伺候老夫人。"

赵朴真道：“想是老夫人上了年纪，想清静些。”

赵灵真还要追问，罗氏笑道：“周夫人是主人，自然要在外边应酬客人，不必伺候在旁的。你今日和宝珠小姐玩了好久，想是感情好。”

赵灵真脸色越来越难看，不再说话。

等回府后，赵朴真先送了罗氏回院子，才告退回去。她才走，赵灵真已扑上前和罗氏道：“阿娘！老夫人想换了我，让赵朴真嫁入土司府！”

罗氏一怔，笑道：“这孩子，从哪里听的顽笑话？你的婚事是土司大人亲自定的，又不是儿戏。”

赵灵真已经眼睛发红：“是莫宝珠说的！她说这是世子的主意，求了她母亲去说服的韦老夫人，还说了她祖母和阿娘本来就看不上我，今儿就是要相看赵朴真。韦老夫人今日十分喜爱姐姐，还留姐姐说了半天话，可知看中了，到时候只要以长幼有序的理由换成姐姐就可以了。阿娘，等韦老夫人来说，就已晚了！难道阿爹和你敢说不吗？你快想办法！”赵灵真已着急得哭了出来。

罗氏讶异道：“怕是宝珠小姐逗你玩呢，若换人，岂会不和我们父母先通气？”

赵灵真哭道：“韦老夫人今儿才相看，自然不会这么着急上门，再者她是秦王府出来的，必是要和秦王府那边通气的。如今东阳公主倒了，土司府想借机和秦王交好，岂不借机搭上线？”

赵灵真号啕大哭：“阿娘，她根本就不是我们家的女儿，凭什么嫁入土司家？您快想办法，去和韦老夫人说，她不是我们家的人！”

罗氏看她说得有枝有节，将信将疑，一边替她擦汗，一边道：“你别瞎说，这可是欺君大罪，等我想法子去探探，你莫急。这上上下下都知道你是将来的世子夫人，土司府怎会轻易更改？”

赵灵真咬牙道：“就怕秦王府那边替她出头。她在京里那么久，只要认识那么一两个权贵甚至是秦王殿下出头……阿娘，你赶紧替她定一门亲事，定了亲，土司府就没话说了！就这两天，赶紧把她嫁出去！”

罗氏拍着她的背哄道：“你别慌，阿爹阿娘肯定最疼你的，等阿娘去探探再说，你别着急好吗？”

哄得女儿睡下了，罗氏又再三叮嘱丫头们看好女儿，才走出去找赵正刚，将女儿说的话说了。赵正刚一怔：“这几日，土司都忙着接见各寨的代表，忙得很，并没有提到婚事，但临时更改人不太可能。”

罗氏道：“今日宴会上，我也看到好几个长老夫人，是出了什么事吗？”

连山和崔氏合作的事虽严密，但赵正刚毕竟是土司的心腹，自然知道，轻轻道：“还不是和崔氏合作的那些货，如今东阳公主倒了，各寨长老都慌了，都来劝说土司大人，让韦老夫人莫要如此顽固，就怕太子万一被废，咱们这一年的收成都没了，怕是要被连累！”

罗氏一怔：“太子不可靠？”她想起今日莫宝珠说的话。

赵正刚耐心解释：“太子不是今上的亲子，人们都觉得太子怕是要被废。”

罗氏将今日发生的事细细说了一遍：“您看，莫不是韦老夫人真的想要和秦王府交好，所以今儿韦老夫人私下拉着朴真说了半日体己话？”

赵正刚问：“你可问过朴真，两人说的什么话？”

罗氏摇头：“朴真只说聊些京城的闲话罢了。”她迟疑了一会儿后道，“论理，之前您也说过，今后要将这个女儿当成自己亲生的一样，但是，事关灵真的终身大事，况且这么多年，大家都知道灵真是未来的世子夫人，若换了人，灵真哪里还会有什么好人家？如今适龄的孩子，几乎都已定下亲了。”

赵正刚皱着眉头道：“说不通啊，韦老夫人要和秦王交好，朴真也是灵真的姐姐，难道娶灵真就不能和秦王交好吗？更何况秦王还瞎了眼，继位的希望几乎可以说没有，韦老夫人那样厉害的人，会贸然在这时候下注？你让灵真莫要慌，多半还是孩子之间的口角之争罢了，我明日去探探土司大人的口风好了。”

罗氏听到丈夫这么说，也觉得有道理，放下了心道：“也好。”

赵朴真并不知道赵家掀起的波澜，仔细写了一封信，将前后备细都写清楚了，然而不知为何，本算不上十分难写的信，她总是不满意。写到后头，她又将前头几句说自己回家的情况抹去了，只直截了当说了韦老夫人的事，前后与崔氏、太子的纠葛，以及如今的打算，反反复复改了几次，点灯熬到深夜才算写好。

因着熬了夜，第二日，赵朴真起床便觉得有些精神不振，胸口烦闷，厨房那边送过来的早点又是有些油腻的油炸糯米糍粑、红枣甜汤、小肉粽和一碗酥酪蒸蛋。环儿一边从提篮里头拿出早点，一边嘀咕：“全部是甜丝丝、油腻腻的，我选了半天就这蒸蛋稍微好些。我和罗大娘说了，大娘子已经好几天没怎么碰早点了，都只吃了一点，能不能来点清淡的，旁的不说，就做一点素馅的三鲜饺子，有那么难吗？结果罗大娘还撂了脸子，说大娘子这么随和性情好，夫人也没见交代下来，可见主子根本没挑剔嫌弃，倒是我们这些京里来的奴儿，比主子还要娇贵，想自己吃就假借着主子的名头，可把我气坏了。锦书也不分辩，只扯着我别争了，出来才和我说罗大娘是夫人家里陪嫁来的，然后又说要去给二娘子办什么差使，又没过来当差。大娘子，您今儿一定要和夫人说一说。我是为了自己吗？我可是为了您，可别让我担了这冤枉的名头。”

这些日子，赵朴真夜里睡得不大安稳，心里事多，听到环儿数落，不由得微微升起一丝烦躁，勉强压着那点莫名的燥火，解释道：“饺子是有些麻烦，也怪不得罗大娘有意见。我这里还有点银子，你拿去给厨房，就说我想吃点枸杞叶蛋汤，还有前儿那酸笋炒鸭胗或是茴香炒蛋，都使得。你且委屈委屈，过些日子我想想办法。”

环儿噘着嘴，却也知道赵朴真才回来，就为了这点吃饭的小事和母亲的陪嫁婢女闹翻不合适，低声道：“娘子也是奇怪，直接和夫人说吃不惯不好吗？这边的菜色，娘子每天都动得很少，能吃的不过几样，还得给银子让人做，何必呢？天下哪有不疼自己女儿的母亲，您开口了，夫人必是允的。”

赵朴真垂下睫毛，心里忽然涌起一股怅然。长久在宫里的生活，让她谨言慎行，习惯不太多透露自己的喜好，只有在秦王府的生活，在秦王的纵容下，她才稍稍放纵了些。秦王府的伙食本来就不差，春明楼又开了小灶，宋霑好吃，上官麟变着法子送了各式各样的珍馐来。之后随军出征，也没怎么苦着她，她去陪应夫人的日子，更不用说，从来不用她开口，应夫人就能敏感地知道她喜欢吃什么，变着法子弄来给她吃。再之后，就是秦王失明，她亲手一样一样调弄着菜品。她心知肚明，并不是这里的东西吃不惯，而是从前……她被宠坏了。

她低声道：“这里大家都是这么吃的，自然是爹娘和哥哥妹妹们一贯爱吃的，我才回来就折腾着改，不大好。再说了，你看过街上贫民、农奴们的餐点吗？这里的糯米、糖、鸡蛋、红枣、奶都很贵，这样的早餐，已经是最好的了，不能身在福中不知福，倒折了福分。”

环儿叹了一口气，应声道：“那就按娘子说的办。”

赵朴真看了下早餐，虽如此说，但她确实没什么胃口，看着只有那碗酥酪蒸蛋还算清淡，便拿着勺子舀了一勺，送到嘴边，孰料蛋奶的腥味直冲鼻子，她一时觉得胃里酸水上涌，“哇”的一声吐了出来。环儿吓了一跳，一边上来拿了帕子替她收拾，一边道：“这酥酪蒸蛋，也是不会做的，蛋和奶都很腥，还有昨儿收拾上来的鱼，也腥成那样，我看这边做菜只会放八角这些大料，缺了这些，就束手无策了，还不如全用酱烧了。哎，要我说，娘子也别吃了，等我出去市面上，买点青菜饺子来给你吃吧。这儿女子上街很普通的，我昨儿看到路边有个饺子摊，味道很鲜，做着也干净。”

这么折腾了一轮，赵朴真也确实没心思吃东西了，想了想，便叫环儿去驿站请高灵钧，顺便从路上带份吃的回来。

高灵钧才进赵府，赵正刚就忙着出来迎接，环儿见状，便先往后院和小姐通报了。

而伺候赵朴真的锦书立刻被叫去了罗氏院子里，赵灵真正在那儿，问她："姐姐叫王府侍卫进府做什么？"

锦书嗫嚅道："大娘子昨儿写了一封信回王府，今日打发环儿去叫侍卫入府，说是要让那侍卫将信送回京。"

赵灵真一双眼睛几乎冒出火来："她定是写信回去让秦王替她出头呢！"又转头看向罗氏，"母亲一定要为我做主！"

罗氏将锦书屏退，安抚她道："你阿爹都说了没事，你也别担心太多了。"

赵灵真哪里相信，她只觉得母亲软弱犹豫，信不过，便索性往书房去，想找阿爹说说，早做决断。

赵灵真才走到书房那边，打头却看到赵允锋提着一个鸟笼过来，鸟笼上覆盖着黑布。她好奇笑道："大哥拿的这是什么？"正说话，笼子里头已传来清脆的叫声："早安！早安！您好！您好！"

赵灵真吃了一惊，揭开笼子上的黑布，看到里头一只通体黑羽、油光水滑的红嘴儿鸟正上下跳动，脖子上有鲜黄的羽毛纹路，黑豆一样的眼睛十分精灵。赵家两兄弟一贯对这个妹子十分宠爱，在外边见到什么好的都会给妹子带一份，赵灵真便以为这是大哥带回来给自己的，捂嘴惊喜地笑道："大哥去哪儿找来的这么俊的鹩哥儿，调教得真好，先给我耍耍。"

赵允锋笑道："这就是世子调教的那只黑姐儿，你从前不是听说过，一直想要看吗？世子从前只说黑姐儿还要慢慢教，不许它见多了人学了不好的话，但听说大妹妹回来，说大妹妹能说一口漂亮的京城话，定能教黑姐儿多说几句，便叫我拿回来给大妹妹耍两天，说这是京里没有的，让大妹妹看看，比京里那些会说话的八哥如何。正好你来了，且替我将它带过去给大妹妹好了，你们一起玩便是了，世子还特意准备了一大包的吃食，你们直接拿这个逗它就好。"

赵灵真正心里含酸，一听到此事，双眼发红，已是气得微微发抖。赵允锋为人憨直，犹未察觉，仍絮絮叨叨："大妹妹刚回来，也确实没什么乐子消遣，世子说过两日带我们去打猎，到时候把你们俩都带上，一起出去玩玩？"

赵灵真憋气道：“我可不稀罕这顺路的人情，要去你自己去。”说完，她将鸟笼一摔，赵允锋连忙去接鸟笼，她已自顾自走了。赵允锋愣了一会儿，却也习惯自己妹妹任性，像平时一样放着不管，提了鸟笼就去找赵朴真。

赵灵真冲进书房里，脸上仍然带着怒气和委屈。赵正刚刚让人送走高灵钧，正和幕僚说话，猛然看到女儿莽撞冲进书房，怔了一下。虽说本地民风开放，但清客们多是读过点书、懂得点规矩的，纷纷起身告退回避。他顿觉脸上无光，拱手送走清客们后，斥责女儿：“你怎么这么没规矩？这么大的姑娘了，你姐姐回来，你多和她学些礼仪，省得给爹娘丢人！”

赵灵真提高了嗓音，声音尖利：“她算我哪门子的姐姐？也不知是哪个山野樵夫的种！”

赵正刚一惊，连忙走出书房望了望，看清客们俱已走远，才松了一口气，回来关上门，怒道：“我早说过让你将她当成亲姐姐，这话绝不可再说！一家子的身家性命，皆在这上头了！你如何还是这么冥顽不灵，是永远长不大吗？”

赵灵真却带了哭腔：“亲姐姐亲姐姐，我才是赵家的嫡长女！阿爹为了自己的荣华富贵，连亲生女儿的婚事也要拱手让人了，还教我如何长大？我倒是希望永远不长大，阿爹阿娘永远都是我的爹娘。如今不过是回来一个杂种，爹娘也不是我的爹娘了，哥哥也不是我的哥哥了！”

赵正刚脸一沉：“你莫要听信外边的流言！你姐姐极得韦老夫人看重，将来只会给咱们家添光彩的，你好好地跟她学着，对你只有好处，没有坏处。那点事，你给我严严实实地埋好了，再瞎说，我就把你送去乡下！”

赵灵真听他的口气，心里浮起了一丝希望：“阿爹是说，婚事不可能换人？”

赵正刚本来想说无稽之谈，但转眼看女儿逼问自己，启唇之间，口沫甚至有几点飞溅到身上，仪态全无。他又想起赵朴真那一派端庄静婉的样子，不由得有些心塞，心想这女儿自幼被宠大，一点挫折没受过，如今倒是借这个机会，搓磨一下她的心性，给她点教训才是。再说了，韦老夫人心思极深，凡事不能说绝。

他平日里极重权威，却不大和女儿交流，不知这时应安抚哄着为主，却想着女儿如此任性，该教教道理，于是严肃道：“这也说不定，只是女儿的婚事，历来是父母之命，媒妁之言，岂由你整日高声叫嚷，叫别人听见了，岂不是要说你不知羞耻，说我们父母教女无方？你安静淑婉，人家才会喜欢！”

赵灵真哪里会听他这些教训："阿爹还真当她是你的亲生女儿了？也是，不管是不是，她是得了好亲事，自然会替阿爹挣脸面。在富贵荣华之前，阿爹也迷了眼睛，女儿的终身幸福都不算什么了！卖女求荣，原来就是这一日！"她尖叫着，人已经变得疯狂。韦老夫人一反常态的重视，宝珠的奚落讽刺，世子特殊地讨好，母亲的软弱敷衍，哥哥的粗心冷落，都折磨着这个敏感的少女患得患失的心，而这一刻，她终于被父亲的话击溃了，开始口不择言。

赵正刚却被她一句卖女求荣气得脸色发青，想也不想已然一巴掌扇了过去，她捂着脸，震惊地说："你竟然打我，竟然为了外人打我！"

赵正刚道："父母教，须敬听，父母责，须顺承，你这些日子，着实有些不像话！你且下去回你的院子里，禁足一个月，好生抄抄《女诫》，反省自己！"

赵灵真捂着脸，眼泪滚落下来，一转身冲了出去。这一刻，她满心想的都是那个女人！那个女人，抢了她的父母兄弟，抢了她嫡长女的身份，如今还要抢她的婚事，凭什么？

赵朴真坐在几前，面前摆着一份茴香馅儿的酸汤饺子，环儿一边摆着，一边笑："高大人就来，还要到前头和老爷说一声才好来见您，您先赶紧趁热吃了这饺子。高大人知道我要买饺子给娘子，给我推荐了这一家，说味道特别好，分量足，我在那边试着尝了一碗，果然好。我和老板说了选酸汤的、茴香馅儿，那老板还笑呢，说我是不是买给孕妇吃的，说他家的酸汤饺子是用极好的山黄皮和酸笋丝做的酸汤，这十里八村，凡是有孕的，都爱这一口酸汤味。我都笑死了，说不是，咱们娘子还没嫁呢，也就是这边天气湿热，咱们有些不习惯，喝点酸汤舒服些。那老板又开始吹，说他这汤怎么开胃祛湿、消暑去滞、延年养生，这一套一套儿的，您看这说的。"

一旁正收拾衣服的锦书笑着说："山黄皮是不错，这个用来蒸鱼最好，炖汤一般，不过从前我娘家嫂子怀孕，害喜害得厉害，也是别的都吃不下，就爱喝山黄皮鸡汤。"

赵朴真本来闻着酸汤的味和茴香独有的香味觉得精神一振，刚想要喝，听到锦书说笑，忽然微微一怔，拿着勺子的手顿了顿。她想起一桩事来，在心里暗自算了算日子，背上忽然凉飕飕的，冒了一层薄汗。

CHAPTER 13

第十三章 失踪

这时，外边已有人传话，高大人进来了，赵朴真刚刚被吓了一跳，已没了胃口，让人先将高灵钧带进来。

高灵钧走进来施礼，却不似往常在王府里那大大咧咧随意的样子，而是微微拘谨，面上表情也很紧绷，想来是在赵家，所以他整个人都规矩起来。

赵朴真忍不住笑道：“之前我听说你要买些香料回去带给罗绮，却不知待了这几日，可买了什么好东西？你在这儿耽误这些天，回去罗绮可要怪我了。”

高灵钧笑了一下：“娘子在这边住得可习惯？家人待您可好？今儿您叫属下来可有什么差遣？”

赵朴真十分不习惯一贯吊儿郎当的高灵钧这般规矩，笑着道：“我没什么不好的，爹娘待我很好，就是前儿我和土司府的老夫人谈了谈，有些事情想和王爷说说。我写了一封信，想请您给王爷带回去，您在这里也有些日子了，罗绮姐姐肯定也惦记着您。”

高灵钧表情一僵：“可是什么大事？”他一双眼睛却扫视着屋里，屋里还隐隐有着茴香和山黄皮汤的香味，他的一颗心跳得飞快，但面上仍镇定着。

赵朴真想着高灵钧是李知珉心腹中的心腹，倒也不瞒他，只是笑着将土司老夫人那边如今面临的窘境说了一遍，又说：“王爷这边的开支，我这些年冷眼看下来也不小，这事儿烦您跑一次，王爷若愿意，倒是一举两得。”

高灵钧神情复杂地看着她：“赵娘子，您既然这么惦记着王爷，为什么还要回连山呢？都回家了，您不和家里人好好团聚，倒还替王爷打算这些。王爷是人上人，哪里用咱们这些小人物替他操心呢？”便是一直对王爷忠心耿耿，这一刻，高灵钧居然也对王爷生了一丝怨尤。

赵朴真的脸色微微一红：“我也知道王爷如今有了王妃，必是不缺花费的，但总是自己有更好吧，他未必愿意受制于上官家。”

高灵钧看了她一眼，低声道：“既如此，我替娘子带信回去便是，明日便启程。娘子还有什么要带给王爷的吗？”

赵朴真摇了摇头，正要说话，却听到外边环儿来报：“大爷过来了，带了一只鸟儿过来，说是给小姐玩的。”

赵朴真一怔，笑了起来：“先请哥哥坐一坐，我和高大人说完话就出去。”

高灵钧被她脸上喜悦的笑容晃得移开了眼睛，躬身道：“若赵尚宫没有什么交代的话，我这就回去了。”

赵朴真笑道：“没什么了，信里已说明白了，你带回去给王爷便好。土司老夫人很有诚意，还请王爷多考虑。”

高灵钧应声后出去，看到赵允锋提着一个鸟笼挂在院子的树下，笼子里那漆黑的鸟儿在活泼地上下跳着。赵允锋原本在逗鸟儿说话，看到他出来，忙笑着拱手见礼，又对赵朴真笑道：“妹妹初到，想是没什么消遣，我从别处借来的鸟儿，给妹妹玩几日。”

赵朴真笑着走上前，伸出一根纤细晶莹的手指逗鸟，双眸晶亮碧清：“谢谢哥哥有心，不知这是什么鸟儿？”灿烂秋阳下，她容光焕发，赵允锋平日里所见并无如此丽人，脸色通红，说话也结结巴巴起来。兄妹站在一起，明媚的阳光下，显得颇为和谐。

高灵钧站在一侧，心里只觉得难受。他咬了咬牙，把心一狠，轻声和赵朴真告辞，便出去了，将兄妹俩的笑声抛在了身后。

高灵钧没走多久，赵灵真就进来了，看到赵朴真正和赵允锋一边逗鸟，一边说话，心里酸意更浓。大哥对她虽然温和，但从来没有这样的宠溺表情，世子也是被这样的容貌所惑，才迷了心智！他们哪里知道，赵朴真根本就是一个被弃置在山野的杂种罢了，说不定还是私生被丢弃的野种！赵灵真恶意揣测着：她凭什么夺走自己的婚事，成为世子夫人，成为未来的土司夫人？

满怀恶意中，赵灵真转眼看到一旁环儿端着一个托盘过来，里头一个海碗里冒着腾腾热气，于是大惊小怪问道：“现在可不是吃饭的点儿，姐姐你开小灶了？”

环儿笑道：“早晨我们大娘子有些不舒服，早点油腻了些，没吃，奴婢出去找高大人的时候，看到路边的酸汤饺子不错，便给大娘子带了一份。适才高大人来了，娘子急着见高大人，没用酸汤饺子，放着凉了，我便让厨房热了热，赶紧拿过来给娘子吃，她一早上没吃东西呢。”

赵允锋忙道：“可是家里的东西你吃不惯？等我和娘说，给你做些合口味的，大妹妹喜欢吃什么？或是平日里我从外边给你带些好吃的回来。”

赵灵真心里酸意更浓：“我看看这酸汤饺子是什么馅儿的。”说着，她取了海碗过来。拿了勺子在里头搅拌，将饺子皮全弄破了。

从来没见过哪家贵女这般没皮没脸没仪态，环儿在一旁完全怔住了，不知如何反应，只好转头去看自家娘子。

赵朴真有些无奈，示意她先下去，弄成这样，自己也不可能吃了。一旁的赵允锋却没注意自己二妹妹的无礼，只是笑道：“大妹妹大概饿了，你还不赶紧给大妹妹弄些早点？”

赵朴真哪里还会吃这样的东西，忙笑道：“环儿出去了不知道，其实我还是吃了些糕点的，这会儿其实不饿，环儿还是把东西拿下去吧。”

环儿只好上前，接过那碗已皮破馅糊的饺子糊汤。赵灵真却心里畅快，拿了勺子舀了饺子中间的馅递到笼子里：“姐姐既不吃，看看这鸟儿吃不吃。”

鹩哥蹦蹦跳跳过来，啄了几口，大概觉得味道不大好，嫌弃地跳到了另外一边。赵允锋笑道：“这鸟儿吃得可金贵了，二妹妹你还是别乱喂了，小心一会儿鸟儿有个什么闪失，世子要找我麻烦。”

赵朴真问：“原来这鹩哥是莫世子的？”

赵允锋道：“是，世子调教了它许久才能说话的，平日里很是宝贝，从前二妹妹也想玩，世子都没给，如今听说大妹妹从京里来，才将它送过来给大妹妹的。”

赵灵真已是大怒，将手里的碗往地上一摔，饺子皮馅汤四处飞溅，恼怒道：“大哥这是说的什么话？一样是妹妹，你怎的只哄着姐姐，就不管我的面皮了？世子当初才拿到这鸟儿，没调教好，就是莫宝珠找世子要，世子连亲妹妹也没给。如今鸟儿调教好了，想来世子也玩腻了，借个由头送到我们家罢了！”

赵允锋没想到二妹妹发这么大的火，忙结结巴巴道：“我不是这个意思……”

赵朴真忙笑道："妹妹说得对，咱们姐妹都是一样的。妹妹和他定了亲，他不好说是送给妹妹的，便借着由头把鸟儿送来给妹妹玩罢了……"

赵灵真却一口恶气涌上心头，终于口不择言："你别叫我妹妹，你算我哪门子的姐姐？"

赵允锋见势不妙，当初赵朴真进京时，他已经懂事了些，眼看妹妹就要口不择言，连忙拉着她的手道："都是哥哥不好，妹妹别生气了。"

正在一旁扫着地上饺子皮的环儿看场面僵了，她平日里训练有素，自然想着转移话题，目光游移着看向鸟笼，忙道："小姐，这鸟儿不大对啊。"

三人转头去看鸟笼子，看到鸟笼里适才还上蹿下跳、十分活泼的鹩哥如今却蔫蔫地趴在笼底，一动也不动。赵允锋见状，忙动了动笼子，鹩哥只是懒懒的抬了抬头，睁眼看了下，又垂下脖颈，仿佛睡着了一般。

赵灵真怒道："你这奴婢好毒的心思，这鸟儿不过是在睡觉，你想说是我喂坏了鸟儿吗？"

环儿争辩："不是，王府也养了不少鸽子鸟儿，我看它们即便睡觉也是抓在枝子上的，鹩哥这样趴在笼子底下怪怪的。"

赵灵真已破口大骂："有其主必有其仆，真正刁钻心思！这鸟若是真有个什么不好，你是不是就要赖着说是我弄死的？想挑拨我和世子的关系是吗？是不是想着世子娶了你家小姐，你也可以跟过去飞上枝头？我告诉你，别想得美了！"

环儿满脸涨得通红，也带了几分气性："二小姐讲话小心些，适才的高大人，七品武将，娶的也是我们王爷身边的女官，而且是明媒正娶。我们娘子只要嫁出去，那都是正儿八经的官夫人，便是王府侧妃也是做得的，哪里看得上你们这么一个穷乡僻壤的什么世子夫人？也就小娘子您见得少了，不过是一个平头正脸的小爷，就以为谁都想来抢。"

赵灵真被这个小丫鬟讽刺了一番，新仇旧恨涌了上来，话赶话间已不能冷静思考，冷笑道："哟，什么王府女官，那也是伺候人的奴婢不是？还真以为伺候贵人久了，自己也是贵人了？我告诉你，呸！奴儿就是奴儿！天生的野杂种，也妄想自己是什么好人？不知是哪里来的野杂种，阿爹阿娘好心捡了你，给了你一口饭吃。你有今日，都是我阿爹阿娘给你的！你根本不是我家的女儿，如今你却恩将仇报，勾引世子，抢夺妹夫，你就是一只忘恩负义的白眼狼！"最后一句，她已带着哭腔。

院子里一片寂静，一旁伺候的锦书早已一溜烟跑了出去，找罗夫人去了。

赵允锋上前拉着赵灵真，已知道妹妹闯了大祸。赵朴真却已冷静了下来。她之前还呵斥环儿不许和主人发生口角，待听到赵灵真说的那些话，看向了赵允锋。赵允锋回避了她的目光，只有赵灵真还在边哭边说话：“你根本不是我们赵家的女儿，不是靠着阿爹阿娘一点怜悯把你送进宫，哪有今日这荣耀？你抢了我嫡长女的名头，抢了我的阿爹阿娘、哥哥不算，还要抢我的婚事！”

赵允锋低斥她：“够了，灵真，别说了，你想让全家遭祸吗？”

赵灵真身上抖了一下，终于清醒过来，却仍然有着不服输的犟意，挑衅地看向赵朴真：“难道她敢说出去？让别人知道她是不知道从哪里来的野种，然后她恩将仇报？”

罗夫人已经匆匆忙忙地走了进来，喝止了赵灵真，让赵允锋带了赵灵真下去，然后走上前，拉着一直很安静的赵朴真的手，勉强笑道：“你妹妹胡言乱语，你莫要当真，她瞎说的。”

赵朴真回避了罗夫人的手，默默直视着她的眼睛：“赵灵真说的，是真的吧？”

回家以来，她和家人那种莫名的隔阂感涌上了心头。罗夫人虚假的泪水，赵正刚客气而疏离的表情，两个哥哥更多的是好奇和对陌生美丽女子的优容，妹妹的抵触和敌意，这一刻都有了答案。

罗夫人回避了她的目光，两人相对沉默了一会儿，罗夫人嘴唇微微发抖，仿佛下了什么决心一般：“是，你并不是我亲生的。”

“那会儿正闹八王之乱，有一股瑶民也作乱。当时到处闹匪，也分不清哪里是兵、哪里是匪，见人就抢。我回娘家说要躲一躲，路上听到孩子的哭声，下车就看到你被扔在一个木桶里顺水漂下来。当时你和灵真差不多年岁，哭得两眼通红，声嘶力竭。当时天黑，看着还要下雨，若我不管，你就算不会被大水冲走，大概也要被野兽叼走。我心里不忍，就把你抱了回来，和灵真一起养着。后来兵乱慢慢平定了，朝廷就说要选良家女进宫当差，我舍不得灵真……”

罗氏终于和盘托出：“虽说我们对不住你，也想着大概是你的造化，但想不到你还会回来，既回来了，我们也是把你当亲生女儿看待，想着给一份嫁妆，好好把你嫁出去，并没有想过亏待你。灵真被我们宠坏了，以为世子喜欢你，要改婚事。她自幼喜欢世子，看我们都偏心于你，韦老夫人也很看重你，所以才慌了阵脚。之前她一直很喜欢多一个姐姐的，便是允锋和允锐，也是真心把你当妹妹疼爱的。”

罗氏擦着眼泪：“这拿下人孩子当自己孩子献上去的事儿，其实当初做的人不少，不止我们这一家，只是都没有回来的，也是你有造化，得了贵人看重，衣锦还乡……这事若声张出去，被人拿了把柄说你阿爹欺君，也不好过。你阿爹当初官职低微，薪金微薄，看到我捡了你回来，还是同意将你收养了。虽说他不是你生身父亲，但也是希望你念着当初我们那一点善心，不求你将我们当亲生父母敬着，只求莫要声张此事，招来祸事。只要你一天叫我们爹娘，我们就一天把你当亲生女儿看待。”

赵朴真觉得有些茫然。

她为了这个自幼就憧憬和幻想的家、这幻想的亲情，放弃了京城，回到了这里，然后如今上天冰冷地告诉她，这一切不过是一个泡沫，慈爱、包容、温柔的父母，友爱亲热，有时候闹点小别扭，却会更紧密的兄弟姐妹……如今有人告诉她，这些都是假的。

慈爱、包容、温柔的父母是有，但他们是因为舍不得骨肉分离，真心疼爱自己的孩子，才拾养了她，代替自己幼小的亲生女儿，送去了遥远的京城。

“你……再想想？灵真不懂事，你比她懂事知礼，又在京城里待过，自然知道什么叫欺君之罪。虽说天高皇帝远，如今土司大人也很看重咱们家，但是少不得有些小人眼红，借此生事。”罗氏擦了擦眼泪，期盼地看向赵朴真，仿佛要得到一个承诺。

事情发生得太突然，赵朴真还没有来得及和罗氏生出难割舍的母女情分，只是下意识和从前一样，不让对方难堪：“父亲母亲救我一命，再生之恩，粉身难报，这事我会守口如瓶，您只管放心。”

罗氏点了点头，略略放了心，想着赵灵真和锦书那边还要处理，在这里说下去反而弄巧成拙，便暗自给了锦书一个眼色，起身转头回去，先去找赵正刚商议女儿捅出来的娄子了。

一切安静了下来，窗外下起了雨，环儿悄悄走了进来，脸上带着不安：“娘子……那鸟儿好像死了。”

小小的鹩哥仍然保持着之前的姿势，窝在笼底，一动不动，漆黑玲珑的身躯却已僵硬。环儿低声道：“兴许鹩哥被送来之前就有病吧，我看从前王府养的鸽子生了病，也是很快就死了，还会传染。一个鸽子能传染一笼的鸽子，所以都得赶紧处理。”

赵朴真轻声道：“你把它拿出去找个地方埋了吧，也别声张了，怕是二妹妹……灵真娘子要多想，以为我们真的挑拨她和世子的感情。”

一场急雨过后，从云后露出脸的阳光耀眼，因此热度丝毫没有减少，黏腻的汗依然黏在人的身上。赵朴真怔怔地看着窗外的银杏树，金黄色的叶片翻飞着，已接近十月，这里依然酷暑逼人，这个时候在京里，应该已经凉爽宜人，准备翻晒冬衣，制新的冬衣——王爷在做什么？

是了，他自有王妃上官筠照顾，就算上官筠的心不在他身上，他也是一个对于上官筠很重要的人，上官筠必须借助他来实现自我，而他需要上官筠这样一个出身名门的王妃，互惠互利的一对儿，正是一厢所愿。他确确实实已经成家，而自己已失去了家。

有时候她会做梦，梦到王府，小猫、空气、声音、王爷，是秦王让她离开了拘谨、严格的深宫，给了她一个温馨、宽松的王府，然而这一刻她十分明了，当自己选择离开王府的时候，就已经回不去了。

原来，自己根本一无所有啊。

从前，她一直纠缠不清、求而不得的那点痴恋，终于就此干脆利落地斩断。

她无家可归吗？也许，她能够建一个自己向往的家。

赵朴真伸手轻轻放在了自己的腹部，眼睛低垂，一动不动，锦书和环儿一直侍立在一旁，大气都不敢出。

以为能够全心投入的家，以为能够全心回报的家人，本来占据了她的所有注意力，然而当真相忽然被揭穿的时候，她并没有感觉到惋惜或者痛心。

哦，原来是这样，难怪她一直隐隐觉得父母对自己和对灵真不一样，进门时的泪水感觉不似真情投入，那种陌生感和隔阂感自始至终存在着。她甚至对这片土地感觉不到归属感，不是不美，不是嫌弃，就是冥冥中的直觉，和自幼所憧憬的家乡不一样。

她憧憬的连山，是有笑着接纳她所有的父母家人，是有她最爱吃的食物的连山，是她的根、她的归宿、她一生的所愿。在深宫里漫长的严厉的规矩教养下，年幼的她无数次幻想自己的家是什么样子的、自己的家人是什么样子的，自己总有一天能回连山。

难怪说自己是五岁入宫，她却什么都不记得了，想来当初岁数也是捏造的，自己的真实年龄恐怕只会更小。按罗氏的说法，她顺水漂来，又是动乱之时，可知她的生身父母多半是找不到了，而她的家乡究竟是哪里，大概也无迹可查。

无家可归的现实，残酷地展现在她跟前。

回王府？她干净利落地断了这个念头，连着那一点眷恋和思恋，都被她快刀斩乱麻卷成一团，抛到脑后。

这一夜并没有赵朴真想象的那么难熬，仿佛一瞬间就过去了。

何去何从，她似乎并没有纠结太久，天微微亮的时候，她就吩咐环儿收拾自己的东西。幸而当初的书画等大部分东西都还捆扎着，因为没有合适的架子放，都收在了书箱里，因此倒也方便，其他东西收拾得也很快。环儿是跟着她来的，自然跟着她走。

至于赵家会如何和韦老夫人以及其他人解释，她倒不担心。一个女子，只要不出现在人们的视野中，很快就会被人淡忘，要么说病了，在养病，然后顺理成章地没了；要么说已回王府去了。他们自有保护自己的办法。

赵正刚和罗氏知道她要走的决定，虽说面上惊诧，但也不由得释然。大半年前，秦王府派人来传消息，这个本该和其他女孩一样在深宫泯灭的养女，忽然要衣锦还乡，给他们带来了无穷无尽的烦恼。之后，他们决定顺其自然将“长女”接纳回来，却到底不是一家骨肉，那一点隔阂在，那一点隐瞒在，既不能真的当亲生女儿一样疼爱和教训，也不能单纯地利用。秦王府的贵人即便远在京城，他们也不敢轻易冒犯，更何况还有欺君之罪的把柄，于是这个养女变成了大家心中的一根刺，敬也不是，爱也不够，远离又不能。如今不用再费心遮掩，干干净净地走了，恩义彼此两清，倒不失为一个极好的路子。

赵家拿了银子要给她：“想必你要回王府，如今路上还算太平，这是路费。听说王府的侍卫们也要回王府，你正好可以和他们同行。”

赵朴真笑而不语，也没有接银子：“家里也不宽裕，留着给哥哥和妹妹们使吧，我身上还有钱。”

罗氏知道赵朴真看不上这点银子，赵正刚让她拿来，其实也是怕赵朴真回了王府，要告状清算，便又拿了一个小包袱出来：“这是当初你身上穿着的衣物，大概一岁，话还说不大清楚，衣物和饰品看着都像有钱人家的，想是遭了匪……”

赵朴真接了包袱过来，打开，果然看到一身做得极细致精美的衣服，绯红衫子上密绣着石榴花儿，裙子是百褶裙，虽然隔了十来年，但颜色仍然红得十分鲜亮，褶子印整齐清晰，好似一朵精致的小花；小小的鞋子上全是小粒的碎宝石攒成的花纹，和她身上戴着的瓔珞倒是一个路数。罗氏见识少没见过，赵朴真却是在宫里见过好东西的，一眼便看出了衣服是上好的苏绣和贡缎，一般人家不会在孩子衣服上做这么多花样，因为孩子长得快，很快便不能穿了，而绣花又容易磨到孩子的皮肤，因此这衣服的内里还细细地衬着雪白柔滑的云丝，单是手工，便不知道费了多少。

赵朴真知道，大概是为着这身稀罕的衣服，罗氏留下了自己，想着可能父母会找来，后来始终不见家人来找，正好宫里要招良家女子当差，便将自己送入宫中。

然而，那一刻的慈善和救下她的恩义，是实实在在的，她依然感激他们。

但她留在这里，已经不可能了。

李知珉在王府里听着文桐读了高灵钧转送来的信，然后叫了宋霑来。

宋霑看了这信，大笑道：“我就说你不该放了她，真是一个人才，回乡而已，就给王爷引来这么一门大生意，有担当！话说，她怎么知道广州都督陆佑庸是殿下的人？殿下告诉她的？”

“不是我。”李知珉面无表情道。他的病才好了些，整个人仍有病容，斜着躺在榻上。

宋霑哈哈大笑，一副幸灾乐祸的样子：“果然那孩子还是藏了拙，硬生生骗得你将她放了，若早知道她就凭着平日里一点蛛丝马迹就推出这许多东西，怕是你无论如何都不会放了她！妙极！妙极！”宋霑眉飞色舞，李知珉却沉着一张脸，说道：“这太子的生意，我不大想沾。”

宋霑呵呵一声：“不沾？我就问你，现在还有多少钱？有多少钱办多少事，你如今收入还有多少？当初瞒着皇后娘娘，将庄子、铺子全部偷偷押了出去，好不容易在海上冒了偌大的风险赚了点钱回来，却又全如流水一样使出去了，这些年开支多少？好不容易才把铺子、庄子赎了回来。这些年居然一点没被皇后娘娘觉察，我可真是为你捏一把汗！这一年来是宽松了些，但是那都是上官家的钱！外边看着花团锦簇，但是，那都不是捏在你手里的！还是真丫头懂得你心里的弯弯道道，把这一注银子送到你跟前，你倒嫌弃起来了。说吧，其实你还是不想那小姑娘再卷进来吧？”

宋霑其实不过是顺嘴一说，然而话音一落，看到李知珉的神情后，他忽然大笑起来：“不会吧！真被我说中了？你还真是舍不得了？怪不得步步为营的王爷，如何会布一枚废子，原来是心疼了。”

李知珉沉着脸不说话。高灵钧离开连山的时候，兴许她已服下那可令她在无声无息中一睡不起的药。不过这事不必让宋霑知道，他对这个女学生是真心喜爱，就这事上，自己对不起他。而这丫头临死之前替自己铺了路，自己不想再欠了这份情。

宋霑却只当他心疼，兴许那大概是心疼的表情，他笑了一会儿道：“话说回来，王妃现在基本把你架空了，这四处串联，倒是替你把名声刷得不错，但是你应该知道，钱和权应该在谁手里才靠谱吧？你不想她卷进来也好办，派上高灵钧亲自跑一次，把这事儿办妥了，别牵扯上她就好了。”

李知珉皱着眉头，不置可否，宋霑摇着头叹息：“我看不懂你们了。”

这时，外边却有人来报，节度使应钦之子应无咎有急事求见王爷。

李知珉讶然，宋霑也道："他来做什么？是了，前些日子听说他护送应夫人进京，似乎是看病。"

李知珉摇了摇头，叫人让应无咎进来。

应无咎显然是一副刚刚经过远行的打扮，李知珉都能闻到他身上那种汗味、灰尘味、马匹味，这显然是很失礼的，但他明显有急事："王爷，请问赵娘子可回到王府了？"

"回王府？她并没有回来。"李知珉蹙起眉头，眯起眼睛，多疑的心里却已飞快猜度：应无咎为什么要找赵朴真？应家知道她和连山土司的秘事了？她不在自己家里，能去哪里？重重疑窦涌上，居然以他之善谋机变，也没有想出其中缘由。他开口反问："不知应将军找我府上的侍婢有何事，又如何知道她离开家乡返回王府？"

应无咎闻言一顿，脸上居然出现了一丝困窘，过了一会儿才勉强解释道："我对赵尚宫心有所属，听闻她离开王府返乡，便想着亲自上门提亲，没想到到了连山她府上，她家人却说她住不惯连山，又打算回京城王府了，已经离开连山。"

李知珉眉头越蹙越紧："不可能。她家人有说她什么时候返京的吗？"

应无咎道："我到得不巧，说三日前她带着一个侍女离开，还说应该是随着王府的护卫队离开的，我便立时折返回京。一路约半个月，我却始终没有追上贵府护卫队伍，当时我就隐隐觉得不对，按说有女眷，不该脚程如此之快。"

李知珉斩钉截铁道："不可能，高灵钧昨日方回，并没有带回她。"而且，她才刚刚替王府和连山牵线，怎么可能忽然离去？难道是其中生变？是太子的人，还是崔家的人察觉了她，所以下手？又或者是，她服了那毒药，已经死去，赵家隐瞒了她的死讯？但应无咎如果只是为了亲事，会如此着急地从连山急急追回？这其中定然有不可告人的缘由。

他心念数转，面上却仍然十分淡漠："此事不合常理，赵尚宫当差多年，脾性柔和，又一直对未见面的父母十分孺慕，多年都想着回家，岂会仅仅因为住不惯就仓促离开连山？按这时日算，她回家居住连一个月都未满，岂会如此贸然离开生身父母和其他家人？你没有在那边打听，就只听信她父母的一面之词？"

应无咎道："我也觉得奇怪，当时也派人稍微打听了一下，只是连山土族颇为忌惮我们汉人，也是使了些钱，才依稀听说似乎是土司世子本与赵家嫡女订有婚事，赵娘子回去后，土司的母亲韦氏韦老夫人，圣后年间受过诰封的顺德夫人看上了赵娘子，有风声想要改议婚的人选。我只打听到这点消息，想着赵娘子虽则看着柔顺，但内里极是刚强，会不会不想因为此事和家人起了嫌隙，便索性回京。只是若没有跟着王府护卫队，她一个弱女子只带着一个侍婢，相貌又生得那等，路上只怕有险。”

李知珉一张脸已极快地沉了下去，冷笑了一声：“不知腐鼠成滋味，猜意鹓雏竟未休。”他也不和应无咎废话了，却派人唤了高灵钧来，“你点五百兵士，从京里返回连山，一路搜索赵尚宫的行迹，见到人了，接回王府。”

高灵钧一怔，看了一眼应无咎，应无咎便将之前说过的话又说了一遍。高灵钧偷偷看了一眼李知珉，他面上漠然，看不出究竟什么意思，便只能低头应是，心里却想着：该不会事发了，赵家没有宣扬死讯吧？应无咎算是一个陌生人，赵家大概不会透露。

应无咎在一旁道：“末将也愿略尽绵力，助高护卫找人。”

李知珉几乎想一口回绝：自己的人，用他多事？但李知珉咬了咬牙根，硬是将这口气吞了下去，没有说什么，应无咎便和高灵钧下去了，关心赵朴真的宋霑也跟上，和他们一路商议着。

听着人都走出去了，李知珉烦闷至极，伸手将袍子宽了宽，斜倚在卧榻上，蹙眉沉思。文桐一个人小心翼翼地屏息站在一侧，心里却十分为难。他刚接了一个消息，王妃身边的王妈妈过来说有事要和王爷禀报，从前王府后院事宜都是王爷的乳母阮妈妈掌着，她性格软善，王妃嫁进来后，后院自然是王妃掌着，但王妃又是不爱揽事的实心性子，却是王妃身边的王妈妈成了掌事，王妈妈的意思基本就代表着王妃的意思……只是如今王爷显然心情不好，禀不禀呢？

他正为难之时，帘外却已有人大大咧咧地走了进来，在帘外站住施礼道：“奴婢见过王爷。”竟是王妈妈见文桐久久不出去，直接便进来了。

文桐十分恼怒，王妈妈这不是欺负王爷好性儿吗？果然，李知珉拢了拢衣袍，起身坐直道：“妈妈来了？文桐怎么没禀报？”

王妈妈笑道：“老奴在外边等了一会儿，看到诸位大人都出去了，却不见王爷传我，想是文公公一时忘了通传，老奴因有急事需向王爷禀报，便大着胆子进来了，望王爷恕罪。”

李知珉淡淡道：“妈妈代表的是王妃的脸面，我自然不会不给王妃脸面，却不知妈妈有什么急事？”

王妈妈脸上一僵，被李知珉这绵里藏针的话刺了一下。她是见过应无咎的，应无咎来找王爷做什么？她心里暗自揣度，面上姿态却更低了：“王妃娘娘嘱我来向王爷请安，看看王爷身子可大安了。”她十分隐晦地暗示，

“王妃娘娘说这些日子桂花甚好，想和王爷小酌一番，夫妻同赏花。”

李知珉的脸上带着一丝疲惫和不耐烦：“多谢王妃盛情，只是我身子仍十分不适，自婚后就添了头疼头晕的毛病，一直没好，略坐久些便头晕得厉害。前日我托了关系，让范阳节度使应钦那边在塞外找几根好参来配药，适才应家养子送了过来，已让下边人拿去配药了，恐怕还需调养一段时间才行，只能辜负王妃美意了。”

王妈妈心念数转，眼睛随意地在李知珉苍白的脸色和嘴唇上扫视了一下，脸上仍保持着卑微的笑容：“那王爷身边没个稳重的人伺候着，也不大好，不若还是搬回主院里，让王妃娘娘伺候您，兴许也就大好了。”

李知珉摇了摇头，皱着眉头，一副不胜其扰的样子道：“主院每日总有奴婢来回转，来来往往人多了，我更晕得厉害，倒扰得王妃不得安宁。这书楼我住惯了，觉得清静，倒好了很多。王妃若担心，让萍夫人过来华章楼里住着一旁伺候也好。”

王妈妈心里略略一迟疑，仍蹲身笑道：“那也成，我回去禀报了王妃娘娘。”她并不敢开口让侍妾来服侍王爷，这必须经过主母同意。

CHAPTER 14

第十四章

小像

“要萍夫人过去伺候他？他什么时候见过萍夫人了？”上官筠挑了挑眉毛。

王妈妈微微无奈：“王妃你忘了，上次老夫人派人送了些咱们庄子上出的新鲜秋梨过来，您让萍夫人送过去的。听说她过去的时候王爷正头疼，她便给王爷按了按，王爷大概觉得挺受用的，便记着她了。”

上官筠冷笑了一声：“倒是会顺杆儿上，男人都喜欢这种柔顺、怯弱的女人。”

王妈妈叹道：“王妃娘娘，我听说王爷一直不让外人擅入华章楼的，如今却让萍夫人住进去，可见王爷看在王妃的面上，很是重视王妃。只是王爷既然喜欢清静，不若这些里里外外的事你先让朱碧掌着，您搬去华章楼里陪着王爷一段时间，也能和王爷培养些情分。自从那夜圆房后，王爷大病一场，到现在都没招过哪个侍妾，这样下去，迟早要生分了。他曾经一个叱咤沙场的人，如今病成这样，心中难免难过些，再说王爷这病，和那天的药也脱不开干系，您何妨多陪陪他？这些日子朱碧跟在您身边，耳濡目染，也能懂大部分的事务处理，但凡重要些的事，让她和您禀报便是了。”

上官筠的心里微微起了点愧疚，但她看了一眼眼前堆着的折子、请柬，摇头道：“妈妈，眼看就要过年了，四方庄子递进来的单子还有要走的节礼，哪样不得我亲自过目呢？我倒也想躲个懒呢，只是这积重难返的，下边庄头个个看着主子好糊弄，净瞎糊弄，再则外边递进来的帖子也多，皇后又派了人叫我进宫叙话，晋王妃又邀请我去吃蟹，还有临汝公主说想要起个诗社，央着我去给她坐镇呢。另外这一桩就更要紧了，您看看，霍太尉夫人的寿宴，这个也不能不去，真去和王爷住着，肯定要扰着他，倒不如让他清清静静地养着，还能好得快一些。他既点了萍夫人，便随了他的愿。您和萍夫人交代一下，让她好生伺候着王爷，每日晨起请安也免了，只管专心伺候王爷，不过也要叫她知道感恩，莫要以为王爷宠她，她就骄狂起来，我要让王爷换个人，也不过是一句话的事儿。”

王妈妈眼里掠过一丝不屑，但仍低着头道：“是，不过这每日请安不能免吧？也好教她每日和您报一下王爷的身子如何、王爷每日起居如何。今日我过去，却看到范阳节度使之子应无咎不知为何来拜访王爷，您还是多留心一下王爷才好。”

上官筠一怔：“应无咎？”她对这个曾经求娶自己未遂的土匪之子还是有着一股厌恶之情的，“他见王爷做什么？”

王妈妈道：“王爷说是头晕得厉害，托了应钦在塞外淘换些好人参配药，那边找到了好的，让应无咎亲自送来了。”

上官筠点了点头：“前些日子太医院的葛老太医开的方子，是需要几根好人参，京里都没什么好的，尽是些外边看着好，实则没什么药力的。窦娘娘那边听说了，也派人送了两根人参来，却是年份久了些，已不能用了，我和祖母那边说了让家里给淘寻淘寻，王爷大概自己找了些关系。应钦是一个土匪头子，京里世族都不大看得上他，正是捧着银子没处送，如今有了这个门路，可不急着贴上来了？之前急吼吼地来求亲，不也是为着娶个身份高贵的世族女，想把土匪的血洗干净吗？”

王妈妈听她说，想起适才王爷那十分疲累的样子，想来是真的病得难受，倒也放下一半心来。上官筠又道：“王爷日日不过就是让人念书，吃，睡，听人吹几曲箫笛罢了，哪里用日日来报。妈妈只让上官萍有事便随时来报，不必让她来我跟前杵着，那磨磨叽叽半天打不出个屁的样子，我看着就烦。”

王妈妈想了想，也觉得自己有些多虑了，便笑道：“小门小户养出来的，可不就是这样，有几个能似小姐这般有气度呢？再说当年的圣后，那也是几百年不曾出来这么个女子呢。之前有人说东阳公主似圣后，如今可不都打嘴了？”

上官筠一哂：“东阳公主？圣后之女的身份落在她身上，真是白白浪费了。多好的一手牌，被她硬生生打坏了。若她最后拼力一搏，集中兵力杀入宫廷，以她圣后之女的身份，联合太子和崔氏，未必就是绝地。要知道崔氏在太子登基之前，是万万不希望东阳倒下的。她怎么做？她居然撇下拥护她的人，跑去山寺见一个男人，只求临死之前能见他一面。最可悲的是，他最后也没有再见她。这样的身份，便是命人直接把他捆来府里，又如何？可叹圣后当年男宠无数，也没有被哪个男宠迷成这样，她身为圣后之女，竟最后还是摆脱不掉小情小爱，真是可笑可悲可叹。”

王妈妈道：“可不是，老夫人也大吃一惊，觉得这一次东阳公主倒台，真的是十分诡异。崔氏开始大概只想给东阳公主一点教训，所以之前只是坐视不理，没想到皇上直接下了赐死的命令，而东阳公主居然也毫不挣扎，服鸩自杀。”

上官筠摇头：“扶不起的阿斗啊，可惜了那些跟从着她的人，以为自己跟着的是圣后，没想到只是一个囿于情爱的凡妇罢了。”她不想再谈太多，东阳公主的倒下，其实也打乱了她的步伐，毕竟东阳公主一倒，窦皇后一系所出的嫡子便被推到了台前。她才嫁入王府，自己的力量还太薄弱，她皱了皱眉头，窦皇后可不止一个儿子，还有一个齐王，且有早慧之名，平日里窦后又很是偏心齐王。

她不再想上官萍的事，吩咐王妈妈：“您办完萍夫人的事，便替我参详一下，看看明日进宫带些什么好。”

上官萍得了要搬进华章楼的消息，又惊又喜。洞房之夜她莫名其妙晕了过去，醒过来的时候已在自己床上，她还以为自己的差事失败了，战战兢兢只怕被王妃责罚，没想到王妃和王妈妈却都以为她已承欢，并没有责怪她，反而好生让她调养身子，还十分惋惜她没有怀孕。这之后，她一直提着心，怕此事被揭穿，怕被人发现自己仍是处子之身，一直找着机会想着再伺候王爷一回。总算这次又有了机会。她小心翼翼应了王妈妈的交代，又去王妃面前听了教训，便收拾了自己的衣物，带着伺候的小丫鬟去了华章楼。

到了华章楼，文桐进去通禀，她只能在外边屏风外等着王爷召见，只听屋里静悄悄的，一只黑尾白猫从屋里四爪无声地踱了出来，转过头好奇地看了她一眼，又若无其事地走了。

不多时，文桐走出来交代她道：“王爷头晕，已睡了，你且在楼里住下。王爷好静，平日里不可喧哗，无事不能擅上二楼。王爷若想见你，会让人来传，无事的时候，夫人可以随意安排时间，只要不上二楼，哪里都可以去。这里设有小厨房，夫人想吃什么只管让人去厨房交代一声，平日里想要什么，只管和我说，不必拘谨。”

上官萍心里微微失望，但又对文桐温声细语以及话中对她的安抚、宠爱之意满足，心里升起一丝喜悦和期待：王爷大概是真的不舒服吧，才让自己不必伺候。知道自己能搬进华章楼住，王爷身边的女官们全部吃了一惊，蓝筝都忍不住说了好些酸话。据说，从前只有王爷最宠爱的一个女官才能在这里掌事，其他人都不许擅入的，再加上文桐说的，这里规矩极为宽厚，竟是连请安也不必，平日里自在得很，而且这里有小厨房，那简直比住在后院，日日去和王妃请安伺候，要吃点什么都先要看别人的白眼好多了。她心里微微雀跃、期待起来。

李知珉却不会在意这么一个随手而布的棋子，他只关心一件事。

高灵钧回来了，带的消息并不乐观："赵娘子的确不在赵家，私下问了几个人，都说赵娘子的确回京了。赵家人都以为她是跟着我一起回京的，动身的时间就是前后脚。"

李知珉问："你下药的那碗饺子呢？"难道她发现了高灵钧下毒，所以才藏起来了？

高灵钧知道这个问题很重要，必须要确认，他也经过了一番查探："我花了点钱旁敲侧击问了，说送饺子的那日，赵家二娘子、赵家兄弟和赵娘子似乎产生了口角，后来惊动了夫人，赶过去调停了一番，争吵的内容不清楚，不过就知道打翻了一碗饺子。"他看了一眼李知珉的神色，轻声道，"她应该是没有吃。"

"为什么争吵？"李知珉缓缓问。

高灵钧摇头："我具体打探不出来，到底是赵娘子的家人，有顾忌，没敢太使劲。但是我回忆起来，那日赵娘子正好找我去拿信，我出来的时候，赵大公子送了一只鸟儿进来给赵娘子耍，说是外边找来颇为稀罕的鸟儿，事后我找了赵大公子的书童打听，那鸟儿正是莫世子送的，赵娘子走后，那只鸟儿也不见了，听说不知怎么死了。下人都猜测，是二娘子嫉妒大娘子，将莫世子送的鸟儿弄死了，所以才吵起架来。"

"我和土司老夫人韦氏探过口风，是否曾有意换下孙媳妇人选，韦氏坦言的确曾有意，主要是莫世子十分喜欢赵娘子，恳求于她。但和赵娘子谈话后，她知道赵娘子根本不会看上世子，所以并没有更换孙媳妇人选，但若王爷觉得赵娘子嫁入土司府更能促成合作的话，换人的确是一句话的事，就看王爷的意思。这么看来，当初大概韦氏想换人的风声的确有透露出去，就算赵娘子对那莫世子无意，也少不得姐妹生了嫌隙，大概连父母也有些怨怪，赵娘子存身不住，也就离开了。赵娘子的确和赵家人说和我一同返回京城，因此赵家人也很放心，如今他们听说赵娘子没有回京，也慌了手脚。如今土司府那边也派了兵丁四处寻找，但各处都说没有见过这样一对主仆。"

若她们真的回京，脚程再慢也应该到了。

高灵钧迟疑了一会儿道：“还有一件事，这次我和应无咎去找人，不知怎的，上官麟也得了消息，他刚从老家赶回来，就带着人说要帮找，已吩咐了上官家这一路的商铺，若见到赵娘子，一定留意。”

李知珉面无表情：“随便他。”

高灵钧却低声道：“他在外边，说要见王爷。”

李知珉漠然转过脸：“不见。”

高灵钧哭笑不得，上官麟好歹是王爷正儿八经的大舅哥，到了王府不见，传出去像什么话。正僵持着，外边文桐却来禀：“王妃娘娘知道舅爷来了，十分高兴，已命了厨房设宴，摆在了引风阁那边，请王爷和舅爷移步过去边吃边谈。等舅爷谈完事儿，务必去看看王妃娘娘，王妃娘娘很是想念舅爷。”

李知珉道：“本王头有些晕，就不过去了，请王妃替我款待舅爷吧。”

荷花廊内，摆下了菜色丰富的宴席。

“哥哥如何今日过来也不先让人通报一声？这饮食备办得仓促，哥哥莫要嫌弃。”上官筠嗔怪着，替上官麟倒了一杯酒。她和上官麟自幼兄妹情深，上官麟虽然性格粗放，但一直护着她这个妹子。她从前还觉得兄长不分场合很鲁莽，有时候让她大失脸面，然而最近一年，先是兄长忽然与父亲矛盾激化，赌气出征，随后她匆忙出嫁，婚礼之时，兄长也没能出席，真正出嫁以后，她回想起来，还是十分想念这个一直无条件疼爱自己的哥哥的。

上官麟心不在焉，坐立不安：“我是有事来找王爷，妹妹你忙你的，我还有事，先走了。”

上官筠倒酒的手顿了顿，想起前些日子王妈妈说过的应无咎来找王爷的事，又想起今日得到的通报，上官麟是和应无咎一同来的，不动声色地笑道：“哥哥再忙，也该过来看看我吧？我倒想知道什么事让哥哥和应将军都急着来找王爷。王爷如今病着呢，哥哥有什么事，找我兴许倒能给你办了。”

上官麟对李知珉是心存不满的：“不关你什么事，我就是听说之前他身边的一个女官回乡途中走失了。”

“走失？”上官筠放了酒杯，细细看上官麟的神色，心中已明了一半，“是之前哥哥也惦记着的赵朴真吧？她不是回连山了吗？当时我还赏了她不少东西，听说王府也派了护卫保卫的，怎的又走失了？依我说，她也是一个聪明人，怕不是走失，只是又有别的去处也未可知，哥哥实不必惦念太多。”

上官麟听她说这话，心中忽生反感。他和这个妹妹自幼一起长大，感情自不必说是好的，后来便是知道她不是自己的亲妹妹，到底也有这么多年的感情，虽说心中有些别扭，但也并没有为此生分了，然而这一刻，他一想到赵朴真不知流落何方，而眼前的人却成了高贵的王妃，心里就莫名别扭起来。他被父亲支开了，回来的时候尘埃落定，为了所谓的家族利益，被精心培养多年的她已成了秦王的正妃，而秦王居然将赵朴真放归故乡！他若知道，他若早知道……他握紧了拳头，发现他即使当时知道，大概也只能暗自护送赵朴真归乡罢了。可是连山那边根本不是赵朴真的家！赵朴真才是他连着血脉的妹妹！

一个弱女子会遭遇什么？她本来拥有尊贵无比的血脉，只因为一次阴差阳错，沦落为宫婢，明明被生身父兄认出，她父兄却为了所谓的家族荣誉，不能庇护她，任她流落江湖，不知去向！

死去的母亲如果地下有灵，会多么心疼，会多么怨怪自己没有护好这个妹妹？

上官麟脸色难看，上官筠却没有注意到自己这个一贯豪放的哥哥的情绪，仍笑着道："不过哥哥既然喜欢她，那我也吩咐下边的掌柜们注意一下，见到她了就告诉哥哥一声，想法子纳了她便是了，也省得日日这么惦记着。"

上官麟一股无名火冒了起来，手一按桌子，便要起身拂袖而去，这时，一旁站着的王妈妈已笑道："王妃也是关心太过了，大爷自有打算，想来王爷也已有了安排，是不是？说到底赵娘子还是王爷的侍婢，娘娘还是看王爷的安排便好了。都这些日子不见了，想来大爷刚从河西老家那边回来。今日过来，不知家里可有什么要对我们娘娘交代的？"

上官麟被她一打岔，这气也有些发不出来了，憋在心里，脸色难看，却也想起了之前知道上官筠已嫁为秦王妃时，祖母和父亲叫了自己过去耳提面命的事。事已至此，他若揭穿上官筠不是亲妹妹，只会让上官家遭受灭顶之灾。祖母和父亲为何要如此一错再错？当初不肯认回亲妹妹，他们是顾忌太子，结果太子妃定下以后，本就该顺理成章将上官筠带回老家嫁出，然后想法子认回妹妹才对，结果最后居然还是将上官筠嫁给了秦王！所谓上官一族的荣耀，真的那么重要吗，比亲情、比血脉、比真相都重要吗？

他深吸了一口气道："没什么，家里也只是让妹妹好生伺候秦王罢了。我还有事，先走了。"说完他便起身，自始至终连酒都没沾。

上官筠有些愕然，也只是匆忙让人送了哥哥出去，回来后却失笑道："想不到那个赵朴真居然有这么大的能耐，能让哥哥为她如此神魂颠倒，早知如此，我就不该让王爷打发她回乡，倒是直接讨了过来给哥哥才对。”

王妈妈却是知道秘密的，她心里揣想着，怕是赵朴真的失踪和应家有关，许是应夫人派人去掳走亲女，另外安置罢了。不过这事还得赶紧和老夫人通个气，怕应家要拿赵朴真来做什么，毕竟王爷也颇为宠爱赵朴真。她又想了想，拿定主意笑着劝上官筠道：“男人一贯如此，吃不到的才最香，魂牵梦萦，真拿到了，也就那样。依我看，娘娘还是得让人回去和老夫人、老爷说一声，不然怕是大爷又做出什么事来。您也知道，王爷也颇为宠爱那女子的，若为了这女子，到时候生出事来，倒伤了王爷和上官家的感情。”

上官筠一怔：“王爷当初都打发她回乡了，若哥哥真喜欢，难道不会成人之美吗？”

王妈妈委婉道：“娘娘也说过，男人总是对没到手的念念不忘。此一时，彼一时，当时王爷将赵朴真打发回乡，是为了对咱们上官家表示诚意，如今您已嫁进来，那女官若又想回来，王爷未必会放手，若愿意成人之美，当年大爷讨要的时候，他就该给了，又或者当初打发她回乡的时候，也可以顺水推舟送给大爷。”

上官筠瞳孔微缩：“妈妈的意思是，这兴许只是王爷耍的花枪，想等我嫁进来了，再将那赵朴真收回来？若是这样，这赵朴真越是留不得！”

王妈妈心中微叹：“娘娘前儿还说东阳公主囿于小情小爱，如今怎的又看不开了？”

上官筠冷冷道：“我愿意给是我自己的事，上官萍我可以安排，之后要安排多少侍妾都行，只要经过我都没问题，但王爷这么煞费心思耍我要留的人，我却不能容。那赵朴真若真的如王妈妈所说，要回王爷身边，我必要将她讨了给哥哥，也不能遂了王爷的意，否则我这个正妃地位何存？什么小玩意儿，王爷想要她，和我说了，我能不同意吗？但若是耍心眼非要留下来的，我岂能容忍！”

王妈妈心中暗自一叹，知道上官筠这人内里刚强，控制欲强，不容忍别人违逆、欺骗她，不过到时候自有老夫人做主。其实，若赵朴真真的能成为王爷身边的侍妾，能生下孩子，倒是不错的安排。王妈妈心里想着，也没有继续劝说上官筠，而是笑道：“娘娘果然威严。既如此，我便回去和老夫人说一声。娘娘可还有什么要和老夫人说的吗？”

上官筠点了点头，却又想起一件事，说道：“有件事我不太明白，按说我们王爷失明，又是病中，窦皇后如今应该尽力培养齐王才对。但我前日进宫觉得有些蹊跷，听说皇上想让齐王去巡查河工，让齐王历练一番，窦皇后却非要说齐王嗽疾才好了些，出远门没可靠的人照顾，放心不了，不肯让他去吃苦，又说工部太辛苦，都是些肮脏、烦琐的事，不愿意让齐王去，非央着皇上改了主意，让齐王去翰林院跟着各位大儒修史，说那里清贵又高雅，还能长学问。这我可真看不懂了，皇子历练，自然是从六部实务做起，熟悉政务，窦皇后就算心疼齐王，不肯他出远门，也可让他去礼部、吏部历练一番，都比去修史有用多了，最奇怪的是皇上居然允了，最后反是朱贵妃给晋王争了那个巡视河工的差使。你回去和我爹说说看，是不是前朝有什么事，我们疏忽了。”

王妈妈笑道：“好，我已记下了。窦皇后出身翰林家，心里自然觉得翰林好，她见识有限，想来是真心疼爱这个小儿子，毕竟秦王殿下都这样了，若小儿子也有个什么闪失，那可怎么得了。”

上官筠冷笑了一声：“她也是偏心得太过了。王爷病成这样，每次她见我，也不过是略略问几句起居、赏几样药罢了。从前她对秦王就是动辄教训，十分看不上的。”

王妈妈叹道：“也是咱们王爷性情不讨喜吧，齐王殿下嘴巴就甜许多。”

上官筠摇了摇头，又打发人取了几样礼来，让王妈妈带回去给父亲和祖母。

“从连山到京城，只有一条官道，其他都是小路，崎岖且不好过马车，还容易迷路，匪盗丛生，按说赵娘子不可能会走小路，但官道凡能歇脚的客栈我们都问过了，是否见过一主一仆两位女子行路，都没有见到。因此我和应将军带着人寻摸了一遍小路，得亏应将军带的人……那一路的匪窝实在太多了，随便一座山就能找到一窝的匪盗。应将军带着人一路清了过去，解救了不少落在匪徒手里的妇孺，也惊动了地方官府，好在王爷先给了照会，还有连山那边的土司也帮了忙，但是即便如此，也未找到赵娘子……”

李知珉沉着一张脸，高灵钧补充道：“后来我疑心是不是赵娘子根本没有出连山，因此又让连山土司那边协助，找了一轮，各处长老都回话，说没有见到。”高灵钧小心翼翼地看了李知珉一眼，“另外，之前赵娘子牵线的事儿还做不做？顺德夫人那边委婉传话，怕因赵娘子失踪的事，王爷迁怒于她……他们如今也是两难。”

李知珉淡淡道：“不要弄得场面太大，只怕贼人看你们大张旗鼓地找人，惊恐之下杀人灭口。你们要暗自调查，找当地的黑道打听，只要有消息就给高价。你继续跟进此事，和连山那边说，若他们能找到赵朴真，我们再让一成利。”

高灵钧心中一惊，低头应了，又补充道：“这次惊动了地方官府，恐怕京里很快就得了消息，王爷要想好怎么和皇上解释。”

李知珉道：“此事我自有打算，你速去办此事，再给你添一百人手，记住，安全为上，莫要打草惊蛇，倒害了她的性命。”

高灵钧心中暗叹，觉得再找到赵朴真的可能性已经很小了，这已不是人手的问题了。应无咎带着的人、上官麟带的人，简直是用梳子一般篦过去的，这还找不到……难道真的是打草惊蛇了？如果到时候发现赵娘子真的有个什么闪失……虽说之前这位爷如此坚定地让自己带上了“永眠”，如今看来，他是后悔了。

还有那两位爷，之前看赵娘子也只是觉得生得美，脾气又好，如今看来，能引动这三位称得上是人上人的爷都为了她奔波，果然还是有着不同寻常的魅力吧？难怪说红颜祸水……高灵钧暗自咋舌，也不敢再说，领了命自下去了。

只剩下李知珉按着眉心，头居然真的晕了起来。他闭着眼睛想休息一会儿，却听到外边文桐过来低声道：“王爷，那萍夫人已经搬过来几日了……”——总不好晾着她。

李知珉用力按了按眉心，满心烦躁：“你叫她上来吧。”

过了一会儿，一个怯生生的声音响起：“妾身见过王爷。”

李知珉闭着眼睛躺在榻上道：“你从那边书架上随便找本书念念。”

上官萍依言，一边去书架边慢慢看着书，一边悄悄瞥着王爷，一看就有些挪不开眼睛：王爷生得真好看啊，久不见阳光的肌肤苍白得过分，衬得头发和眉毛鸦羽似的漆黑，看不见的眼睛丝毫不显得呆笨，而是幽深不明，整个人带着一种脆弱之美，唤起女性心中的那一点怜惜。

她有些失神，想起王爷看不见，眼睛更大胆地往王爷脸上、身上扫视。那一夜，有没有可能王爷真的宠幸了自己？她脸一红，觉得自己十分羞人，却忍不住被因疲倦躺在那里，却依然有着俊美容颜和风流优雅姿态的王爷所吸引。

李知珉动了动：“你还没选好书吗？随便读本什么都行。”

上官萍仿佛被抓了现行一般，紧张地收回目光，匆忙慌乱地去翻书架上的书：“王爷想听什么呢？话本行不行？还是诗？”她如此慌乱，以至于碰翻了一摞书，呼啦啦地全落在了地上，夹在那厚重的书里头的一沓薄书笺飞了出来，散落得到处都是。

李知珉皱了皱眉头，口气更冷淡了：“随便什么都行。”

上官萍急急忙忙地去拾地上那些散落的书笺，那书笺窄而长，大小不一，似是用稍微有些硬的厚库笺纸边角裁出来的边角纸，她拾取起来，却轻轻“呀”了一声，被上边那栩栩如生的小像吸引了目光。李知珉已有些不耐烦，本来叫这个女人上来，不过是为了找个幌子，只是这幌子若喜欢自作聪明闹些麻烦，那还不如换一个更安静、柔顺的。

“你又怎么了？”他的声音里已经带了些不耐烦。

上官萍唯唯诺诺道：“没什么……就是书里夹了些纸笺，上边画的是王爷的小像……”

李知珉一怔：“你把东西拿过来。”

上官萍将那些书笺拾起来，叠整齐了，小心翼翼地递给他，心里却想：他不是看不见吗？

果然，李知珉只是用修长的手指在那上头轻轻摸了摸，低声道：“有多少张？画的都是什么？”

上官萍适才匆匆一瞥，也只看了个大概：“十三四张纸笺，画得颇为潦草，不过看着都是王爷的小像，有骑马的，有看书的，有射箭的……要不妾再细看看？”她伸手想要拿回来，李知珉手指一拢，却将这沓纸笺收入袖子里：“不必了，你找本书读吧。”

上官萍匆匆拿了一本《诗经》，开始缓缓地读起来，心里却想着：那是谁画的？总不会是王爷自己吧？若是请的画师，自然会用更好的纸替王爷画，怎么会用这样边角余纸来画这天潢贵胄？

李知珉闭着眼睛，袖子里那沓纸笺却存在感极强，上官萍读了什么，他一句都没有听进去，只有胸腔里那一颗心仿佛被什么东西揉捏着，又酸又苦。

真不该放她走，在经过那一夜后。李知珉漠然想着。

平生第一次有悔意涌上心头，他这辈子步步为营，凡事都谋定而后动，所有人和事在他眼里都是一步步棋，举手无悔，所以每一步都极为慎重。

可是他这一次真的后悔了，因为他发现他开始承受不了损失这枚棋子的后果。而不知何时，这枚小小的不起眼的棋子，已经拥有了对他的情绪产生翻云覆雨的作用的功能。

上官萍也不知读了多久，读得口干舌燥，王爷却一直没有叫停，只是躺在那里，一动不动，她不敢停，只能一直读下去，直到外边文桐的声音响起：“王爷，宫里柳一常来了，传了皇上口谕，宣您进宫。”

上官萍停下了读书，有些惶恐地看向李知珉。李知珉淡淡道：“叫人拿大衣服来，我更衣进宫。”

元徽帝对李知珉十分和气，先问过了他的眼睛和身子：“听你娘说，你如今又添了头晕头疼的毛病？她前些日子和朕讨了些人参，我让太医院尽力给你找些好药，却不知情况如何？”

李知珉低垂着双眸，声音却很冷淡：“多谢父皇关心，儿臣身体并无大碍，不过是清清静静养着便好了。”

元徽帝仔细打量他的神色，微微意外，自己这个儿子一贯孝顺寡言，自失明以来，也不曾失了风度仪态，更不曾在他和窦皇后跟前诉苦失礼过，如今这说话间，却似有了些讽刺和怨怼。

元徽帝笑道：“是朕这些日子太忙，对你关心少了，我儿可是心中埋怨为父不慈了？”

李知珉硬邦邦道：“儿臣不敢。”

元徽帝走了下来，亲身扶着李知珉起身，嗔怪一旁的柳一常：“没眼色的东西，还不快给王爷拿一把椅子来。”

他抚着李知珉的手轻声道：“东阳公主倒了，朝廷反应很大，朕这些日子忙着清理朝堂，你懂的，使绊子的人、落井下石的人，还有一些罪有应得却妄想逃脱惩戒的人、拱火搭桥的人，这朝堂的人心啊……朕忙得不行，如今太子和崔氏那边都还要安抚为上。朕知道这些日子委屈我儿了，我儿为国为民，伤病在身，却得不到应有的荣耀和犒赏，是阿爹对不住你。”

李知珉本来一张脸绷得紧紧的，如今却有些维持不住，嘴角向下，似是想哭的样子：“一切都是儿臣应该做的。”他的声音里已带上了一丝委屈和哽咽。

元徽帝拍了拍他的手道：“确实是阿爹疏忽了你，要不是今日有人上了表，说你的侍卫领兵，以寻人之名滋扰地方，擅杀匪徒，骚扰百姓，我也想不起你来。你一直身体不好，我自是不信那些御史好名夸张的劾章，只是想着怕是你病着，你手下的侍卫擅作主张。你如今眼睛看不见，让你上折自辩就太劳动你了，朕想着许久没看看你了，索性便传你进来，也看看你好些没有。”

李知珉的一张脸却极快地沉了下来：“不必了，不是什么下人自作主张，的确是我命他们找人的。母后赐我的一名女官回乡后莫名失踪了，青天白日，朗朗乾坤，好好一名有品级的女官岂会无端失踪？莫不是有人觉得我眼瞎了，好欺负了，便拿她下手，想要折辱于我？我一品亲王，凤子龙孙，派点侍卫找人怎么了，就这样也值得上劾章？怕不是别有用心！定是有人看东阳公主倒了，想借此来攻讦父皇和母后！”

“简直可笑！我一废人，也值得这么大动干戈地算计！”

“我这一辈子，也就这么一个心爱之人，凭什么不让我留着？”

“我为国为民，征战沙场，伤病一身，永远看不见了，不就是想要一个宫婢，凭什么不行？我这辈子也就这样了，想留一个心爱的人在身边不行吗？”

“什么上官家的贵女，什么千秋功绩，我都不在乎了！我只要一个贴心的人儿陪着我，好好地过日子不行吗？”

“如今我略站站，便头晕头疼，身边一个可心的人都没有。我明明是凤子龙孙，天潢贵胄，凭什么过得比那村夫、商人都不如？人家还能三妻四妾，有点解语花，我却要为了那点朝堂利益，不得不娶一尊佛在屋里供着！这日子过得还有什么意思？还不如当时就战死沙场，死个干净！”

“就连上官麟、应无咎都想来抢我身边的人，凭什么？他们算什么东西！我调教出来的人儿，他们就敢觊觎！还不是看我废了，看不起我，觉得想要，我就该送上！我偏不！我偏就要定了这个人！”

一贯冷静自持的人，如今脸上露出了歇斯底里的神色，眼圈发红，看不见的眼眸没有焦点，却仍然显得微微疯狂。他双手紧握，连身子都在微微发抖。这个时候，连他也有些分不出来他到底是在父亲面前演戏，还是当真说出了心底的话。

元徽帝十分意外，终于上前给了这个儿子一个拥抱：“好了大郎，没谁能抢走你的人。你喜欢谁，找回来，朕给她封一个位分，谁也不能让她走，你母后也不行，上官家那丫头也不行。朕立刻便将这劾章斥退！果然是居心不良，妄想离间天家亲情！”

CHAPTER 15

第十五章

相敬

得到许诺和安抚的李知珉似乎没那么紧张了，他感觉紧绷着仿佛要打仗一般的身子渐渐放松，但失明的眼睛里有泪水滚落出来。他仿佛自暴自弃地道："儿臣失态了，请父皇恕罪，只是儿臣心有不甘，这一辈子还那么长，儿臣不过就想留一个人在身边罢了……儿臣什么都没有了……"他的鼻音重了起来，再也说不下去。

柳一常连忙命人打了热帕子来，递给李恭和，李恭和替儿子擦了擦脸，唤人叫太医来，给秦王把脉，又命人熬了药来，叫秦王在宫里服药，在宫里歇下。

眼看着窦皇后闻讯而来，接了李知珉走，李恭和才一个人在御座上坐了下来，低声道："他果真对那宫婢如此上心？"

却见书架后转出来一个穿着青色官袍的大臣，却正是孙乙君："不是没有痕迹的，当年上官麟几度讨要此女，王爷都没有许。他一贯心机深沉，当时送给上官家，只会有好处，他偏偏留着，想来是真有些喜欢。但也未必就十分舍不得，偏偏为了娶上官家嫡女，想必是皇后娘娘不许他留着，便打发回乡，结果回乡没几日便失踪了，他自然就在意起来了。皇子不能结交武将，他这次和应无咎大大咧咧地合作，若还是从前谨小慎微之时，岂会如此莽撞？若只是为情所乱，加上已全不在意皇位了，他才会如此不忌讳。"

李恭和笑了下："他若真喜欢那个婢女，就留在身边呗，皇后就是这一点看不明白，到底出身低了。她们世家女，要的是正妃的地位，岂会在意这些猫儿狗儿一样的玩意儿，倒是画蛇添足了。上官家那小姑娘，聪明外露，听说对大郎的病不甚着急，只让侍妾服侍，也难怪大郎念叨着之前的贴心人了。也是皇后太拘着他了，好不容易有个妥当知心的人，怎就不能留在儿子身边了？不过也好，我这儿子冷静深沉得连我都有些看不大懂，自出征回来，失明这么大的事，他仿佛毫不在意，城府太深。今日难得真情流露，倒有些像他这个年纪该有的样子。”果然还是年轻人，遇到这样的挫折，岂能毫不在意？

孙乙君有些忧虑道：“王爷这般可不行，皇上对他寄予厚望，如今却仿佛真的为病所磨，失去了斗志，皇后娘娘又对齐王殿下宠得厉害，在六部历练本是好事，她倒舍不得齐王殿下吃苦。晋王殿下倒是愿意，只是出身弱了些。”

李恭和漫不经心道：“妇人多宠子，等长大些便好了。秦王眼睛看来是好不了了，稍迟些，让公孙先生再去给他看看吧。公孙先生还是要辞去？”

孙乙君道：“是，他已上了第三道辞表，陛下若真的不想留他，可以允了。”

孙乙君小心翼翼地禀报着。如今他实在是看不懂这位威权日重的皇帝的心了。按说如今东阳倒了，虽说权宜之计是要安抚太子，因此这段时间元徽帝对李知璧是各种器重、爱惜，然而即便如此，自己的两个嫡子无论如何也该好好培养。秦王眼盲，未必能好，那剩下的齐王就该历练起来了。之前他听说齐王颇为聪慧，性格又柔善，无论如何，都是目前看起来最合适的储君人选了，皇上为何偏偏一点都不上心，只顺着窦皇后，一味宠溺？这如何能行？如今太子冠大根深，再这般下去，皇上夺回来这皇位，恐怕传不到自己儿子手里。

再说公孙先生，这人不愧是神算子，几番布局指点，竟然真的在最不可能的情况下火中取栗，让皇上得了手，以迅雷不及掩耳之势赐死了东阳公主，待到崔氏他们反应过来，已来不及了。东阳公主一派大势已去，多年压在头上的阴影去除。当初指点着种下的那一排柳树已经长大，将东阳公主府那利弩夺龙之势给生生截断，这样鬼斧神工，能夺国运、点龙气的本事，简直可以说是神乎其技了。公孙先生厥功至伟，但如今仍未到大功告成之日，公孙先生却上表请辞，按说李恭和应该继续留下这个人才是。

然而这几日，李恭和让他查之前大臣请辞三辞之礼，竟然像是真的要放公孙锷两兄弟归去。这样的人，就算不用，哪怕杀了也万万不能放出去呀。

难道，他居然怀疑公孙兄弟俩是秦王的人？

孙乙君再联系今日秦王失态，太医对病情也不乐观，皇上却反而隐隐有轻松之态：是了，之前秦王的属下为了找那女官，领兵四处剿杀匪徒，到底还是犯了皇上的忌讳。要知道秦王可是曾经在战场上立下大功的人，如今虽说病着，但也还虚领着禁军的衔呢！他岂能放心呢？如今查实秦王确然是为了一名女子失态，又已隐隐为病魔所折磨，已经失去了从前那从容若定的姿态，而仅仅是一个为病磨折、为情所困的病夫，他自然就松了一口气。

孙乙君的背上微微起了一层汗，秦王对皇上可是一直孝顺得紧，更是一直在前边冲锋陷阵，不惜苦累，在东阳公主被除去一事上出了极大的力。之前公孙先生算出秦王府对秦王不利，会有血光之灾，皇上却不闻不问，任由秦王继续住在那里，果然后来秦王在战场中了毒，以致失明，一蹶不振。

但是，那可是他的嫡长子啊！如果不是瞎了眼，秦王可以说是极好的下一任储君人选了！连这样的儿子，他也要忌惮而废之吗？

孙乙君的心里忽然掠过一丝阴影，血脉亲子，尚且疑之废之，那自己不过是一个臣子……他深深地低下了头，害怕自己的神情出卖了这一刻的动摇和犹豫。

李恭和没有注意到自己这个臣子的神情，他吩咐道："既然如此，那便允了公孙辞官吧。你派人跟着他们，看他们有没有异动，和什么人有接触。"

孙乙君的背上仿佛有一条湿冷、黏腻的蛇爬过，起了一粒粒的鸡皮疙瘩，更为恭敬地低声说了句："是。"

窦皇后亲自拿着药碗给李知珉喂完药，命人拿下去，然后一边拿了帕子替闭着眼睛躺在床上的李知珉擦汗，一边却习惯性地开口教训："你如何这般莽撞，派侍卫到处剿匪，还和应家那些土匪搅和在一起！皇子结交武将本就是大忌，你这般犯忌讳，真是岂有此理！"

李知珉闭着眼睛，淡淡道："我若永不犯错，一直沉稳谨慎，那才可疑，偏偏就是这般狂悖鲁莽，才反而让父皇放了心，相信我的病再也好不了了，相信我是真的已对皇位没有觊觎之心。"

窦皇后道："我看你是真被那个赵朴真迷住了，还找什么借口！这事实在太险了，万一你父皇生了疑，将你禁军的差使去了，那可不是弄巧成拙？且上官家那边只怕要生了嫌隙，你那媳妇儿可不是省油的灯，前日我给三郎辞了差使，她说话简直就是指着你老娘的脸，说我溺子如杀子了。"窦皇后微微没好气，从前就觉得门第高贵的媳妇会不好使唤，如今果然如此，自己倒要讨好起媳妇来了，真是不舒服。

李知珉道："我若真的和上官锈琴瑟和鸣，父皇才坐不安稳了，倒是这样貌合神离、相敬如宾才好。"

窦皇后想了想，觉得倒是这个道理，又犹豫着道："三郎去修史，是不是太浪费了？就算不去兵部、吏部这种热门衙门，哪怕在礼部历练一二也好啊。"

李知珉知道母后仍不死心，轻轻道："太子是遗腹子，名字为当初父皇所赐，名璧，国之重宝，我们兄弟三人的名字也都是父皇所拟，珉，似玉的石头；珂，仍是似玉的石头；璞，未雕琢过的玉石，母后，您只看这名字，还不明白父皇的心意吗？"

窦皇后睁大了双眼，气得微微发抖："在他眼里，只有崔氏那贱人生下来的儿子才配拿那玉玺吗？从前我就觉得他对那贱人太过优待，宫里一应供应都先紧着那边，就怕那贱人受了委屈。一个出家人，又是讲究吃又是讲究穿的，真不知道修行算什么了。每年先帝祭日，皇上都要去那边，说什么要去致祭，呵呵，先帝若真有灵，怕是棺材板都要盖不住了！列祖列宗有灵，怎不天降雷霆，劈死这对狗男女呢！"窦皇后几乎失态，一副歇斯底里的状态，"自从东阳公主倒了后，后宫里就开始有对我不利的传言，皇上也动不动就当着妃子的面呵斥我，他是早想着把我废了，和那贱人双宿双栖吧！他想得美！"

李知珉微微无奈，这就是他一直将那个秘密深藏在心底的原因，他的母亲实在太没城府了，然而当时如果再任由固执的母亲将弟弟推出，到时候连弟弟也有个好歹，那她怎么受得住？他已有心理准备，步步为营，尚且中了暗算，失明养病，弟弟那样天真挚纯之人，若又被父皇推到台前当枪使，再被暗算，到时候情何以堪？

然而，这样的母后都能在父皇眼皮下瞒住了秘密，实在是李恭和太轻视窦皇后了。窦皇后表现得目光短浅、溺爱孩子，他毫不怀疑，反而觉得自己当时选这个女人做皇后当幌子实在再合适不过。

他完全不知道自己藏得最深的秘密，早在二十年前就已被两个孩子洞察。

"母后不必如此生气，您之前不是做得挺好的吗？河工的事，其实就是一个坑，历年亏空无数，更是牵扯无数南方世家，弟弟尚未经历过事，若真接下来这差使，怕是要一头撞进去，吃了大亏。我记得当初前朝廉吏方正陵就是河工巡察，查了亏空出来，却被倒打一耙，说他勒索地方，收受巨额贿赂，最后一身清名不保。他可是多年能吏了，尚且吃了大亏。您只让弟弟老老实实地读书修史，什么都别管，等着吧，弟弟还年轻，厚积薄发，迟早有发挥才干的时候。”李知琨一边温声安慰母亲，一边轻轻按着自己的眉心，适才他花了太多的精力应付父皇，如今再要面对一个激动、固执的母亲，实在感觉到有些累了，然而他并没有人可以分担。一切都担在他的肩上，他无可推托，一步错，全盘落索。

窦皇后想到晋王，却微微讥讽：“朱贵妃厚着脸皮来抢这差使，却不知这是一个大坑呢。呵呵，我等着她儿子出丑露乖。”

李知琨含笑摇头：“您怕是看不着热闹。他身旁有王彤，自能替他化险为夷，王家可不容小觑。他娶了王彤，应该是他最幸运，也是做得最准确的一件事了。”

窦皇后微微沮丧：“是母后当时考虑不周，给你娶了这么一个冷冰冰的冰美人。这次你若真能找回赵朴真，便留在身边伺候吧。”

李知琨没说什么，心里却一动。那一沓纸笺尚且还在袖内，仿佛一堆炽热得烫到他的炭火。

李知琨在宫里歇了一晚，母子俩也少见地喁喁细语，说了不少体己话。第二日，李知琨回王府的时候，上官筠却难得地出来接了他：“昨儿听说皇上忽然召见王爷，我一夜没睡好，只担心王爷因为找那女官的事吃了挂落。”

李知琨知道，他忽然进宫，她自然是关心的，这位上官家的高贵嫡女，在政治方面有着非同一般的触觉。他说：“王妃不必担心，父皇只是问了两句，并没责怪，只是担心我的身子，因此留住了一夜。”

上官筠听闻后松了一口气，笑道：“果然和我阿爹说的一样。我担心得很，特意派了人回家里问了阿爹，阿爹倒是没怎么担心，和我说皇上最多不过是训诫两句，不会真和王爷计较的。”

李知琨道：“我倒是让岳丈大人也担惊受怕了，合该赶紧送个信过去给上官大人才是。”

上官筠笑道：“好，只是这次听说是御史台那些好名之人又上了劾章。依我说，若真找回那女官，不若还是把她送我兄长罢了，也省得污了王爷清名。我哥哥那混世魔王的名头早就在外了，做点出格的事，旁人倒不觉得出奇。”

李知琨淡淡道：“王妃果然处处为我着想。”他不置可否。上官筠笑着上来扶着他进屋坐下，一旁的上官萍怯生生地捧了温热毛巾上来梳洗，好几个侍女都围上来，替他宽了大衣服、除了金冠、梳头洗脸。

上官筠有些疑心他在讥讽自己，只道他一贯喜怒不露，只笑着道：“咱们夫妻一体，应该的。”

李知珉已经太累，这些日子发生了太多事，忽然让他起了一股恶意：“说得也是，不如今晚我便歇在主院吧？”

李知珉身子不好，上次她们用药，就让他大病一场，那场大病可是实实在在的，今晚不可能再给他用药，若再让上官萍代替，她们便瞒不过。他偏就要看看这位害怕生孩子的王妃究竟要怎么应对。

不错，他记得那一夜究竟是谁侍寝。

说不上那一夜到底是顺水推舟，还是情不自禁，他只知道曾经他对这位王妃有过的期待，在那一夜都变成了沉甸甸的羞辱抽在脸上，而曾经已经决定放手的小小宫婢，却给了他另外一种希望。他以为宫婢会留下，她却仍然选择了不揭穿此事，毅然回乡。他无法得知她那一夜的想法，于是依然送给她早就预定好的结局。可是这一刻，他后悔了。

上官筠含笑道：“王爷要歇在主院自然是极好的，只是今儿我身上不大好，让萍夫人服侍王爷吧？我听王妈妈说，萍夫人服侍得好，王爷喜欢。”

李知珉嘴角微微一翘：“既是王妃身子不适，那就不必了，莫要扰着王妃，我回华章楼去。我其实也有些头晕，萍夫人一会儿再给我按按。”

上官筠面色不变：“也好，原本我应了邀请，明日和霍家的二娘子去烧香。王爷没什么事吧？”

李知珉道：“我没事，王妃只管去吧。霍家二娘子，是霍太尉家？霍柯的妹妹？据说也有撒盐咏絮之才。”

上官筠点头：“她于诗上颇有才华，她长兄霍柯也是京中勋贵里青年一代的佼佼者了，王爷想必也见过他。她找我，却是想与我商量，联合京中以及世家的若干女学中有才学的女子，联名上书朝廷，请求开女举。”

李知珉点了点头：“如今并不是好时机，当初圣后揽权，如今东阳公主又才倒，少不得不少腐儒担心女祸又起。当初圣后当朝，也没有开成女科，只是从国子监的女学里选拔了些女官罢了。要知道女子总要嫁人生子，为官理政太难了。”

上官筠道：“知其不可为而为之，我并没有希望一次成功，先投石问路，看看朝廷的反应，看看阻力来自哪里，咱们慢慢地再办起来。”

李知珉点了点头，默然不语。这位王妃，一贯胸有大志且百折不挠，和凡女不同，从前他是极欣赏她这一点的，可叹当自己也变成她往上攀爬的一块垫脚石的时候……

上官筠却仍与他说话：“大家希望我为首倡领头的，还有若璇妹妹也说要参加，不知王爷可同意？”

李知珉道：“此事不易，王妃既有想法，只管去做便是了，若办好了，倒也能让民间许多良家女子能有个挣扎向上的机会，不至囿于院墙之内，也算是青史留名的好事。我反正闲王一个，病躯也不怕犯了谁的忌讳。”他只能说上官筠想必要将这个王妃的身份利用到淋漓尽致了。

上官筠一贯喜欢李知珉这从不为难妇人和身边人的性子，含笑道：“王爷信任我，我自然尽力做好。”

李知珉却在心里想着那个一直找不到的女子，若她有机会参加科举，想必一个女状元总是能拿到的吧？不知流落在哪里的她，若知道朝廷开了女举，可会去参选？

夫妻二人相敬如宾，用过了饭，便各自回房了。

应府，听了应无咎的禀报，应夫人怔怔地看着应无咎，模样呆呆的，什么反应都没有。应钦吓得上前抱住了她：“碧蘅，没事的，我让人再去找，这么大个人，一定能找到的！”

应夫人摇了摇头，一行清泪落下：“这是上天给我的惩罚，惩罚我的自作聪明，惩罚我的自私和浅薄。”她心中的悔恨无以复加。她的女儿，本该是千娇万宠在她庇护之下的女儿，本该是高贵家族中的嫡女，却因为她的迟疑、她的自私、她的丑陋，被弄丢了，她终于弄丢了她的女儿。

同样得知再一轮搜索以后仍无济于事的李知珉也沉默了。

高灵钧低声道：“赵家那边已经再三询问过了，虽说他们一口咬定是赵娘子住不惯，回京了，但到底是赵娘子的亲生父母，我们也没好真的当犯人审问。不过当我问到和土司世子那边的亲事的时候，赵家夫妻都面有惊慌和愧疚，想来是因为亲事起的龃龉无误了。那赵家的二小姐甚至破口大骂，说赵娘子抢她的亲事，勾引世子，淫荡无耻，可想而知当初闹翻的时候十分不堪。”说到这里，连高灵钧都在替赵娘子憋屈。赵娘子是什么人啊，王爷一直最宠爱的女官，只要留下来，一个侧妃是肯定有的，就算不留，只看上官麟、应无咎，不是世家嫡子，就是一方枭雄，一个土司世子算什么？

李知珉面沉如水，并没有再追问这些，原因不重要了。他闭上眼睛，在静谧的黑暗中想着，如果他是小丫头，应该会如何选择。不回京城，两个孤身女子去什么地方才能安住？

不能是小城，而应该在大城，越小的地方，越是为宗族势力垄断，容不下独身女子，没有父兄庇佑，没有家族保护，只能找一个极为热闹的城市，每日有大量陌生人来去，人们忙于生计，无暇管太多人的闲事，大部分人生活过得去，不会觊觎两个孤身女子的钱财，更重要的是，有守军、有衙差管理着城市治安，罪人会被惩戒、被震慑，不会有人冒着被问罪杀头的风险去轻易谋夺人的资产。地方官还得有点基本的操守，不会敲骨吸髓地欺压民众。

路途不能太远，她乘坐马车会晕车，高灵钧说她路上一直不舒服，最好是水路，路途不太平，她也不会傻到那种地步，让两个孤身还美貌的女子贸然上路。

他倏然睁开眼睛，冷冷道："你不要查回京的路程了，查去粤地的，查水路！"

高灵钧被那漆黑的眼珠子盯着，虽然心里明明知道他看不见，但仍然不由自主地移开了视线，道："粤地羊城？但是我们在车马行和港口都拿着画像问过了，并没有人见过她们。"

"不是车马行，她没有傻到那样的程度，去问镖局或是船行。民间往往有单独请不起镖行或是大船的普通市民，凑钱一起交了，跟着大的镖队或是船队出行，既能保证安全，也花费不多。去问有没有什么人带着家眷的，主要查去广州的水路。她们不是主仆两人上路，她们肯定是冒充什么人的家眷，结伴上的路，应该还易装过，所以没有人注意！"

"传信广州刺史陆佑庸，把画像传过去，让他找人。我敢肯定，她十之八九已经在那里定居了。"

……

赵朴真并不知道自己悄无声息地离开，其实惊动了许多人。她推开窗子，外边小贩们叫卖的声音和着清晨明媚的阳光涌了进来。

这是一间小小的楼，二楼窗外正临着街，往下望去，贩夫走卒、车水马龙和这滚滚的人间俗世红尘的味道，教人喜爱，她弯起了眼睛，笑了起来。

这里是粤地，炎热却充满人气，常常会在午后下一场淋漓酣畅的大雨，重而响地敲着瓦片，然后日出云散，人们又纷纷出来，继续香火人生。

这里是她选的最合适的久居之地，百商通行。这里明明从前是瘴气多的不毛之地，朝廷用来流放犯人、贬谪罪官，然而经过人们一代代拓荒开地、繁衍生息，再加上海外通商的便利，如今却成了一个繁华的商埠。就这条街上，饭馆、茶馆、酒馆、客栈比比皆是，布铺、酱铺、果子铺、杂货铺紧紧排着，更是缺不了赌馆、妓馆和当铺。最好笑的是，临着妓馆没多远的，却是一家极大的学馆，吃喝玩乐学行，全齐了。

挑夫、商贾、妇人、学子、孩童、老儒生乃至蓝色眼睛的胡人、漆黑肌肤的昆仑奴摩肩接踵，形形色色的人每日里在这青石板街道上熙熙攘攘地行走，两边都是重檐飞翘的宅子。在这里，人们对单身妇人不会特别在意，衣食住行，样样都能买到，就连倒个夜香、买个食水，都能有人推着独轮车吆喝着送上门，生活方便，出行简单。

这些日子，她身子的反应让她确认自己应该有了孩子，那一夜的混乱、莽撞和误会，终于还是留下了一点纪念品，让她意外和惊喜。

她真心欢迎这个小生命的到来，虽然生命很长，但她很肯定自己大概再也遇不上一个这样爱的人了。

环儿从外边进来，提着一篮子新鲜的菜，眼里也洋溢着欢快："娘子，今儿买了很好的茄子和黄瓜，给您凉拌个黄瓜吧？"

赵朴真深吸了一口气道："还是我来吧，你那手艺还得再练练。"

环儿不好意思地笑起来："娘子，您的手艺是真的好。"

新鲜的仍然带着黄花露水的黄瓜，用刀子切成薄薄的片，只滴上几滴酱油和醋，就已是人间美味。环儿一边看她切黄瓜，一边异想天开道："娘子的手艺这么好，不如咱们开个饭馆吧？开个饭馆子，生意一定很好。"

赵朴真含笑道："傻孩子，开饭馆的女子会被人轻贱，咱们无依无靠的两个孤身女子，怕是开不了几天饭馆，就要惹到闲人了。"

环儿皱了眉头道："那怎么办啊？我们总得找一个营生啊。娘子您直接买下来这么大一个院子，还带小楼，一下子把钱都快用光了，再这么坐吃山空可不行啊。要我说，当初就该买小点的院子，要不地段偏点儿，偏要选在这州书院旁，好贵啊。"

赵朴真道："这里很近州学，又靠近州府衙门，平日里巡逻的兵士多，三教九流的闲人也不敢在这边待着。我们两个女子，自然是安全为上，多花些钱，也比在那些闲杂人多的地方待着好，而且这里安全，也方便我营生。"

环儿好奇道："什么营生？莫不是画画？出去找画院寄售？我看娘子的画实在很不错。"

赵朴真摇头："我非名家，不仅卖不出高价，只怕还要折了颜料纸钱，况且商贩一流都被人轻贱，并非长远之计。我为女流，在外抛头露面，一旦地位低了，就容易受人摆布，一不慎，那可是万劫不复，咱们一步都不能走错。"

环儿十分茫然道："可是，咱们如今没有王府在后头了，谁会真的尊敬咱们呢？"

赵朴真含笑："我已想好了，你看到外边花厅里别人送来的刚打好的桌椅没？我要招女学生。"

环儿大吃一惊："女学生？娘子是要做先生教书吗？可是学生从哪里来？未嫁的小娘子们大部分还是在家里的吧？再说这束脩怎么收？太贵了的

话，别人宁愿自己在家里请吧？谁会愿意来咱们这儿？”

赵朴真道：“万事开头难。愿意让女儿读书的人家，不会是普通人家，要么是官宦人家的小姐，要么是大家世族的女儿，这些人家的小姐都娇贵得很，养在深闺，自然会请女先生到家里去教，或是自己就有家学，所以要找女学生太难了。我只能先从收普通女学生开始，而这口碑也很难打起来，因为女学生没有科举，究竟学得怎么样，如何能让人口口相传，又尊重你，可不容易啊。”这些日子，赵朴真一直在想着如何谋生，已是深思熟虑了许久。环儿本来还对她信心满满，如今听她一剖析，也开始愁起来：“是很不容易啊。”

赵朴真道：“但是做女先生可以受人尊重，又有学生家长在，不至于受人轻侮，招来些不三不四的闲人，长远看来，此事还是如今我最好的选择。”实际上，这也是她当初回连山的时候的打算，她并不想就此嫁人，想着等安稳下来便开个女学。如今她虽然离开了连山，但也不是不能做的，只是失去了父母家族的庇护，开头要难许多罢了。

环儿很崇敬地看向她：“赵娘子，您想得真仔细，难怪当初王爷那么倚重您。咱们为什么不回王府？”

赵朴真沉默了一会儿，而后道：“我想看看更广阔的地方。”

环儿天真烂漫：“也好，等累了咱们再回去也成。”

赵朴真微笑：“你替我去街上找个最有名的大夫，要妇科方面有一套的，出诊。”

环儿登时担忧起来：“娘子，您生病了吗？”

赵朴真摇了摇头：“快去。”

白胡须的大夫来的时候，赵朴真已绾上了发髻，宛如一个年轻的小媳妇。大夫左右两边手都把脉过，又问过月事具体日子，而后笑道：“恭喜小娘子，您这应该是有孕了，应当快三个月了。看您面色红润，身体健壮，胎儿应当很是安稳，不需要吃药，好好休息，正常饮食即可。”

环儿在一旁瞪大了眼睛，赵朴真却早有了心理准备，也不着急，只是问了下大夫一些注意事项和饮食禁忌，便让环儿付了厚厚的诊金，送走了老大夫。环儿回来后惊喜交加：“快三个月！是王爷的孩子吧？”在连山日子那么短，一路上她也没有离开过赵朴真身边，这么算来，赵朴真怀的只有可能是王爷的孩子。

环儿又喜又忧：“这可是小王爷啊，王爷还没有孩子呢，他又那么宠爱您，知道了一定会很高兴的，只是路途也太远了，娘子实在不该来这边的，应该追上高大人，回王府多好。不过，王妃娘娘可不好相处，但是王爷那么宠您，一定会护着您的。但是现在都这样了，路上再颠簸可不行，我听说从前王家嫂子就是坐马车把孩子弄掉了，您还是得好好养身子，还是托人给王府送封信的好。”

赵朴真看环儿天真烂漫的模样，含笑道：“你别想太多，咱们暂且先在这里住着，以后你在外边只说我们家相公上京赶考了，莫要说别的，更不要告诉任何人我们从王府出来的事，懂吗？”

环儿喜滋滋道：“好的！”

府学附近的街叫鹿鸣街，是从前一位府尊起的名，寓意自然是希望学子们早日参加鹿鸣宴。街上店铺林立，有不少家贫的童子们会在街上闲走，接一些跑腿送东西的散工，拿到几个大钱来买糖吃或是补贴家用。有些店家就请了在街上闲走的童子们发放店铺的招纸，以招徕客人。

然而最近几日，童子们都接了一家叫“明慧女学”的招纸发放的散工，这条街上的住民们才发现，不知何时，这鹿鸣街府学附近的银杏巷里最深处的一家小楼已悄悄地换了主家。

和一般学堂、私塾介绍先生资质的招纸不同，这家明慧女学的招纸上，没有什么繁复的之乎者也，只简单直白地写了几句话：明慧女学，收十八岁以下女学生，女先生执教，三十日内免费，学习三十日后，能识常用字一千，识数一百，会简单算账，能写简单书信及记账。

街头巷尾接到这招纸的人不少，酒馆里有人笑了：“好大口气，学三十天就会写书信？我儿子都在私塾读了三年书，就会背点书，过年让他帮我写封信给他姥爷都写不出，更不要说算账了。若算账那么好学，咱们那么多店铺，哪里还用重金聘请账房？”

“女儿要认字、算账做什么？难道要让她们抛头露面吗？真是可笑，还三十日内免费，看来是招不到人。”

这其中却也有人笑话：“你却不知道了，我听说大户人家的主母打理内院，也是要识字管账的，不然是要被下人糊弄的。”

又有人反唇相讥：“你也知道是大户人家，莫不是你还想着自己女儿能当大户人家的主母？人家也是要门当户对的，就这小门小户，进去也就是当个妾婢罢了，用什么识字算账？算那几朵花、几个脂粉的大钱吗？怕不是要笑破人的肚皮！”

这时，却有些消息灵通的商贾道：“你们有所不知，京里就有开女学，圣后那会儿设的，良家女子都能去考，若考得进去，不收钱。当时我听说要开女科举呢。”

众人哄堂大笑起来：“都哪门子的老皇历了，圣后都不在多久了，还女科举呢。女人不安心在家里生孩子，难倒还真的想当官不成？”

“朝廷的体面何在？怕不是审案审到一半，就要去喂奶哄娃？”

哄笑中却也有人心动：“不是三十日免费吗？既然她夸了口，让孩子去学，能学几个是几个，哪怕闲下来帮家里记记账，学不到正好退学，反正也不要钱。”

立刻便有人驳他：“白送的东西，你信？怕不是拐子居心不良，好骗了你家的女娃娃去！”

前边那人将信将疑：“不能吧，这可是府衙附近，旁边就是府学，哪家的拐子这么大胆？”

少不得有人一探那藏在胡同深处闹中取静的明慧女学。别致的院落经过整修，门口外墙边种着生机勃勃的野菊花，一看就知是从附近山上移栽而来，在阳光下显得金灿灿的。门上悬着牌匾，上面书有四个大字“明慧女学”，字迹一看便知是女子手笔，却十分有力。漆成黑色的大门紧闭着，并没有敞开。两侧粉墙上却有整整齐齐的女子手书雕在竹子上，待找了识字的人来看，一侧写着“明慧学堂章程”，却是女学里诸如尊敬教师，不许迟到，衣履清洁，不能喧哗，每日卯时家长送来、酉时接走等学堂里的规矩；另外一侧则是写的学堂里的授课内容，有诗学、画学、算学三门主课，中间杂着蹴鞠、针凿和礼仪三门副课，每日上午授课，下午习业，每旬歇一日，每日时辰和对应的课程写得清清楚楚，一目了然，看着倒是一个十分正经的学堂。

若上前叩门，一名老苍头前来应门，再三询问来客身份，若是打听女学的，只回答：“女学不随意见外客，男客止步。若是有女学生想要求学，请由母亲带来，需我们家女先生面试后，双方满意了，签订遵守女学的规矩的文书，行了拜师礼，方可入学。入学第一个月免费，之后每月一百文钱，若不想读，可自离去。学堂里，每日落锁后无大事不开锁，家中若无大事，不得擅自来接女学生，且来接女学生的，必须为固定的人，拿着对牌来接，不可随意更换，若更换，必须提前知会学堂，以防被拐子拐走。”

CHAPTER 16

第十六章

女学

门禁森严，规矩明白，女先生十分矜持神秘，却反而让来打探的人放了心。这可是女学，若什么人都能往里头探头张望，随意出入，随意领走女学生的，谁敢送自家女儿进来？

观望两日后，便有街上店铺里颇为殷实的人家动了心。生意人家，请不起先生，女儿在家无人管束，若真能学点东西，一百钱倒也没多少，少不得便有人家让家里妇人带了女儿上门拜访。

这回有一个双鬟清丽的稚龄少女奉茶而来，礼仪娴熟，未语先笑，先问了女客和女孩的姓氏和年龄、家里的基本情况，才进去请了女先生出来。

女先生素衣淡妆，长眉秀颊，清如浣雪，风致嫣然，自号琅嬛女史，谈吐且不提，单单那举手投足之间的礼仪，已和市井人家大不相同，叫人肃然起敬。

女先生并不和客人多说话，言简意赅，仪态端整，虽有国色之貌，却正言肃色，毫无轻佻之举，教人丝毫生不起轻视之心。她只是简单询问几句女学生的情况，问希望多学哪方面的知识，便点了点头，告辞入内，只留下小丫鬟与客人说话。小丫鬟透露出自家女先生本是李姓举人，娘家姓赵，京城人，远嫁到广州没几年，通词翰，擅画像，学识自然是极好的，家中长辈都已去世，丈夫又进京赶考，因在家无聊，想招几个女学生，以解寂寥。

众所周知，这进京赶考，一去数年是很正常的事，毕竟路途遥远，大部分读书人都承担不起来回的路费，进京赶考后一科就能中的人又极少，大部分举子都只能滞留在京中，等待三年后的下一科，若还是不中，只能三年又三年。

来客们自然都是了然的，问："既然你家娘子是京城人，婆家又无长辈要伺候，为何不一同进京赶考？"

小丫鬟压低嗓子，轻声道出缘由，原来赵娘子已身怀有孕，怕一路行去辛苦，若因疲惫，有个闪失，倒误了子孙大事，只能忍痛先夫妻分离，先在家里安稳养胎。来客都是女客，自然都面露同情之色，

也有些客人问："你家娘子为何不去那世族人家里当女先生，反而要在这市井之中招女学生？"

小丫鬟微微提高声音："我们家少爷才高八斗，迟早要得中的，到时候我们娘子可就是官夫人了，岂能去给旁人家里做女先生？"小丫鬟伶牙俐齿，甚至透露她家娘子已有孕在身，自是在家里安稳养胎的。况且不过是收几个女学生平日里打发时间解解寂寥，并不是要做什么长久生计，且为了不费神，每日只教半日，学生也不会收太多的。至于前三十日为什么不收钱？其实是夫人也要挑一挑学生，若实在不堪教，资质太差，不投缘的，那就会劝退，便是学生家里要交钱，学堂里也不收的。

来访的客人再看这屋里的陈设，茶具炕屏等物，无一不是上上之物，体现着主人极佳的品位，而女先生和丫鬟，确然都是京城口音，和羊城这边的口音差别很大。

总之，带着女儿来的掌柜夫人，很快就感觉到自己捡到便宜了。这位夫人一看就像是世族出身，风姿仪态，无一不是上佳，若自己女儿能学到其中一二，那也不愁嫁了！

有了第一个女学生，很快就有了第二个，消息在交好的商铺掌柜夫人间悄悄流传着。上了课的女学生们也极高兴，因为先生上课一点都不枯燥，总是顺手拈来许多妙趣横生的典故，说得她们兴致勃勃。习字帖就更有趣了，和别人习字从《三字经》《千字文》习起不同，她居然是从每个人的名字、父母的名字开始教起，然后是日常生活中所用的字，包括衣食住行，再然后是日常所见的东西，不过才上了几次课，学生们竟然已能简单地写起句子来了。

算学更是简单明了，记性好、悟性好的几个女学生，已飞快地掌握了速算法，有些回去和父母一说，才发现自己学的竟然是家里请的账房那边的不传之秘：袖里吞金。

这袖里吞金，却是晋商那边传下来的秘法，平日里不外传的，靠了此

法，晋地一代的账房们才能得到雇主们重金相请，名声在外。不过，再不外传的秘法，也不得不屈服于皇权，早就被人搜集了上贡到了宫中，然后静静地躺在了琅嬛书库中，却又被一个默默整理书橱的小宫女学到了手。

她并不知道此算法的珍贵，只觉得此法以手指为算盘，算法简单易学，对初学者来说十分浅显，而一旦掌握了诀窍，再大的数字也能很快算出，且女子算账，拿着算盘有些不好看相，藏在袖中计算，却不为外人所瞩目，十分便当。

她教得无私，仿佛这只是一个极寻常的算法，但女学生们的家长大多是商铺的主人，日日和算盘、账本打交道，岂有不识货之理？他们已迅速地又将自己其他女儿送了来，年纪虽小了些，却也顾不得了，只求能学到这实打实的本事。至于前三十日说是不收束脩，家长们就变着法子给学堂送东西，今日说有点积压的布匹，给先生裁点被面，明日说有些酱醋，要过期了，给先生烧饭菜，只求先生多看顾自己家的女孩儿一些，多教一些实在的东西。

东家送完西家送，外人见这些店铺如此奉承书院先生，少不得暗暗打听。家长们虽说都心照不宣没有外传，但是谁家没有一两个结好的朋友？明慧女院这名头，在羊城商贾中不胫而走，渐渐名声大了起来。

到羊城不过一个月，学生开始多起来，都是一个介绍一个。赵朴真收到三十个学生后，就停止了招生，不肯再招，只说等有缺再招。

丰乐船行的白老板，名白素山，乃广州港数一数二的富豪，家资巨万，膝下只得一个十二岁的女儿。因着他早年常常出海，身子伤了根本，已不能再生孩子，便早早定了要招赘，既要招赘，女儿自是要继承家业的，因此他早就为女儿请了数个先生来教，却是将女儿当成儿子来养了，然而女儿顽劣，硬生生气走了数个老先生。他听交好的老友说起明慧女学的时候，倒也未必就信了，而是请了府学一个相识的教师去了女学，先去会文，探了探虚实。

那教师也算得上是积年的宿儒，曾拜过名师，和这位女先生讲了一轮经，见对方经义娴熟，诗书皆通，甚至倒背如流，过目不忘，最后自叹不如，起身拜过："听闻京里素有才女，过目不忘，诗书娴熟，圣后之时多任女官，能与男儿比肩论学问，我从前不信，如今看来，果然是在下见识浅薄了。"

这一轮虚实探下来，白家得了消息，立刻便派人联络，想送女儿入学。

然而名额早已满了，这可急坏了白老板，派了夫人亲自捧了大把的礼物、重金砸上了门。

结果仍被婉言谢绝了，礼物一点都没收，只是得了一个排名，承诺在三十个女学生中，如果有了缺，便能第一顺位排进去。

要怎么才能让这三十个女学生出了缺呢？白老板叱咤商场多年，自然有他的办法，不过几日，便有个家贫的女学生家里提出了要退学。家贫女学生家里已经悄无声息地添置了肥田和好铺子，甚至有丰厚的嫁妆补偿，只求空出一个名额来，让白小姐就读。

白老板的操作启发了其他人，很快，明慧女学里家贫又年纪比较大的女学生们纷纷提出了退学，名额自然是空给了后头更有钱和更有权的人家。

赵朴真始料未及，她已经开始有妊娠反应，日日有些嗜睡，食欲减少，精力不足。为了对已经招进来的女学生负责，她严格控制学生数量，没想到赤裸裸的金钱和权力，在这样一个小小的女学里居然也显示出了弱肉强食的世态来。

她找了提出退学的女学生和她们的母亲来恳谈，希望能挽留她们，学生母亲面带羞愧，女学生倒是十分豁达："先生再造之恩，学生不敢忘，只是我年纪大了，虽说也想跟着先生多学几年，学到些真本事，但是学到了又怎么样呢？家里早就给我定了亲，也不过是门当户对的农户家，识字算账、能写会算，不如会做饭会裁衣、能生儿子，加上学生也笨，没学会多少，如今就为这一个名额，却给家里带来了许多田亩和铺子，连嫁妆也比从前多了一倍，这已是千载难逢的机会了。先生不要责怪我和家里人，我们见识短浅，都是穷闹的，只希望将来，我若生的女儿，能有幸跟着先生读几年书，那我也就心满意足了。"

赵朴真微微黯然，却也知道女学生说得有道理。就算和她多学几年又能如何？她教的总是有限，并不能改变这个女学生要嫁人的命运，然而一笔实实在在的钱财，能让她和她的家人在接下来的人生过得更好。

她竟无言以对，女学生看出了她的难过，心中也很是感动，安慰她道："其实，白小姐更需要先生的教导，白小姐将来可是要继承白家的家业的，学会先生的本事，才更有用。先生在这里办女学，白小姐在这里读书，其他人不敢给您找麻烦，这对先生来说是好事。不只白小姐，据我所知，还有欧县丞的女儿欧小红，下个月也要来先生来说这里读书了。他虽不是什么大官儿，不过是一个小吏罢了，但整个宗族在这里很有势力，您教他的女儿，自有许多方便之处。先生孤身一人，还身怀有孕，能多一些助力总是好的。我们这些穷学生，受了先生几日教导，知道了外边的世界有那么大，学会了点做人做事的道理，不再是从前的睁眼瞎，已是心满意足。我们也是希望先生能过得更好的，先生心中记着我们，不念我们家贫，仍然极力教导，有这份情在，我们都感念在心。一日为师，终生为师，希望先生多教几个姐妹出来，将来学堂越办越大，能多教一些学生就更好了。”

女学生到底退了学，“白小姐”“欧小姐”们进了女学，虽有些顽劣，但很快被赵朴真那长期浸淫在宫廷里，已经深深渗透进骨子里的严格的举止礼仪震颤了，然后又被那在琅嬛书库里学下的才学所折服。粤地本为流放之地，她们又是女子，稍微有些才学的儒生是不肯去教她们的，平日学学问的腐儒，谬误甚多，误人子弟不说，还动不动罚啊打的，哪里似这位女先生过目不忘。她们可是亲眼看着这位女先生上课，从头到尾背诵讲解经书，一眼都没有看过书，却一字不错，外边的举人秀才也未必有这样的功力！这可是有真才实学的！

豆蔻少女本就不自觉地会模仿比自己更美、更有才学、仪态更佳的人，赵朴真并不需要太多手段，就轻易收服了这些女学生。招权贵女儿为学生的好处也是直观的，女学刚开的时候，尚且有恶客闲郎偶尔窥探张望，如今却早已绝迹，明慧女学也成为羊城里除了世族的家学以外，有点权势、财富的人家更好的选择。毕竟世族里的家学大多是本族的女性长辈授课，外人不是沾亲带故，极难进去，便是拿着大把银钱，求爷爷告奶奶找了点瓜葛亲进去了，旁人也只是紧着自己姓氏的族人，倒是把这些外姓的小姐当成奴仆下人一般。这些小姐在家里也是娇养着呼朋使婢的，哪里受得了这种气？倒不如这明慧女学，虽说不许带奴仆、丫鬟进去读书，样样都需亲力亲为，但难得一视同仁，管你家资巨万还是一贫如洗，这里只看月考的成绩。成绩好了，你便能得到老师的额外看顾，却不是什么不一样的，只是额外增加一点别的教学，是更难、更有用的知识。

女学生甚至可以讲史，可以学易，能学和男子一样的课程。只要你跟得上，只要你喜欢，这位博学的女先生都能教，都会教。不论家世，不看贫富，端看你悟性如何、喜好如何。你若学得好了，还可以在学堂里做助教，教一些年纪小的蒙童，女学还会给你发点薪金。

女先生还珍藏着许多珍本，是外边买不到的，虽不能借回去，但可以让你随意抄，只要你是学生，就可以自己誊抄回去。

略有些见识的人家，都知道自己挖到了宝，更是尊重这位千载难逢的女先生。女儿就算学不会知识，也要生生记下珍本，抄回来，回到家里再全家上阵，研习先生所教的课程，特别是儿子也都来听女儿转述白天学到的课程。这是外边随便哪所私塾，甚至府学都学不到的东西。

“说是丈夫姓李，进京赶考，长辈都去世了，家中闲坐无聊，才开了女学，教得很有一套，就连府学的山长也亲自给琅嬛女史下了帖子，请她到府学讲经。”高灵钧给跟前的冷面王爷说着自己打探来的消息，眼睛悄悄觑着这位王爷的神情。虽然知道对方看不见，但高灵钧从来没有敢在他面前失礼。看来看去，还是他最了解赵娘子，顺着他提供的思路去查，再联系上广州刺史陆佑庸，他们很快就查到了人。而这位赵娘子，果然才学惊人，孤身一人带着小丫鬟，竟然严严实实地护住了自己，还创办了女学堂，稳稳当当地在一个陌生的地方立住了脚跟，还创出了名声。琅嬛女史的名头，如今可不小。

多少男儿都做不到这样，就算是高灵钧也知道自己做不到。同样是王爷身边伺候的女官，他的妻子罗绮早就说过，赵朴真不简单，果然如此。他在心中嘀咕：难怪这人失踪，王爷和上官家、应家那两位爷都如此着紧。

“她自然是能护住自己的，若连自己都护不住，那白在我身边跟了那么多年。你让陆佑庸多盯着她点，她惯会惹事的，别真的去府学讲经了。”李知珉淡淡说话，眉间笼罩多日的郁气却已散去，眉头松开来，连嘴角都带了一丝傲然和得意。

高灵钧悄悄看了他一眼：“她没去，说是身怀有孕，去不了人多的地方，嫌味大……”

李知珉手里的茶碗一抖，终于没有失态，将那茶碗放稳在了茶几上。

当日听到高灵钧说她一路晕车，吐个不休，到了连山也饮食不安、喜酸怕腻时，他便有所怀疑，如今他心中那点怀疑终于得到了证实。心里的软肋忽然多了一根，他却没有感到一丝不安和犹疑，也没有再纠缠这个话题，却问高灵钧：“听说皇上准了公孙国师辞官？”

高灵钧没想到他忽然问这个，迟迟才答了一句：“对，皇上已准了公孙国师的辞章。朝中上下十分吃惊，没想到皇上还真的准了。公孙先生当日就已离京了，说是要游历。当初公孙先生是太子举荐的，人们都觉得怕是皇上猜忌太子殿下了。”

李知珉淡淡道：“给他飞鸽传书，就说粤地如今有不少海外奇药，兴许能解了本王身上的奇毒，请他过去看看，若能找到治病的解药，本王定重金相谢。”

高灵钧低头应是，心中却已雪亮：把神医鬼杀都给支过去了，赵娘子腹中的孩子十成十是王爷的。

他偷偷擦着汗，天保佑那碗饺子被打碎了，否则那个孩子怕是永远都不为人知，又或者被王爷知道了，他怕是要被迁怒一辈子。

幸好，天老爷有眼。他得感谢那赵家二娘子，吃醋吃得好啊！太好了！

但是他心里暗暗叫苦：王爷啊，虽说他们也都怀疑王爷早就宠幸过赵娘子，但是王爷你要杀人家，怎么还让人家怀上孩子啊？看起来王爷也很意外，这个幸运的孩子显然改变了他生身之母的命运。看起来王爷这会儿肯定不会再杀赵娘子了。

高灵钧试探着问了一句："王爷不如把赵娘子接回王府？"宗室之子生在外边，将来必然要被质疑出身，难以认祖归宗，甚至有可能上不了玉碟，就算上了玉碟，出身有瑕，若这位爷还志在大位，实不该给儿子留下这等缺憾。除非，王爷还希望上官王妃能生出一个嫡子。他自以为还是懂得王爷多一些的，却也猜不透王爷。

这一刻，他其实是同情赵娘子的，虽然如今她因为肚子里的孩子保住了性命，但是假如王爷只要孩子呢？去母留子，在贵人家里太常见了，多少世族高门，正妻生不出儿子，便借肚生子，将侍妾生下的孩子据为己有，那可怜的侍妾好一点的是保住命被卖到远处，差一点的就是生产的时候直接死去。谁知道这位王爷心里怎么想呢？

李知珉摇了摇头："不是时候。"他敲了敲桌子，忽然道，"你去买几个歌姬来，置于别庄。我最近心情烦闷，头晕得厉害，要去别庄休养一段时间，让她们伺候。"

高灵钧低了头应了是，却知道一年后，这别庄的姬妾中怕是会有个正儿八经生了"皇嗣"的主。

李知珉想了一会儿，却又补充："让萍夫人一同随侍。"他似笑非笑，"总得让王妃放心，安心做她的大事。"

高灵钧试探道："听说王妃正联名上书朝廷，要开女科举。"

李知珉垂了目光，淡淡道："她和我说过。"

高灵钧道："听说太子殿下也支持她。"

李知珉蓦然冷笑一声："太子旧情难忘，自觉得愧疚，对不住她，她倒是连这个都能利用。可笑若当初太子真的得偿所愿，娶了这个太子妃，反而未必会支持她这么做。有一个成为圣后的祖母，可不等于希望自己的妻子也是一个圣后。"

高灵钧一句话也不敢说，李知珉道："太子声望最近不错，崔氏还是很有一手的。支持女科举，怕是也有她的意思。"李知珉低着头，将脚边依偎着的黑尾白猫抱了起来，放在膝头薅着那柔软的毛。小猫发出了呼噜噜的声音，李知珉却仿佛在深思着什么，修长的手指只在毛皮中灵活地动着。

高灵钧并不擅长朝堂的钩心斗角，只好巴巴地站在那里等下一步指示。

李知珉却忽然想起了别的事："罗绮嫁到你那边也快一年了吧，有喜了吗？"

高灵钧很郁闷，自己这一年被殿下差遣着跑来跑去，有什么时间生娃？李知珉从沉默中得到了答案，脸上带了一丝喜气："还得加油嘛。"李知珉伸手揉了揉小猫早就抬起并乞求抚摸的下巴，满足了它的渴求。

李知珉脸上掩饰不住的得意，简直就和那雄孔雀开屏一样，闪瞎人眼。高灵钧不忍直视，心里却已暗暗决定，等忙完这桩差使，就休假！必须休假！

高灵钧走后，李知珉一个人在漆黑的卧室里待了许久。

一个小生命，他的，在那一夜昏乱之下无心播下的种子，他的正妃想尽办法不想要的东西。

这个小生命会像他一样吗？还是会像那胆大妄为的小丫头？是男孩还是女孩？当然是男孩最好，父皇需要一个皇长孙。可是就算是女儿，也会很好吧，娇嫩得像花瓣一样的嘴唇，水晶梨一样的肌肤，碧清透明的眼睛，和那丫头长得一模一样的小娃娃，他的小郡主，张口叫他父王父王，小郡主……也很好。

他冰封许久的以为已经无坚不摧的心，仿佛从中抽出了一枝花来，毫不顾忌地层层叠叠，花团锦簇，硬是将那坚硬的心壳挤出了一丝裂缝。

而花团锦簇后，又有着一丝阴影。如果那个赵二娘子没有吃醋打翻那碗饺子，他是不是永远不会知道，他曾经失去过一个孩子？如果她知道这事，知道自己曾经要毒死她，怕是会毫不犹豫地将那孩子打掉吧？又或者是永远不见他？

他闭上眼睛，深呼吸了一口气：她不知道，不能让她知道这件事，就让这事永远隐藏下去吧。

也不知道那些迷香会不会影响到孩子，想来应该不会，毕竟上官家当时是希望他和上官萍能生下孩子的。

就是这一路的奔波，也不知道胎儿稳不稳，她一个弱女子住在那种地方，若遇到恶客怎么办？他光是想象，就已经感觉到失去掌控全局的能力的那种无力感。他从小就痛恨无能、软弱所带来的弱者的感觉。

他皱起了眉头，头再次沉沉地晕起来。他吐出一口灼热的气，感觉自己应该又发烧了，兴许是这些天都悬着心，晚上又睡不好的原因。

如今找到人，还附带了一个小惊喜，他摸了摸自己的额头，感觉眩晕更严重了，他现在必须要保重身子。她在遥远的羊城孤身带着孩子，可没有别人会照应她。他不能再像从前一样自虐般地让身子放任自流。

他拿起了手边的铃铛摇了摇。文桐走进来躬身问："王爷有何吩咐？"

李知珉道："你去请御医来，我有些不舒服。"

文桐大惊失色，这位爷一贯是隐忍着不动声色的，如今居然主动说不舒服，那肯定是真不大好了。他慌了手脚，先上前想扶李知珉，又想出去叫人，左右为难间，居然难得地进退无措起来。李知珉仿佛知道了他的无措，笑了一声："你先去叫人去请御医，再叫人进来伺候我上床，然后去倒一杯热热的汤来，我想喝点，肚子有点饿。"

文桐惊觉王爷虽然病着，心情却不错，连忙依言办了。御医一来，开了药方，倒仍然是老毛病，但是令文桐欣慰的是，王爷居然肯吃药了，还有从前公孙大先生给王爷开的敷眼的药和浸浴的药，王爷一直嫌弃麻烦，很少按时用，这次却主动提出来要用。再没有比一个配合治病的高贵主人更让下人感到高兴的了。

高灵钧回房的时候，罗绮正在梳理着她长而光亮的头发。高灵钧上前拿了玳瑁梳一边替她梳理，一边讨好地笑："我的好绮儿，咱们要个孩子吧？"

罗绮斜了他一眼，没好气地将被他梳乱扯断的头发扯回自己手里："你自己算算你这几个月在家能有几天，一回来就像死猪一样倒下来呼呼大睡，就这样还想要孩子？"

高灵钧嘻嘻笑着上前，拥她入怀厮磨着："那不是王爷交代的差事多嘛。"他一边嗅着罗绮头发上的清香，一边却想起一件事，"我记得从前你说过，王爷其实特别规矩，身边的人一个都没让侍寝，我如今想着不对吧，那赵娘子是单住华章楼的，兴许早就侍寝了。"

罗绮拍了一下他的手，冷哼了一声："你当王府女官都是傻子吗？侍寝的话，阮妈妈那边必有记录，不可能乱来。还有，赵朴真那傻丫头，王爷宠她得紧，她却懵懵懂懂什么都不懂，反要回乡，白白错过了大好机缘。"她忽然反应过来，"你们找到人了？"

高灵钧轻轻咳嗽了一声："没有，我们还在找。"

罗绮似笑非笑斜了他一眼，却没有再问。她一直知道自己的丈夫并不是表面上那么吊儿郎当，他实是王爷的心腹。要不是为着这个，她当初怎会选了他？

赵娘子多半是找到了，不知道被藏在什么地方，否则自己的丈夫哪里会这么轻松地回来，还提了孩子的事……还有侍寝，难道那傻丫头居然开了窍，得了手？

罗绮笑吟吟的什么都没说，只是任由高灵钧强壮有力的手臂揽住自己，解开了身上的罗衫。若真的如她所想，那自视甚高的上官王妃可真是危险了。

虽说羊城炎热，进了十一月，天还是冷了下来。赵朴真的腹部已微微凸起，她本就懒得动，更是只在院子里教学生念书玩耍，足不出户。

她的反应不算大，大概是之前赶路已经吐过了，如今只是嗅觉、听觉以及味觉仿佛都比从前灵敏了许多。对面街上烧胡饼，饼干里头夹的烧羊肉的油烟味，都能让她不适。连从前喜欢吃的嫩芦笋，她也吃不了，总觉得味道怪。因此，凡是人多的地方她都不愿意去，那浓浓的人身上的味，教她适应不良。

天凉了以后，蔬菜、水果还是贵了起来，加上她又挑食挑得厉害，只吃豆苗、瓜苗和绿豆芽等几样瓜菜，买菜成了难事，老苍头连续买了几日，都没买到好的菜，不是太老，就是不新鲜。

这让她的食量锐减，连上课都有些蔫蔫的。白家的女儿叫白英，在她这里求学不多时，早已和她熟识。白英虽娇纵任性，但有着一股率真可爱的劲，人又聪明得紧，一教就会，也难怪白老板爱之若宝，绝对不肯将女儿嫁出去。没有老师不喜欢聪明学生的，她教了白英一些日子，也不由得对白英喜爱起来。

白英又是一个顺着杆子就紧着上爬的，和赵朴真越发亲近，看她挑食，便命人将自己家庄子上种出来的新鲜蔬菜送来给她，还翻着她桌上的书帖嘀嘀咕咕地道："怎的府学的陈道晓教授请您去讲经您都拒了？他家势大，之前父亲想把我送去他们家的女家学，和她们家守寡的一个挺有名的女先生学书来着，只是他们家规矩大，要我去他家做丫鬟，我娘气性大，不肯我去伏低做小……"

赵朴真笑了一下："我听说世族那边就好这一套，但凡要拜师求学，那必然得当亲生父母一般敬爱着，有事弟子服其劳。他们好收寒门又有才华的子弟为徒，给一些利，便能让寒门子弟以性命、以才华相报。"和当年的孙绍璋一样，被褚时渊用，最后折了。从前上官麟也说过这些，上官麟身在大世族，对这一套却是嗤之以鼻。

白英冷笑一声："如今朝廷开了科举，寒门子弟想从科举搏一条路的也不少，毕竟一旦投身在世族门下，和卖身无异，其实好处还是世族那边本姓的人享了的。我家什么不多，就是钱多，我又是独女，他们肯定舍不得让自家儿郎入赘商家，那可掉份子，就想着能做我的师父。呵呵，阿爹当时听了她们家的条件也说，就算要服侍，那也找一个有真才实学的，就那点儿本事，太不划算了。”她捂着发热的脸笑道，“我阿爹就是这样锱铢必较的逐利性子，先生可别怪我爹了。”

赵朴真看着白英手里的帖子，也嫣然一笑。府学山长陈道晓来邀她去讲经的帖子，她斟酌了半日，亲自执笔写了回帖，充分表示了自己的受宠若惊及因为身子不适，只能辞掉的歉意，含蓄地推辞了。

她却不知道，她的回帖被人来来回回反复研究了一回：“字确是不错，想来的确是有些才学，这纸也的确是京城里澄雪斋的出品，就是他们卖得最好的澄雪纸，一匣子就得十两银子，也是京里高门世族才喜欢用这个纸，白纸里头夹杂银丝，显得低调又奢华，纸有些硬度，不容易皱，不容易失礼，正合适做投帖用。”

陈道晓微微捋了捋胡须：“能让白家那个老狐狸都砸了钱进去的，自然是有才学的。白素山见多识广，一般人糊弄不过去。只是她的架子倒大了些，我亲自给她下帖子，她就算不懂，也能打听打听我是谁，和那些外边的人一样吗？就算身子不适，也该择日再商才是，直接拒绝了算什么？”

他对面的年轻学生手里仍然拿着那张纸在手里掂量，笑了笑：“想来这些日子她被咱们羊城这些富商众星捧月，捧出些脾气来了。琅嬛女史，琅嬛者，天地藏书之处，好大的口气，偏偏这粤地没见识的人太多，倒被她唬住了。白家本来说要将女儿送到咱们族学里跟着姑姑学的，他家豪富，本来姑姑这边的意思是怕那女儿在富商人家长大，骄纵任性，到了咱们家学里带坏了咱们家里的女儿，便提了些条件，让她不许带奴仆，粗衣蔬食，先在咱们姑姑身边捧茶磨墨，执役三十日，想着磨掉她一些娇骄气，也看看心性和白家的诚意如何，才肯教她。就这空当，硬是被这明慧女学截了和。”

陈道晓一笑，倒有些轻蔑：“论理也是四妹妹太拿乔了。别人家拿拿乔也就算了，白家是何等人家，都说钱能通神，咱们陈家也就在这羊城还行，白家在这里找不到老师，也就是花点钱把女儿送进京又如何？不过是舍不得女儿离得远罢了，可不是做不到。这次就算不被明慧女学截和，迟早也要被别的世家得了手。到底是眼光短浅了些，白家就这一个独苗女儿，将来是要招赘承继家业的，做白家女儿的师父，以后对她的名声自然是好的，结果硬是被她拿乔弄没了。要说她目光短浅，这也不是第一回了。上次黄家求我给他妹妹推荐老师，我自然是把她推荐出去了，结果她居然嫌人家又笨又丑，不肯收，搞得我一点面子都没有了。呵呵，我是念着她寡妇失业，给她介绍学生，她倒真以为自己学识有多么高，挑挑拣拣起来了，也不看看她若不是咱们陈家的人，若不是有我这么一个府学山长的堂兄，谁看得起她，难道还真以为靠她那个死去的秀才爹的那点学识？真是井底之蛙。我看这个赵氏，别的不说，学识比她高是必然的，否则白家哪里会拿出真金白银来。远航，你回去也和你爹说说，有空多劝劝你姑姑。”

陈远航有些尴尬，解释道：“伯父教训得是，上次黄家那事……她家的女儿实在是有些痴呆的，连数都数不齐，就怕教不好反而得罪了黄家，倒堕了咱们陈家家学的名头。姑姑性子也是狷介了些，没能和伯父仔细分说一二。自从明慧女学兴起，羊城里也如雨后春笋般开了好些家学、私塾，但大多是些小打小闹的女私塾，不成气候，办了几日没什么人去，连租金都维持不了，又被恶客骚扰，很快便办不下去。但是除了女学，还有些私塾学堂，特别是乔家，就仿着明慧那样，净开的算学、农学之类的课程，干脆弃了经义诗书，倒吸引了不少愚夫送了孩子去学，也不像明慧那样限制学生，胃口大得很，什么人都招。咱们家学有学生都辞了，去别家了，这样下去，咱们家学怕是要办不下去了。”

陈道晓倒是有些不在意，笑了一声：“女子学学这些旁门左道的商贾小道还成，算算账、管管家、绣绣花罢了，男子学堂学小道，那就是自取灭亡，由他们去吧。本来我只是想看看这个琅嬛女史究竟是何方人士，如今看来，她大概知道藏拙。罢了，且再看看吧。”

陈远航却有些着急道：“伯父就这么放任不管了？我专门让人查过了，咱们这里何曾有什么娶了京城媳妇的李姓的举子？这女人也不知道是哪里冒出来的骗子，读过几本书，会写几个字，会点账房速算的伎俩，就开了学堂糊弄起人来了。”

陈道晓沉着一张脸道：“我劝你少花些心思在这上头，一个女学能变出什么花样来？我堂堂一个府学教授，和一个女流之辈计较什么？倒要抬举她了。过些日子，刺史大人要来学堂巡政，我想着让你也露露面。咱们陈家同声共气，你当我和你姑姑一样，一心只念着那一点蝇头小利？”

陈远航虽然一喜，但心里又嘀咕了一下：白家独女的教师可不是什么蝇头小利，这次姑姑可气急了。但他们这一房还需要仰仗长房，他不敢再争，只能应了。

CHAPTER 17

第十七章

施虐

上官萍手里捏着一个香囊，几乎捏出了汗，那里头有一个小小的血包。

“你只要捏开来，就有颜色，调过了，和血的颜色差不多，王爷看不见，就怕身边有仔细的人，你自己仔细些，就能遮掩过去。”在她陪着王爷到绿猗庄前，王妈妈叫了她去，再三叮嘱她，“你好好抓住机会，一定要怀上王爷的孩子，一有孕，立刻让人送信回来，小姐会照顾好你的。”

她根本不需要这个，她心里知道王爷那夜根本没有宠幸自己，自己的的确确还是处子之身，但自从来到了绿猗庄，王爷根本没有召幸过她，听说倒是召幸了些外边找来的低贱的歌姬。

不过第二日，那些歌姬基本用车子送走了，听说只有一两个留下来了，然后隔了一日又送走了。高侍卫又从外边送来了更美、更活泼的歌姬来。她在楼上嫉妒地看下去，看到马车刚刚抵达，听到轻快下车的歌姬们欢快的笑声。

第二日，歌姬却又被悄悄地送走了，青布马车里悄无声息，也不知道她们怎么登的车。

一开始，上官萍只是嫉妒和羡慕，后来却开始好奇起来。

她有变着法子去打听。小厨房不许人靠近，却能闻到药味，感觉不像是王爷平日里服用的药，她却闻出了红花的味道。是避子还是有人受伤？

她悄悄给文桐递了一双自己亲手做的鞋子，她手里拮据，只有这点手艺还拿得出手，公公们都费鞋，因为需要常站着。

文桐公公推辞再三，还是收下了鞋子，但是待到她委婉地表示想要伺候王爷时，文桐又十分勉强地推却：“萍夫人还是好好在屋里伺候着，王爷没召唤，奴才有几个胆子也不敢乱说话呢，您别看王爷脾气好……”

“夫人只管好好歇着，养好身子，这里不用伺候王妃，不好吗？这也是王爷的一片好心。”

语焉不详的文桐公公并没有继续说太多，就算上官萍给他送东西，他也不肯再收，只是轻声道：“其实，王爷不让您伺候，也是尊重您了。王爷如今身子不舒服，头疼得厉害，脾气就有些不好，待伺候的人就有些……不大温柔。您还是再等等，等王爷身子好一些，脾气就好了。这也是看在您是王妃的陪嫁，正儿八经的夫人，上官家贵重的女儿，和外边那些送来的女人不同。外边那些女人，那都是随意糟践的，王爷这是尊重夫人您呢。”

文桐躲躲闪闪、遮遮掩掩的态度反而更激起了上官萍的好奇心，而李知珉对她一贯的客气、温和以及庄子上上下下对她的恭敬、尊重，让她觉得王爷应该对她或者说对她身后的上官家很尊重。

有了这个认知，她的胆子大了许多，这夜总算借着要找花儿，靠近了王爷住着的小楼，然而，皮鞭沉重地落在光滑的肌肤上的声音以及女人痛苦的呜呜的声音，把她吓坏了，她没有再敢接近小楼。

第二日，依然是被蒙得严严实实的青布车将前一天活泼的歌姬们送了出去，车子里头依然什么声音都没有，仿佛没有人。

上官萍却被吓得歇了求伺候王爷的心思。她找了一个机会让回王府办事的下人捎了信给王妈妈。

“施虐成性？”上官筠蹙起了眉头。

王妈妈道：“想来是王爷身子不舒服，脾气就大了，需要发泄一二……”

上官筠蹙起眉头：“这样不行，传出去会影响到他的名声。再说了，他怎么会变成这样？”

王妈妈叹了一口气道：“娘娘还是太年轻，不知道这京里高门里，这样玩的男人多着呢。王爷也是上过战场杀过人的，如今身子不好，想来脾气也就暴起来了，等他身子调养好了，想来也就好了。您看他不还是忍着，没敢动您和萍夫人吗？咱们府里的侍婢，比如蓝筝、丁香都是自幼服侍他的，那也没事，可见王爷心里还是有数的，知道尊重，也知道这事儿不能传出去。外边那些买来的胡姬、歌姬，只要赏了钱封嘴，没闹出人命来，不过是鞭打几下，算什么大事呢？”

上官筠微微不喜："我最近正联名上书朝廷开女科，他若传出什么不好的名声来，倒要影响我。你让高灵钧有空来见我，我和他交代几句，务必劝住王爷才是。"

王妈妈点了点头，笑道："娘娘您就放心好了，这样的事，就算闹到皇上跟前，那也不算什么。那可是皇子，打奴才几下算什么呢？"

李恭和的确在翻密报："大郎身子不适，脾气暴戾，日日让人私招了胡姬、歌姬来捆绑鞭打，施虐发泄？"他面无表情，柳一常却笑道："想来是王爷头晕不舒服，想要宣泄宣泄。我听下人禀了，说高灵钧也不敢将事闹大，特意悄悄嘱咐那些歌姬故意哭喊得大声些，王爷也看不见，所以其实伤得都不甚重，又都给了伤药，重赏银钱。因着是匿名在外边买的，有些歌姬贪图那赏钱，倒还争着去呢。"

李恭和实在忍不住，笑了下："还有这事？"

柳一常笑道："王爷也是憋得狠了，略惩治下下人，出出胸口那点郁气，兴许病倒好得快一些。"

李恭和长叹一声："是我对不起这孩子。你让人处理好首尾便是了。只是他这般，怕是他的王妃、夫人倒不敢近身了，有碍子嗣啊。"

柳一常却是知道这位皇上未必就急着要见到小皇孙的，含笑道："王爷病治好了，身子调养健壮了，那自然要多少皇孙都有的。"

李恭和面上仿佛颇多遗憾："便是二郎，开府娶妃也颇久了，也是没见喜信。听皇后说，王家那娘子体丰有些过了，反而不利子嗣，只能慢慢让御医院那边调养着。晋王妃若能和太子妃匀一匀身子，倒是合适了，太子妃也不见喜信，那孩子也是身子太柔弱了。"

柳一常笑道："晋王殿下不是出去办差了？正好晋王妃娘娘好好调养调养身子，等晋王爷回来正合适。这喜信，兴许一来就一个接着一个的呢，皇上不如让娘娘去拜拜观音。"

李恭和笑道："皇后房里就供着观音呢。倒是觉得有些对不住先帝。先帝忌日也快到了，朕得去给先帝上香才行。你去和皇后那边说一声，朕今晚去和她商议一二。"

"上香？"窦皇后心里冷笑一声，暗骂着奸夫淫妇，面上倒是平静得很，"往年都有成例在，便按例办了，皇上还需要臣妾做什么吗？"

李恭和以探寻的目光看着窦皇后："朕叫人送来的密折你看了吗？"

窦皇后不以为然："大郎又没怎么弄那些女人，不过是打几鞭子罢了，他堂堂一个皇子，惩治下人怎么了？倒是王妃怎的不在大郎身边陪侍，又让大郎去庄子上休养了？若王妃在身边，他岂会如此乱来？我听说她还在到处折腾开什么女科举，她如今第一要事是服侍好大郎。”

李恭和道：“女科举这事，你怎么看？我看若璇也跟着她嫂子在弄这事儿。”

窦皇后不耐烦道：“圣后都没开成女科，她也不过是沽名钓誉罢了。世家们的毛病，未必就是想要办成什么，也就是通过这事儿要点名声。若璇在宫里无聊，自然喜欢跟着她一起玩，反正若璇也是公主，倒也不在乎那什么贤良的名声。如今咱们也该给若璇看起人家来了，不知道皇上可有人家？”

李恭和笑道：“这人家可不好找，皇帝女儿也不好嫁啊，若璇自己可有看上的？”

窦皇后道：“这还由得她自己来？自然得皇上做主。”窦皇后仍然一副以夫为天的样子，李恭和含笑道：“难道她嫂子没帮她物色一二？”

窦皇后脸上涌上了难以遮掩的厌恶来：“她一心就想着自己那点沽名钓誉的事，心里何曾有大郎，更没有把我们这些婆母、小姑放在心上。我让她给若璇物色一二，她不是说哪家家风不好，就是说哪家规矩太大，不适合若璇。我们若璇是公主，谁敢给气受？她根本就没用心替若璇找人。”

李恭和道：“若璇是不好找人家，这事你也别总怪大郎媳妇。就是如今大郎这样，大郎媳妇迟迟没孩子，也不是个办法。”

窦皇后道：“大郎身子不好，当初是中了毒的，只怕对子嗣不利，且先调养也好，孩子也就是看缘分罢了。依我说，如今也该给三郎物色媳妇了，这次还是找一个柔顺听话的。”她絮絮叨叨说了几个人家，“上次中秋宴，我都看了一下，贵女们模样都还不错，就是小了些，不过早点定下人家也好。我们三郎性子纯善，得找一个脾气好、本分的。”

李恭和看她似乎完全没有意识到自己的嫡长子如果能和上官家嫡女生下嫡皇孙是多么大的优势，却一心一意只替三儿子打算，不由得心中一笑：窦氏目光短浅，蠢笨自大，倒是一如既往，数十年不变，自己这个皇后，选得真是再合适不过了。

这样也好，他是时候和崔氏好好谈谈了。

“大掌柜说，京里有消息，秦王妃牵头要开女科举，听说支持的人很多，连赫赫有名的知非女冠都上了书，竟像是要成真了。如今京里好几个大的女学都摩拳擦掌，想要夺这第一科女科的尖儿，就是不知道什么人才能考女科，是各州县和男科一般选拔女秀才？”白英一边替赵朴真剥着柚子，一边野心勃勃道，“到时候先生也能去考一考？”

赵朴真轻轻抚摸着肚子，胎儿已开始会动，这些日子存在感越来越强。她说："我不会考，倒是你们几个可以下场试试。若女科举真能成，我猜必不会和如今男子科举一般，从州县层层选拔考入，必是保举、推举。我猜大概是世家、勋贵、三品以上大臣有保举、推举的权限，地方则由地方官员保举推荐。以你家如今的势力，要找到人保举应该不难，可以去试试。"

白英诧异道："为何先生这么肯定一定是保举？"

赵朴真微笑："科举一道，也就是本朝太宗首倡。当年太宗陛下见新进士缀行而出，志满意得，曰天下英雄入吾彀中矣！在太宗倡导科举之前，前朝全是九品中正制的品评推选保举做官，士子们想要出仕，只能依靠保举，才有可能出头，因此世家、门阀才得以延绵数百年，他们连皇帝都不放在眼中。而自太宗开了科举之后，天下寒士有了晋升的渠道，朝为田舍郎，暮登天子堂，天下士子有了晋升之道，世家开始凋零，可以说科举乃我朝立身百年的千秋良策。"

白英听得津津有味："对啊，父亲也极希望我能嫁一个有功名的，但是有功名的如何肯入赘？父亲如今收养了不少义子，都让他们去读书了，说将来让他们都参加科举，谁能读出来，就给我做丈夫，如今我若也能参加女举，那我自己何不去搏个出身！"

虽说这位白船王之前害得贫困女学生退学，但赵朴真对这位白老板不拘一格只看结果的手腕也是颇为钦佩的，连提前养一堆女婿候选人这样的事也能做出来，算得上是别出心裁的枭雄了。

她耐心解释："当年连圣后都没做到开女举，而只是用了些女官，开了女学，这已是极了不起了。如今大多也只是世家、勋贵等名门才会让女儿读书，因此，真如男子科举一般广开考试，层层选拔，不太可能。本来寒门女子就极少识字读书的，各州县保举进京考试，基本也能覆盖大部分有才华的女子了。而保举制度也有个好处，就是和男子科举两条道，随时可以裁撤。"

白英一双妙目看向赵朴真，很是不解，赵朴真耐心解释："一朝天子一朝臣，实际上，天子与臣子们之间的博弈从来没有停过。天子想要推行一个政策，必须由臣子们去执行，臣子们若不想执行，就会制造出种种困难，让你推行不下去，天子若想要配合，多半也要给臣子们让让步，而臣子们有时候看天子确实糊弄不过去，就只能略让一步，让你开了，但是兴许等过了这阵子，就给你找个由头撤了。这保举和京城考试，范围小，也简单，什么时候裁撤都很容易，和男子科举这种涉及全天下读书人的大不一样。"

白英"啊"了一声："天子也这么憋屈？不是说皇帝想让谁死谁就得

死吗？”

赵朴真一笑：“臣子们若联合起来，皇上也没办法。”她想起白英那一窝的备用候选丈夫，却又寻摸出点别的意思来了，“不对，你父亲是船王，你将来是要招赘继承家业的，你父亲还给你备了人读书参加科举，想来是想让你成为一代女船王，再调教孙辈，这样倒也是对的。海运是你们家发家立根之本，你父亲是希望这根本都牢牢掌握在白家子孙中，如今你自己想参加科举，那岂不是想将海运这些事交给丈夫……你莫非已有意中人？”

白英脸上飞红，嗫嚅着道：“也不是，我知道阿爹是想我将他手上的家业接下去，但是我觉得我不是很喜欢。我想着若科举能讨个官身，是不是阿爹就不再逼着我和那些哥哥……你不知道，我从小和他们一块儿长大，真的和兄妹一样，一想到要嫁给他们当中的一个，我就浑身不自在。”

赵朴真“扑哧”笑了：“两小无猜挺好的，你是还小，还没开窍，富可敌国，也得和县令低头。你阿爹见过人间百态，自然知道权力、财富都掌握在自己手里，才会有更多的主动权。男女情爱也一样，谁先动心，谁就输了，因此，最好是手里掌握着足够的力量，这样才不会因为被人抛弃而无路可走，希望子孙后代平稳安逸，他也是为了你好。”

白英一张嫩脸完全变得通红，许久后才嗫嚅道：“开窍是什么？我也不知道丈夫究竟该选什么样的，先生能否教我？”

赵朴真摇头：“你阿爹若知道我教你这些乱七八糟的，怕是要拆了我这明慧女学！”

白英好奇地贴上去，靠着她温软隆起的肚子：“要怎么样的喜欢，才会和一个人肌肤相亲，生下宝宝呢？”

赵朴真含笑道：“等你遇到那个人，你就明白了，不需要什么人告诉你，什么都遮掩不住你对他的喜欢。你的目光会不由自主地追随他，笑容也是，你整个人的情绪都会被他牵动，他的看法、他的神态、他的目光，都影响着你。什么都不需要说，你的心会告诉你，就是他。谁都无法取代，就是他。你想和他过一辈子，你想和他生娃娃，你嫉妒一切靠近他的人。你什么都不想要，只想和他在一起。”

白英微微震撼：“这听起来很好啊。”

赵朴真转头看小姑娘，她已经陷入苦思，过了一会儿又黏着赵朴真倾诉：“我阿爹其实很喜欢我一个义兄，叫禤海堂，他父母都被海盗杀了，阿爹在海上救了他，说他有一股狠劲，学东西也快，就收了他为义子，教了他不少带船出海的事。他如今已经能单独带着船队出海了。阿爹说让他到时候试试武举也成，就是他性子桀骜不驯，怕我拿不住他。咱们这儿赘婿都喜欢找脾气温和的。好在如今我还小，所以也先瞧着。”

赵朴真道：“那你自己的想法如何？他待你怎么样，好不好？你们相处得怎么样？”

白英道：“挺好吧……但是和其他义兄也差不多，每次出海他都记得给我带好玩的东西，也挺照顾我的，就是，我觉得他并不在乎妻子是谁，若父亲让他娶我，他大概也会娶吧，可是如果父亲让我嫁给别人，他大概也不会在乎。他更喜欢出海、造船、卖货，走遍海外，并不是很在意要娶的人是谁。”

赵朴真微微出神，这样的人她见过。弱者的地位让他不安，因为随时会被人摧毁，于是他拼尽全力去争取那个最高的位置，好让自己安全下来，而这样的人，也极少会为了情爱而停留，他的目光太远，他的目标太高，他没有时间留心身边的人，他需要的只是能助他一臂之力的人，比如船王的女儿或是一个世家嫡女出身、聪慧尊贵的王妃。

她苦笑了一下，意识到自己到底还是没有全然放下。她轻轻抚摸了一下自己的肚子。白英还小呢，自然希望找到一个事事能以她为重，爱护她、喜爱她、照顾她的丈夫。不说别的，她从前又何尝不是？只是当你遇上那个人的时候，一切预设的条件都不重要了，你甚至知道，除了他，再也不会喜欢上别人了。

学生们都天真烂漫、单纯温和，赵朴真这个女学开得颇为顺心，每日只管教教学生，和学生说说笑笑，闲了就在院子内散散步。有时候她还被白英拉着在风和日丽的时候乘船在近海的地方吹吹风、散散心、吃点新鲜的海产，日子过得十分惬意。

赵朴真心宽体胖，更何况肚里还有个小生命，眼见着肚子一日一日大了起来。朝廷快到了除夕辍朝之日，终于出了旨意，各州县可保举有学识的女子，隔年和各地举子一同参加春闱大比，推选女官。

开女举的消息传来的时候，赵朴真正在家里和环儿准备过节的窗花。过节，女学自然也要休息，这是第一年在外边过年，而年底又是盗贼歹人活跃、猖獗之时，赵朴真和环儿早早买了年货，准备等春节假期一到，女学生们都回家后，便要紧锁门户，不管外人。

白家却是个消息灵通的，毕竟他们在京城也有店铺出货，自然比其他人更早一步知道消息。

“真的被您说中了！”白英兴奋地冲进了赵朴真的房间，看她艰难地微微侧身，连忙上前扶起她来，“刺史大人那边已经答应保举我。先生，您要不要也去考一个？阿爹说能给您也弄一个保举的名额，我觉得您肯定能考中！”

赵朴真微微摇了摇头：“明年大比之年，估计是士子们春闱过后才组织你们女举，到时候孩子还小，不必了。”她面上推辞着，心里却知道她不可能回京城了。

她轻轻抚摸着腹部，里头的孩子十分活泼地踢着肚皮，是一个十分好动的孩子，可没他爹爹那样稳重啊。她轻声道：“那就是秋季你必须进京了，我们的时间不多了，这就得备考起来了。咱们羊城共有几个名额？咱们女学里，是不是只有你一个要进京赴考？”

白英道：“一州只有十个名额，刺史大人可以直接定一个名额。他和我阿爹交好，因此直接把他能定的那个名额给了我，剩下的名额却是要州推了。因为时间紧，这会儿听说要请各州县学官来议个办法。听说是州内自己先考一次，不然给谁、不给谁，都要得罪人。”

赵朴真笑了一下：“陆刺史是一个聪明人。”把自己的名额给首富船王，谁都不说，剩下的名额一律考试选出来，让各世家、富翁八仙过海，各显神通。王爷的人，自然是足够聪明的，就不知道王爷当初是怎么笼络下来这么一个人的。

白英却很着急：“时间这么短，我都不知道先看哪本书了。我听别的人分析，说圣后时选拔女官，十分重文采，女子科举选的女官们也不大可能任什么实职和地方职，多半也就是些文官，所以考试只怕多注重诗文辞藻等方面。唉，您是知道我的，写诗可一般般。我听说京里的才女们都是极有才华的，世家里的那些才女更是个个出口成章……”

赵朴真摇头：“你别慌，此次女举，定然会重实务策论，农、工、商甚至兵事，你都温习一下。这几日你什么都别看了，只拿一本《春秋》仔细看看，然后踏踏实实在农、工、商、兵上各写一篇策论便好。”

白英吃了一惊：“这怎么行？我听说这次女举首倡的秦王妃上官王妃，就是一个闻名遐迩的才女，她的诗文题咏，四处传唱，声播京都，怎会偏重考实务策论？”

赵朴真淡淡道：“她虽然申请开了女举，却会避嫌，不会也不可能做主考官。我猜考官多半还是由礼部任命，这一次文官们让步，开了女举，怕是心里憋着一口气，多半要在考题上为难一下女学生们。圣后的先例在，朝廷大臣们岂会容忍再出‘女祸’？这是第一届女举，假如第一届考试就人才凋零，和男举子们完全不能比，沦为笑谈，朝廷的大臣们、天下读书人，是不是会大感快慰？诗书文才，本是大多数女才子的特长，其工丽绮靡，不少甚至远胜男子，如果想要打击女学生，必然会从女子大多不熟悉、不喜爱的农、工、商实务，地方政论、军事防御等入手，以此来证明女子天生不如男子，国家大事不需要女人插手！”

白英面上现出一丝愤愤不平：“可是，女子囿于后院，又没有几个读过书，自然是比不过男子的啊，他们如果真的要这么弄，结果不是显而易见吗？假若天下女子也能和男子一般读书认字，科举出身，不需要嫁人生子，不需要抚育孩儿、孝敬公婆，那绝对不会输给男子的。”

赵朴真轻轻抚摸着腹部：“便是男子，能读书参加科举的也没有多少人啊，更何况是女子。生儿育女本也无可避免，正视不足，没什么好不平的，至少如今开了头。”

白英点头：“若许裙钗应科举，女儿那见逊公卿，还是秦王妃为咱们大雍女子争得了一丝机会啊！若是和先生说的一般，我一定争取一番！”

赵朴真想起当初上官筠那英气勃勃的模样，心情复杂。她失去了太子妃的头衔，却嫁给了秦王，秦王妃这个头衔能给她更广阔的施展才华的空间，能让她做得更多。如今她果然做成了这么大一件事，一件能够影响天下女子的大事，不知多少女子能因此改变命运。

她会对王爷好的吧？赵朴真默默将这一刹那的嫉妒、留恋、动摇转换成为若无其事的怀念，假装自己已历经沧桑，毫不在意地释怀一笑：“那我们这就开始练起来吧。”

白英在准备去考试之前，的确是气壮山河、雄心万丈的，但一旦开始进入赵朴真可怕的考前训练，就几乎要崩溃了：“先生，真的要写这么多？不必这么深吧……”

赵朴真面无表情：“你对世族才女们有什么误解，以为她们真的是风花雪月、诗书经义？你错了，她们的父兄都深谙天下大势和朝廷政策，便是不入朝，也同样心怀天下，举重若轻。你将要面对的是天下百年门阀里头浸养出来的世家女，她们代表世家联姻，嫁入豪门，培养儿孙，绝对不是你想的那些肤浅、清高、狷介的才女。这次考试，绝没有那么容易。我并不敢抱希望你这次就能中，但是先去见见世面，让你见见真正的世家女也是好的。”

当年的上官夫人，如今的应夫人，经历巨变，却能轻而易举再扶起一方枭雄，培养出一众义子；还有她生的女儿，上官筠，做到了连圣后当年都没有做到的事，开女举；扮猪吃老虎的晋王妃王彤；还有那一直出家，却让皇帝厚待自己亲生儿子的崔皇后，这些人都是出身世家，举重若轻，隐居于男人的背后，却拨动着朝局。

白英生长在这流放蛮夷之地，见过的不过是陈家这种三四流的小世家，以至于她有些眼高手低，以为世家女都不过是些伤春悲秋的肤浅女子。

白英哀号一声，仍拿了那满满当当的题目回去写了。白老板看到女儿的备考题目，十分意外，却也不敢质疑，只是悄悄去找了老友，广州刺史陆佑庸。

“侧重策论，不重诗书？”陆佑庸沉思了一会儿后道，“你就听她的吧。”

白素山十分担心道：“我虽然不大懂读书人的东西，但是女学里头不都是学作诗作词的吗，考试怎么会考那些国家大事？”

陆佑庸道：“这位琅嬛女史，来头可不小，既然她如此自信，必有她的道理。再说了，你之前不也说只是让女儿去见见世面，并不抱希望吗，怎的如今倒患得患失起来了？”

白素山搓着手：“第一届的科举啊，若她侥幸得中，那可是会和许多世家女都能论上同年了。那秦王妃首倡女举，我听说前皇后、太子妃、晋王妃，还有临汝公主等好些贵女都在那联名书上署名，这第一科必然是拔尖儿的，入了贵人眼……”他说着心都热了起来。

“入了贵人眼，也不知是福是祸呢。”陆佑庸一贯知道自己这个老友以利当先的商贾习性，倒也没怎么损他，继续说道，“本朝重文治、好风雅，自圣后起，科举加试诗赋，以诗取仕，诗文之风大盛，绮丽工巧、豪迈奔放都各有流派，但总之都是好诗文。然而如今东阳公主倒了，今上……”陆佑庸虚虚拱手行了个礼，笑道，“却是一个务实的。”

“当然也有不少人认为今上出身太低，宫奴所出，没有受过什么正经的帝王教育，不懂风雅，因此才如此。”陆佑庸脸上又有了一丝讥诮的神色，“但是不管怎么说，这位皇上掌权后的第一科，必然是以实务为重，问策于士的。今科科举，众人都如此推测，至于这忽然冒出来的女科究竟会如何考，却不好说了。这位琅嬛女史颇有些见识，显然她如今赌的是考实务。左右你家闺女年纪还小，赌一把也没错，这诗文技巧，也不是一朝一夕之功，不若就在这策问上多下些功夫，做些准备，到时候能提出些务实的策论倒也能出奇制胜。”

白素山一贯信服这位老友，自然点头道：“你说的是。”

陆佑庸沉吟：“看来这次州推出的试题，还该让这位琅嬛女史也来参详参详才是。”

白素山笑道：“主要是我们家丫头一贯桀骜不驯，如今却被这位女先生制得死死的，昨夜领了题目回去，果真拿了书来翻了又翻，又是找典故又是找策论，倒让她那几个义兄都忙坏了，也替她参详到深夜。”

陆佑庸听他说到几个养子，却又想起一事：“你家禤海堂回来了？”

白素山摇头："大概也就是这几日了，他总要过年的嘛。"

陆佑庸道："不知道这次连山那边的货出得如何？"

白素山有些不在意："你放心，这次选的都是稳妥的海路，那些香料也都是走俏的，自然是稳当的，就是要分给连山那么多成利，实在有点心疼。"

陆佑庸道："不妨事，货从连山那边过来，省了好些路费，货也比从前的好，长期合作下来，总比从前好许多。等海堂回来，让他来找我，我有些事要交代他。"

白素山道："大人看得上他，只管交代便是了。"

陆佑庸点头："之前我让他打的那一批货很不错，我想再打一批。"

白素山道："小意思。"他依然丝毫不问，仿佛全然不疑。陆佑庸看了他一眼，知道这个老友明明知道这几年做这东西意味着什么，却依然不管不顾，也不知是大智若愚，还是真的太信任自己这个老友了。

陆佑庸拍了拍白素山："放心吧，我亏待不了你。"自己这位主上的深谋远虑，可是从他一开始就被扔到这流放蛮夷之地就有的深谋远虑。

白素山却有些迟疑，道："倒是上次你安排过来的那个流放苦役犯，叫石头的那个有些麻烦。"

陆佑庸一怔："什么麻烦？他不听指挥吗？他可是实打实的富贵人家出身，吃不了苦，你们且看我的面上包涵一二。"

白素山道："倒也不是，人还是很好用的。上次海堂遇到海盗，听说他很能打，兄弟们都特别服他，而且他在指挥对战上很有一手，我还想着新建的一支船队让他带。就是最近一个月，忽然来了人来打听他，虽然语焉不详，看图却明明就是说的他。虽然我安排人敷衍过去了，但还是想着该和你说一声。我后来侧面了解了一下，来打听的是北安侯的人。"

陆佑庸想了一会儿，才想起北安侯是谁："王慕松？他找石头做什么？"难道还要找这个异母兄弟报复？王慕松的亲生母亲因东阳公主而死，他又一直被东阳公主打压着，当初可是在东阳公主倒下的时候出了大力的，听说要不是下属阻拦，他差点直接绞杀了东阳公主，最后还是朝廷给了点体面，鸩死的。难道他没有出了这口气，还要赶尽杀绝？可是到底也是有一半血缘的兄弟啊。

王慕岩怎么说也是圣后的亲生女儿唯一的儿子，虽说永平郡王府这边，东阳公主的党羽几乎全被株连抄斩了，但王慕岩还是因着军功被网开一面，流放到南粤。王爷暗中操纵了一下，顺利地将这人弄到了自己手底下，捞了出来扔去了白家那儿。

白素山道："不知道，我怕是寻仇的，都给挡了，只放了消息，官府派的苦役犯都在修军船，有的会跟船出海，不一定在哪里。那边好像很是不依不饶，一直不死心地在打探。"

陆佑庸斩钉截铁道："莫要让他打探出来，把这人给我藏好了。"

白素山嘿嘿一笑："放心吧，我准备又让他带一支船队出海，没几个月回不来。"

陆佑庸点了点头，心里却想着得给王爷写封信说说这事儿，一边又犯愁起来，也不知这位琅嬛女史是王爷的什么人，还有孕在身，难道……那上官家的王妃算什么？他摇了摇头，也不敢猜测，只一心想着如何照应这位金贵的夫人。

毕竟秦王平日里为了避嫌，和陆佑庸面上几乎全无来往，也极少给他提要求，只是让他放手施为，要钱给钱，要人给人，把一个广州市舶司经营得红红火火，暗地里又通过白家生了不少利，而今年却一反常态提了两桩要求，一桩是连山的生意，虽说油水不少，但让给对方的利润明明可以不那么多；这第二桩，便是照应这位琅嬛女史了。这位夫人开了女学没多久，就已有人盯上了，到官府里查户籍，还是他接了消息，不动声色真的替她弄了一张假户籍出来，又旁敲侧击让白素山注意到了她，将女儿塞了进去做学生，才糊弄了过去，不然她早就被下边那些本地小吏上门骚扰、盘剥了。这女子虽然聪明大胆，知道捏造一个李姓举子夫人的身份，也知道租赁在官学附近，还招了不少富商的女儿做女学生，让一些地痞流氓的确投鼠忌器，但她还是太大胆了，不知道当地宗族和小吏们贪婪得厉害，她动了那些人的利益，一旦他们查出缺口来，必会飞扑上去吞吃掉，哪里能让她能安分过了这个年？

只是自己可就辛苦了啊……陆佑庸敲着头，十分伤脑筋。

CHAPTER 18

第十八章

辩论

当收到刺史邀请她去参详女举州推事宜的帖子的时候，赵朴真是意外的。

环儿知道她决定参加女举州推，诧异道：“娘子不是推了许多帖子吗？您如今身子重，出行不大方便啊。刺史大人的帖子果然不一样啊。”

赵朴真笑了一下：“这次商议州推，多半是要定出题的，学里除了白英，还有万彩妹、黎娥兰、柳近春几个学生，我好歹也得去打听打听。我写个回帖给刺史府，你让人送过去，就说到时候一定到。”

女举州推出题，这是大事，粤地主理学政的官员以及府学一些有名望的教授、先生都来了，但一个女先生都没有。

所以，当赵朴真在刺史府丫鬟的导引下缓缓走进去的时候，里头正在说话的官员、文士都停歇了，待看到她宽带缓袍下微微隆起的肚子后，都迅速猜到了她的身份，却正是明慧女学号琅嬛女史的赵娘子。

一个老夫子不屑地轻轻哼了一声，也不知是实在看不起赵朴真还是想出出风头，竟然高声笑了一下：“女先生，大腹便便，何德何能，胸无点墨误子弟。”有笑声传出，充满恶意的低语声也响起来。

赵朴真却面不改色，慢慢对上：“老夫子，气势汹汹，多嘴多舌，口若悬河为孔方。”这话一出，厅里倏然一静，然后众人竟然哄笑起来。

原来这位老夫子姓吴，虽屡试不第，但在这教学生上名声在外，十分严厉，尤其是女学生到他手里，都能调教得规行矩步、温顺守礼，商户人家但有女儿的，就极喜欢延请他为西席，教上女儿一年半载的规矩，便能嫁个好人家。因此，他一贯馆金收得极高，也颇摆架子，四季衣物、朝暮食水、节礼束脩，主家略有些奉承不上，供应不好，他就要辞馆的。结果明慧女学开了以后，先是这羊城里略有些本事的富商都争着将女儿送去明慧女学，之后又接连有学馆效仿明慧女学，也开了不少女学，这么一来，这位吴老夫子可就有些不能和从前一般挑拣了，连束脩也不得不降了许多，因此见到赵朴真，他自然有些心恶，便出言讥讽。没想到赵朴真一针见血，直接点出他是为了钱才如此急赤白脸。这羊城小得很，大多人知道他如今就馆不似从前吃香，被赤裸裸地这么揭穿，倒是十分难堪起来。

老先生被说中心事，满脸通红，又年事已高，一时竟然无言以对，只能愤愤窘迫道："唯女子与小人难养也！"

众人看这位琅嬛女史，曳长袖，披素裘，清如浣雪，气度高华，端重沉静，其风姿容貌无一不是上乘，所对对子，虽未十分工巧，但也难得贴切，颇见几分急才，再则又是有孕在身，倒都收了那点轻贱的心。无论他们心里是否还轻看她，面上倒是都温文尔雅，客气尊重地给她让座、见礼。

赵朴真淡淡一笑，欠身敛衽，团团行了一个万福，泰然坐下。

上首的陆佑庸笑了笑，轻咳了一声，态度颇为温和、谦虚："各位先生，今日召集大家来，却是商议女举州推事宜。此次我粤地共有九人需公推，这公推自然是要考一考的。在座各位先生都是学问通达、博通经籍的通儒达士，本官想着先议一议这题怎么出。这女举虽说是第一科开，但太宗皇帝首倡科举，乃一个高瞻远瞩、流芳百世的贤政，我朝开个女举，也算是风气首倡。咱们南粤一贯文气凋零，这次女举，总不能太丢人才是，好歹推几个好一些的才女才好。"

适才那被赵朴真顶了一句的迂夫子这回可算找到机会了，哼了一句道："且不说女子学问如何也比不上男子，只说这男子主四方之事，女子主一室之事，孝敬父母，抚育孩儿，操持家务，扶助丈夫，这才是正理。"他斜斜看了赵朴真一眼，意有所指道，"这到科场上抛头露面，争长论短，岂不是让天下妇人都生了妄心？将来也不肯生儿育女，也不愿操持家务，倒日日学那男子读书，可不是乱了乾坤！"

赵朴真含笑不语，竟是根本懒得和他争辩。府学学官陈道晓笑道："吴老这话却不妥，昔日就有班固之妹班昭代兄续成汉史，又有蔡文姬写了《胡笳十八拍》，流传后世，更不必说那有咏絮之才的谢道韫、能写璇玑回文的苏若兰，都是极有才华的。再说这是圣上定的诏令，我等自是遵从便好，可不好妄议政事。”

那姓吴的先生涨红了脸，上头陆庸佑笑吟吟地温和道：“陈山长所言甚是，这朝廷大事，自有皇上做主，咱们今日不论该不该考，只论怎么考。赵先生乃咱们羊城这女学创办的佼佼者，乃女流翰苑之才，因此本官特意下了帖子请来的，赵先生如今身子重，倒是叨扰了。”

赵朴真起身微微敛衽，含笑客气了两句，仍又坐下，面上并无一丝一毫初次见官的拘谨惶恐，模样落落大方，落在众人眼里，又都各有思量。

一位看上去颇为年轻的士子笑道：“依我看，女子考试，自是不能和男子乡试一般要考上几日几夜，只限定一至两个时辰便可，也不必出太多题目，一首律诗，定个题目，也不必限韵，也不必限定字数，七言也成，五言亦可，便让考生们任意施为，尽情做来，这样方能尽展才华。”

这倒是在座大部分人的想法，毕竟他们这次都受了方方面面的请托，也有些家中的侄女辈想要争这进京赴考的名额，不为别的，这名声总是好的，将来出嫁也有个好名声。若侥幸能得任一个女官，那自是更好不过。然而这才学嘛，大多是稀松平常过得去，若这州推太难了，限韵限字，那万一时间短了完成不了，岂不是要交白卷？到时候闹了笑话就不好了，倒不如就出些简单的题目，平日里在家也写过一两首的诗，那自然也就能博过去了。

一时间，众人都笑着道：“这位先生果然考虑得很是周到，女子毕竟不好和男子科举比，太过严苛的题目也不妥，这样就极好。”

陈道晓笑道：“既然是选拔公推，仅一首律诗，却不见得能显出才华来，咱们总要争个好点的名次，到时候十个学生，一个不中可怎么行？依我看，再加一题骈文，便也能分个高低，这样才华如何，也尽可观之了。到时候咱们批卷子的，也能轻松些。”

一时众人都称善，有些道陈公果然考虑周到，又有些赞陈公深谋远虑，竟像要这么定下来了。

这时，陆佑庸轻轻咳嗽一声，场中静了下来，陆佑庸笑问：“若诸公都无意见，那就如陈公所言，就这么办了？”

陈道晓十分谦虚道：“还是再多问问大家的意思。”他看了一眼一直安静微笑的赵朴真，问了一句，“不若看看赵先生的意思？明慧女学才女济济，却不知这般考合适吗，赵先生不知会不会下场？”

赵朴真却问了一句出人意料的话：“各位可知京里女举，已议出主考是哪位大人了吗？”

众人一怔，似乎都没有想过这个问题。女举，不是秦王妃上书要开的吗？哦，对，就算开女举，那也是实打实的礼部开的，不可能让秦王妃来做主考官。从前圣后自己选拔的那一批女官，个个对圣后死心塌地，朝廷开女举，自然得按规矩来，礼部主持考试，那么自然会有主考官。主考官会是谁？

一时间，大家都纷纷议论起来，之前一直有些无所谓的陆佑庸重新打量了赵朴真两眼，笑道："看邸报上说，应当是尹东柳老大人。"

"尹东柳是谁？"有些先生已经交头接耳问起来。

赵朴真却已开口："尹大人是太宗年间的状元，老成持重，正经科举出身，翰林院的泰斗。他在太学主要讲《春秋》，讲得十分好。这位老大人学富五车，桃李满天下，便是严荪严相，也听过他讲的经，在他跟前，也要称一声学生。"

众人都静了下来，以十分复杂的神色打量这位女子。这时，有人自作聪明地笑道："难道要考《春秋》？"

又有人冷笑了一句："《春秋》上明三王之道，下辨人事之纪，女子科举考这个做什么？"

又有人挖苦道："依你这么说，女子科举不宜考这不宜考那，那不如考绣花算了，既是科考，那就是朝廷选官的大事，便是女官，那也是经了州县推举、礼部主考、吏部任命的朝廷命官，怎么不能考《春秋》了？"

堂上哄堂大笑，陈道晓却没有笑，反倒一脸诚恳虚心地请教赵朴真："那么，依赵先生所言，这位尹大人会如何考呢？"

赵朴真道："昔年李一娇为嫡子拜师，朝堂上略有些学问和名气的先生都委婉推辞，唯有尹老先生收了王慕岩为入室弟子。"

又有人窃窃私语："李一娇是谁？"

"东阳公主啊！"

"嚯，那前阵子他竟没被牵连？"

赵朴真道："但李一娇谋反伏法之时，尹老先生对她谋反事一无所参，全身而退。"

事涉谋逆大案，众人窃窃私语，陈道晓目光闪动，也沉默了下去。有大胆的人问赵朴真："这与科考主考有何关系？"

赵朴真微笑道："尹老先生在朝廷上最受人尊重，便是这不偏不倚的公正，凡事出于公心，绝无偏私，若觉得这个学生可以收，无论父母是何人，他都会收；若觉得此事不可为，无论天大好处，他也不会沾手。"

"那么赵先生的意思是，这位尹老先生会尽量公平起见？"问话的人已经不知不觉将之前那点蔑视之心收起。尹东柳曾为王慕岩老师，在京城的人兴许都能打听到，但这至少是十年前的事情了，朝廷上下多少官员、多少勋贵，有多少人会在意这些事情？而这样的事情，不是曾经身处高层，哪里会知道？

陈道晓笑吟吟道：“公平？这科考能让真正有才学之人脱颖而出，便是最大的公平。赵先生的意思莫非是，这考题不会简单了，会比较有水平？”

赵朴真含笑：“我以为，尹老先生的公平，是会男女春闱考试，同一套卷子。”

场中倏地一静，然后像水滴落入油锅里一般，沸腾起来：“怎么可能！科举乃试策！天下家国大事，女子大多在后院，足不出户，怎会考这些？再说男子科举可是考三日，难道让女子也如此？”

“策问和诗赋都有考，策问为主，细想起来，若真有才华，这策问也未必不能行，不过想必也都是些纸上谈兵之论，看看才华还是可以的。”

“三日又不是连在一起，有什么不行的？”

“莫说女子，有多少书生一辈子也没出过乡，难道他们就不是纸上谈兵了？有些民间书生，怕是还真不如世家女。”

众人议论纷纷，终于，上边的陆佑庸又轻轻咳嗽了一声，道：“诸公。”众人都停了下来看向他，他看向陈道晓，温和道，“我看赵先生说得有些道理，你们看呢？”

陈道晓眼里掠过了一丝阴影，面上却仍然微笑着道：“陆大人的意思是？”

陆佑庸道：“咱们不如也将这州试的试卷，让女举来试试好了，按规矩，第一场经义帖，第二场诗赋檄文，第三场杂文策问。”

陈道晓断然道：“陆大人，若是按这般考下来，怕是咱们整个广州城，连十人都选不出！毕竟女子大多及笄则嫁，嫁了人的女子要顾及儿女，极少会参试，那么来参考的女子则大多是十八岁以下，年纪太轻，就算在娘胎也读了书，也是极有限的，很难做到诗书经义策问皆通！三场皆通的才女，那可不容易！”

陆佑庸笑道：“本官以为不然，这考试虽然以男子试卷考女子，难了一些，取之时却可以放宽标准嘛。男子科举，三场皆通，才算取中，女子科举，我们却可以三场各自打分，合起计总分，然后自上而下，取前十名，这样虽说无法兼顾，但只要各有所长，总能排在前边。本官以为这倒是可以选到真正的才女。”

场中虽然静了静，但众人都各自转了转念头，大多觉得没必要为了家中的女孩得罪了刺史。如今看来，这刺史已定了心意，这女举考试本来就是和玩笑差不多，但题目太简单和题目太难，其实结果是一样的，横竖大家都不懂，从前往后算，自家女孩未必就输给其他女孩了。各人打定了主意，纷纷拱手笑道："果然还是大人考虑周详。"

"这么考果然能选出真正的才女，传出去我们州男女同题，倒也是一番佳话。"

"就按大人说的办。"

陆佑庸看了一眼一直淡定的赵朴真，一锤定音道："那就这么定了，今年州试，便先让男女科同时考了，之后再作打算。"

刺史大人都这么说了，大家自然都赞许，毕竟在这天高皇帝远的地方，刺史基本就是土皇帝一般的存在，平日里科考，刺史就已有特权推举，甚至有出题的权力，区区一个女科考试，众人自然不会和刺史过不去，此事也就这么敲定了。

当下人都散了，陈道晓走了出来。如今他想栽培侄子，基本进出都带着陈远航，今日刺史府下帖，陈远航自然也跟着他来了，虽然作为晚辈不敢乱插嘴，但也看完了全场争议，一出来便迫不及待道："伯父您看，果然猖獗吧？这妇人，伶牙俐齿得厉害！"

陈道晓表情阴沉："你先查查她的娘家、夫家吧，我看这人恐怕大有来历。"

陈远航摇头道："我查过了，那所谓的李姓举人，从来没有人听说过，这妇人竟像是一夜之间突然冒出来的一般，我看多半是撒谎。咱们要不要安排人撒播流言，就说她欺世盗名？"

陈道晓将琅嬛女史四个字咀嚼了几遍，断然道："不行，还是查清楚再说，不要贸然得罪了人。"

赵朴真回去的时候，环儿一直激动得满脸通红，说个不停："夫人真是太厉害了，您怎么知道那么多呢？那些先生之前都看不起你，我之前都捏着一把汗，只有夫人你一点儿都不怕，真是太厉害了！后来他们个个都不敢说话了，就连刺史大人也很看重您呢！"

赵朴真忍受了她一路的聒噪，终于在下车的时候成功转移了小丫头的注意力："怎么，隔壁要换邻居了吗？"

环儿看了一眼正在修葺大门的木匠，道："应该是吧，前儿我还见到房东钱太太，她说已赁出去了，价格很不错，中人担保说是读书人，安静斯文，让我们只管放心。看这修得奇怪，怎么连门槛都要拆了，真怪。"

旁边木匠笑道："小娘子这就不懂了，这是要换成活的可卸下来的门槛儿，这是大户人家的做派。"

环儿冷哼了一声，微微抬起下巴，有些骄傲道："大户人家的门槛我自然是见过，有车子进是要卸下来的，但是就这深巷的小门小户，倒要这么麻烦？咱们这小巷子进马车可不容易，马车都是停在巷子口，让人走进来的。再说这房子也和咱们差不多，三进的吧？里头修个小楼，这怎么进马车？”

木匠看小娘子娇俏青春，说话脆软又带着京腔，旁边的夫人戴着幂篱，衣装华美，心中自有好感，笑着恭维道：“小娘子果然是见多识广呢，这也是主家让做的，我们也只管照做便是了。这还只是大门门槛换了，里头屋子修得才厉害了，屋里所有门槛都给拆了，台阶全要修斜坡。”

环儿还要说话，赵朴真拍了拍她的手，笑着道：“我们莫管了，反正过几日不就知道了？我猜大概是家有老人，行走不便，偶尔需要坐在轮椅上吧。”

那木匠恍然大悟道：“果然还是这位夫人有见识，这么想就对了。”

赵朴真微微笑了笑，心里起了一丝好奇，带着环儿进屋不提。

“男女同卷？”李知珉睁开眼睛，苍白的脸上多了一丝笑容，“她这想法算大胆，不过也不是不可能，尹老头那边还真有可能这么做，我们可以推一把。迟点让宋霑过来找我，想法子在尹老头那边暗示一下。”

高灵钧轻声应了，继续报告：“之前给明慧女学看门的林老头和他妻子，我们给了一笔钱，让他们还乡了，让他们推荐了咱们的人，如今已顺利安插进去了，每日负责饭食、挑水、扫地等杂事，因着勤快，赵娘子很满意。我们打算过些日子等熟了，再假借林老头的侄儿上门投靠，顺便可护卫女学，如今只是在旁边胡同赁了个小院子住着。另外，旁边的院子也已赁了下来，准备给公孙大先生和二先生住下。”

“咱们这儿已经天寒了，广州那边却还暖着，所以木炭什么的倒不缺，就是如今赵娘子口味变得很重，那边流行吃螺蛳，赵娘子很喜欢吃，尤其要加许多嫩笋、紫苏和辣姜、花椒、胡椒，口味很重。每晚她必让守门的苍头出去买一份。另外，听说白家的女儿也时时让家里做了酸鸭掌去给她吃。”

“不过，赵娘子似乎觉得腹中孩子是一个女儿，买了许多花布裁了孩子的衣服，做了许多。看门的刘嫂子和她说了孩子长得快，不需要做许多衣服，她还是兴致勃勃地做，还让上针黹课的女学生们也一起做了许多花袜子，并不在意。”

李知珉道：“她本来就爱花衣裳。”仿佛又看到了从前那个丫头，在千篇一律的宫装下悄悄穿上绣满花的鞋子。时人好风雅，她在一窝窝的素淡清雅丫头中，偏要穿成一只花蝴蝶。轻薄的缎纱上满满的都是明媚鲜艳的花样子，每次他看到她路过书房窗外，仿佛带着满满的阳光路过，肌肤如玉生晕，两片嘴唇犹如春日最嫩的海棠花瓣。

她现在变成什么样子了呢？

他犹豫地问：“那什么螺蛳，听着不像什么干净东西，她怀着身子，能吃吗？”

高灵钧忙报：“从第一日娘子要吃开始，咱们就已悄悄派人花了钱在那摊子上，娘子吃的，那都是洗得干干净净的螺蛳，养在清水里数日吐尽泥沙的，材料新鲜，做着也极干净的。”

李知珉点了点头，正要说什么，却听到外边传来了文桐小心的报声：“王爷，王妃娘娘忽然到庄子上了，前边看门的小厮进来报，说正下车子呢。”

高灵钧屏住呼吸，只见李知珉冷笑了一声：“这是罢朝了，朝中没什么事，大家都回家过年了，节礼该送的也送完了，她没什么手段好施展的，总算想起还有个丈夫在庄子上了。”

高灵钧不敢说话，过了一会儿道：“前些日子，王妃男装偶遇霍柯，霍将军对王妃颇为赞赏，言谈甚欢，王妃似乎着意要招揽霍家。”

李知珉面上毫无波动，高灵钧便轻轻道：“那么，属下先退下了。”

李知珉道：“你走的时候把今日送来的那些女子都带走，装作无意识地让王妃身边的人看到。”

高灵钧低声道：“是。”

上官筠走进来的时候，李知珉拥着厚厚的软裘，半躺在榻上，脸色依然苍白、阴郁，仿佛一只避开日光已久的孤魂。

上官筠想起刚刚见到高灵钧尴尬而遮掩地带走了一辆马车，里头隐隐传来香气，再结合之前上官萍的通报，心里不知到底是厌恶、生疏还是同情、愧疚。她坐下来，闻着浓重的药味和药味中混合着的腻人的香味，轻声道：“王爷的身子可好一些了？”

李知珉道：“本王还好，有劳王妃关心了。听说外边下了大雪，王妃怎么不在府里，倒来这庄子上了？路不好走吧，这里各样东西都缺着，你过来怕是要过得不大舒心，也不知道炭够不够，让文桐给你安排安排。”

上官筠心头掠过一丝怪异，看面前王爷这温文尔雅、关心备至的样子，谁能想到他会私底下对低贱的歌女鞭打发泄戾气？

难道正因为这样，他才能保持在人前的冷静温文？否则遇到这样的事情，谁都不可能依然泰然自若、不动声色吧？她压下心头纷乱的想法，轻声道：“是妾身疏忽了王爷，没能在王爷身边服侍，王爷不要怪我。”

李知珉笑了笑，轻声说了一句：“春天那会儿，你来庄子上找我，那会儿你和我说，希望一生一世一双人，希望能和我有一个孩子。”

屋外凛冽的风刮过，带着雪粒子啪啪的声音，那一日春风和暖，百花争放，两人密会，订下白首之盟仿佛还在眼前，言犹在耳，上官筠想起当时为了争取李知珉而说的那些话，脸上不知为何居然一红。那时候，她眼看就要被送回老家嫁人，是庸庸碌碌嫁入世家度过一生，还是借秦王妃身份最后一搏，全在秦王是否愿意娶她。

不得不说，秦王殿下的确在那危急时刻拉扯了她一把。愧疚再次涌上来，她轻声道：“当时妾身的确是这么想的，只是世家的规矩大，家里非要给我陪媵，我也拗不过家里。王爷乃凤子龙孙，也不可能永远没有妾侍，若王爷真心待我，也是一样的。只是没想到王爷一直病着，在庄上养病，我又不得不时时应酬，竟不能遂愿。人生之不如愿，竟如此之多。王爷，是不是怨怪于我？”

李知珉笑了笑：“人生不如愿的事常有啊。”

他轻声道：“有件事我也很对不起你。那一天，作为一个男人，我的确对你有期许，对你所描绘的日子有期许，所以我同意娶了你。我当时的确以为，我们能成为一对携手并行、灵魂互赏的恩爱夫妇。然而如今，要给你、给你们上官家一个孩子，大概我是不可能做到了。这件事算我对不住你。”

上官筠一怔，难道这些日子王爷不断地召外边的歌妓，然后莫名性情大变、暴戾乖张、残忍凶悍，都是因为这个？王爷身上的病，竟然重到如此地步，已无法行男女之事了，所以他才如此暴戾？他在外边歌姬身上试了不行，所以才根本不召幸上官萍，一个侍婢都没有召幸，也始终没有要求自己陪寝。之前她只以为他是病得难受，没想到原来竟已到了这个地步。

没有子嗣的话，自己的计划的确会有阻挠。饶是上官筠平日里多智如是，如今听到此噩耗，也不由得心中一沉。她心念数转，历史上无嗣的皇帝多的是，秦王最重要的还是他嫡长子的身份。她心中已有了数，定了定神，温声道：“王爷说什么话，来日方长，您只管好好先养好身子再说别的，咱们多请些良医……实在不成，还有齐王爷，将来让皇上、皇后娘娘做主，过继齐王那一支过来，总不会无人承嗣。王爷只管安心养病便是，妾身也绝对不会就因为这事对王爷有二心。”

李知珉道：“哪怕是今后犹如守寡一般的生活，一辈子没有孩子，你也不后悔吗？秦王妃这个名头，其实毫无意义，我劝王妃还是回去和父兄谈谈。上官大人和上官兄弟对你都极疼爱的，世家女改嫁也很是容易，只要一纸和离书，放你回去就好。父皇和母后绝对不会阻拦你。趁着花期犹在，王妃，还是不要误了终身。”

上官筠从来就没有期冀过男女间凡妇一样的生活，她含笑道："王爷也太小瞧上官筠了，夫贵妻荣、生儿育女，这些女人要追求的所谓幸福生活，其实又何尝不是女人的枷锁？当然，如果能和王爷共同抚育一个孩子，那自然是最好的，如今没有，妾也并不觉得有什么遗憾的。王爷对妾的一片关怀，妾感怀在心。您如今在病中，才如此消沉、失落，等过些日子，身子调养好了，心情又自然不同。"

李知珉若有所思，过了许久才发出一声沉重的叹息："王妃什么时候改变主意，只管和我说。若执意如此，我只希望王妃求仁得仁，将来不后悔。"

上官筠笑道："我上官筠行事，从心而行，决不后悔。"

上官筠以为秦王只是忽然发现自己的病如此严重，才一时消沉，没想到大过年的，上官麟却也忽然来了庄子。

"王爷叫你来的？他有说为什么希望和离吗？"上官筠看着这个哥哥，想起了从前和这个胞兄十分亲密的日子。自从她出嫁，他们生疏多了。

"王爷说了自己身子不好，怕误了你，说你年纪轻，怕是不知道这其中的利害，让我好好劝劝你。我和阿爹也说了，阿爹说全看你自己，若你真想回来，就回来。"上官麟抹了一把脸。他这些日子也一直在找赵朴真，没想到这会儿王爷这边忽然来了这么一遭，他心烦意乱。当初他就不赞成上官筠嫁过来，现在都成什么了？这都什么乱七八糟的！

难道，秦王还真的把小真儿藏起来了？如今劝上官筠和离，是给小真儿腾位子？

他心里掠过一丝疑窦，却也知道父亲和祖母筹谋许久，便是发现上官筠不是上官家的女儿，也依然执行了计划，绝对不会这么轻松就放弃秦王妃这个位子的。如今东阳公主倒了，太子自然被猜忌，实权在握的皇帝的嫡长子秦王虽病，但有着非凡的政治价值。

但是自己的两个妹妹，无论是真妹妹还是假妹妹，都被坑苦了啊。

他心里全是苦水，少不得又劝说了一番上官筠："你到底还是年纪小，不知道男欢女爱，现在是被祖母、阿爹他们说多了什么家族百年大计，要我说，你只管自己开心就好。哪有永远不倒的世家？如今科举日益兴盛，世家从前那套不顶用了，你别把自己的终身都填在了这里头。我看秦王既有此心，不若你现在回家，再找一门好亲，也不会误了你。"

上官筠笑道："哥哥从小是知道我的，我上官筠哪一点比族里的那些才俊差？偏偏就因为生为女儿身，科举的路无望，既不能出仕，更不能和男子结交，否则就是不守妇道。这天下这么大，却容不下一个不想嫁人的女子，到了年纪就必须嫁人、该生子，不可在外抛头露面，不能太过锋芒毕露，国家大事、朝廷民生，都与妇人无关。我从来就没想过非要嫁人生子，如今这样，我觉得很好。王爷除了不能人道，没什么不好的，我不需要孩子来桎梏我，我也不需要孩子来实现我的人生，想要怎么样，我自己可以来实现。当然，在这个过程中，宗族若能因我而昌盛，因我而骄傲，那就更好不过，哥哥觉得我离经叛道吗？”

上官麟睁大了眼睛：“可是秦王如今这样，显然不喜欢你，没有孩子，没有夫君的爱重……”

上官筠一笑：“哥哥怎的如此俗？什么男欢女爱、母慈子孝，都是俗妇庸女才需要渴求的事。女子正是因为太过感情用事，才会软弱，被丈夫、被孩子以爱的名义束缚。你该婉顺，你该慈爱，你要服侍夫君，你要抚育儿女，为什么都是他人的要求？女子作为一个独立的人，应该为了自己做什么，为什么非要为了别人的爱，为了别人而活？只有抛弃这些天生带给女人的桎梏，才可以跳出世俗，走出自己的道路来。”

她扬起眉，面上都仿佛放着光：“哥哥可看到我首倡的女子科举？天下女子，从此以后多了一个选择，和相夫教子不一样的选择。圣后当年都没有做到的事，我上官筠做到了。这不过是我给天下带来的第一个小小的改变，我还能做更多，与之相比，生不生孩子、有没有正常的夫妻生活，都太微小了。门阀世家林立，操控朝堂，节度使权力太大，威胁皇权，这些当年哥哥也和我说过，哀民生之多艰，我若和男子一般，拥有权力，我能做得更多！我能做得比男子还出色！哥哥为何不支持我？”

上官麟怔怔地看着这个妹妹，从小他就知道自己这个妹妹有着不输给男儿的才华和志向，然而这一刻他隐隐觉得不大对，却不知道哪里不对，他只是笨拙地说：“可是家人也很重要啊，你这样以后没有亲人……孤孤单单的……”

上官筠“扑哧”一笑：“哥哥果然还是男子，罢了，我和你说不明白。我知道哥哥为我好，哥哥也只管明白如今我挺满意的，没什么觉得不开心的，那你可放心了？哥哥若真的担心我无后，那不如赶紧找一个好嫂嫂，娶了以后给我生个好侄儿，将来我定将哥哥的孩子视同自己的孩子一般照拂。”

上官麟摇头，仍然心中纷乱，上官筠却意有所指道：“哥哥可认识霍柯？”

上官麟随口道：“霍太尉家那个小白脸吧？和我不是一路人，他一贯自诩清高，和我们这群人从来没有玩到一块的。”

上官筠嗔道：“哥哥从前都和什么人玩一起呢？整日里架鹰走狗、斗鸡比酒的，人家自然不肯担上那纨绔名头。如今你可是有战功在身，又有官职，自然不比从前。他也是难得的实权将领了，又年轻，哥哥正该结交一番。北安侯那边你还是远着点吧，将自己嫡母给毒死了，虽说受今上器重，但十分不受其他人待见，当年东阳公主好歹留了他一条命……”

上官麟十分不耐烦：“我是烂泥扶不上墙，妹妹何必说太多。北安侯如今忙着找他哥哥，哪有时间和我厮混？至于霍柯那小子，眼高于顶，我是万万不会去他跟前讨没趣的。”

CHAPTER 19

第十九章

故人

上官筠笑道：“我还不是为了哥哥的亲事。我冷眼瞧了这半年，还是给哥哥相中了一个出挑的。哥哥可知道霍家二娘子？才学好得很，和哥哥极配的。改日我在王府举办一个赏梅宴，哥哥寻个空看她一看？哥哥信我，这位娘子性情温顺，才华横溢，再适合哥哥不过了。明年的女举，她也是要参加的，以她的才学，必是能中的，到时候和哥哥一文一武，倒是相得益彰。”

上官麟慌忙摆手：“妹妹千万莫要乱点鸳鸯谱，这些动不动吟诗的才女我可消受不起，你还是让我逍遥几年吧。”

上官筠道：“哥哥都这个年纪了，家里迟早要为你议亲的，不若你先自己看看，看对眼了岂不更好？”她看上官麟满脸烦躁的神色，却想起前些日子他也这么烦躁，“哥哥莫非还念着王爷那不见的侍婢？若找回来，纳为妾也就算了，霍家二娘子不会与哥哥计较这些的。”

上官麟一张脸绷得死紧，却仿佛被踩到了尾巴一般：“妹妹还是不要整日想这想那了，你若铁了心不肯离开秦王，那秦王如今在庄子上养病，你也该陪着他静养才对，还整天想着什么赏花、纳妾的事做什么？我劝妹妹好歹对得起这个王妃的名头，莫要坏了我们上官家女儿的名声。”

这话却说得重了，上官筠诧异地看向上官麟，眼圈都红了。上官麟不由得一阵心虚，却跺了跺脚，也不肯再说，起身出门去了。

上官筠抹了一会儿眼泪，王妈妈忙替她洗脸，一边轻声道：“王妃娘娘真的想要大爷娶霍家二娘子？咱们世家，大爷又是嫡长子，一贯都有些看不上这些勋贵门第的，太有些门第不般配了，那霍家二娘子看起来也不像一个安分的。”

上官筠冷笑道：“她参加女科举便是一个不安分的人？那首倡女子科举的我，又是什么人？大哥身为男子，自然体会不了女子的苦。他这样的性子，娶个世家女更是要受气，怕是每日都要鸡飞狗跳。五姓哪一家不是自持身份，觉得嫁给大哥算下嫁的？更别提大哥如今是任的武官，五姓哪有好的嫡女肯嫁过来，都是些不成器的。霍家却不同，他们是世勋了，霍太尉又有实权在身，霍柯也是一个极优秀的人，霍家至少还能再兴旺三代，霍家二娘子能嫁到我们家，算是高攀，再怎么不安分，也得敬着咱们家，更何况还有我这个一品亲王妃在，她不敢对不起哥哥，反而要好好笼络哥哥才是。而娶了霍家女儿，霍柯就能为我所用了。王爷虽然统领北衙，但到底身子不好，我们需要更多的武将的支持。”

她面容冷静，适才被胞兄刺伤的脆弱已经完全消失：“大哥以后会知道，我是为了他好的。”

王妈妈不再说话，不知为何，她明明知道眼前这个女子是奶娘之女，却仍然被对方冷静、缜密的手腕所震慑。上官筠却忽然道：“你想法子将王爷已经不能人道的消息隐晦地传到东宫那边。”

王妈妈吃了一惊：“为什么？”

上官筠淡淡道：“这样，太子会更愧疚，只要我在秦王妃位上过得不好，他就会懊悔为什么当日没有娶我，然后对我的要求便不会拒绝。”她擦掉了脸上的泪水，脸上笼上了一层决绝的寒霜。

什么亲情、爱情，这些凡人的枷锁，却都只能为她所用。

紫苏、嫩笋的鲜香味浓烈地散发出来，大瓦盆里炒好的螺蛳个个肚圆尾尖，青幽幽地在灯下热腾腾地冒着气。赵朴真拿着一根银叉子，熟练地将螺蛳盖掀开，将里头紧致、鲜嫩的螺肉挑了出来，趁热一口塞进嘴巴里，鲜浓的汤汁顺着滚烫的肉一路滚到了舌头上。赵朴真眯着眼睛，品着那一刹那螺蛳肉的鲜灵劲儿，笑道：“这次居然还有柠檬味，这老柴头的手艺越来越好了。就怕哪天天冷得厉害了，没有螺蛳卖了怎么办呀。”

一旁正皱着眉头咬着笔头发愁怎么落笔写策问的白英抬起头，十分蔑视道：“咱们这儿又不下雪，只要河里没冻上，总有人为了钱下河去摸的，除非没人吃了，才不会有人买。这酱爆螺蛳，吃相不雅，味道重，登不了大雅之堂，却好歹也是平民百姓能吃到的一点小鲜，一年四季都有人卖的。您也别想着您不吃，别人就不会受苦，穷苦人家的半大小子，也只有靠着这个能赚点钱了。”自从确定要去京城考女科举后，白英索性住在了女院里，本想着头悬梁，锥刺股，结果却偏偏发现了自己这位知识渊博、气度清华的女先生，原来私底下是一个连帐子、被褥以及袜子、鞋子都要绣满花，随意慵懒，爱吃平民百姓食物的年轻小娘子。

偶像崩塌的感觉让白英颇为惆怅，她真不敢相信当初第一眼见到的那个穿着一身雪白狐裘、清雅高贵得犹如世外飞仙的琅嬛女史，是眼前这个津津有味地吸着田螺，薄唇被烫得通红，一只手仍然小心地护着隆起的腹部，脸上绽放幸福笑容的世俗少妇。

她可真会装啊……白英虽然已经失去了之前那战战兢兢的孺慕和敬畏感，和先生说话越来越随意，但生出了另外一种感觉，自己可有责任保护好先生对外的形象，更要护好先生的安全，尤其是肚子里的小宝宝，将来可要教育好啊。

想得十分长远的少女煞有介事地神游天外，赵朴真叹了一口气：“你在这世情上倒是通透，怎的写起策问来就这么梗呢？”

白英愁眉苦脸：“我这不是还小嘛。”

赵朴真忍不住笑了。

白英被螺蛳的香味闹得心烦意乱，眼看好好的冬夜攻读已不成了，好在赵朴真一贯并不拘她十分紧，若实在写不出，也并不强求，而是让她放一放，等得了思绪再写，索性扔了笔头，拿起银叉子也挑了几粒吃，之后索然道：“螺蛳闻着香，吃起来也就这样，论鲜香，比海上那些海鲜差远了。先生果然是怀孕了口味古怪，咱们有只海船刚回来，明儿我让家里给你备点海船带回来的稀罕物，鱼翅、海参，还有极大的海虾，都很是滋补身子，先生吃点那个，就不会对这小鲜如此念念不忘了。”

赵朴真也不理她，自己一边挑着螺蛳，一边笑道：“管你怎么说，我只管吃着开心就好。”

白英却道：“一般还会带来许多海外有趣的玩意儿，先生想不想去看看？”

赵朴真这就十分有兴趣了，一脸好奇地问道：“一般都有什么东西？”

白英道：“大食国的香料、珠宝都是极好的，香料浓烈，但是味正；珠宝虽说样式古怪，都往大块切，但成色极好的。新罗那边就是药材多一些，人参、牛黄、海豹皮，这几样珍贵。倭国那边则有些好杉木、松木，那边首饰做得精细，也可以一看的。”她想了一下又道，“或者先生想使唤昆仑奴，那我让家里给你找几个调教好的，我记得有一个琵琶弹得极好的。”

赵朴真挥手笑道："不要，我不习惯。你择个时间叫上你的同窗，还没过年，趁空都一块儿去开开眼界，你和你家里人说一下，看能不能安排一下。"

白英眉开眼笑："那其他同学可高兴坏了。"白英因为是独女，家里一贯宠着她，导致她不知如何跟人相处，却极度渴望友情，来到了赵朴真的女学学习这几日，在赵朴真毫无偏颇的对待以及引导下，开始渐渐和同学有了一些交往，但她家资巨富，同学们到底对她隐隐有些生疏。她既希望能和同学们一起玩，又怕被人说倚势凌人，如今能名正言顺地和同学一起玩，她心里自然是高兴的。

第二日授课时，赵朴真果然宣布："过几日咱们组织一个学院活动，去白家的海船看一看，让大家开开眼界。"

女学生们欢呼起来，看向白英的眼神都充满了欢快和感谢，白英激动得脸通红，却努力保持着不以为然的神情。赵朴真敲着戒尺："静一静，你们活动回来要写文章的！"

什么？女学生们又都愁眉苦脸起来，赵朴真训话："不管诗、赋都可以，写策问也行，必须当日所见，有感而发。大家可以先做些预习，譬如先找找类似的书、地方志、相关的诗赋，都可以先看看。"

在女学生们的期待中，这日终于到了，白家派了车子来，将女学生们全接去了海边海船上。这日风和日丽，难得的暖冬日，海上也风平浪静。

白家的海船果然十分宽敞，为了迎接女学生，早早就清了场，只留了几个管事的维持着场面，却派了一个义子出来，专门给她们讲解船上刚刚满载回来的货物的由来。那义子生得十分高大，眉目深邃，肌肤深褐色，腰间佩着弯刀，脚上穿着皮靴，旁边还带着一个一身漆黑、低眉垂眼的昆仑奴。上船之时，原本叽叽喳喳、充满新鲜感四处看着的女学生们，霎时间全部安静了下来，只有白英笑着上前道："海堂哥，是您来给我们讲解吗？快来见过我们先生。"

原来这就是褟海堂，赵朴真看高大的青年男子站上前来，便凛然一股压迫感，想起之前白英所说，不由得仔细打量了他几眼。看他果然神态恭敬中带着冷淡的疏远，不似那种热情洋溢的商贾，倒似乎和人总是保持着距离。那腰间朴实的真皮刀鞘上，有着划痕和撞击的缺口，应该是经历过惊心动魄的搏击。可是他还这样年轻。

她毫不奇怪如果哪个人想要接近他、了解他，只会被拒之千里之外。他是有些像王爷，她心中微微喟叹，只是王爷位尊，那种冷淡疏远，年纪小的时候以为是木讷，露了锋芒以后，让人觉得是贵族特有的傲慢，却没人注意过他们那种类似独兽一样的性情，受伤也只会暗地里舔舐，绝对不会示弱于人前，拒绝与任何人同行，只有属下和合作者，没有朋友，没有爱人。

白英和他站在一起，仿佛一只独狼站在一树完全没有经历过风雨、被呵护得很好的白花旁，他是不会留意到她的美的，大概只会留意这株树能暂时荫庇于他，以便择人而噬。

远在京城的那人，却仿佛一条潜龙，伏在深渊之中，伺机而动，一飞冲天。

赵朴真太了解这种人了，所以她并不希望如今尚且懵懂、不知情事的白英选择这个人。想必白船王也是如此想法，然而他没有选到更合适的女婿人选。

赵朴真心里胡乱想着，随着禤海堂的介绍讲解，女学生们开始还有些畏惧于他，但有白英在，海堂哥哥长、海堂哥哥短的，很快女学生们也放开了，不断追问着海外的情形。

船舱内太闷，味道不好，赵朴真身子重，受不了，听了一会儿也觉得没什么兴趣，便让女学生们跟着禤海堂看，自己却走了出来，在甲板上透气。海船边上靠着另外一艘船，那是刚才送禤海堂来的船，船上甲板上有一列海船员在站着搬运什么东西，明明穿着很是普通甚至可以说粗陋的布衣，她却觉得这些人非常像兵士。

赵朴真陪着李知珉去过战场，见过真正上过战场有经验的兵士，有些老兵，虽然看着很是寻常，但那种下意识的警戒以及经过长期艰苦训练所造成的身姿体态，都和普通人不一样了。

她盯着看了一会儿，那群海员里就有个男子警觉地转头看向了她，手已下意识地按在了腰间的刀上。然而他一抬头，她吃了一惊，这人她见过！虽然黑了些，但确凿无疑，是王慕岩！

这可是东阳公主的嫡子，怎么会在这儿？东阳公主伏诛，他应该也会受到牵连吧？他逃了？可是他怎么会在白家的船上？他确然是领兵当过将军的人，难道那些海员也都是兵士？白家知道他是东阳公主的嫡子吗？

王慕岩也认出了她，将手从腰间放下，倒是颔首握拳彬彬施了一礼，动作大方，似乎毫不介意被她认出。他身旁的人抬头看了看她，仿佛也认识她，神情严峻，低头和他请示什么一般，他摇了摇头，又对绷住了神经的她笑了笑，做了个手势示意她放松，然后转头带了几个海员下船舱去了。

白英看赵朴真一直在外边，有些担心地走了出来，看到他们的互动，好奇道："先生认识石头吗？他好像是流放过来这边的犯人，和海堂哥一块出海的。”

“他们是流放犯？那怎么会在你们海船上？”赵朴真好奇地问道。

白英笑道：“咱们这儿可是南蛮子聚集地，犯人、犯官流放过来这边的可多了，过来上了籍，大部分都是做苦役。我阿爹也时常为市舶司做事的，有时候有些犯人也给我们这儿用，省钱。这个叫石头的，我听海堂哥说过，特别厉害，看着斯斯文文的，人却特别厉害，也能管人，和他一起过来的几个犯人好像从前都是他的手下，特别服他，听说私底下还叫他将军来着。想来他从前是一个武将吧，我爹说应该是受了东阳公主的连累。我也就是听我爹和海堂哥说的，先生要是想知道备细，我再去问问阿爹？”

赵朴真摇了摇头，心里已经猜到了前后大概：白家和广州刺史陆佑庸交好，陆佑庸是王爷的人，东阳公主倒下，这王慕岩自然会受连累，没有死，想必是王爷保住了他以及他的势力，悄悄地弄到了南海来，想来是要将这股力量秘密地收归己用。在这京城人都不会注意的海外，王爷也不知何时已经渐渐建立起了这样秘密的势力，通过市舶司聚财，如今通过商人在海外养兵。

她也是误打误撞，才猜到了王爷的布局，直到这一刻，她才后知后觉王爷的深谋远虑。这一条暗线，他埋下来的时候才多少岁？便是她在王爷身边多年，也只是在来往书信中觉察到了陆佑庸应该和王爷有关系。他究竟经营了多少年？潜龙在渊，一飞冲天之日，怕是锐不可当，谁能阻拦在他跟前？

看完海船，赵朴真一直心事重重，回到巷子下车的时候，环儿说了一句：“咦？咱们新邻居搬进来了啊。”赵朴真被环儿的话提醒，转头看了一下，之前一直有匠人进出的隔壁宅子，漆黑的木门已刷好了新油漆，木门敞开着，有人从同样停在巷子口的一辆马车上搬东西进来。

另外一辆马车也到了，从车上下来的人，一个乘着轮椅，脸上带着笑容；一个腰杆笔挺，犹如一把寒光凛冽的利剑。仿佛命运的玩笑一样，赵朴真刚刚在这里定居下来，以为已经完全割舍了从前，重新开始，然而今日她刚见过一个京里的故人，在这里再次见到故人。

赵朴真毛骨悚然，第一反应是遮掩住自己的肚子：被发现了吗？被王爷发现了？自己还能跑掉吗？

公孙兄弟却仿佛比她还吃惊：“赵娘子？”

公孙锷接下来说的话安抚了她：“赵娘子不是离了王府回乡了吗？原来你的家乡在这里？”他看了一眼她已是妇人的装扮，“赵娘子已嫁人了？”又若有所思，“原来隔壁的明慧女学是赵娘子开的。赵娘子学识渊博，做先生自是绰绰有余的。”

难道真的是巧合？赵朴真压下了加速的心跳，含笑微微鞠躬："先生过誉了。先生不是在朝廷为官吗，如何会忽然在这南粤出现？这是要暂住还是要定居？"

公孙锷笑道："我已辞官，四处游历。听说这儿有许多海外奇珍，兴许有能治好我腿疾的药，因此过来看看，没想到和小娘子倒是有缘。"

辞官？赵朴真更惊异了："先生学识渊博，皇上怎会放您辞官？"她是知道公孙先生表面上是太子举荐入朝，实际是秦王的人的，如今他辞官来到这里，这儿显然又是秦王经营多年之地，他来做什么？皇帝当初颇为倚重公孙锷，如今东阳公主倒后，公孙先生辞官，又显示了什么样的政治局面？他们的相遇，真的是巧合吗？王爷知道她在这里吗？

公孙锷的笑意更深了一层："我是太子举荐的，东阳公主谋逆被诛，少不得身上有人泼污水，皇上……接下来几年，必是要徐徐立威的，到时候我成众矢之的，还不如自己走的好。今后我们就是邻居了，还请赵娘子多多关照。"他在轮椅上作揖。

赵朴真还礼："有两位先生为邻居，朴真求之不得，若不嫌弃，有空给我的学生们讲几节课，倒是她们的造化和福分了。"

公孙锷微微鞠躬："赵娘子过誉了，在下若讲课，大概也只能略略讲些药理。若赵娘子有差遣，只管说便是了。"

站在巷子里叙话到底不雅，公孙两兄弟又还在搬家，于是两边匆匆说了几句，便都要各自回去。告辞之时，赵朴真犹豫再三，终于还是和公孙锷开口："公孙先生，我有一事相求。"

公孙锷含笑道："赵娘子但说无妨，只要在下能做到的，必不敢辞。"

赵朴真轻声道："我因一些事情离乡，寓居此地，不想让故人得知。"

公孙锷道："赵娘子只管放心，我兄弟二人必守口如瓶，不会和京中任何人提起你在此处。"只是那人早就知道了，那他也没办法了。

赵朴真却当他志诚君子，一诺千金，再三行礼，才回了院子。

公孙兄弟才搬来，想来没什么人做饭，他们又一贯不用下人，赵朴真感激他们，自然亲自下厨，忖度着公孙先生的口味，做了几样清淡精致的菜，配上饭和汤，叫老苍头送了过去。

果然那边很快有了回礼，小小瓷瓶里头的药，据说是安胎理气、滋养婴孩的，赵朴真知道他医术通神，自然也收下了。

之后过年，赵朴真又在学生家长送来的节礼中，挑了海参、鱼翅、糯米等实惠滋补的物品过去，有来有往，公孙锷索性登门替她诊过一回脉，又约好了每个月替她诊一回脉。

赵朴真怀孕在身，是头一回，又亲眼见过当年上官筠的奴婢难产，说不紧张是不可能的，只是之前怕环儿担心，一直没显露，如今身边忽然多了一个神医，她顿时放心了许多。

两边和睦友好，邻里融洽，转眼大年就到了。京城里秦王自然也收到了公孙锷的回信。

“预产期在明年七月，单胎，孩子很健康，赵娘子身子也十分健壮，声音清亮，肌肤红润，可见气血充沛，情绪也达观平和，适合生育。只是公孙先生说赵娘子说了不想见故人，请公孙先生保密。”高灵钧读着信。

秦王冷哼了一声，又皱了皱眉：“七月？粤地苦热，到时候她身子重，岂不是难熬？”

这时，外边响起了鞭炮声，高灵钧笑道：“白家的女学生不是也在吗，想必冰是有的。”

秦王皱眉：“她未必肯占这便宜，那点束脩值什么，能买几块冰？”

高灵钧干笑一声，心里腹诽：咱们老百姓也没几个用得起冰的，人家不也还是生孩子吗？

外头却传来了文桐的声音：“王妃娘娘，您怎么过来了？”

高灵钧连忙将信收了起来，外边上官筠已走了进来，身上披着狐裘，整个人精神奕奕，看向秦王道：“王爷今儿身子可好些了？我听说您传了高大人进来，想着王爷今儿大概好多了。”

高灵钧心中一颤：“卑职见过王妃娘娘。”

上官筠含笑叫起：“你不必多礼，王爷在庄子上养病，多亏你时常给王爷解闷了，今儿却不知有什么好玩意儿给王爷解闷？”

高灵钧硬着头皮回道：“奴才效忠王爷，原也是应该的。”

李知珉开口：“没什么大事，我只是觉得这庄子住着不大舒服，冬天冷，夏天热，小了些，想修一个大点的庄子，正让高灵钧替我看看地方。”

上官筠倒是真的意外了。她原本只是担心这大过年的，王爷又犯了老毛病，让高灵钧从外边带女子进来凌虐，如今她也住在庄子上，传出去倒成什么样子了。因此她特地过来，料想秦王看自己在，有什么也不好再说了。却不料王爷真的召高灵钧进来有正经事商量。

“王爷是嫌这庄子住着不舒服？那好办，我陪嫁时有几处不错的庄子，您只管挑便是了，虽说比不上折桂庄的气派，但有个绿杨庄也很是不错，有很大一片湖，或是去旧云庄，那里的梅花好，冬日住着舒服。”

李知珉的嘴角含着一丝冷笑：“我眼睛又看不见，再好的景也是白搭了。”

上官筠一怔，忙描补：“我不是这个意思……”

李知珉淡淡道：“我知道你的意思，但是我一个瞎子，兴许下半辈子就这么过了。庄子景色什么的并不重要，关键是气候要舒服，冬暖夏凉最好，然后不能有太多的障碍，各处的栏杆都得修过，不能有太多的山山水水，爬高爬低，最好是各处围栏通行无阻，我不需要奴婢前呼后拥，也能自己走着。我已和高灵钧说了，就在长安那边，原来有一个小庄子，选好地方就修起来。今年过节将就这么过着，明年天热了，我必要住进去。”

“长安？你要回西京去？”上官筠一怔，“那会不会离东都太远了？若宫里父皇母后有什么召唤……”她皱起了眉头，远离京城这个权力中心对她可不利，如今才住在庄子上几日，她就已感觉到目盲耳塞，诸事不晓。

“我朝定都长安，圣后那会儿才长居洛阳，父皇不得圣后喜爱，我小时候还在长安住过一阵子，后来才搬来洛阳的。父皇母后若有什么事，回东都也不过是一两日的路程，你留在王府，给父皇母后尽孝便可，我自去长安养病，倒安静些。这园子，我必是要修的。”李知珉的嘴角带起了一丝淡淡的冷笑。

上官筠知道李知珉如今病中情绪乖张，不好太过违逆，想着修园子也还要时间，她还是想法子进宫和窦皇后说说，好生阻止他才好，便也只好应道：“王爷想要住得舒服，妾身自是支持的。”

然而窦皇后并不支持媳妇：“大郎去西京养病？挺好的，这边是太吵闹了，等我有空和皇上说说，必是肯的。你也跟过去好好服侍他，心静了自然病就好了。”她一边看着身旁的丫鬟们打络子，一边漫不经心道，“我听说太子妃好像有孕了，你也该有消息了吧？让太医给你看看身子。”

上官筠实在是烦死这个蠢婆婆了：“母后，这父子之间的感情，也是需要时时见着才好的，夫君若去了西京那边，时间久了，父子感情生疏了，会被别人乘虚而入的。您看晋王殿下这次去办的河工差使，一塌糊涂，全靠王家替他兜着，晋王又去父皇跟前哭了一轮，皇上才没和他计较，只说他年纪轻，被下边人糊弄了。”

窦皇后却已被她带歪：“朱贵妃这次可真是自作聪明，呵呵，打量我不知道呢，派了身边内侍到御书房送了几次汤，只想见皇上，结果皇上恼了她，根本不见她，看把她给能的。”窦皇后一副幸灾乐祸的模样，这次朱贵妃倒霉，她足足高兴了好几天。

真是目光短浅！上官筠压下心里那点厌烦：“若夫君不在东都这边，齐王殿下也少人指点帮扶着，您在后宫，前朝的事也不知道……”

窦皇后冷笑了一声："身子才是第一！当年我嫁进王府，皇上的事儿我一律不管，只管着他的身子，怎么把后院操持好了，不让皇上操心。朱贵妃就仗着家里有几个钱，整日里在皇上跟前显摆，又忙着把兄弟都塞给皇上，有什么用？皇上心里明白着呢！大郎可是他的嫡长子，他怎会不心疼？"之后，窦皇后便开始长篇大论地说起当年在王府的旧事来，无非几个妾都不安分，礼部那边如何克扣的老话。

上官筠气得没法，却也知道和这位蠢皇后没法说道理，回去后越想越生气，索性悄悄换了衣服回了娘家，和父亲诉苦："王爷如今性情乖张，一个不字都不想听，婆婆在这政事上又一窍不通，竟无人明白我的心。他一去西京养病，之前那刀枪血雨里头打来的战功，时日一久，哪里还有人记得？他养起来的那点声望，很快就被人遗忘了。"

上官谦看着这个女儿，心下一叹，低声道："你也知道是刀枪血雨中打下来的战功，哪会那么容易被人遗忘？军中他的威望仍在，对他很是同情。武将们表面上虽说未必多么好，但真正有事的时候，都是互相呼应的，那都是战场上打下来的情义，不是那么简单说没就没的。而且他回西京那边，恐怕另有用意也未可知。太祖定都长安，是为着其在军事上的地位，南有巴蜀之饶，北有胡苑之利，能阻三面而守，独以一面东制诸侯。圣后改东都为神都，长居此地，人人也都贪图洛阳富庶繁华，却忘了那边才是我们的立国之本。你不要看他如今病中乖张消沉，就小觑于他，病虎也是虎，不是猫，他当初能拒寇于北，不是一般人。"

"你这些时日在女科上出太多风头了，冷一冷也是好事。皇后说的其实有道理，你不要觉得她笨，皇上偏偏选了她做皇后，后宫哪个人能越了她去？她有她的智慧，你不要看低了她。王爷病得厉害，你去陪他养病也是好事，我们需要一个皇孙。"他委婉地提醒上官筠。

上官筠烦躁道："他如今病成这样，应是不能有孩子了。前些日子，我探病时，他和我谈过，他意气萧索，显然已失了斗志。哥哥回来应该也禀报过你，将来大概只能走过继这条道了。西京我是不能去的，明年大比之年，这女举是我首倡，我若去了西京，到时候这天下女举人谁还记得我？谁还知道是我上官筠给了她们这样一个改变命运的机会？我辛辛苦苦筹谋了这些日子，岂能让别人摘了桃儿去！王爷倒是没让我跟着，就是皇后娘娘那边可恨，我和祖母说，到时候让祖母说身子不适，想我在身边伺候一二，这样我留在东都里也算说得过去。"

上官谦一叹："你看着办吧。其实，女举人并没有你想象的那么好用，那些女举人就算才华横溢，也逃不开嫁人生子的命运，你能用到她们的时间很短，她们兴许还来不及在一个位子上太久，很容易就被大家收服了。”

上官筠笑道：“父亲多虑了，我哪里就寄希望于她们呢？便是科举的男士子，也要入朝几年方能用上，女儿岂会那样短视？只是此事于名声有利，再则就算嫁人，嫁给什么样的人，那也是可以做点文章的。便是在后院，能影响到男人的妇人，也尽有的，端的看使什么手段罢了。话说回来，我今儿还有件事想和父亲商议，父亲可对哥哥的婚事有什么想法？”

上官谦一怔：“你祖母好似看了几个人家，你母亲那边有几个表妹还可以，但是你祖母有些不喜欢。”

上官筠嗤之以鼻：“卢家如今是越发不行了，养的女儿畏畏缩缩，不成气候，卢一薇、卢一茹两个人，上次阿爹也见过了，哪里做得了我们上官家的宗妇，祖母自然是不喜欢的。我这边倒有一个人选，霍太尉家的嫡女霍二娘子，才貌双全，明年也准备参加女举考试的，不知父亲意下如何？”

上官谦想了一下，讶然道：“要选勋贵家吗？咱们家一贯聘宗妇，都是从世家中选取的，再则这个霍二娘子，我记得也颇有才名，想来性情也有些要强，你哥哥那脾气，如今连我的话他也多有忤逆之处，怕是相处不谐，倒是找一个性情温和、宽容的大概才好相处些。”

上官筠笑道：“正是哥哥不听规劝，才需要一个明理些的人好好牵着他才能走回正道。正是他无牵无挂的，才这么不管不顾，行事不想后果，等生了孩子，他做了父亲，那自然就不一样了。如今他听不进长辈说的，妻子却不一样，有个明白人掌着后院，父亲才轻松。勋贵家也是一样，父亲岂不知道，抬头嫁女，低头娶媳？世家如今凋零，空有名声在外，一般也就嫡支的女儿才肯下功夫培养，只是哪里看得上哥哥？高不成低不就的，倒不如娶一个实权勋贵家的女儿，互利互惠，他们能嫁入咱们家已是高攀，霍家行事也很是稳重，霍柯如今也是青年将领中十分得用的，很适合做亲家。父亲与其与应家结交，还不如和霍家。”

上官谦沉吟了一会儿后道：“我和你祖母商议商议吧，也要看看你哥哥的意思才好。”

上官筠进宫见皇后后又去了上官府的消息，很快报到了李知珉那里，他倒没什么：“没关系，母后那边我已事先通过气了，西京那边只留了一些武将，没多少正经官员在，我回去方便行事。当然，崔氏那边肯定没那么好骗，但是有上官筠在东都，也够分她们的心了，皇上也会同意的。”

他面上一片寒凉：“传说当年圣后不愿居长安城，是因为袁天罡、李淳风二人替她指点过，唯有长居洛阳，才窃得了国运，父皇也是在洛阳得了帝位，自然不会轻易走，如今我要过去，自然也在这上头打了点埋伏，总之他一定会答应我去的，关键还是园子要修好。”

高灵钧脸部抽搐，李知珉却又开始唠叨：“修个自来雨的亭子，不然天太热，冰窖也修上，园子要适合孩子住的，修个大点的演武场，还有马，去连山那边弄几匹果下马来养着。对了，也该养多些小猫、小狗、小兔什么的，孩子应该喜欢吧。”

他仿佛想军机大事一样，皱着眉头继续思索：“若是女孩子……种些好看的花草吧。女孩子喜欢什么？”

高灵钧腹诽：我怎么知道！为了殿下您，我都多久没有抱着罗绮睡了！这会儿大过年的，我还要去西京办差，我的孩子到底啥时候能出来？

但高灵钧十分辛苦地忍下了心里的抱怨，干笑道：“毽子？秋千？”

李知珉居然深以为然：“不错，那就在花园里架个秋千，再给她修个单独的院子。你去买些珍贵的花来种，女孩儿应该会像我，兴许在声乐上能有些天赋呢，也修个琴室吧，首饰、衣裳什么的……你让罗绮负责这个，我有赏。”

高灵钧翻了个白眼：等到小王爷能骑马、小郡主能弹琴的时候，那还久着呢！王爷这是昏了头，这么着急做什么？一贯英明的主上的深谋远虑，用在还在肚子里的孩子身上，怎么显得这么幼稚呢？等等，罗绮？他抬起头：“王爷的意思是……”他替王爷办差，许多事情都是机密的，平日里是连罗绮都瞒着的，毕竟罗绮当初也算得上是窦皇后的人。

李知珉笑了一下：“让罗绮跟你一同去西京，把修园子这事办妥了，将来让她陪着她们住吧。”

高灵钧笑得咧开了嘴：“多谢王爷体恤！”

李知珉摇了摇头：“最好是罗绮也生一个孩子做个伴，不然一个孩子太孤单了。”

高灵钧一直乐得合不拢嘴：“王爷说得是。”

CHAPTER 20

第二十章

求学

炽热的肌肤，急促的鼻息，滚烫的手掌，身上很热，她渴望更多的拥抱。

赵朴真从深沉的睡梦中惊醒，满脸滚热，身上大汗淋漓，连背上的衣服都浸湿了。怎么又梦见他了？赵朴真拥被半靠在床边，蒙了一会儿，忽然听到女学外边闹哄哄的吵闹声，还有鞭炮声。

十五不是过了吗？赵朴真还没有从梦中回过神，茫然想着。过了一会儿，她才想起自己家这条巷子，也就她们这户和隔壁公孙先生那一户，这年都过完了，女学也刚刚复课，女学生们来得还不太齐全，过完年，又有几家女学生议亲了，辞了馆不再来，今日也还没有到上课的时候……谁在放鞭炮？

之后又是一阵锣鼓声响，仿佛是什么喜庆的事一般。这是有人办喜事？可是她怎么感觉就是前巷口这儿？

她将衣服换好，外边环儿已经匆匆忙忙跑进来："娘子，外边闹哄哄的，好像有人来求学。老林说外边人多，让你别出去，怕惊了你的胎气就不好了。"

求学？为什么大张旗鼓？她皱起了眉头。环儿一边替她梳着头发，一边道："不晓得是哪家的女儿，求学这样的大阵仗。听老林说，前边送女儿来读书的车子都被堵住了，外边围了好多人，还是先生的名声在外，想必有人被吸引来了。”

赵朴真将汗湿的衣裳拢了拢：“我们到楼上去看看。”

巷子口那儿熙熙攘攘，早就挤满了看热闹的人，一名红衣女子跪在明慧女学大门前，靓妆如画，身姿纤丽。她身前摆着一张几，几案上摆着一个托盘，托盘上整整齐齐码着雪白光亮的银子，看着约有千金之数。后边有好几个孩童举着布招子，其中一张布招子上写着“孔圣人有教无类，风尘女诚心向学”，另外一张招子上写着“女先生万卷在胸，花魁娘千金求学”，又有一张横着的布幅，上边大字写着“朝闻道，夕死可也；仆虽妓，若得闻之，则生顺死安，无复遗恨”。

只看到有个童子敲了一下锣，大声道：“我们家娘子，乃同乐馆花魁娘子杜霜儿，一心向学。听说明慧女学的琅嬛女史学问极好，不论贵贱贤愚,一视同仁收为学生，她心慕已久，今日特诚心来求学，只求先生念我家娘子身虽在风尘，却仍心慕大道，收下我家娘子为学生！”

围观的众人哄笑起来，那女子却一动不动，跪在那里。

环儿好奇地念着，然后低声问赵朴真：“先生名气这样大了，连风尘女都要来求学了？”她忽然想起来，“啊，这杜霜儿我好像听说过，说是诗画双绝，还弹得一手好琵琶，才学惊人。杜霜儿也想和娘子求学？倒是正好咱们这儿出了几个缺……”

赵朴真摇了摇头：“诚心求学，岂会如此大张旗鼓？这般锣鼓喧天，显然是想要以名声相挟。你看她说什么有教无类，又说我不论学生贵贱贤愚，一视同仁，这是在挤对我若不收她，便是没有师者之心。”

环儿一怔：“那娘子是要收她吗？我看京里也有不少先生去教坊授课，倒是风雅事一桩呢。”

赵朴真冷笑道：“男先生去给教坊歌妓授课，那是风雅，女先生若收风尘女为学生，怕是咱们这明慧女学的学生立时就能走光。谁会愿意自家女儿和妓女做同窗？说出去还要嫁人吗？我这是挡了别人的道，对方才施出这样捧杀的毒计来。”

环儿大吃一惊：“对啊，比如白家娘子，肯定会走的！那怎么办？”

赵朴真道：“你替我梳头换衣服，我下去会会这个杜霜儿。”她想了一下却道，“你就拿那碧玉花冠好了。”却是仿照着当初崔皇后的打扮，世家风雅名士，就好这一套天然低调的奢华。对贵女来说，这些都是她们的战袍。

年才过完，羊城虽然常年炎热，这季节却也颇为阴冷。杜霜儿跪在门口，身上虽然披着皮裘，但也有些冷了，身上微微打战，心里想着怕是这个琅嬛女史不会开门出来了。听说她还怀着孕，却踏入浑水中，得罪了得罪不起的人，却教自己吃这样的苦头来做这出头的椽子，想想心中颇有些不屑，想来对方也不过是一个欺世盗名的妇人罢了。杜霜儿心中嘀咕，却听到大门咯吱一声响了。

外边的人一阵骚动，只看到一个小丫鬟走了出来，却引出来一位气度清华的夫人，她腹部微隆，高髻用碧玉花冠笼着，素裘外披了一身银丝披帛，银光闪烁，高高翘起的鞋头上，也都是碧玉琢成。

她居然真的出来了？这么沉不住气？已经做好要跪上几日的杜霜儿吃了一惊，抬头去看，对上了那如寒星般的一双眼睛，心里却暗暗吃了一惊。杜霜儿也算是在容貌上颇为自矜的，然而这个琅嬛女史，秀骨姗姗，容色夺人，长得比她这花魁还要出色几分。这城里，怕是找不到几个有这般颜色的女娘来了，而琅嬛女史这身打扮，又和那世家夫人一般，高雅清淡，衣着簪环虽简，但样样都不是凡品。

看来这人还真的有来头，怕是这指使自己的主人家还有别的念头呢！竟是这般尤物！杜霜儿低下头，将冷笑藏了起来，一副不胜罗绮之态，盈盈下拜道：“杜霜儿拜见琅嬛先生。”

四周群众全部静了下来，想看这个琅嬛女史怎么说。许多男子都在暗暗交头接耳，显然也被这个漂亮的女先生挑起了兴味，围着的人越来越多。

赵朴真微笑：“朝闻道，夕死可也，杜娘子想在我这里求学什么道？”她竟是直截了当，不叙别的。

杜霜儿抬起头，眼波将流，樱唇微动：“杜霜儿陷身风尘之中，却也有慕才之心，平日里客人们给面子，略有才名，但毕竟学识浅陋了。听说琅嬛先生才学惊人，便想着能和先生学上几日，学问多些，来日和人花晨月夕，互相唱酬，也能渊博些，也能招徕更多客人不是？我听说先生这里重实惠，不仅教诗书礼仪，还教算账写字，因材施教，想来先生一定也有什么绝招能指教我的。若先生教得好，我还可以介绍其他楼里的红姑娘来，束脩是只多不少的。”她笑得十分轻佻，心里却知道这个女先生肯定是不会收自己的，除非对方今后再也不想收学生了，因此她说得十分随意和轻浮，人群里看热闹的轻佻郎君都笑起来了。

赵朴真面容不变：“听起来是悦人之道，你却来错地方了，我这里教的是悦己之道。”

杜霜儿眼神锐利起来：“先生这是瞧不起我们了？菩萨尚且化身妓女渡人，孔夫子尚且待价而沽，先生如今教学生，也是出售学识，和我们出售身子有什么区别吗？我们风尘女，也算是自食其力，这学了技巧，招徕更多的客人，收取更多的酬金，自然也就心情快悦，所以这悦人之道、悦己之道，又有什么区别呢？”

人群里有轻浮郎君大笑：“杜娘子，今夜且渡小生一把吧！我愿肉身布施！小娘子随喜！”

众人哄笑起来，甚至有人以轻浮、淫邪的目光看向了赵朴真：这女娘可真美貌，花魁都比不过她。说什么女先生，怕不是真的是什么人的情人吧？就和那些什么女冠一样，借着吟诗弄乐的名头，广开艳帜，不然好端端的怎么有妓女找上门？有道是苍蝇不叮无缝的蛋。

赵朴真面不改色：“我教学生，全为悦己，可以教，可以不教，可以今日教，明日不教，可以教这个，也可以教那个，我的胸中才学，是我立身之本，旁人可用我才学，可学我才学，却不能强求折辱我、轻贱辜负我。花魁娘子您的自食其力，既不能择人而卖，也不能有不卖的自由，您将自己当成一件物件儿出售，没有说不的权利，如何与我相比？我看书，我学技艺，是为了自己高兴，是为了自己有选择的余地，这也是我的学堂所教的。至少我的学生们，她们来日能多一些选择，会算账也好，会画画也好，会绣花也好，学了四书五经要去考女科举也好，那都是将来她们安身立命、自食其力的凭恃。”

赵朴真直视着杜霜儿的双眼：“至少，她们有能力说不。”

杜霜儿一怔，忽然失笑：“赵先生的意思是不想收我咯？”

赵朴真含笑道：“我收人为学生，不收不能自主的物件儿。”

这句话却深深刺伤了杜霜儿，她冷冷道：“先生难道不知道乐坊贱籍，不是自己能选的吗？”

赵朴真轻轻一哂：“是吗？杜娘子，你的身份不能改变，不是你自己的错，难道又是我的错吗？你既甘心做一个物件儿，听任你的主顾安排跪在这里，我为何又不能拒绝收一个物件儿为学生呢？”

人群中有人哗然笑起来，窃窃私语：“楼子里都有请先生教的，这女娘来这人家良家女子读书的地方求学，分明是来砸场子的吧？谁家愿意自己女儿和妓女同窗？”

“老鸨不管，怕是真的有人出钱请人来的，哪里真学习什么？这些女娘，出台一场都上万缠头，哪里舍得来这里浪费时间？真让她们来好好学几日，倒要耽误她们的生意呢。”

“哦，这是得罪人了吧！”

“怎么不是！女学开得好的就这家，这先生极有学问的，这是别人眼红了来闹场。我女儿就在里头读书，今日看来是不能上课了，被这女娘这么闹，有没有人去告官的？”

“告官？难道不许人来求学？告官也说不过去吧？人家也没打没闹，就是求学而已，也没说妓女不能求学吧，妇人都能科举了。”

杜霜儿听着四周的议论，脸上一阵红一阵白，知道今日自己的求学行径已被人看透了。这个女先生这么一说，众人都当看戏一般看她的热闹。她性子里原有几分烈性，此时却多了一分不甘来：“先生不过是命好，没有生在教坊之间，和我们这等生来就是物件儿的自然不能比。先生难道又能保证你的学生都不会被当成物件儿吗？多少人家为了彩礼卖女，难道又不是物件儿？”

赵朴真含笑摇头：“我自然不敢说，只是尽力了，总能多一个选择，我命由我，不由天。”

杜霜儿冷笑道：“先生说来，便是不肯收我了，何必找借口？”

赵朴真笑了一下：“你若能自赎从良，斩断红尘，将资财散给穷人，出家为尼，终身不嫁，我便肯收你为学生。”

杜霜儿一顿，冷笑道：“我听闻先生不分贵贱，都肯为师。当年孔圣人来者不拒，好为人师，先生如今提出如此不可实现的条件，想必是要我知难而退。”

赵朴真笑了一下：“杜娘子，你身不能自主，又交结广阔，若真想求学，身在红尘之中，纷纷扰扰，如何学得好？自然要出家散财，取得自由之身，才好做回你自己。既要学我之道，我自然先要知道你究竟想要什么。你若甘心做一个物件儿，将卖身的价格以为是自己的价格，学习只是为了提高自己卖身的价码，那谈何悦己？我自然也没有什么可教你的，我的道，不适合你。”

“自弃者人莫救也，有朝一日，你想清楚了自己的道，知道灵魂之贵重，那时候也不需要我教你。”

这时，人群中忽然有人鼓掌，众人转头，却看到一人身着绯色官服，身后簇拥着一群清客文人，有略懂官员服色的人轻呼：“这是四品以上的大员了！”

人们纷纷畏缩地给这位大人让步，赵朴真含笑施礼：“朴真见过刺史大人。”

陆佑庸含笑道：“免礼。我今日原是要拜访高人，路过此处，却见如此喧嚣，不由得站着看了看，没想到却听到赵先生一番高论，果然不同凡响。”

赵朴真低头道：“陆大人过誉，小女子惭愧，竟不能如孔圣人一般有教无类。”

陆佑庸笑了一下：“孔圣人，那可是前后几百年才出来这么个人物，咱们一般人怎么能比？更何况你一个女先生，又是孕中，岂能普度众生？教书育人，能教一个，也是善举。便是女科举，也是朝廷才开了几日，女子想要不是一个物件儿，可不容易。”他看了一眼杜霜儿，“杜娘子是吗？你若真心向学，我可吩咐下去，许你出乐籍，准你自赎，一切自主，如此，你舍不舍得离了这红尘万丈、纸醉金迷，割舍这尘缘，潜心向学？这个琅嬛女史，你若真的能拜入她的门下，却可是你的造化。”

杜霜儿拜了一拜，一言不发。她如今花魁之身，一曲歌十万缠头太夸张，但是万钱也是有的，正是年轻貌美、最红火的时候，岂舍得急流勇退，真去拜一个不知来历还得罪了人的“琅嬛女史”做先生？读了书又如何？能当官？能嫁到好人？不，她身为贱籍，一辈子都已抹不掉身上的烙印了！就算是一个物件儿，哪个女子不是物件儿？谁又比谁更高贵？不过是看谁更会投胎罢了！旁边的童子过来替她收了银子，一行人在众人的窃窃私语中灰溜溜地离开了巷子。

只有赵朴真看着她离去的身影，面上仍然掠过了一丝愧色。这个女子身不由己，不过是被人用来当枪使，自己却还是侮辱了她，不是没有愧的，但是回顾自己，同样也是身不由己，好不容易到了今日，为了自保，不得已如此，也顾不得太多了。

陆佑庸却看出了赵朴真的愧疚来，宽慰道：“赵先生不必自责，你不是没给她机会，若她真心愿意离开那里，自然是可以出来的，只是她未必愿意出来。”他命跟从的官差驱赶围观的民众，民众们看已无热闹可看，便纷纷散去。

赵朴真微微屈膝道：“感谢陆大人解围，不知陆大人今日来此何为？”

陆佑庸笑道：“我是来拜访公孙先生的，巧得很，就在你们女学附近，我也是过来了才发现的。不知赵先生可认识公孙先生？您也是从京里来的，应该有听说过？”

赵朴真点头：“我们不曾在京里见过，还是公孙先生搬过来以后才认识的，作为邻居拜访过。听说公孙大先生在医理上有些造诣，我也曾请他为我们女学的女学生授课，二先生不大说话。”

陆佑庸点了点头，笑道：“这位公孙先生当初曾为太子举荐，入朝为官，学问是十分好的。我到京里磨勘述职之时，曾和他有过一面之缘，如今他辞官游历，可巧到了我任上，我正要拜访他。”

赵朴真面色不变：“既然陆大人还要登门拜访公孙先生，小女子就不再叨扰大人了，改日再登门备礼致谢大人今日解围之情。”

陆佑庸含笑推让了两句，正好眼看着送女儿上学，看到刺史大人在又跃跃欲试想要上前攀交情的人开始多起来，陆佑庸才命人过去敲了公孙先生家的门，和赵朴真拱手道别。

赵朴真转身刚要回书院，却听到身后白英叫了一声：“先生！”

她转头看去，看到白英正从一辆马车上跳下来，马车旁边的禤海堂也翻身下马，看来也已围观多时了。白英飞扑进来道：“先生，好在你没答应。我海堂哥说，这女人外边身价高得很，声名远扬，若你真的收了，阿爹肯定不会再让我跟您学习了。”

赵朴真看了一眼禤海堂，他仍然是那种客气中带着疏离的施礼，不过倒是多问了一句：“先生认得树后边那男子吗？”

赵朴真一怔，转头看去，果然看到巷子转角那儿的树下站着一个男子，身姿笔挺，却存在感极低，旁人若不说，怕是注意不到。这人正是公孙刃，他看到他们注意到他，拱了下手，然后转身从角门转回自己的院子里去了。

她道：“这是邻居家一位大夫的弟弟，平日里算是朋友，大概刚才听到动静，出来看看有没有要相助的。”

禤海堂点了点头：“先生若对他们知根知底，那就无妨，只是我看此人应有武艺在身，且应该是习的暗杀那一类的，若不能信任，先生可以和我们说，我们把隔壁房舍也买下来，请他们离开好了。”

赵朴真忙笑道：“不必不必，他们两兄弟值得信任，多谢禤郎君的提醒。”

禤海堂也不多问，只是礼貌地拱手作辞，然后和白英点了点头，翻身上马离开了。

赵朴真和白英进了女院，今日这么一闹，也没几个学生在，赵朴真也没什么心情授课，只安排了几样功课让女学生们做。女学生们却已经七嘴八舌地说起话来：“先生，好在您没答应杜霜儿的请求，您若答应了，我爹娘肯定要让我退学。”

“太可恶了！那个杜霜儿名声在外，哪里可能是真心来求学，就是故意来挤对咱们先生的，还好咱们先生说得好，三两句把她说得没法了。哈哈，她怎么舍得从良？我听说寻常场子她都不出去的。”

“我和我阿爹说，得给她们同乐馆一点颜色看看，差点把我们这儿的名声都败坏了。幸好刺史大人明理，直接说可以放她的乐籍。哈，她那么多钱，哪里舍得真走？真的离开了，也不可能有什么好前程了。倡优都不可能参加科举，没有人敢保举她。她们这样的人，最好的结局也就是嫁给大户人家做妾罢了。”

“刺史大人英明。”

“这是有人眼红我们先生，坏了我们的名声，到时候连我们参加科举也不行了！”

白英看赵朴真怔怔地出神，忙笑着压服大家：“都别说了，你们看把先生累到了，我扶先生进去休息休息。”

赵朴真进去坐着，白英笑着宽解她：“先生不是真的还在在意那个青楼女子罢？”

赵朴真道：“我的确心里有愧。杜霜儿并不能选择出身，我却只能用出身来攻击杜霜儿以自保，相比之下，我从前看不起的一个人反倒做得更多，至少给了许多女子机会。”上官筠，无论她对李知珉如何，她到底是以秦王妃的身份，为天下女子硬生生开了一条科举之路，自己却只能隐居在乡间，生儿育女，连教几个学生也教得憋屈，穷救不了，卑不敢收……赵朴真有些讶然，自己不知何时总会隐隐和她相比。

白英讶然笑道：“先生是被她带到沟里去了。您之前就和我们说了是无聊想打发时间，招几个女学生，又不是要担起什么拯救天下、教书育人的挑子。那些人居心不良，想把您抬高了，再撤掉轿子让您跌下来呢。这样的人我见多了，我爹从前就说过，得警惕下边的人，奴仆也好，掌柜也好，若一味地恭维你、抬高你，多半是要你做什么特别难的事。您若真的顺着他们抬起来的台阶走上去了，就下不来了，还不如一开始就先小人后君子，算清楚利益来往，才不容易被人哄了。”

赵朴真抿嘴一笑：“白船王果然见识不同，智慧非凡。”

白英脸上微红：“天下人，那是坐在最上边的皇帝才考虑的事，咱们就是普通老百姓，有多大头，戴多大的帽子呗。您也就是一个举人夫人，将来若是李先生考了科举当了官，那也只管那为官一方的事儿，这不是咱们说的什么，达则兼济天下，穷则独善其身嘛！”

赵朴真点头：“这句话你用得不错，只是若科举考这个，立论还是得高，可不能这样小家子气，毕竟谁也不知道，自己将来会成为什么样子的人呢。”

她的脑海里闪过“李先生”来，当年他将自己积蓄多年的力量都扔进去打仗的时候，心里装的也是天下这两个字吧？

自己如果也站到那么高的地方，也能做到给天下人一点点改变吗？

“是为了自己高兴，是为了自己有选择的余地，有说不的权利吗？”李知珉双眸黑沉沉的，手指在茶杯边沿滑来滑去，忽然笑了一下，“不愿意做个物件儿啊……”

所以她拒绝了自己，也拒绝了上官麟，拒绝了应无咎，怀着自己的孩子，不肯回王府，也不肯依附于任何一个男子。

她果然心大得很呢。他早知道她表面乖顺，其实胆大妄为，没什么不敢做的。

也是奇怪了，她离开了，他反而对这个丫头了解许多。

她喜欢自己吗？应该是有一点点喜欢的吧？

如果自己将她抓回来，锁在长安的金笼里，她会恨自己的吧？毕竟她是不愿意成为禁脔的。

已经修着园子的李知珉忽然觉得有点伤脑筋，他有一粒明珠，却含在嘴里怕化了，捧在手心怕摔了，难道要再让她带着孩子在外边多待上两年？自己这边，怕是一时半会儿也没有什么进展。

李知珉沉着脸想着，外边却忽然有人小跑着进来：“王爷！圣驾到了！”

春假过后，才恢复朝政没多久，皇上怎么来了？李知珉心下有几分明了，必是为着自己呈上去要去长安养病的折子。

他才起身，没来得及穿好衣服，李恭和就已经走了进来，按着他笑道：“不必起来，朕来看看你。”又笑道，“这还是你娘从前陪嫁的小庄子，确实小了点，养病不合适。”

李知珉道：“孩儿不是嫌这边小……”

李恭和拍了拍他的手：“没什么不能嫌的。我儿为国有功，又是嫡皇子，有什么当不了的？”他又叹了一口气，“是父皇无能，委屈了你们。”

李知珉微微不安：“父皇这么说，孩儿愧怍无地了……”

李恭和脸色却十分温和：“没什么，我知道你这孩子一贯十分懂事，从小就不要东要西，从前我们处境难，只知道孩子懂事，大人就省心，如今回头看起来，就觉得十分亏欠了你。只是你在这边养病，我和你母亲都能看着你，若奴婢伺候不好，或是媳妇不体贴，我替你说他们；若你嫌庄子不好，现在洛阳修个你住着舒服的园子也不是什么问题，如何好好的又想要去长安修园子养病？可是什么人给了你委屈？或是你对我和你母亲有什么怨怼……”

李知珉忙道：“孩儿怎么会！”

李恭和笑道：“那还是留在洛阳，你想住哪儿，好好挑一个地方，朕让人好好给你修一个园子。”他看着李知珉苍白的脸和呆板的眼睛，连一丝神情都不肯错过。

李知珉的面上果然掠过一丝难为情，过了一会儿他才低声道："其实，孩儿要去长安养病，也是别有缘由。我说了，父皇也别怪孩儿信那等无稽之谈，实在是，孩儿如今什么都没有了。"他消沉阴郁，有些瘦削的脸微微侧过去，显露出了青黑色的眼窝和紧紧抿着的唇。

李恭和道："咱们父子，有什么话不能说的？"

李知珉道："父皇还记得当初您带我们兄弟去吃羊肉，遇到的那个羊肉店主吗？"

李恭和目光一闪，变得锐利起来："朕记得。"

CHAPTER 21

第二十一章

养木

李知珉道："其实那个店主所说的那个看风水的大夫，正是后来太子举荐的公孙大人，想必父皇也能猜到。父皇不知的是，其实许久之前，那位公孙先生曾说过，秦王府的宅子和我八字不合，我住不合适，继续住下去会有血光之灾，且易受疾病困扰，年寿不永，不利子嗣。我当初只当他是耸人听闻，故意引人注意，因此没当回事。后来我出征受了伤，眼睛看不见，也只当是战场总难免有失，是我自己时运不济。但是后来成婚后，我……一直没有子嗣，病中难免胡思乱想，在王府里住着也总是身子不适，病总好不了，当时便想着索性搬到庄子上住着看看，没想到一搬出那宅子，来到庄子上住着，我晚上就能睡得安稳多了，身上也轻快多了，再想起公孙锷当初说的话，我也有些觉得不得劲，难道这风水之说，还真有些道理？前些日子他辞官后，曾来我这里辞行，还替我把脉看病，我当时也就问他，如今我这沉疴难愈，是否有什么地方住着能于我养病相宜。"

李恭和一笑："这堪舆一说，也有他的道理，当初太祖就十分倚重袁天罡国师，后来到圣后，又倚重李淳风。不过这民间到处是江湖术士，没真本事，信口开河，反受其害，我们身为帝皇之家，一举一动，臣子们都看着，一不小心误信术士，便是要祸国殃民、遗臭万年的，因此那公孙锷要辞官，朕也没留。"

李知珉道："父皇也别怪我，如今死马当成活马医罢了。他和我说，当初圣后不住长安，是因为她时带华盖，八字火旺，喜木火土，忌金水，八水绕长安，长安水气丰沛，滋养我李氏国朝，却不宜圣后。洛阳乃借了昆仑山的龙气，九山朝拱，龙气聚集，于是圣后定居东都，果然火旺木焚……我们李氏，原属木命，因此竟被圣后之火命克制住了……"

李恭和道："依你所说，难道他的意思竟是要让我们迁都才好？"

李知珉摇头："非也，河山拱戴，形胜甲天下，洛阳的确为龙气聚集之地，如今圣后已逝，已无火相克，父皇得天命登基，可知此地原也和父皇相得益彰。只是我福薄，那秦王府原也是父皇潜邸，父皇真命天子，担得起那福气，我却担不起，因此反受了煞气，如今已是病木难成，伤了根本。那公孙先生却道不如让我回长安，以水润木，又能借着咱们祖宗庇佑，兴许身子还能好起来，别的不说，好歹留个后吧。"他意气萧索，神态寥落。

李恭和却早已得了李知珉不能行人事，因此脾气乖戾，不与王妃同房的密奏，如今听他说来，心下恻然，却也放了一半心，笑道："原来如此，此话原未必是真，只是有时候人心若信了，那不妨试试，心情好了，身子也就好了。既然你这么说，索性我也给你个修陵的差使，不需要你特别劳心，只让工部那边盯着便好，也省得别人看你去长安瞎猜疑，倒要离间我们父子的感情。至于修园子的钱，你且从修陵开支里直接走便好。"

李知珉道："孩儿哪敢用父皇的钱，孩儿多少有些积蓄在，修个园子还是修得起的。再说了，如今孩儿也没什么用钱的地方，这修园子的钱孩儿自己支便好，儿臣叩谢父皇天恩。"

李恭和却只是按着不让他起身，却叫了身边伺候的人来问，先问了王爷平日起居，每日用多少饭，爱吃些什么，甚至亲自尝了尝平日里吃的药，又问他："我不是听你母后说，你媳妇儿过年来伺候你了吗，怎的又不在？"

李知珉脸上掠过一丝不自在："我如今好头晕，王妃在倒觉得吵闹得紧，而且王府那边没人主持中馈也不像话，过完年便让她回王府去了。"

李恭和笑道："那你身边伺候的人可够？不如我让你母后再给你挑几个人使唤使唤？"

李知珉摇头："不用，太子和二弟那边都给我送人使，我都嫌吵闹，留在王府那边了。"

李恭和一怔："太子也给你送人了？"

李知珉道："是，过节送节礼的时候，太子送了两个胡姬过来，我听王妃说的。二弟那边也送来了好几个，说是从江南那边采买的从小调教好的女小戏，吹箫吹笛都很使得。我如今哪里有什么心思听这些，不过太子和二弟一片好心，人自然留了下来，尽都让王妃安置在王府后院那儿了。"

李恭和笑了一下，笑意却未达眼底：“太子一贯谦谦君子，没想到也会送弟弟女人，也是兄弟们友爱，你且留着便是了。等到时候长安的园子修好了，你身子舒爽些，带过去也成，或是让你母后再给你挑一些。”

李知珉眼圈微红：“谢父皇。”

李恭和拍了拍这个儿子的肩膀，自从这个儿子不再像从前一样深沉冷静，而是暴露出乖戾、任性、消沉、冲动的一面，他反而对这个儿子更宠爱起来。他又叫了一同带来的御医给李知珉看诊，开了些药，才起驾回宫。

回宫后，李恭和自然找了孙乙君来：“说是公孙锷那边给他的建议，长安属水，利我李朝木命，让他搬去长安休养，可以以水养木，身子能好得快一些。”

孙乙君谨慎回答：“秦王殿下如今沉疴难愈，想来也是病急乱投医。”

李恭和却忽然反问了一句：“当年圣后为什么长居洛阳，定为神都呢？我当时在宫里，听一些闲言碎语，听说是她害死太多人了，王皇后和萧贵妃的鬼魂在长安的宫里，闹得她不安宁。”

孙乙君哪敢说这些无稽的鬼神之谈，更何况还事涉宫闱秘事，他只是道：“洛阳当时未受兵难，水患也未及，富庶安定，定都洛阳，也是安了天下的。”

李恭和却自言自语：“据说当初圣后宠爱冯小宝，就是因为他出征两次都有福气，得退敌军，身上有煞气，鬼神不敢近之，圣后便留他守宫殿，方得安眠，后来还让他去做了白马寺的主持，时时进宫做法事，驱除邪祟。”

“你说大郎也是征伐过的，公孙锷也说他身上杀戮过多，兵煞太重，所以才疾病缠身。他回长安住在那边，身上的煞气应能镇住那边的鬼魂吧？”

孙乙君却忽然唰地背上的汗全出来了：圣后酷虐好杀，心中有鬼，因此才畏惧冤魂报复，皇上好好的一个圣明天子，惧怕什么鬼魂？莫非，他也有不可告人之事？

李恭和抬头笑问他：“次卿以为如何？”

孙乙君垂下头，背上汗湿重衣：“皇上所言极是，长安是我朝列祖列宗皇陵所在，又是兵家要地，秦王殿下虽说过去养病，但到底是大将，也可以震慑、节制诸方节度使。如今皇上权柄日重，有王爷辅佐，定然如虎添翼。”

李恭和敲了敲御桌：“大郎的忠心，朕还是相信的，他看着长安那边，朕也放心。”

赵朴真并不知道有人正殚精竭虑地准备一座华美的金笼，将她装入。

她正为如何教导几个学生应试琢磨着。除了白英，还有几家有女儿的想要去试一试女举，都有些门路，在听说过当初琅嬛女史在刺史那边的发言，都托了人找了门路，打听到她这边过年有了几个缺，立刻将女儿送了过来，只求秋闱州试这边先争得一个州推的名额再说。

这几个女学生，包括白英，其实和真正世家里那扎扎实实书香熏陶的世家才女还是差了许多，不过是略通文理，读过几本书，能写上几首诗不错韵，这就已是极难得了。但赵朴真知道，她们这样的水平，就算勉强矮子里头挑高个进了州推，进京考试，和那些五姓女竞争，还是差得远了。

然而离今年秋闱也只有八个月的时间，扣掉各种节日假期，时间极少。秋闱又撞上她临产，到时候顾得上的时间极少，而秋闱一过，得中的人就要立刻赶往京城参加明年的春闱。

这么算来，她不可能再细细教这几个学生夯实基础了，就算她能教，她们也未必学得下来。

事到如今，她只能押题了。

其实几个学生的家长又何尝不知这道理，送来女儿向她学习，大抵是看中她了解京城，大概能押中一两题罢了。

其实，赵朴真的性格中有着跳脱和大胆冒险的一面，她并不是那等墨守成规的人。她打定主意后，索性自己拿捏着朝廷这几年的大政琢磨着，定出了几个方向，又专门去找了公孙先生讨教了一番，写下了几个大题目来，教学生细细做来，就着学生写出来的初稿，让她们反复查经寻典，改了又改，竟是磨到尽善尽美，方换题继续。几个女学生憋着一口气，要在秋闱中拿个好名次，也颇为认真。她一连带着她们闭关磨了数日，眼见着将大好春光都在苦读中熬过了，天渐渐热了起来。

她虽是双身子，但一直精神健爽，天气热起来后，却开始怕热得紧，日日扇不离手，一股细细的心火上来，没法子静心，索性在厨房倒腾些精致的凉菜、鱼脍、水果来。

这日，她做了道颇麻烦的荷叶蒸整鸡，因着还有糯米、香菇等包着，整屉子又热又重，热气蒸腾。她叫来老苍头："你过去让隔壁的公孙二先生过来拿鸡。"老苍头应了一声就出去了。

这时，正好禤海堂走了进来，见状便问："需要我帮忙吗？"

赵朴真笑道："没什么，我做了道荷叶蒸鸡，因着隔壁的公孙先生时常帮忙，便时常分他们一些。禤郎君是过来接白英吗？可她才开了题，说要写完了才回去呢，怕是您还得再等等。"

禤海堂已是挽了袖子，露出手臂上结实的肌肉，手一伸，已经轻轻松松替她将那屉蒸鸡提了起来："送隔壁是吗？我替您送过去。等一会儿不妨事的，我一会儿在门口等着，什么时候好了，让英妹妹出来便好了。"

他端着鸡才到门口，便和刚得了老苍头通知走过来的公孙刃碰了个照面。赵朴真忙笑道："公孙刃先生，这位是禤郎君。今儿做了鸡，比较沉，禤郎君好心搭把手。禤郎君，既然公孙先生来了，您且放下鸡让他自个儿拿吧。"

公孙刃并不说话，幽深沉静的目光往禤海堂腰上一截短鲨鱼尖皮套上打了个转，忽然问道："你这是三棱刺？"

禤海堂愣了一下，目光和他对视，将那屉蒸鸡放了回去，道："是。"

公孙刃一贯是冷漠、孤僻的样子，如今脸上却带了一丝好奇的神色："我可以看看吗？"

禤海堂顿了顿，真的将腰间的鲨鱼皮套中的三棱刺拔了出来，只见幽黑暗沉的一把匕首，约莫一尺长，有着三棱锋，看着并不太起眼。公孙刃却十分仔细地看了又看，近乎一种欣赏和迷恋的目光："好钢，做得好！这个扎进去，会放血吧？中了的人，基本很难救回。"他仿佛不是在说一样凶器，而是在赞美这杀人的功能。

禤海堂轻轻咳嗽了一声，有些尴尬地看了一眼赵朴真，低声道："海上难找大夫，这个对凶残的海盗有用，基本上扎中要害，那海盗也就废了，能去掉一人是一人，这样咱们才能活下来更多的人。"

公孙刃道："一寸短一寸险，这个近身才好用，也还是很凶险，一不小心被人反手刺伤，若是用长枪上扎上这个三棱刺刀头，可能好些。"

禤海堂点头道："在海上，咱们的人一般用三叉鱼叉，带倒刺的，和这个异曲同工，这个只是我如今随身携带着防身的。"

公孙刃好奇道："鱼叉会太重吗？用不久吧。"

禤海堂笑道："还行，平日里叉鱼，水手们倒都有一把子力气的。"

公孙刃点了点头，将那三棱刺递给禤海堂，然后伸出手，轻而易举地将那屉蒸鸡端起来："你要等人？不如到我们隔壁去，喝点酒，聊聊海上的事？我大哥也有兴趣。"

禤海堂一笑，露出洁白的牙齿："那就叨扰了。我车上有腊好的鱼和两坛子极好的蜜酒，我去拿过去。"

就这么一来二去，禤海堂居然和公孙家两兄弟都说上了话，之后每次禤海堂送白英过来，便在隔壁公孙家的院子里坐下来，吃着赵朴真这边送过去的精致小菜，就着他自己带来的上好腊鱼、烧鹅以及好酒，三人小酌着，天南地北地聊，都是走过不少地方的人，交谈起来居然分外相投，俨然成了极好的酒友。

赵朴真有时候听他们说话：

“海盗主要是什么人？”

“什么人都有，亡命之徒，不分地方的，红毛的，倭人，还有我们大雍的，其实都有。他们不大招惹我们白家的船。不过在海上，最危险的不是海盗。”

“是风浪？”

“对，最可怕的是风浪过后，迷航，根本不知道自己在哪里，只能靠着指南针走。如果走了许久都没有见到陆地，船上食水又不多的时候，大家就开始惶恐，那种恐慌比遇到海盗可怕多了。”

“你迷航过吗？”

“当然，不过我命大，还是回来了。再有经验的水手，也不敢说永远不会迷航，海实在太大了。”

“既然海上这么可怕，你为什么还要出海？”

“当然是因为利润，上百倍、上千倍的利润！同样的茶叶、丝绸、瓷器、香料，只要运出去了，完全不愁销路，再贵都有人买！再平安返回，那就是大家分钱的时候！每一次出去，大家都会写遗书，抱着死在海上的念头出去，然后如果遇险了，遇到海盗或者风浪，侥幸没死，都会想着这一次回去就收手，再也不出海了。结果回来了没多久，又舍不得那利润，还是出去了。要不怎么说人为财死，鸟为食亡呢。”

“真的有那么多水手愿意和你们出去求财？”

“当然不。其实有很多人是流放犯和苦役，还有一些是死刑犯改过去的，有时候我们要办一些官府的差使，就会征用这些人。”

赵朴真想到了王慕岩，忍不住追问：“这些人如果在海上遇到风险……”

“都一样，把人扔海里葬了，船上不能放尸体的。”禤海堂喝了一口酒，眼里带了一丝悲凉，“上至船长，下至苦役，若是在海上死了，都是一样的葬身鱼腹。我父母当年也是遇上了海盗，被劫掠一空，还全部被绑了推下海去，尸骨无存，我至今仍未找到凶手报仇雪恨。”

赵朴真听白英说过他的身世，也不知如何抚慰，只好替他倒了一杯酒。公孙锷却问他：“这么多年过去，你没有线索吗？你家得罪了什么人，不知道吗？”

禤海堂摇了摇头：“不知道，我那天睡得迷迷糊糊，母亲忽然将我推入床下，塞了我的嘴，说要捉迷藏，不让我说话，说让我乖乖的，等到她叫我，我再出去。我那时候还小，不知道怎么回事，我母亲一直也没有再叫我。后来我被白伯伯的人救出来的时候，才知道母亲身上中了几刀，她害怕我听到了叫出声来被人发现，一声都没出，活生生流血过多死去的。”

众人忽然都不说话了，只有禤海堂又喝了一杯酒：“从那时候起，我身上就没离过刀，只等着手刃仇人。如果有朝一日仇人能被我找到的话。”他面无表情，声音平淡，所有人却都感觉到了那一刻的刻骨森冷。

CHAPTER 22

第二十二章

发动

随着秋闱将近，赵朴真的产期也迫近了。

发动的那天是午后，赵朴真用过午餐，原是站在那里看花，忽然腹部一阵抽痛，然后感觉到有一股温暖的水自腿间流淌下来。她知道不对，立刻叫环儿：“环儿，我怕是要生了。”

环儿吓得脸色都变了，慌手慌脚也不知道先做哪样，赵朴真笑道：“你别急，之前不都准备好床了吗？你先扶我过去躺下，再让学生们都散了回家去，去让林妈妈请之前约好的接生婆过来，让老林头烧上水，再去隔壁请公孙先生过来。”

之后兵荒马乱一番安排，先把学生们都遣散了。白英白着脸回家不多时，白夫人便亲自过来了，还带了好几个老成的妈妈。

白夫人听说羊水先出来了，连忙让妈妈们扶着赵朴真，给她的臀部先垫上了枕头，让她莫要起身，之后烧热水的、炖催生汤的、配合着公孙先生诊脉下针的，几个能干妈妈有条不紊，立刻场面就稳住了。环儿也找到了主心骨，老老实实地守在了已经开始阵痛的赵朴真身边。

赵朴真躺着倒也还好，阵痛间歇还能和白夫人、公孙先生道谢。

白夫人笑道：“先生对我家丫头那样照顾，如今生产大事，身边又没个经过事的长辈，哪里使得。我们家当家的说了，这当口，我什么都别管，只守着你，你也放心。英丫头还嚷嚷着要过来陪您呢，我想着她还小，过来倒添乱，没让她过来。”又问赵朴真如今的感觉，亲手拿了汗巾子替赵朴真拭汗，安慰道，“这头一胎，时间都长，您别担心，且吃点东西有了力气才好。”

公孙先生替赵朴真诊脉后，开了催产的药让人煎上，又不慌不忙地在她手背上扎了两针，才道：“等疼得十五息一次，再让人过去叫我，我就在隔壁候着。”

赵朴真是见过他将橙绿救回来的，看他稳如泰山，心中也定了定神，笑着说谢了。白夫人也忙道：“我这次过来，带了上好的人参，公孙大夫说什么时候要，我便让人煎上。或是需要别的药，只管说，我们白家羊城三十多家店铺，都听差遣！”

公孙锷摇头道：“先不必了，只先上催产汤，看看情况如何再说。”他嘱咐了一番，便让公孙刃推着他回了隔壁自己的院子。

就在和产房一墙之隔的房间里，却已静静坐着一个人，脊背笔挺，面如沉水，却是本应远在千里之外京城庄子上养病的李知珉，秦王殿下。

高灵钧侍立在他身后，看到公孙锷进来，已经迫不及待问道：“怎么样？小真儿怎么样？怎么好好的就发动了？不是说产期还有三天的吗？”

公孙锷淡淡道：“产期本来就是估算，前后差一个月的都有，不过她如今羊水先破，有些凶险，孩子若不早些出来，会胎死腹中，甚而危及母体，因此我已下了催产药，尽快催产。”

高灵钧诧异：“你方才诊脉不是没说什么吗？”

隔壁传来呻吟声，清晰得犹如就在身侧，李知珉的眉头皱了起来，便是从前最难的战局，他也不曾如此毫无把握。他一辈子未雨绸缪，只有今夜迫在眉睫，不知所措，从未经历，也不曾想过还有如此让他牵肠挂肚的一桩事。

公孙锷道：“产妇第一次生产，本来就心里紧张，我自然不能说了真实情况，让她慌了更不好。好在白夫人过来了，有个能掌事的妇人在，产妇心定了，后边也能有些把握。”

李知珉忽然问：“羊水早破是什么原因？”

公孙锷道：“这原因可多了，胎位不正、骨盆狭窄、头盆不相称、羊水过多，都有可能，还有孕期若用了不当的药，也有可能。”

“药？”高灵钧忽然心里一紧，不由自主地看向王爷，当初那碗饺子里头的长眠药，也不知道到底赵娘子吃进去没有，喝了一两口饺子汤也未可知……

李知珉下颚紧绷，冷冷道：“若要母子平安，以先生之能，有几分把握？”

公孙锷道：“都看产妇，产妇年轻，身体健康，容我施针，应在五分。”

“五分！”高灵钧吃了一惊，“如此凶险吗？”

公孙锷冷笑：“妇人产子，本就是鬼门关走一遭，便是平常情况，一切顺当，我也只有八分把握顺产罢了。更何况如今是羊水先行，一不小心胎儿就憋在里头了。”他这时候忽然来了一句，“我特意过来，是想请王爷示下，是先保孩子，还是先保大人。”

高灵钧忽然屏住了呼吸，空气仿佛凝住了一般。李知珉面如寒霜，公孙锷嘴角含着讥诮、薄凉的笑：“若是平日，我自然是先保赵娘子，到底也有平日里三餐饭食之惠，然而如今王爷不远千里过来，想必是极为看重这腹中胎儿，若要保孩子，那我立时上重手法催生……”

“保大人。”

公孙锷被打断了说话，顿了顿，看了一眼面沉似水的王爷：“王爷定了，那我也丑话说在前头，若是先保大人，将来也有可能不能再生……”

“保大人。”李知珉再次冷冷打断了他的话，“你现在过去守着她，不必管我这边，一切只以大人为重，需要什么东西，让公孙刃过来说即可。”

公孙锷点了点头，没有说什么，示意身后的公孙刃将他推走。

回到产房的时候，催产药已经起了效果，赵朴真已经开始一声接着一声地呻吟，全身的冷汗都已冒了出来，头发湿得仿佛从水里捞出来一般。白夫人其实心里也略微知道羊水先出来有些凶险，如今看到这样也微微慌张，看到公孙锷，并不敢显露出慌张来，只是轻声道：“不知公孙先生可有什么办法，能让孩子出来快一些？孩子已足月，能早些出来最好不过了。”

公孙锷问接生婆：“胎位如何？”

接生婆道：“头朝下，已入盆，胎位是好的，就是胎儿好像有些大，我摸了下，觉得比平日里见着的要略大些，怕是有点难。羊水还在陆续流出来，大夫，怕是不大好。”

公孙锷不着痕迹地看了一眼旁边的墙，知道一墙之隔的王爷应当在那里听着，不慌不忙道：“我再给她扎两针，你们替她灸一下小脚趾外侧，再给她用一剂汤药。”

接生婆应了，连忙又走了进去，公孙锷却又出来命人煎药。

里头呻吟声一次比一次频繁，眼见着天已黑了下来，白夫人这边的妈妈们已经手脚麻利地做上了饭菜，好让人用餐，却无人知道，这正在努力挣扎要来到世间的孩子的父亲，在一墙之隔焦灼着。

公孙锷却是想到了他没用餐，让公孙刃不着痕迹地多拿了两份饭食过去，只说是备着晚上要熬夜。公孙刃端了饭食过去，回来看公孙锷正廊下盯着天色出神，里头的人仍然长一声、短一声地呻吟着，便轻声道：“哥，赵娘子人挺好的……”

他们兄弟默契是有的，公孙锷笑了一下，道：“放心，有我在呢，便是五分把握也要变成十分。我是试一试秦王的，这人凉薄深沉，我替赵娘子试一试他，顺便也看看他究竟值不值得我们踏上这条船。”

公孙刃倒是无所谓，他反正跟着大哥就行，大哥去哪里他就去哪里。只是这些时日被赵娘子日日投食，他再冷漠，也有些看不得这样一个温暖的活生生的人为了皇家生孩子被牺牲掉。

公孙锷倒是很有耐心给弟弟解释：“皇家人，对手下人大多数弃如敝履。秦王心机深沉，婚姻、母亲，甚至自己的眼睛，都舍得拿来做赌本，若当真冷血如此，我们也要找好退路。如今看来，他对赵娘子倒有一分真心在，看来赵娘子到底有些不同。赵娘子这人，难得一份真性情，今日若能产下皇孙，将来秦王身边必有她一席之地。有她这样的人守着，秦王不至于完全不像一个人。作为臣子来说，不怕侍奉的主上有弱点，反而最怕侍奉的主上为了权力变成疯子。”

公孙刃道：“我都听哥哥的。”

公孙锷摇了摇头，有些无奈道：“你不能总跟着我，你也到了成家立业的年龄。我给你找一个合适的女子，成家吧，生个孩子，我可将我毕生所学都传给他。”

公孙刃抿紧嘴唇固执道：“不，我跟着大哥，要娶妻也是大哥娶。”

公孙锷一叹，知道弟弟心结仍在，并不深劝，却听到里头一位妈妈跑了出来道：“大夫，请您进去看看，赵先生出血了！”

公孙锷一惊，忙命公孙刃推了自己进去。

赵朴真正在仿佛无休无止的疼痛中沉浮，她握紧湿漉漉的手掌，强忍着剧痛，浑身颤抖着，终于有些崩溃，带着哭音问身旁的白夫人：“要生到什么时候？可以生了吗？”

白夫人看着赵朴真身下被血染红的被褥，脸色苍白，却只是安慰赵朴真：“生孩子都这样的，你再忍忍，等生出来就好了。”她一边却给身边的妈妈使眼色，“你快去看看公孙先生来了没有。”

一墙之隔的净室中，李知珉仍然笔挺坐着，仿佛从未改变过坐姿。旁边公孙刃之前送来的饭菜已经变得冰冷，放在一旁动都没动，连茶水也都变凉了。高灵钧大气都不敢出，只站在一旁屏息听着隔壁传来的痛呼、哭泣和安慰声。

之后公孙锷赶来了，听起来像是用了针，然后开始让赵朴真用力，然而这令人感同身受的产程却漫长得仿佛永远不会天亮的黑夜一般，在一声一声的哭泣中沉沉如故。

也不知到了何时，兴许是二更或者是三更，忽然，一道婴儿的嘹亮哭声打破了这仿佛僵死的黑夜。

婴儿的啼声代表着新生命的诞生，黑沉沉的长夜仿似拂晓来临。

接生婆提高嗓音在报喜："恭喜娘子了，是一位小公子！"

高灵钧这才长长地舒了一口气，喜上眉梢："殿下，是小王爷！"

这可是嫡长孙！连太子殿下都还没有生出来呢，自己王爷却拔了个头筹，这可真是有福之人不用忙！赵娘子果然是王爷命中的福星！高灵钧眉飞色舞地看向李知珉，却看到李知珉的眉头依然紧紧蹙着，隔壁白夫人压低着声音紧张地传热水，接生婆也在继续和赵朴真说话："娘子再忍忍，把这胞衣也给产下来才不会落下病根子。快拿干净的白布来，把这湿透的换掉。"

孩子生出来，还没算完?

毫无经验的高灵钧傻眼了，竖起耳朵屏息听着，只听到公孙先生似乎继续在用针，又有人在水盆里替婴儿洗身子、裹襁褓。婴儿哭了一会儿，似乎终于洗干净包好了，有奶娘接了过去。只过了一会儿，婴儿呜呜两声，想来是吃上了奶。

又过了难挨的一盏茶的工夫，终于听到接生婆道："好了。"

公孙先生道："可以了，血也止住了，赵娘子应该没什么大患了。之前开的药煎好了吗？端进来，她喝了好好歇息。"

却听到赵朴真虚弱道："我想看看孩子。"

白夫人连忙叫奶妈子抱孩子过来，恭喜赵朴真："你看这孩子，妈妈们称了，有七斤重，难怪生了这么久！他的声音大声着呢，你只管放心！颜色？这是憋久了，没事，过几天就会褪掉了。头也是，有些尖，都是憋久的缘故，养几日就圆回来了。"几个妈妈七嘴八舌地安慰着赵朴真，"孩子生出来都丑，过几日眉毛、睫毛长出来，脸上舒展了，就好了。"

"这孩子吃奶劲儿大着呢，一张嘴直往怀里拱，一嘴就叼准儿了，娘子只管放心。"

"这哭声，震得我耳朵嗡的一声响，可响亮了，孩子很健康！"

"青黄很正常！出了月子，保管他白白胖胖的！"

"您看这手脚，粗得很，跟藕似的，我接生了这么多孩子，没一个这么壮实的，也难怪您吃这样大的苦头，原是福气呢！”

一旁侧耳倾听的李知珉，脸上的神情渐渐柔软下来，连嘴角都忍不住带了一丝笑容。

终于听到公孙先生道：“孩子是好的，能哭出来就没问题，也没呛水。你把药汤喝了，血止住了就好，好好歇着，你留个人贴身伺候，如果有异常流血要立刻过来叫我。”

环儿弱弱地问：“什么叫异常流血？”

一个妈妈道：“量太大的就不对，比月事的要多一些。”

白夫人笑道：“她这岁数，怕是月事都还没来。妈妈还是累一些，再伺候伺候。好孩子，你也累了一夜，且歇息去吧，你没经验，这边让我身边的妈妈守着就行。奶娘呢？过来把孩子抱下去先喂奶。赵先生您什么都别管，替您再擦几把热毛巾，身上清爽了，只先睡下。”

又听到一阵忙乱，有喂孩子的咕哝声，有打热水擦身的声音，有劝着喝药的声音，之后终于一切安静了下来。

白夫人眼看着赵朴真终于睡沉了，悄悄道：“留两个妈妈看着，其他人都去歇着吧。”

她身边的老成妈妈忙笑道：“夫人也累坏了，赶紧先下去歇着吧，这里我们看着就行了。”

白夫人点了点头，站起身，也觉得乏得厉害。她和赵朴真其实见面不多，也不知道丈夫和女儿为何如此看重这位先生。今日她过来主持生产，其实心里也是捏着一把汗的，毕竟没有长辈，没有夫主在，实在是太冒险了。妇人产子，若有个差池，将来这女先生的夫主或是长辈回来告了他们，可怎么办？

偏偏白船王就要她过来主事：“赵先生吉人自有天相，不会有事的。你过去帮她一把，她感激在心，将来多对我们女儿上一份心就好。我们膝下就这一个女儿，自然是要广结善缘，你直管去。有那公孙先生在呢，你怕什么？刺史大人都说了，那公孙先生医术通神，若他也保不住，那谁也救不回来，谁也怪不得咱们。”

偏偏这位女先生就遇上了如此凶险的难产！

她直到现在才感觉到一阵阵的后怕和虚弱，又吩咐了几句伺候的妈妈们，正要出去找个地方歇歇，却看到门帘忽然一挑，豁然当头进来一个气势惊人的青年男子！

她吃了一惊，刚要尖叫，身旁的妈妈也都挺身向前，正要喝问，却看到身后公孙先生已经推着轮椅上来：“莫惊醒了赵娘子。白夫人，这是赵娘子的相公，李相公。”

赵娘子的相公！白夫人一惊却又一喜，原来是李举人回来了？不是说进京赶考吗？这会儿赶回来，再赶回去，春闱可就辛苦啦。她待要施礼，对方却全不在意，已越过她走到了床前。她又打量了几眼男子，通身玄衣，披着披风，头上也只是束着太平巾，但那气派，断然不是什么普通人家养得出来的。

只见模样俊秀却神情冰冷的李相公在床边坐下，伸手似乎想触摸床上面孔苍白、唇色浅淡的赵朴真，修长手指却在触到脸庞的那一刻收回了，似是害怕吵醒她。

因为怕产妇受风，屋子里不大透气，血腥气仍然很重，但那男子仿佛一点都没觉得腌臜，静静坐在那边，垂目而视，神情复杂。

一旁冷眼旁观的公孙先生却忽然说了一句话：“爷用了我之前配给你的药？”

白夫人十分诧异，只听那男子轻声道：“嗯，我不想连孩子的第一面都看不见。”

公孙先生表情似笑非笑：“我再给您配一服药吧，不然那位爷跟前可不好瞒。”

这话更没头没尾了，但那男子不动声色，仍注视着沉沉睡着的赵娘子，久久不言。赵娘子年纪尚小，便是生了孩子，脸上也仍然有着稚气，怀孕并没有让她发福，只是让她的肌肤更莹润。

他过了许久才低声道：“有劳公孙先生照顾她了，务必叫她坐好月子。”

公孙先生嗤地笑了一下：“要见见你儿子吗？”

公孙先生转头看向白夫人，白夫人忙让人去叫奶娘子抱了孩子进来。孩子吃了奶，已闭着眼睛睡了。李知珉看孩子果然全身肌肤带着青紫色，想来在产道中挣扎得很是辛苦，只差一点点就不能在这人世间睁开眼睛了，他如此艰难才到了这世间。

他低头端详着睡得安详的婴孩，奶娘奉承般地将孩子往前递了递，要给他抱，他却摇了摇头，只是低着头又看了一会儿，一滴泪居然落了下来。众人都只当作看不到，白夫人笑道：“这孩子有七斤呢，赵娘子实是吃苦了，李举人还要多多疼爱赵娘子才是。”

公孙先生道：“你起个乳名吧，到时候只说是我起的，赵娘子必是赏脸的。”

白夫人心头涌起一阵怪异，孩子父亲，莫说起乳名，便是起大名也是理所应当的，如何还要假借公孙先生之口？而且看这架势，似乎是早就等着了，却专门等到赵娘子睡着才进来探视……难道是家里长辈不许？这神仙一样的赵先生，难道竟然是大户人家的外宅？还是私奔？她心里七上八下地揣测着。

李知珉道：“就叫七斤吧。”他却抬眼看了一眼白夫人，目光冷厉，竟像是隐含杀气。这让正在胡思乱想的白夫人心头一凛，仿佛被看透了心中所思，心虚起来。他淡淡对白夫人道：“真儿和我有些误会，生我的气，不肯让我见孩子。她才生产，我也不想惹她生气，只能悄悄来看她。等她身子好一些，我势必要接她们母子回去的。今日之事，多得夫人照应，往后他们母子还需要夫人多多照应，在下在这里给夫人致谢了。”

说着，他果然拱手就要作揖，白夫人十分慌张地侧身避过，轻声道：“哪里，我家闺女多得赵娘子照应，原是应该的，怎敢受礼。赵娘子性情是有些特别，郎君多包涵些，还是早日接她回府才好，这般在外边，不大好。”

李知珉点了点头：“夫人和尊夫的盛情，在下铭记于心，来日必当涌泉相报。”

白夫人被他漆黑的双眼盯着，却解读出了另外一种意思：若他们对赵娘子不利，这位煞神怕是会不依不饶。

她夫君家资百万，是一个巨富，平日里便是官员夫人，对她也是客客气气的，这一刻，她不知为何，觉得自己在这个年轻人眼里不过是蝼蚁鼠虫一样卑微的东西。她微微打了个寒战，轻声道：“郎君只管放心，我们会照应好赵娘子的。”

李知珉又看了一眼榻上荏弱、苍白的赵朴真，闭了闭眼睛，忍下了自己想要上前好好拥抱她的冲动，深吸了一口气：“回吧。”

黎明即起，马车又滚滚离开了羊城，向京城日夜不休地赶去。熬了一夜的高灵钧倒并不觉得累，从前行军赶路，这是常事，他还处在兴奋中：“王爷，说来也巧，小王爷和您算是有缘分的，您才赶到羊城，他就急着出来了。您时间不多，抽空过来，时间长了，怕是虎子那边要露馅，如今赶回去，皇上的秋狩应该也刚好结束，这样应该不会被发现。若您待上几日都没动静，那可就麻烦了。”

缘分吗？李知珉轻轻叹了一口气，若赵朴真知道，怕是会觉得这是孽缘吧。

不过这孩子还真是有福，虽然不太信天，但李知珉觉得七斤这孩子的确会给他带来好运。

“那李相公看着斯文俊秀，但是看着好生吓人。”白夫人后来和白素山说起来，仍然有些后怕，“他的衣料乍看不打眼，仔细看却是极好的，不是咱们南边的织法，一口京城音，说话慢条斯理的，虽说只是一个举人，但是那口气大得很。”

白素山笑道：“怎么个大法？不是说涌泉相报吗？我听着这言语也挺寻常，除了和赵先生赌气这桩有点怪。”

白夫人摇头：“你不懂，平日里我们在外头，知道我是你夫人，便是官员，也知道咱们有钱，小利打动不了咱们，所以都是客客气气的，他就不同，那种神态，仿佛真的特别……纡尊降贵，仿佛给你行个礼，你都担不起，和你说话，是你莫大的荣幸。怪的是，当时那个场景，我一点都不觉得他托大，而是真的觉得自己千万不能受了他的礼。还有，也不要觉得自己对赵娘子有多大恩情那种感觉，甚至他这么温温和和、慢条斯理地和我说话，我都有受宠若惊的感觉，就是觉得他是那种很高很高的贵人。”

白夫人仿佛又回到了那天：“奇怪，他身上的衣袍，除了料子好点，并没有什么特殊纹样，身上一点配饰都没有，让我看不出身份。他和那些锦衣玉带穿戴的人差远了，但是你偏偏觉得，他是那种得罪不起的贵人。在他跟前，我说话高声了，仿佛都是亵渎。”

白素山不以为然地笑了笑：“你也没见过几个贵人，怎的如此眼皮子浅起来了？”

白夫人一边解袍子，一边嗔道：“怎么是我眼皮子浅？就是公孙先生，你说过的刺史大人也很看重的那位，也对他不一样，语气虽说有些随意，但是明明就是那种下对上的口气。”

白素山一怔，追问：“公孙先生说了什么？”

白夫人学了几句，又道：“走的时候，公孙先生还特意交代我，让我约束下人，不要和英儿说，也不要让赵娘子知道。”

白素山沉吟着，白夫人又道：“还有，那李相公虽然看着身子骨有些弱，但他和他身边的侍卫看着有一股煞气，和咱们海船上用的那些流放犯们有些像，一看就觉得是手上有人命的那种人，而且杀人不眨眼。”

白素山听她说了，瞅了她两眼：“你又知道那些流放犯手上有人命？海棠和你说的？”

白夫人摇了摇头：“海棠哪里会说，我自己有眼睛，不会看吗？但是海棠啊……这孩子，我看他一日不报仇，就一日过不了心里的坎儿。他在我面前再怎么装老实，也掩盖不住那一股子的煞气、怨气。你之前还和我说想把英儿嫁他，我看啊，英儿天真烂漫，降服不了他。不是我嫌他，孩子是好孩子，就是性情不般配……”她说到儿女身上，不知不觉已忘了之前说的话题，一心一意替女儿打算起来。

白素山却多了一个心眼，寻了个空请陆刺史吃新鲜鱼脍和上好海味。

陆佑庸扬了扬眉毛，居然也难以置信：“然后那男子就离开了？”他竟然千里迢迢从洛阳赶过来？这女子果然如此重要吗？还在羊城吗？来羊城为什么没有和自己这边通个气？

白素山道：“据拙荆说是的。”

陆佑庸沉吟了一会儿，而后笑道：“你看那赵娘子学识如此，也就知道她出身非凡了，想来她的相公自然不是普通人。不管怎么说，这对令爱来说也是好事啊！这立刻就要秋闱了，今年可是男女同考一份卷子，我听说隔壁州县都有耻笑我们的。”

白素山道：“鼠目寸光之辈，自然不如大人高瞻远瞩。”

陆佑庸却目光闪动，早已没了心思聊天，一边心里想着得立刻找人去公孙锷那边探探，一边又和白素山敷衍了几句。散了宴，他却迫不及待地去找了公孙先生询问，得知王爷已赶回洛阳，微微怅然：“王爷怎的赶回去那么早？”

公孙锷有些看不惯陆佑庸那一副忠犬样，嘲道：“你家王爷趁着皇上秋狩之机，千里迢迢跑过来就看一眼儿子，然后又千里迢迢跑回去，可以说十分不智了。他若还惊扰地方，见你一面，不知还要惹出多少干系。他一贯缜密、细致，如今越发有昏君的派头了，圣人有情无累，他这样下去，我看大业难成。”

陆佑庸捋着胡须：“你不懂，性其情方可为圣，咱们主上，大有可为啊！”他一副十分欣慰的样子，“这么说，这位还真是小王爷了？你怎的不早说？她们住在这儿实在太不安全了。”

公孙锷看了他一眼，不想告诉他，他才在街头出现，这里就已收到了消息，整条巷子如今犹如铁桶似的。

陆佑庸仍然十分喜悦：“前儿我接到太子妃有喜的消息，还在想王爷危险了，如今看来，咱们王爷这上头也很是有福啊！实打实的嫡皇孙！太子妃肚子里头的那个，还不知是男是女呢。”

公孙锷若有所思：“太子这些日子似乎很活跃，崔氏那边也在替他造势。”

陆佑庸道：“是，前些日子，太子先是支持女科的开设，今儿又得了消息，说是万言上书朝廷，痛陈如今税法弊端，要改税法，想改成春秋两税制，一律按田产多寡来收，而且要各州县全折合成钱币上缴国库。刚打过仗，朝廷如今穷得叮当响，他这招应当是想从地方收些税到中央，充实国库。虽说这对我们州县来说不是啥好消息，但我凭良心说，这税法还算得上是利国利民的。”

公孙锷讶异：“租庸调制虽说积弊已久，但他动税制，怕不是要得罪世家？如今田产都在各地世族豪强手里，之前按丁征税，世族占了莫大便宜，如今要按田产收税，世族们第一个不依，崔氏也依着他？”

陆佑庸道：“皇上并没答应，但朝廷官员们个个都觉得太子十分英明，很是支持他，如今文人们都十分拥戴他，俨然是旷世明君的坯子。”

公孙锷道：“看来这税制改革并非真心要改，不过是给太子增加些名望资本，想来皇帝仍有什么事受制于崔氏，要不然也不会甘心背这黑锅，白白让太子得了这美誉，他倒招了骂名。他才扳倒东阳公主，如今应是要养自己声望的时候，按说不该如此。”

陆佑庸道：“如今我是看不大懂皇上的心，若说因为王爷失明，将他打发去长安修陵墓也就算了，如何齐王、晋王也不见精心栽培，如今还白做恶人，还不如顺水推舟，便依了太子，推行这两税制，看太子如何下台。我冷眼看着，皇上竟像是放任太子一般。”

公孙锷道：“税法推行起来，也不见得是难事，到时候太子仍然是变法的功臣，不管怎么说，皇上这黑锅都背定了。看来太子身边还是有高人指点的。”

陆佑庸叹道：“咱们王爷……这眼睛什么时候才能好呢？他如今退守长安，更是不利啊。”

公孙锷道：“他身边有宋霈那老狐狸在，退守长安是着好棋，我一路南行下来，各地节度使割据，已是变本加厉了，这些节度使却借着战事扩张了许多，兵强马壮，有地有粮又有人，各地世族反而弱了许多。我料五年之内，国内必生内乱！长安一直是兵家要地，王爷可是亲身上过战场的。太平之时，文臣治国，文臣们拥戴谁，谁就是明君，然而若是乱世呢？”

陆佑庸屏息：“难怪我说呢，明明敌人不大可能再犯我大雍，如何王爷这边一直没停过养兵、攒钱、打兵器、养马……”

公孙锷道：“如此，长安一带，更是重要了。”

陆佑庸叹服：“也是服了你们这些读书人，不知道怎么想的，整日里想着这些国家大事，才琢磨得这么透吧？”

公孙锷缓缓摇头：“我也是看王爷忽然退守长安，再加上朝廷中如今的局势，还有你这边的布置，才悟出来的。倒是王爷早早就布下这些后手，实在是深谋远虑、心机深沉。”

陆佑庸咧开了嘴笑：“我就服他这一点，我总觉得我没跟错主上。”

公孙锷早就被这只秦王门下的走狗打败了，不再说话，只是问他：“秋闱打点好了吗？这次女科羊城男女同卷，别的州县可笑话你们呢。”

陆佑庸却有些出神：“我得操作一下，让娘娘的弟子多中几个。”

公孙锷无语：“马屁精。”

陆佑庸鄙视他：“你懂什么！这些人如今得听王妃娘娘教导，不知道是几辈子修来的福分，将来必然是前途无量的，我这是慧眼识珠！”

CHAPTER 23

第二十三章 劫掠

赵朴真出月子的时候，正是秋闱结束的那天，白英带着一堆满月礼品来看先生：“可辛苦坏我了，人人全部没有形象了，根本没人敢带胭脂粉进去，那搜身的婆子可严格了，连花也不许戴。你猜怎么着，好些个世家小姐，平日里还以为是丽质天成，如今黄着脸、秃着眉毛进去考试，原形毕露了，哈哈哈哈！”

赵朴真忍俊不禁：“你也太促狭了，是去考试呢，还是去比美呢？”

白英看着月子里吃了不少补品，调养得肌肤莹润、眉翠颊粉，如同会放光一般的赵朴真，羡慕道：“还是先生才叫丽质天成呢，这皮肤，这眉毛，不擦粉也这样好看。”

赵朴真被她哄得开心：“你就会哄你先生。题目难不难？我看你净去看别人出丑了罢？”

白英道：“先生之前给我们押了那么多题，总能沾点边儿，我听绿竹几人也说至少写满了。”她逗弄着襁褓中的宝宝，“七斤开始变白了，长得有些像先生啊。”

赵朴真笑道：“你们的要求真低，写满就行啊？你们把墨卷都给我默出来，让我瞧瞧。”

白英愁眉苦脸：“你也不叫我舒心、松快两日，我现在开始怀疑我该不该去京城应试了。等过了年，就要启程去京城了，我一想到还有一场考试等着我，就觉得人生一点乐趣都没有了。”

“业成早赴春闱约，要使嘉名海内闻。”赵朴真漫不经心地说，看到七斤摇头拱嘴的，知道他要吃奶了，连忙低头将他抱了起来，掀了衣服微微侧身便喂奶。

白英大吃一惊道：“先生怎么亲自喂奶，不是有奶娘吗？”

赵朴真低头看着孩子熟练地吮吸奶水，脸上带着微笑：“我横竖每日也无事，自己也有奶，就先喂着了。那些奶娘其实家里也有孩子，为了生计只得抛下亲生孩子出来给人喂奶，怪可怜的。”

白英道：“可是略有些身份的夫人们，哪里会自己喂孩子？”她脑子里只有个但凡请得起奶娘的人家，从来没有主家夫人亲自喂奶的认知，却也不知道为何，也不知道如何劝起，关键是自己这位之前仿佛神仙一般的女先生，如今不仅会生孩子，还会和外边那些奶妈子一样亲自喂奶，简直如同九天神雷劈下一般。她有些麻木地想：自己难道还没有习惯吗？

赵朴真才不管自己的学生如何想，她看着孩子吃奶，心里倒是一片恬静满足。她自己是弃儿，阴差阳错进了宫，如今流落到这里，这孩子是上天赐予她最珍贵的礼物，她并不觉得亲自喂奶有多么低贱，反而觉得有满满的喜悦和满足。贵人不肯亲自喂奶，她听姑姑说过，是因为喂奶会让身体变胖、走形，保持不了窈窕身形，还会耽误服侍夫主，喂奶期间不容易受孕，也不方便主持中馈，所以一般贵人产子后，都是一剂退奶药下去将奶水退了。

自己如今又不需要主持什么中馈，也没有丈夫要奉承，全心全意养着七斤，又不是什么特别难的事。她的嘴角噙着温柔的微笑，肌肤仿佛笼着一层光辉，一旁的白英看呆了，忽然心里觉得亲自喂养孩子也不算什么低贱的事。

她低声和赵朴真说话，仿佛怕打破了这么美好的画面：“过年的时候，我想去南海神庙拜拜，保佑我春闱能考个好成绩。”

赵朴真随口问：“南海神庙在哪儿？”她给孩子换了一边喂奶，孩子如同一头小奶兽，什么都不懂，只会往怀里着急地拱着，轻微的鼻息吹着她的肌肤，教她心中怜爱无限，对白英说的话倒没怎么在意。

白英道：“是庙头村那边的庙，前朝修起来的，那边挺灵的，阿爹他们每次出海，海船们进出港口，也都要去那儿祭拜南海神呢。我阿爹一出海久了，我阿娘也去拜拜，可保平安回来，听说有求必应。您要不要去拜拜？其实您如果也去考多好啊，你家相公不也是明年大比，夫妻一起中举……”

她说起话来，开始没上没下起来，赵朴真只是笑，也不理她。

秋闱很快便放了榜，赵朴真的四个女学生居然全中了，十个名额里头，明慧女学居然占了四个。这下明慧女学名气更大了，不少人都争着来问缺。赵朴真有些意外，四个女学生的墨卷她都看过了，只能说过得去，短短教的这几个月，能有多大长进？不过略押了下题目，多少沾点边。难道是这羊城普遍女子都没什么水平？

赵朴真不懂，不过她如今全身心在七斤身上，倒也没怎么在意，这几个姑娘虽说占了州推的名额，但能去洛阳考一遭儿，也算是她们的运道。

然而等年将近的时候，朝廷里的邸报传到羊城，明年春闱大比，男女科同卷！

这消息一出，整个羊城官场和文人圈都沸腾了！羊城是唯一一个州推也男女同卷的地方，这下全国闻名了。羊城的文官们说起来都是面有得色：不是说我们南蛮之地不服教化吗？不是说江南才子天下第一吗？怎的就没有人想到女科也和男科同卷？好容易领先了一回，不容易啊，羊城学政这次长了大脸，今年政绩又能好好吹了。

陈道晓拿着朝廷的邸报，面色铁青。这次他们陈家三个姑娘参加女科考试，结果只进了一个，还是最后一名，简直是把陈家的脸都丢尽了。

陈远航嘀咕道："几个妹妹都是擅长写诗的，这次偏偏考什么男女同卷，本来想着其他人应该也不懂那些策论什么的……"

陈道晓冷笑了一声："算了吧，还是四妹妹自己也不懂，教出来的学生怎么会懂。"他挥了挥手，颇觉得疲惫，"也罢了，横竖咱们这南蛮地方，女子真进京去考，也是陪衬罢了，还是得看男科。"

陈远航却道："您不知道，这京里的消息一传来，咱们家学府学的，辞了不少。还有，如今朝廷听说已同意推行两税制了，按田产收税，夏秋两次税，这么算来，咱们家田产都登在册子上的，真交上那一大笔税，明年日子真够难过的了。"

陈道晓的脸色变了变："这两税制，我看未必能推行，到时候咱们只管拖着便是了。"

陈远航叹了一口气："大伯您也是知道的，咱们这边的刺史大人可不好糊弄，他手下可是真有人的，到时候给咱们使个绊子，难道咱们还真能和官府对上？灭门的县令破家的知府，咱们可是乡绅里头一家，刺史真叫缴税，咱们敢不缴？"

陈道晓被侄子教训了，脸上过不去了："哪里就过不下去了！咱们陈家也不是靠那点束脩、田税过日子的！上次你倒是出手去教训那个琅嬛女史了，结果如何？还不是踢上了铁板！我看那刺史大人不知为何，偏要站在她那一边。"

陈远航如今对这个一味清高、摆着架子的大伯也有些不满："这也是细水长流的。咱们本来也借着府学、家学的名头，结交士绅们，自从这位刺史大人来了以后，算是一个有手段的。你没发现，咱们家如今在这羊城已经说不上什么话了吗？现在是一个女先生压着我们，将来呢？那白素山从前对咱们也是客气得很，如今也都撇开了咱们。从前还能和他参点股，在海船上弄点出息，如今他那边听说都不接一百万两以下的股份了，也不收咱们的货了。他是这羊城商会的头儿，他都不搭理咱们了，将来咱们是要和黄家一样沦落了吧。"

陈道晓有些烦躁："你满脑子都是这些铜臭算计，这俗务一贯是你们三房掌着的，这羊城的地很多是咱们的，他不收我们的货，能从哪里收？"

陈远航道："不知道，我也探听了一轮，不知道白家从哪里收的货，只是听说价格比咱们少了一半！我倒是憋着气，想找出到底是哪家这么没规矩，和我们陈家过不去。"

陈道晓道："这海船又不是只有他白家有，给别家就是了。"

陈远航十分无奈："大伯，只有白家的海船队才最稳妥、利最厚！其他家的，十船出去，能有一半回来都要谢天谢地了，然后还都优先保人家自己的货。"

陈道晓这下也暴躁了："既然白家这么重要，当初四妹妹为什么非要端着架子，不肯收人家女儿做学生？这会子再说这些有什么用？那白英翻过年就要去京城参加女举了，"

陈远航涨红了脸："姑姑当时也是想着这羊城再找不到更好的女先生了，如今事情也不是不能挽回，只要让那琅嬛女史名声坏了，料想不会再有人敢把女儿送去给她教。我听说她刚生了孩子，丈夫还是杳无音信，从来没听说过有个什么李姓举子，也不知道是哪里的野种，咱们只要从这点下手，让大家都看清她的真面目便好了！"

陈道晓沉默了一会儿后道："我们先把年过好再说，摸不清她背后的底，怕反而要得罪了人。"

陈远航冷笑着："还过什么节！今年各庄子上收成都减半，货卖不出去，各处商铺生意也一般，各房还都赊欠了不少，看上去也不打算还了，过年的钱如今拿不出来。各房都只袖手旁观，我们三房苦苦支撑，我看这么下去，大家还是各房自己单过算了，也省得出了事，各房袖手旁观，就知道怪我们三房没经营好。"

秋去冬来，一转眼天寒下来，年又过了。赵朴真带孩子，时间过得快，一转眼竟在羊城过第二个年了。赵朴真来不及感慨时光飞逝，只是偶尔回想起从前的时光，有些觉得恍惚：自己当真要在这儿定居下去，和街坊们一样过一辈子吗?

七斤是一个很好带的孩子，吃了就睡，睡了就吃，抽空拉屎撒尿，不挑吃不挑人，谁抱都成，睡着的时候什么声音都吵醒不了他，醒来就要吃，一副没心没肺的样子，和他亲爹那小心谨慎、多疑的性子全不一样。而且他早早就会笑了，看到母亲一掀衣服要喂奶，就咯咯地笑，笑到她一颗心全部化了。家里上上下下的奶妈子和丫鬟，就没有不喜爱小公子的。

因此，七斤一生病，其他人也分外揪心。年才过完，孩子百天才过去没几日，有一天忽然就莫名其妙地哭闹，奶吃几口就哭，也不安睡，谁抱都挣。赵朴真第一次带孩子，十分慌乱，请了公孙先生过来，把脉也说没什么大碍，小儿不好乱用药，也只是观察着。但做母亲的，那是一会儿都看不了孩子受苦的，看平日里乖巧的孩子哭得满脸涨红，上气不接下气，不肯吃不肯睡，赵朴真心里乱糟糟的，却连一个商量的人都没有。

可巧才过完年，邻居街坊姓张的婆子送了些过年用的糍粑炸果子过来，看到她正发愁，少不得问两句。她这会儿正想找经过事的长辈讨主意，忙问了下张妈妈，张妈妈看了下，而后笑道："大夫看过了，那应是不妨事，想是哥儿眼睛干净，撞客了。你写出孩子的生辰八字，请人去南海神庙那边请一道符纸来在孩子屋里烧了，枕头下放把剪刀就好了。"

赵朴真将信将疑，张妈妈又殷切道："赵先生是从京城来的，不知道咱们这地儿，什么事都爱去拜拜南海神，灵得很呢。你左右去试试呗，没什么坏处。"

赵朴真一想也是，之前她听白英说过南海神庙灵的，便写了孩子的生辰八字，让老林头送去南海神庙那边。果然，老林头请了一道符纸回来，在屋里放了一个铜盆，点了符纸烧完，又在孩子枕头下用软布包裹了一把剪刀压下去。

说来也怪，也不知是那符纸真有用，还是孩子哭累了、饿了，等纸烧完，七斤就肯吃奶了，吃饱后哼唧了几声睡着了，一睡便睡了一晚上，踏踏实实的，第二日起来，又和从前一般乖巧可爱、能吃能睡。

环儿啧啧称奇："可见这民间神神道道的，还真有些歪打正着的门道……"

赵朴真看七斤伸着手一个人玩手指，心情也好了，抿着嘴儿笑："白英说他们本地人都很是相信那庙，听说香火十分旺。我这生产后一直在家里养着，没出过门，索性过几日带着孩子去上炷香，捐点香火钱，保佑孩子健康平安罢。”

环儿整日在家里闷着，听到能去上香也十分喜悦：“太好了！我们什么时候去南海神庙？我让老林头先去定辆车儿。”

赵朴真道：“我先看看七斤有没有反复再说，选个天气好些的日子再去，不然怕外边冷，孩子着凉了倒不好。”

过了几日，羊城出了太阳，并不太冷，赵朴真便让人安排着去南海神庙上香。带一个孩子原来需要带那么多东西，尿布片子、小衣服、奶娘等等，好不容易能出门了，赵朴真要上车的时候，却看到公孙先生站在门口笑问：“一大早我就听到你们这边热闹的声响，这是去上香？”

赵朴真忙笑道：“我们可是扰到先生的清静了？因着过完年女学又要开课了，到时候我出门的机会也少，所以今儿想着去上炷香。”

公孙先生饶有兴致道：“是去南海神庙吧？听说很灵，我也想去，今儿有机会，索性蹭蹭赵娘子的大车，和赵娘子一同去上炷香，如何？”

赵朴真一怔，十分高兴道：“那自然是最好不过的。咱们都是女眷，能有公孙大先生和二先生在，那可安全不少。”

接下来一通忙乱，人都上了车。公孙锷笑眯眯地看了一眼奶娘抱着的七斤：“赵娘子给孩子起大名了吗？”

赵朴真有些不好意思地笑了：“没呢，七斤这么叫着也挺好的。”

公孙锷笑道：“娘子是太喜欢孩子了，挑不到一个最好的字罢？”

赵朴真脸上一红，为人母后，她的确是怎么看都是自己的孩子最可爱，整日里翻着《说文解字》，那些蕴含着美好寓意的字，她却挑来选去每个都不满意。

公孙锷目光里都是了然，赵朴真低声道：“先生若是有好字，也可以推荐的。”

公孙锷含笑不语，他旁边的公孙刃则一直默默地掰着烤好的山核桃，“啪啪啪”，一个一个地捏开，将里头的核桃仁完整地拿出来。旁边的环儿看得目瞪口呆：“刃先生这指力真的太惊人了！”她这些日子和公孙兄弟比邻而居，时常见公孙刃，对他孤僻的性格也有了了解，知道他虽然冷漠，但不会随意为难人，而且照顾腿疾的哥哥十分细心周到，一看就知道不是一个坏人。头脑简单的环儿是这么认为的，也因此对公孙刃没有之前的小心翼翼和战战兢兢了。

公孙锷看了公孙刃一眼，意味深长道：“他这是练手呢，太久没动了，他有些手痒了。”

环儿追问：“练手？二先生要干吗去？”

公孙刃冷冷道："我要教训一些不长眼的人。"

环儿吓了一跳，看向赵朴真，赵朴真却是知道公孙刃的杀手身份，有些事还是不知道为好，于是笑着将话题扯开道："这捏核桃怕是有什么诀窍吧，大先生平日里喜欢吃山核桃吗？这边的山核桃倒是香得很。"

公孙锷笑盈盈地："那是，还有葵瓜子、杏仁、白果仁几样炒着也好。"

说笑着，他们就到了神庙。南海神庙果然香火旺盛，人流熙熙攘攘，赵朴真抱了孩子下了马车，才走了几步，却已听到惊喜的叫声："先生！"

赵朴真转头看去，觉得十分意外，原来白英正由禤海堂护着下了车，她的身侧围着一群丫鬟和仆妇，车子周围又站着一队十分彪悍的护卫，排场看着大得很，果然是船王的女儿。赵朴真心中想着，看着白英雀跃着奔了过来："先生怎么不早说要来上香？我派车子去接先生啊！这么巧，我今儿来拜过南海神也要进京赶考了，咱们一起吧！我订了素斋，包了一间净室，先生抱着孩子呢，人群里挤来挤去太污浊了。"

赵朴真一怔，一般来说，净室大多是让女眷专用的，男客不好进入，但自己抱着孩子，的确不想在人太多的地方待着，尤其是孩子还小，随时要吃奶，在路上这一个时辰，她胸口如今已开始胀鼓鼓的不舒服了。她转头去看公孙锷，公孙锷刚在公孙刃的抱扶下从马车上下来，坐上了轮椅，转头看了一眼马车旁边的那一片密林，笑道："赵娘子自和白小姐去吧，我们也要见些旁的客人。"

赵朴真笑了一下，心想果然公孙兄弟是另外有事，倒也不疑有他，便笑着和白英进去上香。白英一路笑道："先生真是……孩子才百日，您这身材就已恢复了，腰身如此纤细，看起来和我差不多岁数，谁能猜到先生这就生了娃？"

赵朴真被她闹了个满脸通红，轻声道："你小声些，被人听见你一个姑娘家满嘴生娃生娃的，只怕是恨嫁。"

白英笑道："看到先生这么轻松，我还真不怕生孩子了。"

公孙锷目送着她们走进去了，站着不动的禤海堂才问："树林里是你们的人？"

公孙刃转过头，有些不满地看了禤海堂一眼："你插手了？"他好久没打架了！

禤海堂摆手："哪有，我妹子烧香，我自然要派护卫盯一盯，里外都踩点看看。结果护卫回来报我，说树林里有一群人逮了两个男人在那儿打，像是催债的。我想着只要没惹我们，最好还是不干涉别家恩仇的好，毕竟今儿天气好，也别误了英儿妹妹上香。刚才看先生的眼色，我才想起树林子里该不会是先生的人吧？那两人是想要对赵先生不利？”

他毕竟年纪轻轻就已能带着海船出海，前后已想通了关节。

公孙锷笑了一下：“两只小耗子，过年那会儿就开始哄着赵娘子那边看门的老林头才过来投奔的儿子赌博，打听女学里头的事情和赵先生的行踪。老林头那边和我也算熟，就设了个套儿引蛇出洞，看看他们到底想做什么，今儿赵先生烧香，也就透了个消息出去，果然派了两只小耗子在林子里守着。禤先生若没事，过去审一审？”

禤海堂笑了一下，叫人跟着白英，便也跟着公孙先生走了过去，果然看到几个精干男子押着两个人在林子里。那几个男子一色的玄衣和长靴，站位若即若离，形成了一个极好的防守局面，见到公孙兄弟，也只是拱手为礼，一句话不说，让人感觉到训练有素。那两个被捆着的年轻男子被吊在树上，一个人的腿已经折了，形成了奇怪的角度。两人明明很是凄惨，眼泪、鼻涕都在流，嘴巴却堵得严严实实，连一声呻吟都没有。这一群人静默而诡异地守在这里，仿佛随时能撤走，又随时能进攻，取人性命。

禤海堂一直知道公孙兄弟不是一般人，但看到这几个人，也还是吃了一惊，心里凛然。

公孙锷问：“你们审过了吗？他们打听赵先生的行踪，今儿又守在这里，到底为了什么？”

一个人上来干脆利落地回道：“我们问出来了，就是街上的无赖子，收了钱，说过来这里守着，等赵娘子抱着孩子下了车，就上去纠缠，说她是逃妾，和人私奔，还生了野种，要拉她去官府，还要交出那个拐跑她的男人，到时候一起沉猪笼。”

禤海堂眼皮一跳，公孙锷似笑非笑：“这是要毁人名节呀，问出来是谁指使的没有？”

那人仍然回话简短：“不曾，他们说只是平日里喝酒见过的酒肉朋友，依稀知道姓孙。”

公孙锷道：“你们带下去细审吧。”

那人很干脆地行了个礼，挥了挥手，将那两个人从树上解了下来，不知从哪里又有人牵了马出来，仍然是悄无声息的，将两个人像死猪一样往马上一放，翻身上马就走了。

禤海堂站在一旁，看到他们走后，才叹了一口气：“赵先生这是得罪了什么人？竟有人用这般毒计。若不是公孙先生，怕是还真要得逞。这南海神庙，每日来往人最多，消息也传得最快。她是教女学生的，大部分人对女儿的学问其实要求不高，她学问再好，这名声上有瑕，谁也不敢把女儿送到明慧女学去读书了。”

公孙锷淡淡道：“谁知道呢，一个女学而已，也不知碍了什么人的眼。对付女子，名节是最容易入手也是最牢靠的办法。一般来说，怕是阻了人家的财路吧。”

禤海堂笑道：“一个女学能收多少束脩？就算抢了别人的学生，又能赚几个钱？就值当这样的毒计？还要费神打听行踪，不该罢。”

公孙锷凉凉道：“若是船王的女儿为学生，那又不一样了。”

禤海堂一怔，皱起了眉头：“之前义父倒是想送英儿妹妹去陈家的族学中附学，但那陈家才女颇有些拿乔，要英儿妹妹去磨墨、扫书房三个月，才收她为学生。她从小就受宠，在家闹着不肯去，后来刺史大人推荐了明慧女学……不过陈家也是世族了，不至于吧……”

公孙锷和公孙刃对视了一眼，公孙锷道：“多谢禤郎君提供线索，我们会去查的。”

禤海堂道：“不必。”他迟疑了一会儿又问，“赵先生的丈夫不是一般人吧。”他看了一眼公孙兄弟，“能请到鼎鼎大名的神医鬼杀保护妻子……”

公孙锷笑而不语，却见忽然一个白家的护卫冲了过来，声音颤抖，面色大变：“海堂少爷，小姐那边出事了！”

南海神庙的院子极少，能一口气包下院子，订了素斋的，那自然庙祝是极力奉承的。白家巨富，订下来的自然是最宽敞、最好的院子，但现在这院子一走进门，便闻到了浓浓的血腥味，门口已经倒下了两名看院门的护卫，都是一刀割喉致命，禤海堂和公孙兄弟三人神色严峻，冲入了净室内。

净室分为内外两房，外边一般是仆妇、婢女们侍候、等待的地方，里间则是贵妇人或小姐歇息的内室。

白家大富人家，陪着白小姐出行的，自然婆子、丫鬟都不少，如今四个老成婆子和两个白英身边的贴身丫鬟，一个赵朴真带来的奶妈，共七个人，已尽皆被一刀割喉，倒在地上，身下流淌着浓浓的血。她们中间的圆桌上，也有着精致的素斋，几乎没怎么动。血虽然还在流淌，但公孙锷和公孙刃一眼都已看出，气管已断，没法救了。

而在最里边的房里，原该是白英、赵朴真以及环儿休息的内室，也摆着一桌精致的素斋，但是没有人了。

公孙锷拿起桌上的汤碗闻了下：“非常重的迷药，分量估计非常重。”他神色十分严峻，禤海堂站在那里，脸色异常难看，沉声问，“你们都围上了吗？整个南海神庙……派人去报官……”

忽然，内室床底下“哇”的一声传出了婴儿响亮的啼声！公孙刃和禤海堂反应极快，已是立刻拔刀在手，伏下身子，看向内室的床底：“有人！”

床底确实有人，两个女子，一个是白英，一个是环儿，两人都昏迷不醒，却并未伤性命。另外一个便是七斤，被裹在小小的襁褓里，放在环儿的怀中，想是原来睡着了，但太憋闷又醒了，不见熟悉的母亲怀抱，他便在黑暗的床底哭了起来。

孩子的哭声震耳欲聋，禤海堂站在那里，一阵眩晕。这熟悉的场景，让他想起了幼年时的境遇，母亲将年幼的自己塞入了床底，告诉自己要捉迷藏，她却在外边静静地流血至死……他已经没办法思考，双目圆睁，牙齿咬得咯咯响。

公孙锷却给白英和环儿都把了脉：“没事，只是迷药，她们昏迷过去了，等我配了解药灌下去就好。”他又示意抱着哭闹的孩子手足无措的公孙刃，“你让白家那边去找个奶妈子过来。”

禤海堂深吸了几口气，才勉强找回理智：“应该是冲着我们小姐来的，这院子被我们家包了，不难打听，下迷药首尾甚多，又要收买许多人，必要提前打点，赵娘子是临时碰上的，应该不是目标。”

公孙锷看了看桌上的汤碗，拿起来仔细看过边缘的胭脂，道：“没错，看这情况，大概是赵娘子忙着喂七斤，并未喝汤，白小姐和环儿先喝了汤，迷倒了，赵娘子看着情况不对，大概外边的人也摸进来了，赵娘子急中生智，将其他两人和孩子推入床底，被人当成白小姐掳走了。”

禤海堂漠然道：“前后应该非常快，迷倒人，杀人，掳人，一气呵成，大概不会超过一盏茶的工夫，护卫们说进来也不过一盏茶的工夫。门口两个护卫也都被一刀割喉，是巡逻的护卫发现了，立刻进来，就已经是这般了。”

公孙刃摸了下倒在地上的人的伤口：“刀很快很薄，就是专门杀人用的，这种刀不经打斗的，应该是早就知道是毫无反抗之力的妇人，并且先下了迷药，杀人效率最高。这批人很可能接到的命令是除了白小姐，其他人一律杀掉。赵娘子反应的时间不会太多，将孩子和其他人塞进床底，顶替白小姐被掳走，是最优的反应。”

公孙锷抬头：“杀人是为了威慑，掳人则必然有所求，既杀人立威，又掳人挟制，必有人联络白家。”

禤海堂道：“我已经安排了两路人回城，一路人回府报信，一路人去报官了。”话音才落，外边已经有护卫飞奔来报：“刺史大人过来了！”

果然，陆佑庸带着一批府兵匆匆进来，面色严峻，禤海堂上前行礼，陆佑庸摆手，顾不得寒暄，问道："情况如何了？我已经让府兵全部围上了，庙祝、厨房等人也都扣押下来，一个个细问。"

禤海堂简单讲了下情况，又道："如今看来是赵先生代替我妹妹被对方掳走了。今日人手不多，之前来往烧香的人也多，对方早有准备，想必已走了，还需要大人在这附近搜索，看看是否能找到目击者。"

陆佑庸心中暗自叫苦，转头看了一眼公孙锷，同样看到了对方眼中的无奈。虽说是殃及池鱼，但这条池鱼可不是一般的鱼！这鱼的身份可比白家嫡女要尊贵千万！她生产之时，秦王不顾病体，千里迢迢秘密潜入羊城见一面，这样的女子，嫡皇孙的生母，被掳走了！只要想想那位煞神会如何动怒，就已让人发抖。只能说不幸中的大幸，是小皇孙还活着！

公孙锷道："不幸中的大幸是孩子没事，但就怕对方发现赵娘子不是白英，恼怒之下一杀了之。为今之计最好宣称白家嫡小姐被掳走了，好让对方不至于杀人。"

这时，外边白家夫妇正好赶到，听到这句话，白夫人已脱口而出："那我们家英儿以后还怎么嫁人？"

正抱着孩子的公孙刃忽然转头看了她一眼，双眼杀气凛然，白夫人身上微微一抖，遍体生寒，忍不住往后退了两步。白素山忙道："若不是赵娘子急中生智，以身相代，我们女儿已被掳走了。赵先生是我们家的大恩人，我们岂能让她身陷险境！就算我们家遇到这种事，本来也不会大肆声张的，若真闹得满城风雨，那反而引了对方疑心。这几日，我们先把白英藏着，只说是生病了，然后对方有什么要求，我一定不惜家财，全力满足，保证赵娘子的安全，刺史大人您看如何？"

陆佑庸擦了擦汗："老兄，不是我不顾惜侄女儿的名声，只是赵娘子的相公可不是普通人，您担待一二，这几日千万藏好侄女儿，我不是耸人听闻，若赵娘子真的出了事，莫要说你，就连我也讨不到好！"

白素山应道："那是自然，您且放心，我让海堂带手下的人配合府兵，全城搜捕。"他又吩咐白夫人，"你带几个妈妈，把女儿和环儿姑娘带回家好生歇着，藏好了形迹，身边人都选妥帖、口风紧的，让人找几个稳妥的奶妈子来，照顾好孩子。"

陆佑庸忙道："这孩子劳烦弟妹先照顾一下，然后帮忙找几个稳妥的奶妈子，千万要护好了！"

白夫人看着床上昏迷不醒的女儿，抹了下泪水，低声应了，过去接过了公孙刃手里的七斤，低声哄着。

外边却已有白府的护卫紧急赶到，带了信过来："老爷，您才离府，就有小乞丐送来这个到府上。"

陆佑庸精神一振："快看看！"

白素山将信展开，只见纸上书有一行看不出任何特色的隶书："第一件事：十万白银存入汇通票行；第二件事：与连山断绝往来，三日内我们要看到连山收账使者的头颅，否则你将看到你女儿的右手。"他手上一抖，看向了陆佑庸，这连山的货可是陆佑庸牵的线！他们果然是截了别人的财路，惹到了惹不起的人吗？

陆佑庸已看清了上头的字，脸色铁青："你先凑银子，稳住对方，等我……等我的回音，切莫轻举妄动。"

白素山提醒了一句："连山那边的货，的确刚出清，本来这两日该给他们分成的，人已经来了，在连山会馆里住着，是土司老夫人的侄子。"若他们将连山会馆来收账的土司使者杀死，这个梁子结得可就大了，对方很明显就是要连山土司和他们反目，结下血仇。

对方显然已经关注他们许久，时机抓得准之又准。

陆佑庸看了一眼公孙锷："我知道了。"

CHAPTER 24

第二十四章

崔氏

白素山走了，公孙锷看了一眼脸色已经黑得犹如乌云一样的陆佑庸，淡淡道：“连山土司那边的货……是王爷的生意？”

陆佑庸虽然平日里精干，但如今也不知道如何是好：“是。”

公孙锷问：“白素山知道这是王爷的生意吗？”

陆佑庸摇了摇头：“不知道。他看的是我的面子，不过我猜他肯定知道我背后有主子，平日里我和他的交往也不大引人注目。我是刺史，和船王来往多一些倒也没什么好令人怀疑的。”

公孙锷道：“若今日是他的女儿被掳，我看他能手撕了你。”

陆佑庸哀号了一声：“但是你我马上就要被殿下手撕了！快想个办法！”

公孙锷道：“你先报王爷吧，连山那边的生意原来是谁家的，这事的主使也就呼之欲出了。”

陆佑庸道：“这我不知道，我只知道这是王爷那边交代过来的，我哪知道这事还有首尾？本来是说这种货不会在内地流传，此事不应该会被人发现才对。”

公孙锷点头：“其实不难猜，对方下手杀了不少人，这是心理上的震慑，然后提出的两个条件，十万白银，这对白家来说根本不算难，一时拿出可能不算容易，但是长期来说根本不会影响到白家的根基；其次，和连山断交，要求的也是杀对方的人，若白家真的心疼女儿，他手下又有人，要神不知鬼不觉杀掉连山土司这实在也不是难事。依我看，这一举措，也是震慑连山土司那边比较多，多半是惩罚连山那边脚踏两只船。我猜等‘白英’回来后，对方应该还是要拉拢这位船王的。所以赵娘子的身份不泄露的话，应该不会有危险。对方多半还不知道这是秦王殿下的生意，否则就不会还想要拉拢白素山，而是直截了当地破坏了。”

他看向仍然有些蒙的陆佑庸：“所以，对方是哪家人，已经呼之欲出了。”

陆佑庸茫然道：“是谁？”

公孙锷没好气道：“能和连山土司做生意，自然是大世族，上头自然也有大主子。连山土司为什么忽然要找别的渠道出货？因为这位主子看起来好像地位不保了！连山这种南蛮小地方，自然慌了手脚，另外找后路，也不知什么人从中牵线，走了白素山的路子，出海去，利润高，风险低，但是对方一下子少了这么一块大肥肉，又被触了逆鳞，自然要杀一儆百，使劲儿查到了这里。”

陆佑庸到底不是傻子，这下终于慢慢回过神来：“地位有所动摇……难道是太子？”

公孙锷冷笑了一声：“与其说是太子，不如说是太子背后的崔氏。汇通票行就是崔氏手下的。东阳公主倒了，连山土司那边慌了手脚，自然要找下家，秦王殿下乘虚而入，将这块肥肉结结实实赚进袋子里，可惜崔氏岂是好惹的，这可算得上是因果报了，王爷自己闯的祸，自己受着吧。”

陆佑庸绝望道：“我的好先生，您可千万别这么说，王爷已经搬去长安住下了，听说园子已经修好，这飞鸽传书也要几日后了，到时候这边都凉了，你且快给我出个主意。要我说你也别想推，赵娘子可是王爷交到你手上的，如今在你手上丢了，你难道还想置身事外？好歹把赵娘子给救回来啊！”

公孙锷笑了一下：“只要能肯定对方还想拉拢白素山，这事儿就好办。你出去立刻让白素山做两件事，一是立刻将十万两白银存进他们指定的汇通票行；二是让他吩咐裍海堂，今晚就去暗杀了连山来收账的使者。”

陆佑庸心一跳：“果然要杀？一旦杀了，连山那边真的就成死仇了！连山狼兵，也不是好耍的，真惹恼了那老太婆，可真的会和人不死不休的。她只认为是王爷吞了他们的货，还杀人不认账，这么一大笔生意没了，收入也会少许多的。”

公孙锷看了一眼公孙刃：“你只管放心去做好了。今晚钱必须存进去，对方只要知道白素山有合作的诚意，就不会对人质轻举妄动，因为一旦伤了人质，白素山绝对不可能还会替崔氏做事。”

陆佑庸咬了咬牙：“罢了，我看王爷十分看重这位娘娘，损失便损失吧。”他跺了跺脚，走了出去，果然依言和白素山说了。

白素山倒也没说什么，便吩咐了禤海堂挑几个人去杀人，毕竟自己女儿尚在，也是欠了赵娘子的人情。他身上本就有匪气在，倒不在意多那么几条人命，当初靠上陆佑庸，也是靠着那野兽一样灵敏的直觉，觉得这人背后的主子不简单，家资巨万也需要靠山，县官不如现管，加上陆佑庸这人或者说是这人背后的主子行事痛快，深谋远虑却又给人余地，不是那种涸泽而渔、焚林而猎、一味压榨人的，也就和陆佑庸合作到今日，到如今已实打实是一条船上的，分拆不了，只能一条道走到黑了。

赵朴真的确受到了优待，她正躺在一张十分华丽的床上，掳走她的人还很好地给她盖上了轻柔的丝被。

她因为急着喂孩子，没喝汤，结果就看着白英和环儿倒了，待要惊叫，外边已经有异常的响动。有人低声说：“除了白家的女儿，其他全杀了。”有人问：“白家女儿什么样？”前头那人不耐烦：“我没见过，也算是大户人家了，平日里不让女儿抛头露面的，你找穿得最华丽的就知道了。富商家里，小姐肯定穿最贵的。”

来人不认得白英，会杀掉白英以外的人，好在孩子刚刚吃饱奶，睡得非常香甜，赵朴真短短的时间内做了决定，将孩子和白英、环儿都推下了床底，装成白英倒在桌子边。

她果然赌对了，对方看到她一个人倒在地上，容貌美丽，衣装华贵，脖子上还戴着华丽的璎珞明珠，便将她当成了白家小姐，将她兜进了一个布袋子里，飞快地撤离了。和她猜想的一样，他们并不敢在里头停留太久，因此也没有仔细搜索房间，孩子在熟睡，没有惊动其他人。

这群匪徒自大、傲慢、凶残，到底是什么来头？

他们没有杀白英，应该对白家还有要求，而一旦发现她不是白小姐，那么灭口是必然的。

赵朴真心里不断猜测着，缓缓睁开了双眼，起身以后，装作吃惊地东张西望了一会儿，然后按着头，装作眩晕，过了一会儿，果然有一个妈妈端了一壶茶进来，她连忙问道：“你是谁？这里是什么地方？我家里人呢？”

那妈妈摇了摇头，张开嘴“啊啊”了两下，赵朴真只看到她嘴巴里的舌头齐根都没了，吃了一惊，又问她：“我是白家的女儿，你帮我带信出去，我有重赏！”

那妈妈却摇了摇头，指了指自己的耳朵，居然也听不见！赵朴真无奈了，看着妈妈将茶盘放在桌子上，发现对方的双手居然也没有了拇指。

一股寒意从赵朴真背上爬了上来，让她打了个寒战。那妈妈指了一下茶壶，笑了下，意思是要她自己倒茶，一抬头却忽然注意到她胸口的璎珞，仿佛见鬼一般噔噔地向后倒退了几步，哑了的嘴巴里发出了难听的“啊啊”声，声音极其嘶哑，仿佛被撒了一把铁砂子。

赵朴真茫然看向她，觉得莫名其妙。突然门帘一掀，一个女子的声音响了起来：“白小姐受惊了，冒昧请白小姐来这儿做客。”

赵朴真抬眼去看，忽然瞳孔紧缩，是崔娘娘！

来人身姿纤长，眉长入鬓，双眸如水，穿披华贵的天水青道袍，碧玉莲花道冠，全身一股出尘清华之气，身旁簇拥着几个女道童，正是当今太子生身母亲，道号知非的崔皇后。

她为什么会出现在这南蛮之地，为什么又要派人掳来白家船王的女儿？

连山！一道闪电仿佛在脑海中劈过，赵朴真本就聪颖，已经迅速想通了其中的关联，是连山减少了和崔家的合作，将货出给白家被发现了！

为什么崔娘娘会亲自出马？看重白家吗？崔家缺钱了？

赵朴真心想：她想要做什么，她认得出自己吗？应该认不出，崔皇后在宫里的时间太少了，平日里大部分时间在道观中，应该没有留心到自己。

崔皇后看着眼前的少女，她有着雪白晶莹犹如花瓣的脸，心中喟叹：原来白家这个女儿有此国色，难怪平日里看得甚紧，想打听她的容貌和行踪，花了好大工夫也没有打探清楚。说是她才及笄，大概富家女儿吃得好，要丰润富态些，看着倒像十七八岁了，不过脸上还稚嫩得很。崔皇后看着她紧缩的瞳孔，知道这个少女还在警惕戒备，笑道：“白小姐肚子饿了吧？我让他们准备了宴席，咱们也不讲食不语那一套。”

她上前拉着赵朴真的手，轻轻拍了拍：“不要紧张，你可以叫我崔夫人，有什么话，咱们都可以慢慢说，我保证你一点伤害都不会受到，还很快能见到你父母好不好？”

桌上的菜十分丰盛，崔皇后并不怎么动筷，只是给赵朴真介绍：“这都是下边人准备的，据说是你们这边的名菜。这道陈皮蒸鲜鲍倒还有些意思，竹笙花胶烩海皇也不错，黄金海胆炒丝苗，这些咱们京城吃不到，其实我好奇海皇是什么？”

赵朴真背上寒湿，一句话也不说，她怕自己一开口，就要暴露她在宫中多年养出来的官话口音。

旁边布菜的妈妈打圆场道："是虾仁、蟹肉之类的海货。"

崔皇后笑道："原来是这样，海皇把几样海味统称是吗？味道鲜得很，快给白小姐盛上一碗，喝了暖暖身子。这儿虽然比京城暖多了，但也还是有些凉的。"

赵朴真肚子里的确咕咕作响了，但她并没有动那汤，汤会让她加重涨奶的情况，一旦让对方发现她的身份，她还见过了崔皇后，那等待她的只有灭口。所幸今日出行，为了防止奶水外露出丑，她专门垫上了厚厚的裹胸和垫子，一会儿找机会将奶挤掉便可。

她只是挑了点菜叶子吃，崔皇后看着她的举止严谨中不失优雅，显然经过一番精心训练，心里重新起了一个念头。这个念头在崔皇后看到她的国色之姿时，就已不可遏制地升了起来。大概这样，能缓和这些日子以来，太子和自己越来越生疏紧绷的关系吧。

她终于开口，却是石破天惊的话："当今太子是我的儿子。"

赵朴真吃了一惊，几乎食不下咽，看向了崔皇后。

小姑娘的眼睛圆滚滚的犹如幼鹿一般，崔皇后心里微微一软，继续道："如今我已出家为女冠，道号知非，不知道你的父亲会不会和你说朝局的事？我听说他是要将你培养为接班人，坐山招夫，想必你也不是那等天真无邪的孩子。我也看过你秋闱写的策论，写得还不错，有些想法，你说国家应当免除小商户的税，这样反而才能使商户越发积极地收货去卖，这样才会增加农户的收入。"

赵朴真心里一跳，崔皇后微笑道："其实你这看法，有道理在，却是建立在太平年代，没有战乱，农户壮丁足够的前提下。朝廷为什么不肯鼓励人从商，因为农为立国之本，若大家都不肯种粮，都去逐利了，那大家连饭都没得吃了，朝廷无粮，那是要动摇国本的。如今，朝廷刚刚打完恶战，你在南方，大概不知道北方如今十户九空，壮丁几乎没有了，就是免赋税也没有人种田，大片大片的地都荒了，到处缺粮，不知道要多少年才能恢复为良田，人丁兴旺，安居乐业，这些都不是兴商能解决的问题，唯有重农抑商，休养生息，衣食足方知荣辱。"

"你写策论也好，写诗文也好，一定要记得，从你自己的立场跳开来，要从整个国家，从朝廷，甚至从皇帝的角度来立论，这样就容易写得好。"

赵朴真听她徐徐而谈，语调舒缓，声音清而软，举止优美，一颦一笑都带着一种令人舒服的感觉，令人不知不觉心生欢喜，和她交谈，俗尘远去，令人忘忧。

崔皇后是真尤物也！赵朴真心想，当年身为小叔子的今上看到这样的皇嫂，怕是轻而易举就被她迷住了吧？窦皇后和她一比，简直是连脚指头都够不上。

她心里想着，崔皇后却继续扔出了一枚重磅炸弹："你立刻就要进京参加春闱了，若你真的喜欢，我保你可以拿到女状元之位。"

赵朴真心里怦然一跳，前三甲只能是皇上钦点，她果然能如此自信，能够让今上听她的话？白英的文章写得只是一般，京城科考，即便是女科，天下济济人才，白英的文采实在不够看，年纪又轻，不过在自己手下学了不到一年，哪里就能敢说女状元？能考为女进士，就已算是侥幸了！

崔皇后看她脸上的神色，笑道："不信？你是不是也听了传言，说太子不是今上的儿子，迟早要被废？所以你父亲才胆子大得接了连山那边的货，也不打听打听，这原是谁家的生意。"

连山！这下赵朴真是实打实脸上变了色，虽然之前猜测应该是连山那边出了漏子，但是忽然被崔皇后如此直白地说出来，她真的有些控制不住惊吓。明明按之前的方案，崔家不该如此轻易发现连山从广州出货才对，那崔家如今发现白素山是秦王的人了吗？王爷暴露了吗？崔家会如何对待他？

崔皇后满意地看着眼前的小姑娘在惊吓之下瞳孔极度收缩，说："你知道是吗？你父亲果然对你寄予厚望，当然，也可能是他以为谁都不会猜到连山的货是从他这里出了，毕竟是出海，我们远在洛阳，哪里知道连山人见利忘义，过桥抽板，我们还没倒呢，就悄悄找了下家。也算他们聪明，能找到你们白家，弄出海去卖。如果不是他们越来越贪心，胆大妄为，把给我们的货变少不说，还以次充好，只说是年成不好，以为我们崔家是如此好哄的吗？发现货不对以后，我们略查了查，年成明明不错，如何就没有货了？连山那么多山寨起了疑心，收买人再细查下去，很容易就查到了他们将货运到了粤地，这么一猜就知道应该是走了出海。出海自然是白家船队最稳妥，而且白家历年来和陈家、黄家几家收货的，今年都没有收他们的货了，两下一对照，自然很容易就能猜到连山和你们的关系。你放心，你阿爹只是逐利，想来没细查，也不是故意和我们崔家过不去，所以我这次请你过来做客，也只是想着借你之口，和你阿爹谈一谈，我们崔家，不是不讲道理的。不过呢，连山那些不知好歹的土人，也是要给他们一个教训的。"

她言笑晏晏，仿佛只是给顽皮的小孩儿一个教训般。

但赵朴真是见过贵人们谈笑间处死奴婢的，这些世家贵人，轻易不动怒，要讲风度，讲涵养，但是一旦真的怒了，那是一定要有人重重付出代价的，或者死，或者屈服。

赵朴真脸色煞白，崔皇后却十分满意自己言语带来的效果，温声道：“你莫要着急，你阿爹那边，我只是象征性地要了十万两白银，到时候全部给你，你拿着自己收着，买花儿戴。”

赵朴真看了她一眼，有点不知道她到底是什么意思。按理说，她如果想拉拢白家，应该从白素山下手，掳走白英，更多的是人质关系，然而她如今亲自陪同吃饭，又许以女状元之位，又温言哄之，又是许以重利，是为了什么？白英身上有什么是她可以得到的？

崔皇后看出了赵朴真眼里的不安：“你别想太多，我其实特别喜欢孩子的，可惜为了保全儿子，他很小的时候，我就不得不出家，离开他。道观清苦，也没有孩子，我时常想他。他从小就能写很好的字，性情温柔仁慈，学问又好，多少大儒都对他赞不绝口。他还工书画，画的花鸟画，人人称赞，每个人都夸他多么好，可惜我不能留在他的身边，只能从别人的嘴里知道他每天吃了多少、是不是又长高了、画了什么画、写了多少字。”

赵朴真看向她，她神情柔软，带着怅惘：“他是李家嫡脉正朔，朝廷大臣们极拥戴他，你阿爹远离朝廷，不知朝事，他将来一定能成为一个在青史留名的仁君的。”

赵朴真忽然明白了崔皇后想做什么：白英，巨富船王的独生女儿，掌握着数十艘船、拥有强大船队以及船上护卫队的白素山唯一的女儿！

崔皇后果然已经看向她，神态亲密：“太子什么都好，就是太寂寞了，身边没有几个知心人。你虽然是商贾之女，但才貌过人，学识也很不错，我很是欣赏你，今儿看了你，我都有些舍不得放你回去了，心里只想着，这样好的小娘子，也只有这天下第一人来配她，方不辱没了你。你若嫁给太子，我满心疼你，将来一个贵妃的名分是少不得的，到时候你阿爹阿娘都以你为荣，你们白家也能够兴旺发达，生生不息，你看好不好？你这般容貌，这般才华，太子一定会喜欢你的。如今的太子妃，是太子的表妹，性情柔顺，身子不大好，而且很是听我的话，将来你和她平起平坐，姐妹相称，绝对不会为难你。”

赵朴真听她画出偌大的饼来，循循善诱，整个人也不知道做什么表情合适，却听到外边有人来报：“娘娘，汇通银行的钱存到位了，足额纯银，一丝不假，因仓促，还送了万两黄金来折算，都是成色很足的马蹄金，虽未经熔铸，但分量很足。”

崔皇后的眉毛高高抬起：“传说你爹爱你如命，没想到果然如此着急。”她微微含笑，“你莫要着急，我还让你阿爹办一件事，以你阿爹的能力，轻而易举，我明日就能送你回家了。”

赵朴真的心提得老高，脱口而出：“什么事？”

这是她今晚说的第一句话，崔皇后却带了一丝胜利的微笑，知道眼前这个少女心系父亲，心理上的壁垒已经崩溃。崔皇后含笑道：“不是什么大事，我就是让他和连山那边来收账的使者决裂。这次那边来的使者，听说是土司老妇人的内弟的独子。这事儿很简单，你阿爹为了你，一定会处理好的。”

赵朴真的一颗心已沉了下去，眼前的崔皇后仍然犹如天上仙子一般优雅动人，她却知道，这决裂自然不是简单的不付钱，而必然是要结下血仇。韦老夫人的侄子，韦家独子被杀的话，白家与连山之间的血仇就结下了，连山即便是边陲南蛮之地，那也是实打实的朝廷封的土司，十万狼兵，岂会善罢甘休？

到时候白家不与崔氏结盟，还能怎么做？

这个女儿，不嫁也得嫁了。

崔皇后并没有和赵朴真继续聊太多，反而说了些京城的繁华和小娘子们平日里玩什么，什么诗社，什么斗花斗草，去哪里赏花，去哪里看叶，乘船坐车……看小娘子面色苍白，显然聪慧得很，已经猜到了后果和决裂的手段，她的目的已经达到。想要驯服人，要恩威并施，让他敬你怕你，又渴望从你身上得到什么。

崔皇后杀人立威，掳女要挟，再有张有弛地利诱和拉拢，每一样都做到位了。白素山聪明的话，晚上就知道应该怎么做，如无意外，明日就可以将白小姐送回去。然后她便回京。如今太子妃有孕，这个时候替太子纳一个妾还是非常简单的，皇上必然不会拂了她的面子，至于白家愿不愿意，那都没有选择。

这次出来还是很有收获的，崔皇后注视着面前少女轮廓清秀的侧脸，睫毛纤长，脖颈优美，这孩子天性纯挚，举止应该经过严格教养，十分端正优雅，全不似商贾之女，比许多世族小姐还要强上许多，又有如此国色，年纪还如此小，还可以陪伴太子许多年，太子应该会喜欢。错过一个上官筠，他怅然到现在，那还是他太单纯，见到的女人太少了。他软弱，自己又没能陪伴在他身边，以至于他会对强势、聪敏又早熟的上官筠产生了迷恋的错觉，等以后慢慢地见的人多了，他自然就知道上官筠不过是求而不得的执念罢了。

用完餐，崔皇后让几个婆子送赵朴真回去：“白小姐且好好歇息，睡一觉，明儿起来，我们就安排人送你回去，顺顺当当地。”

赵朴真被安排在和崔皇后同一个院子的厢房内，里外满地皆是丫鬟、婆子，想来院子外边也是护卫林立，插翅难飞。

赵朴真仍然谨慎地没有说话，小心翼翼回房后，没多时便提出要去恭房。两个婆子陪着她去了恭房，守在门外，她小心翼翼在里头解下了胸前那已经被浸湿的丝绵，小心地将奶水挤了出来。

时间用得长了些，外边那个聋哑的仆妇又来送了次茶水给两个看守的婆子，婆子也有些不耐烦，小声聊起天来："怎的在这里用这样的婆子，又聋又哑还残的，主子看到岂不是要心里不舒服？到底是南蛮之地。"

"你不懂，主子一来，看到这婆子就说怪可怜的，叫放出去，结果这边的管事说……"她压低了声音，犹豫了一会儿，大概觉得里头的人质什么都不懂，便继续道，"说这人是上官家圈养在偏僻庄园庵堂上的，觉得可能有什么秘密，就找了个机会劫了来，结果问起来，那妇人什么都不懂，若白白养着倒要费饭食，放出去又怕后头还有什么秘密，索性送来这边且先养着，将来看看情况再说。"

"主子还亲自审问了妇人，结果还是一样，又聋又哑也不认字，问她是什么人，为什么被上官家关着，说要替她报仇，问她有没有家人，她完全听不懂也看不懂，最后主子放弃了，只吩咐就放在这边好好看管着。"

"这有什么的，哪家子没有这样的人？多半是知道了主子的秘密，要么就是犯了什么大错被惩戒的奴仆。听她那喉咙，我以前见过，烧得火热的木炭逼着吞下去，或者一壶滚水从喉咙直接倒下去，就再也不可能说出话来了。"

赵朴真听到那婆子说话，已经一股寒气顺着脊背升起来，另外一个婆子却低声反驳："你不懂，比如咱们家，若有这事，一碗毒酒下去，什么秘密肯定是死人才能保守，哪里还这么麻烦留人一条命，既然留着一条命，那肯定是对什么人有用，上官家才留着，所以主子吩咐好吃好喝地将她养着圈着呢。"

赵朴真心中微动，将装束收拾好后，便起身出去，那两个妈妈看她出来，连忙闭了嘴，上前服侍她进房歇息。

夜是如此难熬，赵朴真翻来覆去睡不着。到三更之时，她听到院门外边有人急声叫门，然后有人进来说有急事禀报，然后灯点了起来。她这间房的婆子们本来就睡眠浅，这下也都悄悄起来了，一个出去打听消息了。过了一会儿，灯全部点了起来，大放光明，就看到崔娘娘穿着素服，简单绾了个头发进来了。看到赵朴真起身，崔娘娘笑着道："你不必起来。"她坐在床边，伸手按着赵朴真的手笑道，"下边人报了消息来，我想着你大概也悬着心，就和你说说。”

“你父亲昨夜派了禤海堂，那是你义兄吧，听说倒是一个人才，年纪轻轻就能带船队出海的，他带了几个人，夜袭驿馆，打算暗杀连山来收货款的使者。按说本来该是狼入羊群，手到擒来才是，结果他偏偏遇到了一个杀手，露了行踪，反倒受伤，因着那杀手剑上有毒，匆匆撤回。好在你义兄救得及时，放了不少血才救回来了。”

赵朴真脸色苍白，猜想那杀手是公孙锷的弟弟。果然，崔娘娘看着她的脸色笑道：“我们手下的人也有在旁的，倒是认出来那杀手，正是十分有名的鬼杀，他可不是一般人请得动的杀手。其实他已经归隐许久，和兄弟云游四海去了，不知如何，又突然出现，插手此事。我让人查了一下，他随哥哥到广州，听说是找治腿的药方，所以来到了这边，似乎有出海之意，但因为他哥哥腿脚不便，便只是在羊城隐居下来，没怎么惊动地方，只有刺史去拜访过他一次。却不知，你父亲认识他们兄弟两人吗？莫不是行了一场苦肉计，一个要杀，一个要拦？那连山使者连夜逃回连山，连账都不敢要了，若真让使者平安回到连山，你父亲想要杀使者，可就不容易了。就像海里是你父亲的地盘一样，连山也是土司的天下，狼兵凶残，既兵又匪，连朝廷也拿他们没办法。”

赵朴真屏住呼吸，崔皇后伸手轻轻抚摸着她的手腕：“手如柔荑啊，我当时的价码可是如果你父亲杀不了那使者，我们就要送过去一只你的手。”

崔皇后满意地看到眼前的少女瞳孔急剧收缩，含笑说：“你说，我要不要将这只手砍下来，送过去给你阿爹和阿兄呢？左手好不好？留着右手让你赶考，但是身有残疾，女官也是不可能任的。”

她看着赵朴真的脸白得如同一张纸，仿佛随时能晕厥过去，却仍然咬着唇，睁着眼睛直视着她，一句示弱、讨饶的话都没有吐出唇。而在她心中，这个能够毁灭所有人前程的时刻，她应该能见到这个才及笄的小姑娘崩溃、哭泣、求饶，或者慌乱地许嫁，拱手献出自己所有的一切，答应她提出来的所有要求。

可是居然没有，赵朴真只是回视崔皇后。她并不是不害怕，但是她笃定，崔皇后要拉拢船王，就绝对不会砍了他独女的手，所以她不会求饶。这个时候若泄露了她不是白英，那结局只会比砍手更惨。

崔皇后有些出乎意料，心想：倒是一个外柔内刚的性子，不大好拿捏，不愧是船王之女，这么看来，居然有些像上官筠那丫头了。她其实并不是非常看得上崔柔波的。

崔皇后低头看拿在手里的一只手，骨肉匀停，根根手指犹如春葱一般，柔嫩洁白，再看上去，才及笄，胸口已饱满地撑出了一个优美的弧度，领口可见肌肤胜雪，吹弹可破。她应该很是不安，和衣而睡，重重衣袍下仍能看出曼妙身材，虽说身份低贱，不过是商贾之女，但难得有这心志。自己好好调教一番，将来她倒是能成为太子身边的良助，若能生下孩子，当真给她一个贵妃之位又如何？太子，一定会喜欢她的。

崔皇后终于盈盈一笑，又轻轻地拍了拍她的手："我说笑的，你这么可爱，我如何舍得暴殄天物呢？再给你阿爹一点时间吧，他手下能人多着呢，定能杀掉连山那蛮子的。到时候，我就会送你回去，你和你阿爹好好说说。之前那十万白银如数退回，就当给你买花儿的。崔家的诚意在这里，我会在京城等着你来。"

她也没说太多，只叫人伺候白小姐，然后又领着仆妇出了门，回到了自己的下榻处，心里却一刻不停地想着如今这突然杀出来的程咬金。公孙兄弟这对神医鬼杀，到底真的只是碰巧路过，还是背后另有指使？如果是指使，会是谁？皇上吗？

他若真的拦到底，白家大概还真奈何不了他。若惹恼了这个杀手，搞不好还会把崔家也盯上，那些杀手都是烂命一条的疯子……这个虽然好一些，有个兄弟牵制着，可还是不惹比较好。而白家这位小姐，她看中了，还是得赶紧回京去筹备纳妾，否则夜长梦多。若白家真的不识好歹将她嫁走了，那倒是桩麻烦事。

当时太子举荐公孙锷，究竟是谁将这个公孙锷放在了太子视线内，知道太子这人爱才如命，必然会举荐，然后顺顺当当地入朝？

孙乙君？李恭和的狗？她的心里掠过一丝阴影，想起了之前因为两税法的事，皇帝的不痛快。太子踩着他的名声上位，他自然不痛快，但又能怎么样？

这个卑鄙又懦弱、自大又自卑的人，逼奸皇嫂，还想夺了嫡脉的皇位，他配吗！他贪婪无耻，卑鄙下流！

她冷笑了一声，想起他之前说过公孙锷堪舆有一手，东阳公主倒下，他功不可没。然而等到东阳公主倒下，他又把公孙锷和公孙刃打发走了，难道是别有所图？

（未完待续）